Titre de l'édition originale : *Cuffed*

Publié par JKB Publishing, LLC

Ce livre est une fiction. Les noms, lieux et événements sont issus de l'imagination de l'auteur et sont fictifs. Toute ressemblance avec des personnes réelles, vivantes ou ayant existé, des événements ou des lieux serait totalement fortuite.

Ouvrage dirigé par Isabelle Solal
Édition en langue française : *Everyday Heroes, Braver les dangers, Cuffed # 1*
Collection New Romance® créée par Hugues de Saint Vincent,
dirigée par Arthur de Saint Vincent
Photographie de couverture : © iStock / Getty Image Plus
Design de couverture : Christophe Petit / Studio Hugo

34-36, rue La Pérouse
75116 - Paris
www.hugoetcie.fr

ISBN : 9782755644142
Dépôt légal : février 2020
Imprimé en France par Corlet Imprimeur
N° d'imprimeur : 19110049

K. BROMBERG

EVERYDAY HEROES

#1 CUFFED

BRAVER LES DANGERS

Roman

Traduit de l'anglais (États-Unis)
par Sylvie Del Cotto

Hugo Roman

À propos des romans de K. Bromberg

« Un coup de maître ! *The Player* est captivant, sexy et vibrant d'énergie. J'ai hâte de découvrir *The Catch* !
– Lauren Blakely, n°1 des ventes du *New York Times*

« K. Bromberg livre un nouveau roman brillant ! *The Player* réunit tout ce qu'on aime dans la romance : séduction, tendresse, fabuleusement parfait ! »
– K.L. Grayson, auteur de best-sellers de *USA Today*

« Une romance irrésistiblement enflammée qui reste avec vous bien après la fin de la lecture. »
– Jennifer L. Armentrout, n°1 des ventes du *New York Times*

« Envoûtant, bouleversant et diablement ardent ! »
– S.C. Stephens, n°1 des ventes du *New York Times*

« Bromberg excelle dans l'art de faire grimper la température ! »
– Katy Evans, auteur de best-sellers du *New York Times*

« K. Bromberg n'a pas son pareil pour faire battre les cœurs. »
– Jay Crownover, auteur de best-sellers du *New York Times*

« Sexy, chaleureux et bien plus encore. »
– Corinne Michaels, auteur de best-sellers du *New York Times*

« Débordant de passion et d'émotions. Bromberg nous emporte avec brio de la première à la dernière page. »
– Kylie Scott, auteur de best-sellers du *New York Times*

DU MÊME AUTEUR

Driven

Fueled

Crashed

Raced

Aced

Slow Burn

Sweet Ache

Hard Beat

Down Shift

Sweet Cheeks

Sweet Rivalry

UnRaveled

À ma mère...
C'est elle qui m'a appris ce qu'est la force.
Elle qui m'a tirée vers le haut quand l'insécurité m'écrasait.
Elle est ma plus grande source d'encouragements, ma confidente la plus proche et ma meilleure amie, tout cela en une seule personne.
Elle est la femme que j'aspire à devenir un jour.
Maman, ce livre est pour toi.
Tu sauras pourquoi une fois que tu l'auras lu.
Tête haute. Ailes déployées.

PROLOGUE

GRANT

J'ai la boule au ventre et si je regardais Emmy, elle verrait que j'ai pleuré. Elle saurait que j'ai cafté malgré la promesse que je lui ai faite.

Nous avons promis-juré de garder le secret en entrecroisant nos petits doigts.

Alors, je préfère me focaliser sur mes doigts.

Sur la sensation bizarre de la colle séchée sur mes mains. Ma peau craquelée, fripée et un peu froide. Genre, de la peau d'extraterrestre.

Elle va m'en vouloir à mort.

Sauf qu'un alien aurait la peau verte. Ou violette.

Elle m'a fait promettre de ne rien dire.

La mienne serait verte. Celle d'Emmy, violette.

C'est ma meilleure amie pour la vie de toute la galaxie.

Elle et son violet dégueu.

Comment aurais-je pu continuer à me taire ?

Règle de la famille Malone : porter secours aux personnes en détresse.

Si j'avais enfreint la règle et que mon père l'avait su, sa colère aurait été largement pire que celle d'Emmy.

J'essaie juste de l'aider.

Au plafond, le haut-parleur crépite et tout le monde lève les yeux. Toute la classe espère une interruption, l'annonce des gagnants de la journée de sensibilisation au harcèlement, un rassemblement de dernière minute, n'importe quoi. Pour ma part, je ne relève pas la tête. Tout ce que je parviens à faire, c'est retenir mon souffle et me concentrer sur ma peau d'extraterrestre.

– Madame Gellar ? grésille la voix du principal dans l'interphone.

– Oui, Monsieur Newman ?

– Veillez à ce qu'Emerson Reeves prenne ses affaires et se rende au bureau, voulez-vous ?

– Bien sûr.

Ohhh. À l'idée qu'Emmy ait des ennuis, un son collectif s'élève de la classe.

– Convoquée dans le bureau du dirlo, souffle Cooper.

Mais je connais la vérité.

À présent, j'ose poser mes yeux sur elles. L'air soucieux de Madame Gellar qui regarde Emmy enfoncer sa lunch box Strawberry Shortcake dans son sac à dos violet moche. Bien qu'Emmy garde la tête baissée, la tirette lui échappe des mains la première fois qu'elle tente de refermer son sac.

Madame Gellar reste muette. Elle ne se poste pas devant le tableau, ne réclame pas notre attention comme en temps normal. Non, elle marche vers Emmy, passe son bras autour de ses épaules, se penche pour murmurer à son oreille. La prof l'étreint brièvement, à quoi Emmy hoche juste la tête, toujours penchée.

Sitôt que mon amie se dirige vers la sortie, j'oublie ma peau d'extraterrestre et la suis des yeux depuis ma place dans la rangée du fond.

Regarde-moi.

S'te plaît, Em. Regarde-moi.

Elle s'immobilise devant la porte et accroche mon regard. Il y a des larmes dans ses yeux, un peu comme dans les miens.

– Tu avais promis juré, murmure-t-elle en serrant si fort son cartable sur sa poitrine que ses phalanges pâlissent.

– Em...

– Je te déteste. Je ne veux plus jamais te voir, articule-t-elle.

Elle s'évapore sur ces mots.

1

GRANT

– 10-4, agent Malone.

Sa voix suggestive, suave comme de la soie, ondoie dans la radio. Je me tourne vers Nate, prêt à encaisser ses railleries. Souriant jusqu'aux oreilles, il secoue la tête et ricane.

– 10-4, agent Malone, l'imite-t-il. Une petite pipe en supplément, ce serait plus clair ?

– Boucle-la.

Je soupire.

– Mec, si elle s'adressait à tous les collègues sur ce ton, l'équipage sillonnerait les rues avec une trique perpétuelle.

– Je t'accorde que Liv a une voix charmante, je murmure alors que des acclamations collectives à notre gauche captent mon attention.

Des garçons ivres en short long, arborant les tatouages d'une fraternité, reluquent un groupe de filles pompettes vêtues de tenues si moulantes qu'elles devraient être prohibées.

– Une *voix* charmante. Mais bien sûr ! C'est certainement sa voix qui t'ensorcelle... ne me dis pas que physiquement, elle ne décroche pas un quinze sur dix.

– Va pour vingt.

Je hausse les épaules, me souvenant trop distinctement de son corps à califourchon sur moi. La perfection.

– Tu es jaloux parce que je refuse de partager les détails croustillants avec toi.

– Tu me donnes que dalle, Malone. Si ça se trouve, tu fabules, riposte-t-il en ajustant son gilet pare-balles sous son uniforme.

Il scrute attentivement la foule en même temps que moi.

– Tu sais pertinemment que je n'invente rien.

– Salopard ! marmonne-t-il.

Je glousse. Nous rejouons la même conversation à chaque contact radio avec Liv.

– Le tuyau du centre d'appels m'a l'air bidon. Je ne vois aucun signe du gang Donnely par ici.

– *Nada!* Rien qu'un paquet de nanas affriolantes en minuscules bikinis. Non que je m'en plaigne...

– Espèce de porc !

– Moi ?

Il hausse les épaules et pointe le doigt sur son uniforme.

– Gros malin.

– Précisément. Je suis le plus malin de nous deux, étant donné que tu as plaqué Liv. Juste une question. Pourquoi ?

– Trop de femmes, pas assez de temps. (Sourcils haussés, je souris.) À ta droite, je l'avertis en tendant subtilement le menton vers deux hommes qui se malmènent devant le bar *Hooligan*. Alcool. Testostérone. Une journée entière en plein soleil. Des minettes pour attiser l'esprit de compétition. Ça ne fait jamais bon ménage.

Déportant notre attention, nous évaluons la situation. Quelques camarades interviennent, les séparent avant que ça dégénère.

– Quel pied, la tournée des bars du 4-juillet !

– Ça nous occupe, non ? Et puis, fais-je en vérifiant ma montre, notre service se termine dans trois heures, tu pourras toujours te joindre aux festivités.

– Trop peu pour moi. Boire une bière dans mon jardin avec les feux d'artifice au-dessus de ma tête, je suis comblé. Les filles ont beau être attrayantes, tout ce raffut, ce n'est pas mon truc. Je gère mon lot d'agitation au boulot.

Nous tournons la tête à gauche lorsqu'une femme hurle. Son cri tourne rapidement à l'éclat de rire.

– Tu vas chez tes parents ce soir ?

– Bien sûr. Gray et Grady seront là. Tu es le bienvenu, si ça te tente.

– *Au secours ! Aidez-moi !*

Un appel sur ma gauche attire mon attention. Il est suivi de ce qui ressemble à un rire, mais il est noyé par le brouhaha de la rue encombrée. Par acquit de conscience, nous nous orientons vers un groupe de femmes rassemblées quelques mètres plus loin.

– Besoin d'aide, Mesdames ? dis-je en soulevant mes lunettes de soleil à l'approche du joyeux bourdonnement de rires.

– Ma copine a grand besoin d'aide, *Agent Sexy*, minaude la plus grande, une brune au sourire faussement effarouché et aux jambes fuselées. Elle a un faible pour les hommes en uniforme.

Nate ricane à côté de moi, mon sens du devoir s'évanouit quand je réalise que personne n'est en danger. Ce sont juste des femmes qui s'amusent un peu. Je me campe devant elles, les pouces crochetés dans ma ceinture, et fais mine de ne pas avoir saisi l'allusion.

– Donc, tout va bien pour vous ?

– Disons que ça dépend, réplique celle qui me tourne le dos, si vous comptez me faire du bouche-à-bouche pour me ramener à la v...

Sa voix s'éteint sitôt que nos regards se rencontrent.

Bon sang de bois. Ça ne peut pas être *elle*.

À moins que si ?

– *Emmy* ?

Ses yeux s'écarquillent et ses lèvres s'entrouvrent. Une fraction de seconde, je revois la fillette de mes souvenirs.

Aux cheveux blond vénitien mal peignés et aux yeux vert émeraude. Celle qui scellait des promesses, les petits doigts entrecroisés, préparait des gâteaux de boue et s'accordait avec moi pour déclarer qu'entre tous les super-héros, Batman était nettement supérieur à Iron Man.

Ma meilleure amie qui a décrété qu'elle ne voulait plus jamais me revoir.

Contre toute attente, une foule d'émotions ressurgissent alors que l'expression de familiarité sur son visage s'évapore. Visiblement troublée, elle secoue la tête et recule brusquement, se cognant contre son amie.

– Je ne suis pas cette personne. Ce n'est pas moi, nie-t-elle.

– Emerson ? s'inquiète la brunette.

Après tout ce temps, entendre ce nom – *son prénom* – me donne l'impression d'être percuté par un bélier.

– Tout baigne.

Elle repousse la main de sa seconde amie posée sur son épaule. Volatilisées, ses manières légères et séductrices qu'elle étalait juste avant de se retourner vers moi, Grant Malone, le garçon qu'elle a dit détester. Une panique insondable, en dépit de ma velléité à la comprendre, prend le pas.

– Emmy...

– C'est Emerson, riposte-t-elle avec un hochement de tête déterminé avant de rompre le contact visuel pour regarder ses amies. Je dois partir...

– Que fais-tu ici ?

Ma question sous-entend une kyrielle d'interrogations. *Comment vas-tu? Que deviens-tu? Pourquoi es-tu revenue? Dis-moi que tu vas rester.* Elle reste devant moi, me dévisage comme si elle n'en croyait pas ses yeux mais, en même temps, effrayée que ce soit moi.

– Em ?

Je tends la main, pris du besoin de la toucher pour m'assurer qu'elle est réelle. À peine ai-je frôlé son bras qu'elle s'écarte d'un mouvement sec.

– Je ne peux pas… je ne voulais pas…

Elle secoue la tête, puis regarde la grande brune avant de reporter sur moi ses grands yeux, la couleur quitte lentement ses joues.

– J'ai reçu un sms de Travis. Il a besoin de moi. Je… dois y aller.

Travis ? Qui est *Travis* ?

Sans plus d'explications, Emmy Reeves, la fille qui a quitté mes pensées depuis des années, tourne les talons et s'éloigne.

– Non. Attends !

Je l'appelle tandis qu'elle se fraie un chemin dans la foule, sa chevelure blonde est la dernière chose que je vois d'elle.

Exactement comme naguère.

– Et vous êtes ?

Je décèle de l'impatience dans la voix qui s'infiltre dans les méandres des souvenirs qui affluent à mon esprit, mais c'est le coup de coude de Nate qui me ramène sur terre.

– Un vieil ami, je murmure à la grande brune, scrutant la foule dans laquelle Emmy s'est fondue comme un fantôme que je tentais de retrouver.

– Un vieil ami, hein ?

Bras croisés, elle se déhanche, les yeux plissés, peu encline à me croire.

– D'enfance.

– Vous vous appelez ?

Indifférente à nos bavardages, la seconde amie entreprend de discuter avec Nate, bien que ses yeux me transpercent comme des lasers.

– Grant Malone. Enchanté.

Je lui tends la main. Elle la considère un instant.

– Desi Whitman, et je ne suis pas sûre de pouvoir en dire autant.

Je regarde ma main, arque les sourcils, la priant silencieusement de surmonter sa réticence pour me gratifier d'une poignée de mains.

– Dites-moi, Desi Whitman, comment se fait-il que vous me suspectiez automatiquement d'avoir nui à Emerson ?

– Pour commencer, vous l'appelez Emmy. Personne n'est autorisé à l'appeler Emmy. Elle déteste ça.

– Pour commencer ? Au bout d'à peine cinq minutes, vous nourrissez suffisamment de soupçons à mon égard pour dresser une liste ?

– Je ne suis pas suspicieuse. Juste curieuse. Il y a une différence, se défend-elle en remuant les pieds. Eh oui, j'aime dresser des listes.

– Très bien, je concède en réprimant un sourire. Passons cette liste en revue. Pour quelle autre raison supposez-vous que j'ai fait du mal à Emmy ? Euh, Emerson.

Je lance un regard vers la foule qui déambule, vérifiant qu'aucun signe ne préfigure la présence du clan de Donnely et des ennuis qu'ils causeraient, avant de reporter mon attention sur Desi.

– Je ne l'avais jamais vue réagir de cette façon devant un homme.

– Expliquez-vous. Vous piquez ma curiosité.

– Mmm.

Elle me scrute prudemment.

– Écoutez, à huit ans, on ne peut pas se faire grand mal, sinon en se chapardant des Lego.

Je mens, sachant pertinemment que ma bévue était plus préjudiciable que cela.

– L'avez-vous fait ?

– Quoi donc ?

– Chapardé ses Lego.

– Sérieusement ?

Mon rire s'estompe quand je m'aperçois qu'elle ne plaisante pas.

– Possible. Je ne m'en souviens pas. Satisfaite ? (Elle retrousse les lèvres.) Maintenant, expliquez-moi pourquoi vous prétendez que vous n'avez jamais vu Emerson réagir de cette façon, ou préférez-vous me passer un savon sans plus de raison qu'un prétendu vol de Lego ?

Un petit sourire au coin des lèvres, elle se tourne vers ses amies, s'assurant qu'elles sont occupées avec mon partenaire avant de planter ses yeux dans les miens.

– Em a confiance en elle. C'est une femme franche, directe. Elle a du charme, mais elle ne se laisse pas marcher sur les pieds et elle ne manque pas de répondant. Elle est forte. Mais quand elle vous a vu... je ne l'ai pas reconnue. Elle avait l'air d'avoir aperçu un fantôme.

Amusant comme j'ai ressenti la même chose en la voyant.

– Nous étions dans la même classe en primaire, c'est tout. Ça remonte à loin.

Je hausse les épaules, espérant mon explication convaincante, même si en vérité, nous étions bien plus que des camarades de classe.

– Très bien.

Elle étire chaque syllabe, mais son langage corporel reste sur la défensive.

– C'est tout. Promis. (Elle pose les mains sur ses hanches, mais comme elle reste muette, je continue.) Nous ne nous sommes pas revus depuis vingt ans, elle a sûrement été prise de court.

– Pourtant, vous l'avez vu aussi bien que moi, elle s'est enfuie. Il me paraît clair qu'à sa façon, elle a laissé entendre qu'elle ne souhaitait pas poursuivre les retrouvailles.

Je hoche la tête, alors que j'ai envie de développer. De poser des questions. D'émettre des commentaires. De partager des souvenirs. L'un dans l'autre, il me semble qu'elle a été prise de la même envie et que c'est pour cette raison qu'elle a décampé.

Mais mon passé diffère grandement du sien.

Soit. Je la laisserai tranquille.

– Tu as fini de papoter, Malone ? Nous avons du boulot.

– Ouais, ouais.

Je hoche la tête en direction de Nate, mais lève un doigt avant de me retourner vers Desi.

– Une dernière chose. Dites-moi juste si elle est heureuse.

La question m'a échappé avant que j'aie eu le temps de réfléchir, très différente de celle que j'avais l'intention de poser.

– Désolé. Oubliez cela. Ravi de vous avoir rencontrée, Desi.

Je souris et m'éloigne.

J'ai à peine fait cinq pas que sa réponse fuse.

– Elle l'est, à ma connaissance.

Je me fige et pivote face à elle.

– Elle déborde d'énergie et de joie. Mais ce n'est peut-être qu'une façade. Ou pas. En tout cas, elle est comme ça depuis dix ans que je la connais.

– Content de l'entendre. Merci.

– Pourquoi cette question ?

La tête inclinée sur le côté, elle se rapproche.

– Autrefois, elle était cette amie-là. Vous savez, celle qui...

– Elle l'est pour moi aussi. J'ai compris. Inutile de me faire un dessin. (Son visage s'adoucit et sa posture se détend.) Je peux éventuellement vous laisser mon numéro de téléphone.

Mon sourire s'élargit.

– Euh, eh bien...

– Je ne vous drague pas, *Agent Sexy*. Vous plaisez sans nul doute à bon nombre de femmes avec votre uniforme et votre sourire, mais vous n'êtes pas mon genre.

Je m'étrangle en riant, charmé par cette femme sans gêne que je connais à peine.

– Vous ne flattez guère mon ego.

– La belle affaire ! (Avec un geste d'indifférence, elle plonge la main dans son sac et y pêche une carte de visite.) Prenez-la. (Elle me la tend.) Vous savez, au cas où vous vous ravisiez... ou si vous avez envie de prendre de ses nouvelles.

Je saisis sa carte, et après un ultime regard qui me convainc qu'elle comprend, elle rejoint ses amies dans la marée humaine.

– Prêt ?

Nate paraît s'agacer de mon immobilité.

– Bien sûr. Oui. Désolé.

– Qui est cette femme ?

– Quelqu'un que je n'ai pas vu depuis longtemps.

– Une ex ?

– N'importe quoi ! Nous étions en CE2.

– C'est toi, Malone. Les filles faisaient sûrement la queue pour jouer à la balle aux prisonniers avec toi. (Il ricane et je lève les yeux au ciel.) Pourquoi s'est-elle sauvée ?

– Je ne sais pas trop.

Je considère la carte retournée dans ma main et le nom de Desi imprimé dessus. Mais c'est à Emmy que je pense.

Une chose est sûre, Desi n'est pas ici en vacances. L'adresse inscrite sur la carte et le code postal sont locaux, ce qui signifie qu'elle habite ici. Puis-je pour autant en déduire qu'Emerson vit également dans le coin ?

Oublie ça. Si Em est revenue s'installer ici et n'a pas repris contact, c'est qu'elle ne veut pas me voir.

Pourtant, je sais que je ne peux pas tirer un trait.

Je n'ai jamais réussi.

Manifestement, elle ne souhaite pas renouer avec un fantôme de son passé.

C'est le plus curieux, avec les fantômes.

Personne ne peut contrôler leur apparition ni la manière dont ils nous affectent, mais ils continuent de nous hanter.

2

EMERSON

Les rugissements du moteur emplissent mes oreilles.

Je revois mentalement ma liste. Complète. Puis je refais le point, enveloppée par le courant d'air frais qui me fouette les joues. Mes bouchons d'oreille glissent alors que, d'un geste automatique, j'avance la mâchoire pour décompresser mes tympans.

Je lance un regard à Leo qui vérifie par deux fois son équipement.

– Tête haute, ailes déployées !

Je crie pour couvrir le moteur. Comme il lève le pouce, je lâche la porte et plonge la tête la première.

Ma respiration se raréfie. L'adrénaline inonde mes veines. Mon corps descend en spirale, lancé à vive allure, et effectue des culbutes, aspiré dans une chute libre qui paraît sans fin.

Le silence règne dans ma tête. La paix. Une félicité que je ne trouve nulle part ailleurs alors que je prends le contrôle de mon saut, me stabilise et ajuste la cambrure de mon corps. L'océan dans le lointain et les collines vertes de la Californie du Nord étendues comme une carte topographique sous moi paraissent aussi stupéfiants que la première fois.

Les requêtes de Chris et de sa banque n'existent plus.

De même que les tâches à accomplir pour Travis avant de pouvoir me coucher.

Je ne pense plus à Grant Malone et à ses yeux bruns qui ont croisé les miens hier et m'ont prise au dépourvu.

Ni aux démons du passé qui ont ressurgi de leur tanière en le revoyant et qui tentent de s'infiltrer sournoisement dans ma tête.

C'est la liberté.

Juste moi plongeant vers la terre ferme à toute vitesse, vers ce qui pourrait se conclure par une mort certaine.

C'est ma main actionnant la poignée d'ouverture et mon corps secoué par la résistance du vent avant de remonter dans un rebond dès que le parachute se déploie, me sauvant de cette mort.

Me rappelant subitement à la réalité.

Mon parachute.

À ma rescousse.

Grant Malone.

A volé à ma rescousse.

Arrête ça, Em. Interdiction de penser à *lui.*

Regarde les champs déployés sous tes pieds.

Je savais à quoi je m'exposais en revenant vivre ici.

Et les vagues qui s'écrasent sur les falaises, au loin.

Il appartient au passé. Je vis dans l'instant présent.

Et dans le lointain, les voitures sur l'autoroute ressemblent à des fourmis regagnant lentement la fourmilière dans le crépuscule.

Je ferme les yeux, détestant louper une seule seconde de ma descente. Mais je me sers de ce moment pour me reconcentrer et régler ma vitesse.

Remuant la mâchoire pour relâcher la pression dans mes oreilles, je rouvre les yeux et m'oblige à admirer la beauté du paysage.

Peu après, entre le bercement de la lente descente et la sérénité du silence, je parviens à m'isoler du reste du monde pour en profiter à fond. À apprécier l'instant qui se dissipera à la seconde où mes pieds toucheront le sol.

Je pense à ce que je ferai de *Blue Skies* une fois que j'aurai racheté la société. Repeindre l'enseigne. Définir une stratégie marketing à destination des touristes et des locaux. Reconvertir le hangar vide en lieu de vie pour inciter les mordus de l'adrénaline à rester plus longtemps et à dépenser plus d'argent.

Avant toute chose, je dois obtenir un crédit. Ensuite, je pourrai rêver.

Ma liste se déroule dans ma tête. Celle qui me permet de vérifier que je n'ai rien négligé. C'est trop facile de prendre ses aises quand on saute tous les jours d'un avion, aussi la répétition me sert-elle de filet de sécurité.

L'unique lien qui me rattache à la réalité.

Sans compter que ça m'aide à occulter Grant.

Du moins, en théorie.

– Desi envisage d'organiser un barbecue prochainement.

Le regard de mon coordinateur de saut s'illumine et un grand sourire fend son visage.

– Dis-lui qu'y penser ne suffit pas, réplique Leo. Elle doit poser une date et s'y tenir pour que mon estomac sache quand il se régalera.

– Sans blague.

Je ris et secoue la tête. Des amis, une bonne alimentation et de la détente. C'est précisément ce que le médecin m'a conseillé. En particulier, *sa* cuisine.

– Promets-moi qu'elle m'inclura à sa liste d'invités.

Il presse ses mains en prière.

– Nous ne t'oublierons pas.

Le téléphone sonne sur le bureau et Leo s'attelle à la validation des emplois du temps.

– *Blue Skies*, Emerson à l'appareil. Que puis-je faire pour vous ?

– Emerson ! C'est justement à vous que je souhaite parler.

– Parfait. À qui ai-je l'honneur ?

Je lance un regard vers Leo qui, assis à son bureau, pouffe sans raison apparente.

– Chris Severson, de *Sunnyville Trust and Loan.*

– Bonjour, Chris, dis-je en m'enfonçant dans mon siège tout en zyeutant la liste des rapports et des formulaires à remplir pour appuyer ma demande de prêt. Des dix éléments requis, je suis parvenue à n'en satisfaire que deux et je ne comprends pas le sens de trois points sur les huit autres, ni comment m'en sortir.

– En quoi puis-je vous aider ?

– Comment avance le dossier ?

– J'y travaille. Lentement.

J'émets un petit rire car, en vérité, je suis sous l'eau.

– J'ai conscience que la liste des papiers à fournir peut s'avérer impressionnante, alors sachez que vous n'êtes pas la seule dans ce cas.

La sympathie transparaît dans sa voix.

– Ça me rassure. Comme c'est ma première demande de prêt, je pensais être la seule.

– Détrompez-vous. Puis-je vous éclairer sur un point précis ?

Mon rire tient autant de la mortification que du soulagement.

– Vous êtes sérieux ?

– Naturellement. Étant donné que vous renoncez à faire appel à un courtier, vous...

– Uniquement parce que je connais les propriétaires de *Blue Skies* et qu'ils préfèrent traiter directement avec moi.

Je ressens le besoin de m'expliquer pour la énième fois. Il n'est pas nécessaire qu'il sache que cette décision m'appartient. Dans les faits, je ne disposerai pas des fonds nécessaires pour verser des honoraires, une fois l'accord conclu. Côté budget, je suis aux limites de mes capacités.

– Inutile de vous justifier, Emerson. Un courtier n'est pas forcément indispensable. Je vous le répète, je suis là pour vous guider à chaque étape.

Mes épaules se relâchent.

– Merci. J'apprécie énormément. Vous n'imaginez pas ce que cela représente pour moi d'avoir trouvé...

– Ne me remerciez pas.

– Si, quand même.

– Écoutez, nous pourrions dîner ensemble, à titre professionnel ? Ce serait pour moi l'occasion d'éplucher le dossier avec vous et de répondre à toutes vos questions.

– Je ne voudrais pas abuser de votre gentillesse.

– Ne dites pas de sottises. C'est l'un des nombreux services que je fournis à mes clients.

Je me mordille la lèvre inférieure, partagée entre ma fierté et les impératifs. Le silence s'étire.

– Volontiers. Je vous en suis reconnaissante.

– Bien. Alors le rendez-vous est pris.

Il rit, et j'entends klaxonner dans le combiné.

– Je suis au volant, je n'ai pas accès à mon planning. Laisse-moi vérifier mes disponibilités et je vous proposerai des dates par mail.

– Parfait. Merci encore... Chris.

3

GRANT

– Tu empestes la fumée.

Je lance un regard à mon petit frère Grady en reniflant l'air de manière appuyée avant de boire une gorgée de bière.

– Ce sont les risques du métier, riposte-t-il avant de pointer le menton vers notre père qui s'efforce de ne pas brûler les steaks sur le barbecue dont il alimente les braises avec Grayson, notre frère cadet. Nous avons répété des manœuvres aujourd'hui dans le vieux champ de cailloux. Possible que je n'ai pas réussi à faire partir toute la suie.

– Mmm, fais-je, pensif, ne l'écoutant que d'une oreille distraite.

– Je peux savoir pourquoi tu nous as fait faux bond le soir du 4-juillet ? J'espère pour toi que tu as été retenu par des délices d'un autre genre.

– Tu es pompier. Va plutôt aider papa à éteindre ces flammes.

Je fais diversion pour détourner la conversation de ma vie sexuelle, mais ça m'étonnerait qu'il tombe dans le panneau. Mes frères sont des fouineurs invétérés.

Dans le silence qui se prolonge, je sens son regard insistant tandis que j'observe les flammes s'élever du vieux barbecue.

– Alors, tu n'as pas pris ton pied ? renchérit-il.

– Nan.

Nouvelle gorgée de bière. Nouvelle poussée pour relancer la balancelle du porche sur laquelle je suis assis.

– Qu'est-ce qui t'arrive, alors ?

– Rien de spécial. J'ai eu une longue journée, je me suis retrouvé à traquer des fantômes et j'ai perdu le sens du temps.

Je hausse les épaules. C'est relativement fidèle à la vérité.

– Tu aurais dû nous prévenir que tu étais retenu par le boulot. Une intervention dont j'aurais dû entendre parler ?

– Nan.

Il glousse.

– Tu joues au con ou tu fais exprès de rester vague ?

Je ne fais pas le malin, mais je sais que si je divulguais le moindre indice, le sujet dégénérerait en une grande mêlée impliquant toute la famille Malone.

Il n'insiste pas, ce dont je lui suis reconnaissant. Cependant, mon esprit retourne vers les fantômes. Vers les ruminations, les questionnements et l'envie d'en apprendre davantage.

Je perçois faiblement les grincements de la balancelle. Les rires de mon père et de mon frère. Les effets sonores produits par Luke, le fils de Grayson, occupé à jouer aux petites voitures sur la pelouse. Les cris des gamins qui se pourchassent, quelques maisons plus loin. Le vrombissement d'une tondeuse à gazon au bout de la rue.

– Tu te souviens d'Emmy Reeves ?

La bouteille de bière de Grady se fige momentanément, à mi-chemin de sa bouche.

– Vaguement, murmure-t-il. Vous étiez comme les deux doigts de la main. Elle était constamment fourrée à la maison, quand tu n'étais pas chez elle... Ensuite il est arrivé je ne sais quoi à sa famille et elle a déménagé, je crois ?

– Grosso modo, je réponds, en réalisant qu'il était alors en maternelle et ne se souvient sans doute pas des détails.

Avoir un père chef de la police aide probablement aussi à étouffer les faits.

– Pourquoi me reparles-tu d'elle maintenant ?

– Je l'ai revue récemment.

– C'est pas vrai ! Comment va-t-elle ? Elle est revenue vivre ici ? Est-elle...

– Aucune idée.

– Ah bon ?

Il se penche et gratte Moose entre les oreilles. L'énorme chien roule sur le dos, sans plus de souci que son besoin d'affection.

– C'est le hic, elle a refusé de me parler.

La porte moustiquaire s'ouvre sur ma mère qui apporte un panier de pains à hamburger.

– Tes révisions, ça avance ? s'enquiert-elle, m'évitant de devoir en dire davantage.

– Ça suit son cours.

Je hausse les épaules, repensant à la pile de fiches cartonnées remplies de questions à réviser pour le concours d'inspecteur. Elles prennent la poussière sur ma table de chevet.

– Je suis là si tu as besoin d'aide pour bûcher, propose-t-elle.

Je ris. Notre mère ne changera jamais. Elle surveille encore nos devoirs bien que nous soyons adultes.

– Je n'y manquerai pas.

– Nous passons à table, les garçons.

Et à table, nous mangeons copieusement. Nous engloutissons une montagne de nourriture avant de nous adosser dans nos chaises, la panse tendue.

– Comment s'est passée ta soirée ? demande ma mère à Grayson, appuyée sur ses coudes, impatiente d'apprendre qu'après un premier rendez-vous, il s'apprête à épouser la fille et à lui donner des petits-enfants.

– Bien. (Grayson hausse les épaules.) Rien d'extraordinaire.

– Il s'est parfumé, commente Luke, les sourcils en accent circonflexe. Les hommes ne mettent de l'eau de toilette que si une fille leur plaît vraiment.

La tablée éclate de rire.

– Tu crois ? rétorque Grayson.

Il abaisse la casquette de base-ball de Luke et lui frotte vigoureusement la tête.

– C'est ce qu'ils font à la télé.

– Tu vas la revoir ? se hasarde ma mère sans désemparer.

Au lieu de répondre, Grayson se tourne vers moi.

– Et toi, Grant, il y a une fille dans ta vie en ce moment ?

Je n'ai pas besoin de regarder ma mère pour savoir qu'elle roule ses épaules, la mine renfrognée. C'est devenu la norme quand la conversation s'oriente vers mes difficultés à me fixer et à lui donner des bébés à gâter et à adorer.

– Personne en vue.

Je fusille Grayson du regard.

– Tu en as toujours une à tes pieds, quand ce n'est pas quatre, continue-t-il.

– Ridicule. Complètement faux. Je...

– Il a Emmy Reeves en vue, intervient Grady, qui grogne quand mon pied rencontre son mollet sous la table.

– Emmy Reeves ? répète Grayson au moment où ma mère relève brusquement la tête vers mon père.

– Emmy, Emmy ? s'étonne-t-elle.

– Va te faire foutre, Grady, je marmonne, sachant qu'il m'a livré en pâture pour secourir Grayson.

Mais lorsque je croise le regard d'attente de mes parents, je découvre le visage grave de mon père, celui qui a disparu depuis qu'il a quitté la police. J'en déduis que les choses étaient plus catastrophiques pour Emmy que je ne l'imaginais à l'époque.

Désormais, je suis à même de déchiffrer ces expressions et de comprendre des choses qui échappaient jadis à mon entendement.

– Elle-même. Emmy, Emmy.

Le visage de ma mère s'éclaire.

– Elle t'a contacté sur FaceWorld ou InstaGreet, ce truc que tout le monde utilise de nos jours ?

– FaceWorld ? répète Grady avant de pousser un soupir exaspéré. Maman, quand te mettras-tu à la page ? C'est Facebook et Instagram. Tu sais que je suis disposé à t'apprendre à t'en servir.

– Et tu sais que je préfère rester heureuse, à l'écart de tous les moyens dont les gens disposent pour pister leurs voisins sur Internet. Je suis femme de policier, Grady. Si je veux protéger ma famille, mes informations personnelles ne doivent pas apparaître sur Internet.

– C'est vrai, Betsy, approuve mon père pour désamorcer les chamailleries dès leurs balbutiements. Alors, Grant, comment as-tu repris contact avec elle ? demande-t-il en m'examinant avec son regard perçant de détective.

– Je l'ai seulement croisée en ville un soir. (Mes parents échangent un regard.) Que signifie ce regard ?

– Rien, réplique mon père.

– Rien ?

– Je suis juste surprise de la savoir à Sunnyville. Sa mère appréciait la vie de bohème. (Le sourire de ma mère se radoucit). J'aimais énormément cette petite fille, comme la mienne. La fille que je n'ai jamais eue. Pour plaisanter, je disais souvent à ton père que vous finiriez par vous marier.

– Évidemment.

Je lève les yeux au ciel.

– Comment va-t-elle ? Elle t'a paru en forme ?

Je prends une rasade de bière et m'essuie les mains sur ma serviette avant de m'appuyer dans ma chaise et de hausser les épaules.

– Aucune idée. Je surveillais la foule pendant la tournée des bars quand je l'ai aperçue.

– Et ? m'incite-t-elle à continuer.

– Elle m'a vu mais elle était pressée, alors nous n'avons pas vraiment pu discuter.

Le regard stupéfait d'Emmy me traverse l'esprit. Je ne saurais dire pourquoi je leur mens.

– Tu comptes la revoir ? demande mon père.

– C'était tellement rapide, je n'ai pas pris son numéro. Sans compter que, quand bien même je souhaiterais la joindre, je ne saurais pas où la chercher. Elle était probablement de passage pour les vacances ou quelque chose comme ça, et elle est déjà repartie.

– Tu es flic, crétin. Au cas où tu l'aurais oublié.

Grady me renvoie un coup de pied dans le mollet sous la table.

– Et alors? je grommelle en lançant un regard mauvais à mon frère.

– Tu disposes de tous les moyens possibles au commissariat pour retrouver quelqu'un.

– Je ne peux pas faire ça, je réplique, mais cela ne signifie pas que cette idée ne m'a pas effleuré l'esprit une centaine de fois.

– Garde-toi de changer d'avis, Grant, m'avertit mon père. La dernière chose dont tu aies besoin pour décrocher une promotion, c'est d'utiliser les ressources de la ville à des fins personnelles.

– Parole de chef! ajoute Grayson pour alléger l'atmosphère.

– Il reste de la tarte? demande Grady en changeant radicalement de sujet.

Toutefois, mes parents échangent un dernier regard qui ne m'échappe pas. Il me plonge dans des abîmes de réflexion tandis que la conservation se poursuit.

J'étais gosse au moment des événements, aussi est-ce difficile pour moi de concilier l'apparente gentillesse de son père avec les allégations d'Em sur ce qui lui était arrivé. À présent, je suis adulte et, dans mon métier, j'ai vu des choses qui m'ont appris que même les personnes les plus aimables sont capables des méfaits les plus graves.

Quand j'applique le fruit de mes expériences au peu de choses que je sais de l'histoire d'Emerson, je comprends pourquoi me revoir a certainement réveillé de vieux souvenirs.

Les chaises remuent, le repas se termine. La table est débarrassée. La vaisselle faite. Luke prête main-forte, mais il met plus d'eau sur le sol que dans l'évier. La soirée touche à sa fin.

Les mains sur la rambarde, le corps tendu, j'observe le soleil entamer sa descente à l'horizon. Ma mère se glisse à côté de moi, un bras autour de ma taille.

– Tu es atrocement silencieux.

– Juste pensif.

– Tu penses à une affaire ou à Emmy ?

J'aurais dû me douter qu'elle repartirait à la charge.

– À rien en particulier.

– Grant, c'est normal que tu t'interroges à son sujet, me rassure-t-elle.

– Peut-être mais, curieusement, je ne pense pas qu'elle ait envie de me revoir.

– Comment ça ?

– Elle a détalé, maman. Lorsqu'elle m'a vu, son expression est passée de la joie à l'angoisse. À croire que je l'effraie.

– Tu la renvoies à un passé qu'elle préfère probablement oublier.

– Sûrement.

Toutefois, cela n'explique pas ce qu'elle fait à Sunnyville ni pourquoi elle envahit mes pensées.

– Vas-tu la revoir ?

– Même si j'en avais envie, je n'ai aucun moyen de...

– J'ai élevé des garçons autonomes et débrouillards. Pas de fausses excuses avec moi, me rabroue-t-elle.

Après quoi, elle me tapote le dos et retourne dans la maison.

Betsy Malone a parlé.

La seule femme capable de rappeler à l'ordre les garçons Malone.

4

GRANT

Qu'est-ce que je fais ici ?

En un coup d'œil à la pancarte *Doggy Style*, je réalise mon erreur. Je la savais un brin excentrique, mais là, j'ai l'impression d'être propulsé dans un mauvais épisode de *COPS*. Quand l'agent débarque innocemment dans une maison close.

Fais demi-tour.

Je grimpe les premières marches.

Tu commets une grave erreur.

Je frappe à la porte et suis accueilli par des aboiements, et rien d'autre. Aucun bruit n'indique un commerce en activité. Pas de sonnerie de téléphone. Pas de discussion avec des clients. Juste une maison à bardeaux jaunes devant laquelle je suis probablement passé une centaine de fois sans la remarquer.

Parfait. Elle n'est pas là. Ma curiosité est satisfaite. Il est temps de repartir.

Alors que je m'apprête à rebrousser chemin, des bruits de pas résonnent sur le plancher surélevé, suivis d'une voix féminine qui calme les chiens.

– Agent Sexy, s'exclame Desi en ouvrant la porte avec un grand sourire.

– Mademoiselle Whitman.

Je hoche poliment la tête.

– Que me vaut cet honneur ? Laissez-moi deviner. Vous venez me convaincre que les barbes et les tatouages sont passés de mode au profit des coupes en brosse et des uniformes, désormais bien dans le vent, et que nous allons fuguer ensemble. Au diable nos parents et nos amis, nous n'avons besoin de rien d'autre que d'être ensemble, et des vêtements que nous portons sur nous, car l'amour est le nectar de l'existence. Je brûle ?

Muet de stupéfaction, j'essaie d'assimiler sa tirade. Puis je ris et secoue la tête.

– Je passais juste dire bonjour, mais votre version est nettement plus divertissante.

– Donc je peux continuer d'apprécier les tatouages et les barbes ?

– Chacun ses goûts.

Je coupe le son de ma radio de patrouille reliée au standard.

– Bonjour, Desi Whitman.

– Bonjour, Grant Malone. Que puis-je faire pour vous ? Je suis une citoyenne respectueuse des lois, aussi n'ai-je pas d'ennuis, hormis si vous utilisez vos menottes à d'autres fins.

Elle remue les sourcils.

Cette femme est hilarante.

– Les hommes virils ne révèlent pas leurs secrets d'alcôve, dis-je avec un clin d'œil.

– Mais ils distribuent des fessées et des coups de fouet, repartit-elle du tac au tac.

– Eh bien, fais-je, déstabilisé.

– Vous entrez ? Mes clients sont soigneusement enfermés, c'est promis.

– Cette information devrait-elle m'inquiéter ?

– Vous ignorez donc qu'on me surnomme Dominatrix ? Je vous fais visiter mon donjon ?

Je la fixe en silence jusqu'à ce qu'un sourire fende son visage dans un éclat de rire.

–Des chiens. Seulement des chiens. Je suis toiletteuse et pet-sitter.

–Voilà qui explique le nom de la boutique.

–J'aime mêler une pincée d'ironie aux allusions coquines. (Elle hausse les épaules.) Ça attire les curieux et, après tout, pourquoi rester sérieux ? La vie est trop courte pour se priver de rire.

–Je n'aurais pas dit mieux.

–Plus sérieusement, qu'est-ce qui vous amène ? Même si je pense connaître la réponse.

Elle me fait signe d'entrer et je secoue la tête.

–Je ne peux pas. Merci quand même. Je prends mon service sous peu.

Le silence retombe. Elle me regarde, attendant de connaître la raison de ma présence.

–C'est à propos d'Emerson.

–Je l'avais deviné.

L'épaule appuyée contre l'encadrement de la porte, elle croise les bras sur sa poitrine.

–Pourriez-vous me donner son numéro ou lui transmettre le mien ? J'aimerais beaucoup la revoir.

–Pourquoi ?

–Pour prendre de ses nouvelles.

–Prendre de ses nouvelles ou vous immiscer dans sa vie ?

–Écoutez, j'aimerais juste m'assurer par moi-même qu'elle est heureuse.

–Je le redis, elle l'est. Pourquoi en doutez-vous ?

–Vous devriez diriger des interrogatoires de police.

–Je me tiens à l'écart du danger, sauf si l'on considère les mâchoires d'un rottweiler comme une menace.

–C'est une menace non négligeable, selon moi.

Elle a une facilité à changer de sujet comme personne de ma connaissance.

–Je suis désolée, agent Malone, mais je ne peux pas vous remettre le numéro d'Emerson sans sa permission. Quelque chose me dit qu'elle refuserait.

–Pourquoi cela ?

– Sa réaction ne m'a pas échappé, quand elle vous a vu. Évidemment, je l'ai questionnée, mais elle s'est fermée comme une huître. À charge pour vous de m'éclairer. Qui êtes-vous pour elle ?

– Je vous l'ai dit. Nous étions à l'école primaire ensemble. Toute information supplémentaire trahirait sa confiance, dis-je avec un sourire destiné à dissiper sa méfiance. Désolé, je ne peux rien vous dire de plus.

– Vous êtes sûr d'employer la bonne tactique ?

– Ce n'est pas une tactique. Je ne fais qu'énoncer des faits, M'dame.

– Rusé, Malone. (Elle se redresse, les mains sur les hanches.) Je parie que vous êtes son premier baiser ou son premier amour. Quelque chose dans ce goût-là.

– Pas exactement, mais vous chauffez.

Ma radio crépite, m'incitant à vérifier s'il me reste quelques minutes avant de reprendre mon service.

– Merci de m'avoir accordé du temps, Desi. Le devoir m'appelle. Désolé pour le dérangement.

– Il m'est impossible de communiquer son numéro sans sa permission, mais je peux vous inviter à un petit barbecue que j'organise demain soir. Je suis également en mesure de vous informer qu'une certaine personne sera présente... si jamais vous souhaitez passer dire bonjour ou je ne sais quoi.

– Ou je ne sais quoi.

Considérant le manque de chaleur d'Em à mon égard, j'imagine aisément sa joie si je me mêlais à la soirée.

– Ça ne lui ferait pas de mal de côtoyer quelqu'un de sympa comme vous.

– Que voulez-vous dire ? dis-je, curieux à propos de l'entourage d'Emerson.

– Rien de spécial. Oh, et votre uniforme (elle désigne ma tenue d'un geste ample). Changez-vous avant de venir, ordonne Desi en esquivant littéralement ma question. Sans quoi mes amis flipperaient en vous voyant. Ce sont des électrons libres, si vous voyez le genre.

– Comme la plupart des gens de nos jours, semble-t-il.

5

EMERSON

– Promets-moi que ce barbecue n'est pas une nouvelle manigance pour me caser avec l'un de tes amis.

Je croque dans une carotte trempée dans la mayonnaise et réprime un haut-le-cœur. Décidément, je n'aimerai jamais les légumes.

– Pourquoi les gens mangent-ils ces cochonneries ?

– Parce qu'elles sont bonnes pour la santé, fredonne Desi, affairée dans sa cuisine rose vif au carrelage à damier noir et blanc, en véritable ménagère modèle.

– N'importe quoi. Le sexe est bon pour la santé. Ou le chocolat. Encore mieux, le vin. Ils nourrissent l'âme. Cette horreur, je m'écrie en brandissant la carotte, me donne le bourdon.

– Dit la femme à la silhouette de rêve qui peut se bâfrer à longueur de temps sans prendre un gramme.

Elle lève les yeux au ciel et s'essuie les mains sur un torchon.

Je plonge la main dans un bol de M&M's et m'en sers une poignée avec un grand sourire.

– Ça craint d'être moi.

Je les gobe l'un après l'autre pendant qu'elle mélange de mystérieux ingrédients dans un saladier. À première vue, ça paraît peu ragoûtant, mais je sais que le résultat sera succulent. Comme toujours.

– Je ne plaisante pas, Desi. Tu sais que je raffole de ta cuisine, mais ça ne suffira à me retenir si tu joues encore les entremetteuses. Si tu t'avises d'essayer, je me carapate.

– Pffft. Tu te dégonfleras. Ma cuisine est plus savoureuse que tout ce que tu préparerais sur ta plaque chauffante.

Elle évite mon regard. En soi, cela me pousse à me demander si cette soirée n'est pas une ruse pour me brancher avec l'un des innombrables amis qui gravitent autour d'elle. Malgré ses tentatives répétées, elle n'en éprouve pas la moindre honte.

– Je suis sérieuse. Je ne manque pas d'hommes à contacter pour prendre du bon temps. Je n'ai pas besoin de ton aide dans ce domaine.

– J'en ai conscience.

– Comment dois-je le prendre ?

Les yeux plissés, je l'observe jusqu'à ce qu'elle se tourne vers moi.

– Tu choisis délibérément des hommes que tu ne souhaites pas garder dans ta vie.

Toujours la même rengaine.

– Et ça te pose un problème... pourquoi ?

– Viendra un moment où tu auras envie d'un homme qui reste plus que le temps de deux orgasmes. Voilà pourquoi.

Son ton est grave, alors que j'aspire à plus de légèreté.

– N'empêche que ces orgasmes me procurent des sensations extrêmes.

– Je suis sérieuse, Em. Qu'est-ce qui te rebute à ce point dans la perspective de te fixer, au lieu de collectionner les hommes ?

Je soupire exagérément pour signifier mon agacement.

– Collectionner les hommes ? À t'entendre, on jurerait que je couche avec tout le monde. Je m'en tiens à un seul homme à la fois... même moi, j'ai des principes. Et il n'y a rien de mal à se mettre en couple. Seulement, ce n'est pas pour moi. Tu me connais, je vis sans attaches.

– On croirait entendre un homme.

– C'est pourtant moi. (Je hausse les épaules.) Promets-moi, Des'.

– Regarde, Leo arrive. Je vais ouvrir.

***

– Cassy, ne juge pas avant d'avoir essayé, dis-je à une amie de Desi.

– Tu ne me ferais pas sauter d'un avion même pour tout l'or du monde. Hors de question. Il me faudrait quinze verres supplémentaires pour ne serait-ce que commencer à l'envisager, s'insurge-t-elle en levant son verre de vin vide.

– Écluse la bouteille si nécessaire. Mais l'offre reste valable. Tu n'aurais rien d'autre à faire que profiter de la descente puisque tu serais attachée à moi.

– Ça ressemble peut-être à un mauvais porno, mais je ne changerai pas d'avis, rit-elle.

Je m'enfonce dans mon fauteuil, laissant la conversation se poursuivre. Leo décrit son saut préféré au Machu Picchu. Desi se partage entre sa vingtaine d'invités, déployant son charme naturel pour que chacun se sente à l'aise. Les guirlandes féeriques dans les arbres projettent un doux halo, à quoi s'ajoutent une fraîcheur appréciable dans l'air estival et l'appétissant fumet de la *carne asada* qui cuit sur le barbecue.

Par-dessus tout, elle a tenu promesse. Parmi les nombreux visages, je ne vois aucun inconnu qu'elle serait susceptible de me refiler. Et si, pour la plupart, je les connais à peine, au moins ce n'est pas la première fois que je les vois. La soirée est parfaite.

– Tu n'es pas de mon avis, Emerson ?

La voix de Leo m'arrache à mes pensées. Huit paires d'yeux sont concentrées sur moi dans l'attente de ma réponse.

– Désolée, je rêvassais. Sur quel sujet suis-je censée me prononcer ?

– Nous parlions de...

Je n'entends pas la suite. Derrière son épaule, Grant Malone se découpe dans l'embrasure de la porte-fenêtre. En short et tee-shirt beige, les mains enfoncées dans les poches, ses yeux canalisés sur moi.

Je déteste que le simple fait de le voir altère ma respiration et suscite une pulsation au tréfonds de moi. Je hais, lorsque nos regards se rencontrent, d'avoir envie de retrouver le petit garçon d'autrefois à la place de l'homme douloureusement séduisant qu'il est devenu. Surtout, j'abhorre l'idée qu'il doive s'en aller alors que tout ce que je veux, c'est qu'il reste.

L'embarras s'abat sur les convives. Remarquant mon manque d'attention flagrant, ils se taisent et pivotent tous vers Grant, puis presque comme un seul homme, se retournent vers moi en me scrutant.

– Excusez-moi, je murmure en me levant du fauteuil, un mélange de colère et de confusion se déchaînant dans mes veines.

Desi n'a pas tenu promesse. Non seulement elle m'a trahie mais cela avec le seul homme qui a fait resurgir des rêves enfouis au fond de moi depuis si longtemps. La nuit dernière, je me suis réveillée en proie à la panique: l'oreiller trempé de sueur, les mains cramponnées aux draps, le cœur affolé.

Mon côté rationnel sait qu'il n'est pas responsable. N'empêche, je lui en veux de réveiller le passé, qu'il est préférable de laisser mort et enterré.

Si un regard pouvait tuer, celui que je lance à Desi l'enverrait six pieds sous terre. Les invités s'interrogent à voix basse sur l'identité de l'étranger pendant que je me dirige vers lui.

– Que fais-tu ici ?

Son parfum est sublime. Des effluves de savon et de menthe. Je me demande bien pourquoi je le remarque.

– Bonsoir. Grant Malone. Enchanté.

Totalement détendu, il ignore l'irritation dans ma voix et me tend la main.

– Tu plaisantes ?

Je regarde sa main, puis son visage.

– Maintenant, tu te souviens qu'on se connaît ? Je suis confus. Je pensais que tu continuerais à faire semblant de ne pas être Emmy et de ne pas me connaître, comme la dernière fois.

Je serre les dents parce que je mérite sa pique. Cela dit, il n'est pas question qu'il le sache.

– Que fais-tu ici ?

– Bien, nous avons déjà admis que nous nous connaissons. Ça facilite les choses, tu ne crois pas ? (Il laisse retomber sa main.) Desi m'a invité. Elle a vanté ses mérites en cuisine, et bon, j'aime manger.

Il hausse les épaules avec décontraction, comme si aucune explication supplémentaire ne s'imposait. Sans oublier son petit sourire oblique qui ne se départit pas de son air enfantin. Je ne l'ai pas vu depuis vingt ans, et tout à coup, je croise sa route deux fois en l'espace d'une semaine.

– Dans ce cas, elle est par-là.

Je tends le doigt vers Desi qui nous couve d'un regard circonspect. C'est alors que je réalise que la plupart des invités nous observent également.

– Et puis, j'avais envie de te revoir.

Les mots butent sur mes lèvres tandis que je cherche à comprendre pourquoi sa présence m'irrite à ce point. Pourtant, c'est indéniable. Tout aussi surprenant, je ne peux pas me retenir de l'examiner. Il m'est impossible de cesser de m'interroger sur lui et l'homme qu'il est devenu. A-t-il quelque chose en commun avec la personne que mon esprit invoque les rares fois où je pense à lui ?

Le regard des autres me brûle le dos, je sais qu'ils se questionnent sur mon étrange comportement. En temps normal, j'accueille à bras ouverts toutes les nouvelles têtes dans notre cercle.

– Très bien... bon, alors... la bière se trouve dans la glacière, et la nourriture sur la table. Si tu veux bien m'excuser, j'ai besoin de me rafraîchir.

La cuisine est déserte, aussi puis-je profiter du calme pour rassembler mes pensées. Non sans ironie, la tranquillité ne dure pas. Quelqu'un allume la radio et la musique filtre par les portes-fenêtres ouvertes, ainsi que les rires de mes amis, plus une voix aussi étrangère que familière.

Je me suis réfugiée à l'intérieur pour mettre de la distance entre Grant et moi, pour réfléchir. Néanmoins, je me prends à l'étudier par la fenêtre. Ses cheveux noirs et sa barbe naissante. Les manches de son tee-shirt retroussées jusqu'aux coudes qui exposent ses avant-bras puissants. L'aisance naturelle avec laquelle il discute avec tout le monde et sa conscience instinctive de tout ce qui se déroule autour de lui. Comme son père, quand nous étions petits.

Il est à la fois semblable au garçonnet que je connaissais autrefois, et très différent.

Brillante réflexion, Em ! Il ne peut pas être les deux à la fois... et pourtant, si.

– Qu'est-ce que tu regardes ?

La voix de Desi me fait sursauter et, stupéfaite, je réalise qu'elle se tient derrière moi, admirant la même vue que moi. J'étais tellement perdue dans mes pensées que je ne l'ai pas entendue arriver.

– Rien de précis. Je réfléchis.

Prise du besoin de m'occuper les mains, j'ouvre le robinet et les lave.

– Bien sûr. D'ailleurs, ce rien de précis auquel tu réfléchis a un fessier d'enfer, si tu veux mon avis.

C'est alors que je me souviens que je suis supposée avoir une dent contre elle.

– J'ai promis de m'échapper si tu me faisais ce coup-là, alors il est temps que je parte.

– Ai-je essayé de te caser avec quelqu'un ?

– Non, mais ce n'est qu'une question de temps.

Je croise les bras et suis son regard. Il a effectivement de belles fesses.

Oh mon Dieu. Où ai-je la tête ? Je ne peux pas mater ses fesses. Ni remarquer à quel point il est séduisant. Ni me demander si ses mains sont aussi fortes qu'elles le paraissent. Il était comme mon frère, mon meilleur ami. N'est-ce pas flippant que je me range à l'avis de Desi? Il appartient à des souvenirs effacés depuis des lustres.

C'est principalement dans cet objectif que je suis venue ce soir. Pour prendre un verre ou deux et me détendre avec quelques amis. Au lieu de quoi j'ai l'esprit embrouillé, à cause de Grant Malone.

– De mon côté, j'ai promis de ne pas te forcer la main et je compte bien m'y tenir. (Elle cogne sa hanche contre la mienne.) Qui plus est, j'ai préparé ton dessert favori. Tu ne peux pas rentrer maintenant.

Dessert? Mes oreilles se dressent alors que je m'applique à réprimer le sourire qui me chatouille le coin des lèvres.

– Lequel ?

Son rire illumine la cuisine exiguë.

– Tu raffoles de tous mes desserts. Est-ce vraiment important ?

– Pas tellement.

Je m'esclaffe. Sans surprise, je me demande si elle a préparé une tarte au citron ou... flûte, elle a raison. Je ne bougerai pas d'ici. Impossible, avec ce dessert en perspective.

– Écoute, je suis tombée sur lui dans la semaine. J'ai pensé que ce serait sympa que vous repreniez contact. En quoi est-ce mal? Tu l'as *manifestement* connu par le passé. Et *manifestement*, il a envie de prendre de tes nouvelles. Et il est *manifestement* épatant. Il est...

– Tu perds les pédales, *manifestement* !

– Je n'avais pas de mauvaises intentions. Crois-moi. Je n'étais même pas sûre qu'il vienne. La plupart du temps, nous fréquentons mes amis, aussi me suis-je dit que ce serait sympa d'inviter un ami à toi.

Je la mesure du regard, à court d'arguments vu qu'elle ne pensait pas à mal en l'invitant.

– Tes amis sont mes amis, dis-je, exaspérée.

– Exactement. Ce qui fait de lui mon ami. Donc, je suis autorisée à l'inviter chez moi.

Avec un sourire satisfait, elle me prouve habilement qu'une querelle serait sans fondement.

– Tu m'épuises.

– Mais tu m'aimes, ajoute-t-elle en remplissant mon verre de vin.

– La plupart du temps.

Tandis que je sirote une gorgée, perturbée par nos retrouvailles, mes yeux restent rivés sur Grant Malone.

– Non-stop.

Je hausse les épaules.

– Non-stop, suis-je contrainte de concéder.

– Bon, je dois retourner auprès de nos invités. Tu viens ?

– Dans une minute.

6

EMERSON

– Jamais de la vie !

Grant rit, et je déteste que ce son capte mon attention contre ma volonté.

– Allons. Nous sommes plusieurs à sauter. Nous t'apprendrons, bafouille Leo sans grande conviction, grisé par la boisson.

– Je ne fais suffisamment confiance à personne, encore moins à moi-même, pour sauter d'un avion sans redouter que le parachute ne s'ouvre.

Poule mouillée.

Je le pense, mais je le garde pour moi. Curieusement, les répliques puériles me procurent un semblant de réconfort.

– J'ai l'impression que tu souffres d'un problème de confiance, commente Leo.

– Qu'en penses-tu, Grant ? intervient Desi tandis que, tête baissée, je gratte attentivement mon vernis à ongles. Dans ton métier, tu mets ta vie en danger quotidiennement, mais sauter en parachute t'angoisse ?

– Mon partenaire couvre mes arrières, se défend-il.

– Donc, tu as confiance en ton partenaire, mais tu ne ferais pas confiance à un moniteur compétent pour sauter en tandem ? Il dirige le saut, déploie la voile et garantit un atterrissage en douceur.

Bon sang, Desi !

Je vois clair dans son jeu. C'est pourquoi je refuse de l'aider à le piéger. Je remue sur ma chaise, à la recherche d'une brillante échappatoire.

– À ce propos, Desi, hasarde Grant qui se penche en avant, les coudes sur ses genoux, quand as-tu sauté pour la dernière fois ?

– Moi ? rit-elle. Tu plaisantes ? Je ne confierais jamais ma vie à qui que ce soit.

– Tu viens de prouver que j'ai raison, décrète-t-il.

Cette fois, Desi éclate de rire.

Visiblement, son petit rire charmant qui allèche la gent masculine laisse Grant indifférent.

La conversation se tasse alors que nous terminons le dessert et que Leo propose une nouvelle tournée à ceux qui sont prêts.

– Chaque fois que Desi m'invite, je repars avec cinq kilos de plus, pleurniche Cassy en ajustant la ceinture de son pantalon. (Après quoi elle pointe un doigt accusateur dans ma direction.) Et, bien sûr, tu vas te resservir et t'empiffrer avec le sourire.

Ma main occupée à découper une nouvelle part de cheesecake s'immobilise, mais la culpabilité s'évapore aussitôt. Ce gâteau est trop irrésistible pour que je m'en prive.

– Garce, peste Desi en plaisantant.

– Tu as toujours raffolé du sucré.

Le commentaire posé de Grant fait tourner toutes les têtes dans sa direction. Chacun prend lentement conscience que je n'ai jamais évoqué cette ancienne connaissance.

De son côté, il ne regarde aucun d'eux. Quand je relève les yeux, il me fixe intensément. Nos regards se rencontrent et, un court instant, je m'autorise à me demander ce qu'il voit quand il me regarde. La chaleur émane de son doux sourire, mais ce sont ses yeux qui m'aspirent dans des lieux, des moments et des pensées qui n'appartiennent pas à cette vie.

La tension qui germe dans mon ventre n'a pas lieu d'être. Ce soir, une sensation identique resurgit chaque fois que nous interagissons d'une façon ou d'une autre.

Je dois cesser de penser aux paillettes dorées qui piquettent ses iris sombres et à sa discrète cicatrice au menton qu'il s'est faite en sautant d'une rampe artisanale en VTT.

Familiarité.

Voilà de quoi il retourne. Un sentiment peu ordinaire dans le monde que je me suis créé.

C'est trop. Trop inattendu. Trop intime.

– Tu as raison. Je n'ai pas besoin de me resservir, dis-je en me levant brusquement.

Je rassemble les fourchettes sales abandonnées un peu partout et jette les assiettes en carton au feu. Mon obstination à éviter son regard exacerbe le malaise et souligne le fait que je me comporte de manière inhabituelle.

Dans la cuisine, je m'applique à m'occuper. Je brique les surfaces de travail déjà propres. Réordonne le lave-vaisselle. Tout est bon pour apaiser ma dissonance intérieure.

– Emerson.

La voix de Grant aux tonalités graves interrompt le fil de mes pensées. Mes mains se figent. Mon cœur s'emballe. Mes pieds se tournent face à lui.

– Tout va bien ? s'inquiète-t-il.

Oui. Non. *Je ne sais pas.*

Je croise son regard et cherche la bonne réaction.

– J'ai travaillé dur pour me construire cette vie, Grant.

Ma voix tremble désagréablement, mais c'est une gageure de camoufler mes émotions.

– D'accord.

Il articule lentement, la tête penchée sur le côté, les sourcils froncés par la concentration.

– Mon but n'est pas de semer la pagaille.

– Alors, que veux-tu ?

– Réapprendre à te connaître. Que nous soyons amis. Je ne sais pas, tu es *mon Emmy*...

L'affection de notre enfance s'infiltre dans des espaces en moi que je pensais disparus.

– Te voir ici...

Je me démène pour expliquer des sentiments qui échappent à ma compréhension.

– Tu viens d'un ailleurs que je tente d'occulter.

Il approche, s'appuie contre le comptoir, mais ses yeux ne quittent pas les miens alors qu'un rire nous parvient de l'extérieur. Il hoche doucement la tête.

– Je ne pensais pas que ma présence te bouleverserait. Je suis navré. Seulement, depuis que je t'ai revue, je n'arrive plus à te sortir de ma tête. J'ai cru que nous pourrions redevenir amis. C'est tout, Emerson. Rien de plus.

– Je ne peux pas être celle que tu veux que je sois.

Mes pensées explosent en mots qui me surprennent et que j'ai immédiatement envie d'effacer. Curieusement, cette conversation... *il* me rend nerveuse.

– Qui ça ? Je n'attends rien de toi.

– Une victime, je murmure.

Ahuri, ses épaules s'affaissent. Il se passe la main dans les cheveux et laisser échapper un soupir audible.

– Em...

– Je n'ai pas besoin d'un héros, je poursuis en repensant aux nombreuses fois où il avait déclaré qu'un jour il serait comme son père, un héros qui sauve son prochain envers et contre tout.

– Personne ne prétend le contraire. (Gagné par la colère, l'or dans ses yeux scintille.) Je suis perplexe. Ai-je fait quelque chose d'offensant ? Ai-je... Oh et puis zut. Ça n'en vaut pas la peine si c'est aussi pénible. Content de t'avoir revue, Em. Sois heureuse.

– Non, attends, dis-je en dépit du bon sens.

Il s'immobilise sur le seuil puis me fait face.

Dans ses yeux, la tristesse se mêle au courroux. Son expression reflète tout ce que je ressens sans parvenir à l'exprimer.

– Je reste ou je pars, Em ? À toi de décider.

Les mots refusent de franchir mes lèvres. Nous nous mesurons un instant du regard. Résigné, il hoche la tête et s'éclipse.

La porte d'entrée se referme. Leo monte le volume de la musique et Desi se met à chalouper. Pour ma part, je reste dans la cuisine, l'âme en peine, mon monde parfaitement agencé bascule de son axe. Même le cheesecake entamé sur le plan de travail ne me tente pas.

Une partie de moi désire le rattraper et lui présenter mes excuses. Je me suis montrée grossière, et il mérite mieux. L'autre partie de moi a finalement identifié l'émotion que je ne parvenais pas à saisir. *La peur.*

Je suis pétrie de peur.

Grant m'effraie.

Machinalement, je caresse l'intérieur de mon bras et palpe les nervures qui zèbrent ma peau. Des rappels qu'on peut vaincre ses peurs.

Prenant une inspiration censée me revigorer, j'hésite à retourner dans le jardin, à continuer de boire du vin et tout oublier jusqu'à la fin de la soirée.

Quelque chose me dit que cela attiserait les sentiments perfides qui m'assaillent. Alcool, Grant et peur formeraient un cocktail explosif qui raviverait probablement ce que j'ai occulté et que je ne veux plus me remémorer.

J'ai passé ces vingt dernières années à me préserver de toute émotion, de tout sentiment envers le sexe opposé. Et en une semaine, j'ai laissé Grant fendiller mon armure.

Des couleurs imprègnent les contours de mon univers en noir et blanc.

J'aime autant que je déteste ce qui m'arrive.

Ce chamboulement me fait me sentir vivante alors que, jusqu'à présent, je n'avais pas réalisé que j'étais morte.

7

EMERSON

– Pas pour moi. Merci quand même.

Je pose ma main sur mon verre pour empêcher Chris de le remplir de vin. *Encore.*

– Allez, Em. Ce n'est pas parce que nous sommes là pour affaires que nous ne pouvons pas nous détendre et prendre un verre.

Son eau de toilette domine les arômes de nourriture dans le restaurant, et à chaque inspiration, son nez émet un petit sifflement. J'essaie de ne pas m'attarder sur ce bruit, mais maintenant que je l'ai remarqué, je n'entends plus que ça.

– Où en étions-nous ?

Je m'éclaircis la voix et m'empare du compte de pertes et profits dont nous discutions avant que le serveur n'apporte la bouteille de vin. Qui, bien entendu, est arrivée après les trois verres qu'il a ingurgités au préalable.

– J'ai perdu le fil. De quoi parlions-nous précisément ? fait-il avec légèreté en rapprochant sa tête de sorte que nos épaules se touchent. *Encore.*

Usant de la même manœuvre pour la énième fois de la soirée, je m'écarte de lui. Du coup, Chris pose sa main sur la mienne.

Une alarme se déclenche dans ma tête, mais je m'efforce de dissimuler mon agacement. Ce n'est pas la première fois qu'un homme flirte avec moi sans y avoir été encouragé.

Je retire nonchalamment ma main de sous la sienne et prends le document.

– Nous comparions les bénéfices réalisés par *Blue Skies* l'an passé au moment de la demande d'emprunt.

– Tout à fait.

Il tend son bras devant moi pour s'emparer d'un verre d'eau, son coude frottant ma poitrine. Je tente de me convaincre qu'il s'agit d'un geste accidentel. Toutefois, il me déplaît fortement.

– Néanmoins, ce serait plus approprié de parler de vous et moi.

– Comment ça, *vous et moi*? fais-je, déconcertée par le tournant que prend cette discussion.

– Vous êtes consciente que je suis l'unique chargé de crédit prêt à miser sur vous dans cette ville, n'est-ce pas?

Il a baissé la voix, et il se tient si près de moi que je sens le vin dans son haleine.

– Je sais, et une fois de plus, j'apprécie.

– Toutefois, rien n'est acquis.

– Je sais. (Je hoche la tête et me décale une fois de plus alors qu'il se penche plus près.) Vous savez ce que j'ai omis de vous demander? Comment ça s'appelle, déjà? Mince. J'ai oublié. Passez-moi les documents sur la chaise.

Avec une naïveté feinte, je tente de le renvoyer de son côté du box. Clairement, s'asseoir à côté de moi sous prétexte de m'expliquer un calcul était une feinte.

– Oubliez les questions, Emerson. Je connais un moyen infaillible pour vous obtenir ce prêt.

– Lequel? je m'enquiers sans le regarder, bien que je devine ce qu'il s'apprête à suggérer.

– Allons. (Son ricanement me donne la chair de poule.) Je ne suis pas le dernier à apprécier les filles effarouchées, mais nous avons dépassé ce stade, vous ne croyez pas?

Étant donné la précarité de ma situation, je pèse prudemment mes mots. Dois-je envoyer bouler l'unique banquier susceptible de parier sur moi ? Oserai-je, au risque que ma demande soit rejetée ? Ou je me mords la langue, décline poliment et je fais preuve de patience ?

– Désolée, je ne vous suis pas.

Je choisis la seconde option, en espérant que ça fonctionne alors que chaque fibre de mon être me crie d'opter pour la première.

– La procédure serait plus fluide et le résultat moins incertain si vous succombiez à notre alchimie.

Je me tourne vers lui et sursaute en découvrant son visage à quelques centimètres du mien. Ses sourcils arqués, son regard imperturbable.

– Permettez-moi de clarifier. Vous êtes en train de me dire que si je couche avec vous, ma demande de crédit sera approuvée ?

Je tâche de camoufler mon dégoût en me demandant s'il le sent. Cela dit, il vit dans un monde parallèle s'il interprète mon indifférence à ses avances comme une marque d'intérêt.

Son ricanement bourdonne dans le petit espace qui nous entoure.

– Vous y allez fort. Je n'ai jamais dit ça, n'est-ce pas ? (Son sourire narquois et son regard suggestif expriment précisément cela.) Ne me faites pas dire ce que je n'ai pas dit.

– Et si je ne succombe pas à notre *alchimie*... ? (Pour toute réponse, il hausse les épaules.) J'ai l'accord de principe, Chris. L'établissement de crédit a confirmé que tant que je leur remets les documents requis et qu'ils sont exacts, ils accéderont à ma demande.

– Un accord de principe n'est pas une approbation définitive, déclare-t-il, le regard durci.

– J'en ai conscience, j'affirme avec assurance bien que je déteste que sa menace à mots couverts intensifie mon anxiété concernant ma demande.

Nous nous fixons du regard. Je refuse de céder ou de me laisser intimider par lui. Il n'est clairement pas le genre de personne que j'avais cru.

– Mon Dieu. Il est déjà dix-neuf heures. Je n'ai pas vu le temps passer. Je dois filer.

Je commence à rassembler les documents en pile désordonnée pour montrer que je suis réellement pressée. Il ne bouge pas.

– Pardon, Chris. Pourriez-vous me laisser passer ?

Les yeux étrécis en deux fentes et la tête inclinée sur le côté, il m'examine.

– J'ai besoin des informations manquantes demain soir au plus tard.

Sa voix est glaciale alors qu'un instant plus tôt, elle dégoulinait de sous-entendus.

– Demain soir ?

Je ris comme s'il plaisantait, mais bien vite, je m'aperçois qu'il est sérieux. La panique me gagne. Il va me falloir la nuit entière pour boucler mon dossier.

– Je ne comprends pas. Vous aviez fixé la date butoir à vendredi.

– Eh bien, les choses changent. Il me les faut demain soir.

– Vous êtes sérieux.

J'enfonce des portes ouvertes, trop déconcertée par le soudain changement de personnalité qui l'a fait passer en mode *tête de con.*

– Parfaitement sérieux. *Enfin, à moins que…*

Il ne termine pas sa phrase, mais son doigt longeant mon bras parle pour lui.

Je dégage mon bras d'un coup sec et force le passage pour m'extirper du box, mes hanches cognent contre la sienne alors que je tente de le pousser. Il fléchit, mais veille à s'imposer dans mon espace personnel pendant que je termine de réunir mes affaires. Je hais son regard sur moi alors que je me penche pour ramasser mon sac et ma mallette dans le box.

Tout ce que je veux, c'est lever le camp. Au lieu de quoi je serre les dents, m'astreins à le regarder en face et à rester courtoise.

– Merci pour le dîner et merci d'avoir répondu à mes questions. Je ferai mon possible pour vous remettre mon dossier avant demain soir.

– N'essayez pas, Emerson. Faites-le.

De la bile dans la gorge et une pellicule de dégoût sur la peau, je sors du restaurant aussi vite que possible.

8

EMERSON

Comment ai-je pu être aussi stupide ?

Comment ai-je pu être obnubilée par les éclaircissements nécessaires à ma demande au point de louper les signaux que Chris m'envoyait ?

J'appuie plus fort sur la pédale. Le compteur affiche 110 kilomètres à l'heure. Pas assez rapide.

D'abord, Chris.

Ensuite, je réalise que je n'ai pas d'autre alternative que composer avec lui et ses méthodes sournoises.

L'aiguille atteint 130.

Rien ne parviendra à m'arracher à la rage qui me torture chaque fois que quelqu'un œuvre pour que je me plie à sa volonté. Pour que je sois docile. Que je me comporte en victime.

Plus jamais ça.

Pas question.

La longue route s'étire devant moi. Rien que des champs, des vignes, des arbres et l'asphalte étendu à l'infini, me donnant la sensation que je suis le seul individu à la surface du globe.

À l'approche de la banlieue, j'enfreins les règles de la sécurité routière. Mais lorsqu'on saute d'un avion pour gagner sa vie, les limites sont plus difficiles à respecter que pour quiconque.

À mesure que la distance se creuse entre le restaurant et moi, le stress s'évapore. La pression de constituer un dossier solide pour parer à tout refus causé par une simple étourderie, se relâche. L'esprit clarifié, mon jugement s'aiguise.

Bien que j'aie coutume de prendre la tangente sitôt que les gens commencent à fouiner dans mon passé, j'ai laissé Desi me persuader de revenir à Sunnyville. Le besoin de tourner la page sur ma vie de bohème et de m'installer, de m'enraciner quelque part, n'était alors qu'une vague idée. Cependant, j'y ai mis tout mon cœur.

Ensuite, j'ai déniché le centre de parachutisme *Blue Skies* qui a désespérément besoin d'être repris en main et j'ai décidé que cette fille, qui aimait vivre au jour le jour, aspirait à davantage de stabilité. Faire tourner une boîte. Construire sa vie. Tirer de la fierté de ses efforts.

Le projet de racheter et de réaménager *Blue Skies* à ma façon m'a convaincue de rester pour me battre.

Et me battre, c'est ce que je fais.

Des sirènes retentissent soudain. Des gyrophares bleus et rouges m'annoncent que mon moment de divertissement, mon répit, est compromis et même bientôt interrompu.

– Bon sang !

J'abats mon poing sur le volant, contrariée de recevoir une seconde amende en six mois. Une sanction financière. Des points en moins sur mon permis. L'augmentation de mon assurance. Autant de conséquences qui flottent dans le fond de mon esprit tandis que je m'arrête et attends que l'Agent Salopard se plante devant ma vitre et me passe un savon. Il se peut que je remonte un peu mon short sur mes cuisses, histoire de le déconcentrer en lui offrant un aperçu sur mes jambes fermes et hâlées.

Ça vaut le coup d'essayer.

– Permis de conduire et carte grise, s'il vous plaît.

Au son de la voix rocailleuse, je lève les yeux vers la vitre et rencontre mon reflet dans ses verres réfléchissants.

– Bonjour, Monsieur l'agent. Vous passez une bonne journée ?

Je lui fais le coup du baratin. Je suis pitoyable à ce jeu-là mais c'est toujours mieux que de s'avouer vaincue.

– Madame, j'aimerais voir votre permis de conduire et votre carte grise.

– Quel est le problème ?

– 145 km/h dans une zone limitée à 80.

– Vraiment ? Je roulais aussi vite ? je demande avec une innocence feinte.

– Êtes-vous pressée ?

Je lui fais les yeux doux, faute d'extirper à mes neurones anesthésiés une excuse imparable.

– C'est considéré comme une conduite imprudente. Mise en danger de la vie d'autrui. Dois-je continuer ?

À chaque délit, mes yeux voient les billets de banque dont mon portefeuille est dépourvu.

Sa radio d'épaule crépite et il répond par une sorte de code qui sonne comme une langue étrangère.

– Ce ne sera pas nécessaire, Monsieur l'agent. Le problème est que je suis partie de chez moi précipitamment...

– Nous avons déjà établi ce fait, me semble-t-il.

Dans le rétroviseur, je vois une seconde voiture de police se garer derrière la première et les paumes de mes mains deviennent moites. Suis-je dangereuse au point qu'il faille deux unités pour gérer ce délit ?

– Quoi qu'il en soit, je suis partie si hâtivement que j'ai oublié mon portefeuille. Je n'ai pas mon permis sur moi.

Il incline la tête et, bien que ses lunettes camouflent ses yeux, je sais qu'il me jauge.

– La carte grise, vous l'avez ?

– Cette voiture n'est pas exactement la mienne.

J'entends la portière de la seconde voiture se refermer derrière nous.

Mesdames et Messieurs, le prix de la Dégonflée de l'année est attribué à Emerson Reeves.

– À qui appartient cette voiture ?

– À *Blue Skies,* mon employeur.

– Avez-vous besoin d'aide, agent... *Emerson*?

Cette voix. Au son de *sa voix,* mon corps se crispe et se liquéfie en même temps.

– Vous connaissez cette dame? s'enquiert l'Agent Salopard tandis que je hasarde un regard vers Grant en uniforme bleu marine, le soleil couchant dans son dos.

– En effet.

– Souhaitez-vous me relayer?

– Volontiers, répond Grant.

Notre dernière entrevue n'ayant pas été particulièrement concluante, je ne saurais dire si je suis soulagée ou inquiète.

– Merci. Cela évitera que John pique une crise parce que je rentre encore en retard.

– Ah, les maris! taquine Grant dans un haussement d'épaules.

– À qui le dites-vous!

D'un geste du menton, il désigne l'arrière de la voiture et ils s'éloignent un instant. Ils s'entretiennent à voix basse, puis Grant revient à côté de moi tandis que son collègue reprend sa voiture.

– Quand même, Emerson. 145 km/h?

Sous la désapprobation, une note amusée perce dans sa voix.

– Sérieusement? Tu as de la chance que Lyle ne t'ait pas mise au trou pour conduite imprudente.

– Tu nous as interrompus, mais je ne doute pas qu'il l'envisageait.

– Tu as commis une grave infraction. Et t'arrêter reste une option valide pour des raisons de sécurité. La tienne autant que celle des autres usagers.

– Mais cette route est déserte. Je n'ai causé aucun tort. Tout est bien qui finit bien. Je peux y aller maintenant?

– Tu aurais pu te tuer.

Il enlève ses lunettes de soleil et les accroche à sa chemise. Je les regarde pendre à son cou parce que c'est bien plus facile qu'affronter son regard.

Avec l'agent Lyle, j'étais certaine que la flatterie aurait pu fonctionner, du moins jusqu'à ce que Grant évoque son mari. À présent, je ne sais pas comment me tirer de ce mauvais pas.

– Tu as toujours eu le sens du drame.

Les mots sont sortis sans que je m'en rende compte. Aussitôt, je m'en veux de mentionner le passé alors que je lui interdis d'en faire autant.

– Le sens du drame, c'est une chose. Faire mon travail en est une autre.

– Je vois clair dans ton jeu. Tu es furieux à propos de la soirée alors que rien ne t'y autorise et...

– Ça n'a rien à voir avec la soirée, et tout à voir avec la loi et le fait que je la fasse respecter.

Il a toujours été à cheval sur le règlement. Plus cette conversation se prolonge, plus la moutarde me monte au nez. Et, curieusement, une grande partie de moi souhaite qu'elle se poursuive. Or, si j'étais en rogne contre lui, j'aimerais qu'il disparaisse. Je ne me demanderais pas comment ce serait de recommencer à le fréquenter, comme en ce moment.

– Tu comptes réellement m'arrêter ?

– Donne-moi une bonne raison qui justifie ton excès de vitesse à 145 km/h.

Je peux me le permettre.

La vérité m'échappe presque, mais je m'arrête à temps. Nos regards se rencontrent. Se retiennent. Se jugent. S'interrogent. Puis je réponds.

– Je fais face à une urgence typiquement féminine.

J'ignore mon petit short blanc, d'un genre qu'aucune femme n'oserait porter quand elle a ses règles et fournis l'excuse qui embarrasse un homme à coup sûr.

Avec un sourire subtil, il se penche et pose les coudes sur ma portière.

– Et ?

– Eh bien, je fonçais au magasin.

– Et c'est pour ça que tu roulais pied au plancher ?

– Exactement.

Je hoche la tête, agacée qu'il ne se dérobe pas comme tout homme sensé.

– Qu'allais-tu acheter au magasin ? Des tampons ? Une crème antifongique ? Du lubrifiant ? énumère-t-il, impassible.

J'ai envie de disparaître sous terre. Mes joues s'enflamment, et je donnerais tout pour pouvoir me réfugier sous le volant dans le but d'échapper à son regard.

– Oui.

– Les trois ? Pour une urgence féminine, c'est une première.

Empêtrée dans mon mensonge, je n'ai pas d'autre choix que de poursuivre sur cette voie. Je m'éclaircis la voix mais malgré moi, j'ai beau faire, elle sort par à-coups rauques.

– Tampons. Juste des tampons.

– Je vois. (Il hoche lentement la tête.) C'est bizarre, tu te diriges dans la mauvaise direction. Tous les commerces se trouvent de ce côté. (D'un geste du pouce, il désigne l'arrière de son épaule pendant que ma bourde me fait frémir.) Mais comme tu es nouvelle dans cette ville et tout ça, tu t'es peut-être égarée ?

Il arbore un sourire en coin pendant que ma gêne s'intensifie.

– Littéralement. Tu as tout compris.

Je remue sur mon siège, m'efforçant de paraître convaincante alors qu'il n'en croit pas un mot.

– Je peux y aller maintenant ?

– Y aller ? Au magasin ? Naturellement. Je ne voudrais pas que ton urgence vire au drame à cause de tout ce temps perdu. Tu sais quoi, Em ? Puisque c'est tellement urgent que tu as risqué ta vie, je me dois de t'escorter.

– Non ! Je vais me débrouiller... je...

– Gyrophares et sirène. Tout le toutim jusqu'à... Quelle boutique préfères-tu ?

– Une escorte de police, Grant ? Sérieusement ?

L'irritation s'ajoute à l'incrédulité.

– Tu es résidente de Sunnyville, je suis donc à ton service. Là pour te protéger et te servir.

Son sourire me dit qu'il m'a démasquée et qu'il a l'intention de me le faire payer.

Alors, je paie le prix. À grand renfort de gyrophares et de sirène hurlante. Le grand jeu à travers la ville et jusqu'au parking du supermarché.

Sa voiture de patrouille se gare à côté de moi, et je suis bien décidée à m'engouffrer dans le magasin pour acheter des fichus tampons dont je n'ai pas besoin, juste pour me débarrasser de lui. Aussi suis-je totalement mortifiée lorsqu'il émerge de son véhicule.

– Que fais-tu ? dis-je en coulant des regards vers les passants intrigués par les gyrophares et le policier qui m'escorte.

– Je t'accompagne.

Je me raidis alors qu'il pose la main dans le creux de mes reins et me guide vers l'entrée. Il distribue quelques bonjours en hochant la tête et en murmurant à des gens qui l'appellent par son nom. Ce faisant, je me demande jusqu'où il compte prolonger la mascarade. À l'évidence, il essaie de prouver quelque chose, mais il est résolu à me faire vivre en enfer, en représailles de ma dureté au barbecue.

Dès l'entrée du supermarché, je parcours les pancartes des allées pour localiser les produits d'hygiène féminine. Tout est bon pour creuser de la distance entre nous, et avec cette situation fâcheuse et absurde.

– Pas si vite. Où vas-tu ? demande-t-il en me retenant par le bras.

– Chercher le nécessaire.

– Rassure-toi. Je m'en occupe. Il s'agit d'une urgence, après tout, décrète-t-il en m'entraînant vers l'accueil.

– Que fais-tu... ?

– Ne t'inquiète pas. Je gère.

Il pointe son doigt sur son badge et sourit.

– Ça ira, je t'assure. Je suis capable de trouver mes…

– Excusez-moi, où sont les tampons ? demande Grant à l'hôte d'accueil.

Des adolescents faisant la queue ricanent, et le visage du jeune employé s'empourpre immédiatement. Il bredouille des indications.

– Encore mieux, nous sommes face à une situation d'urgence. Du genre 145 km/h. Pourriez-vous diffuser une annonce pour qu'un collègue nous apporte une boîte de tampons afin que cette dame n'ait pas à perdre du temps à les chercher ?

Oh mon Dieu. Il me fait sérieusement ce coup-là ?

Bah oui.

L'irritation s'empare finalement de moi.

– Je peux aller les chercher moi-même, je crache, les dents serrées.

– Ce ne sera pas nécessaire. Il contrôle la situation.

D'un geste du menton, il indique l'employé qui n'apprécie guère sa mission.

– Dépêchez-vous, gronde Grant.

– Un responsable est demandé à l'accueil, annonce l'employé, sa voix adolescente grésillant dans les haut-parleurs. J'ai besoin que quelqu'un apporte une boîte de tampons.

– Précisez qu'il s'agit d'une urgence, renchérit Grant alors que le gamin m'examine et fixe mon entrejambe.

Réalisant son indiscrétion, il relève illico la tête, pétri d'embarras.

– C'est une urgence.

Sa voix se réverbère dans le magasin, attirant les regards de clients alignés devant le guichet des photos.

Grant le gratifie d'un large sourire.

– Merci. Minute. Quelle marque utilises-tu, Emerson ?

– Tu plaisantes, n'est-ce pas ? je bredouille.

– Seulement si tu n'es pas sérieuse.

Haussant les sourcils, il jette le gant pour voir si je vais me mettre à table ou m'embourber dans le mensonge. Seul problème, si je change mon fusil d'épaule, il pourrait m'incarcérer pour prouver qu'il a raison.

– Une marque générique ne convient probablement pas à une situation aussi délicate. Quelle marque ?

– Tampax, je réponds sur un ton de défi.

– Tampax, répète-t-il au préposé de l'accueil, dont les joues s'empourprent davantage à chaque seconde.

Tandis qu'il dévisage Grant comme s'il était dément, ce que je commence à penser également, Grant indique le téléphone dans sa main.

– Dépêchez-vous de transmettre l'information. Si on nous apportait la mauvaise boîte, nous serions contraints de tout recommencer.

Le garçon s'apprête à protester, puis réalise qu'il a tout intérêt à s'exécuter.

– Message à l'intention du responsable du rayon, euh, féminin... prenez des Tampax.

J'étudie Grant et son sourire arrogant. Il n'est pas question qu'il s'en tire à si bon compte. Le truc, c'est qu'en tant que femme, je parle tampons sans aucune gêne... En revanche, je sais ce qui le mettra assurément dans l'embarras.

– Tu souffres toujours de ce petit problème ? je lui demande sans discrétion.

Il arbore l'air sans expression que j'escomptais.

– Un petit problème ?

– Tu sais bien...

Je grimace et le regarde avec compassion avant de me tourner vers l'employé.

– Pendant que votre collègue se trouve dans le rayon hygiène, serait-il possible de lui commander un article pour l'agent Malone ?

L'employé écarquille les yeux.

– Il ne peut pas aller le chercher directement ?

– Hélas, non. Un suspect est enfermé dans sa voiture, et ses supérieurs lui ont rigoureusement interdit de s'éloigner de lui de plus de trois mètres.

Je repousse Grant alors qu'il essaie de nous interrompre.

– S'il vous plaît ?

– Très bien.

Le regard de l'employé va de Grant à moi, comme s'il se demandait comment il a pu devenir la balle de notre match de ping-pong.

– Il a besoin de Viagra.

– Du Viagra ?

La voix du jeune homme dérape dans les aigus.

– Emers...

– Ne sois pas gêné, Grant. Beaucoup d'hommes rencontrent des problèmes d'érection.

Je lui tapote le bras et lui renvoie un sourire satisfait. Le muscle de sa mâchoire se crispe.

– Em, gronde-t-il sur un ton menaçant.

– Du Viagra, je répète à l'employé en ignorant Grant qui serre mon bras, profondément embarrassé. Vous comprenez, j'ai sorti la lingerie fine, les talons aiguilles... le grand jeu, et il n'arrivait toujours pas à bander, alors vous serez bien aimable...

Si c'était possible, les joues de l'employé rougiraient encore davantage.

– Ça... se vend sur ordonnance. La pharmacie...

– Emers...

– L'urologue l'a certainement faxée.

J'interromps Grant une nouvelle fois, souriant gentiment à l'employé, et indique le téléphone.

– Passez plutôt une annonce à l'intention de la pharmacie pour faire livrer à l'accueil le Viagra prescrit pour Grant Malone.

La main de Grant se contracte et je l'entends murmurer « sale garce » pendant que le caissier me fixe du regard comme si j'avais perdu la raison. Je l'encourage d'un hochement de tête.

Il reprend le combiné et passe l'annonce sans me quitter des yeux.

– Euh, la pharmacie ? J'ai besoin d'une boîte de Viagra à l'accueil.

– Pour Grant Malone, j'ajoute.

– L'ordonnance de Viagra est au nom de Grant Malone.

Sa voix retentit au-dessus de nos têtes.

Des ricanements se répercutent tout autour de nous. Dans la file d'attente, les adolescents remuent les pieds et tentent de dissimuler leurs sourires. Une dame âgée occupée à examiner les cartes de vœux jette un regard dans ma direction, puis secoue la tête avec compassion. J'en viens à me demander si c'est à cause de mon urgence menstruelle alors que je porte un short blanc ou en raison des troubles de l'érection de mon prétendu petit ami.

– Bien tenté, Malone, mais je remporte cette manche, je marmonne discrètement.

– Excusez-moi. Brian, c'est bien votre nom ? fait Grant en lisant le badge de l'employé.

– C'est bien ça.

– Pourriez-vous préciser à votre collègue qu'Emerson a besoin de la plus grosse boîte de tampons disponible ?

– Une boîte extra-large de tampons ? demande-t-il, les yeux écarquillés.

– Précisément.

Grant sourit.

– Chère collègue, prenez une boîte de tampons extra-large.

Brian raccroche et s'apprête à me tourner le dos.

– Brian, une dernière chose.

– Vous plaisantez, j'espère ? s'exaspère-t-il.

– C'est important. Soyez sympa.

Usant de mon charme, je bats des cils.

– Quoi ?

– Le Viagra, demandez le modèle extra-fort.

Le pauvre Brian regarde Grant, puis moi, pour la énième fois.

– Vous êtes dingues tous les deux. Je refuse d'être pris en sandwich dans votre étrange dispute. Passez vous-même l'annonce si vous avez besoin d'autre chose.

Il me tend l'appareil. Si tant est que je sois tentée de m'en servir, je réalise que notre scène a suffisamment duré. De toute façon, j'ai gagné la partie.

– Merci pour votre aide, Brian. Tout compte fait, ça ira comme ça, déclare Grant en relâchant mon bras, sa main glissant dans le creux de mes reins.

Je m'écarte, son rire bourdonne dans mes oreilles.

Ordure.

La tension entre nous devient plus embarrassante à chaque seconde. Grant discute aimablement avec le caissier, s'émerveille de la météo clémente pendant que le gamin s'agite anxieusement et évite son regard. Je scrute le magasin, impatiente qu'un responsable apporte les Tampax à l'accueil en me demandant ce qu'il adviendra de ma demande de Viagra.

Finalement, une vendeuse remonte l'allée principale et brandit la familière boîte bleue en direction de Brian.

– C'est bien ce que vous avez demandé ?

Le pauvre Brian rougit de plus belle, alors que Grant avance pour s'emparer de la boîte.

– Merci infiniment, Eileen. Vous êtes toujours aussi ravissante, la flatte Grant, ce qui incite la responsable à arranger sa masse de boucles grises. Comment vont les petits-enfants ? Le petit Mario est toujours aussi turbulent ?

Pressée de décamper, je m'oblige à assister à leurs bavardages. Grant tient la boîte de tampons dans sa main avec tout le naturel du monde, attitude aussi étonnante qu'agaçante. Non seulement je suis le témoin de son amabilité vis-à-vis d'une gentille employée du supermarché mais je me trouve à la place idéale pour admirer la coupe impeccable de son pantalon de policier qui met ses fesses en valeur.

De bien jolies fesses, ce qui ne gâche rien.

La ferme ! Alors qu'il m'entraîne dans cette farce absurde, au lieu de lui en vouloir, je reluque son derrière ? Une fois de plus.

Mais ça ne s'arrête pas aux fesses. Je contemple également ses biceps soulignés par les manches de son uniforme, ses épaules larges.

Or, il s'agit de Grant Malone. Le petit garçon avec qui je rigolais et jouais au gendarme et au voleur. Il était comme le frère que je n'ai jamais eu... alors comment envisager que je le trouve diablement attirant ?

Ça ne l'est pas.

La réponse est simple. Je ne peux pas le trouver attirant. Je peux l'apprécier, mais il est hors limites. Il en sait trop. Sa seule présence me renvoie incessamment vers le passé.

Il est trop proche de moi, alors que je n'autorise personne à m'approcher de trop près.

Je peux nourrir de la colère à son encontre. Lui en vouloir à mort d'avoir menacé de me jeter en prison parce que je roulais un chouïa au-dessus de la limite autorisée. Je peux également m'agacer qu'il m'ait mise au pied du mur.

C'est tout.

Ah non. Je peux aussi m'enorgueillir de lui avoir rendu la monnaie de sa pièce alors qu'il s'est employé à me couvrir de honte.

– N'est-ce pas, Em ?

Sa voix rauque interrompt mes pensées – *orientées toutes entières vers lui.*

– Pardon ?

Je dois ressembler à une biche piégée par les phares d'une voiture. Eileen sourit gentiment.

– C'est vraiment un bon garçon, n'est-ce pas ?

Elle me tapote le bras.

Je me force à un sourire tellement mielleux que mes dents vont se carier.

– C'est tellement vrai.

Se rapprochant de Grant, elle baisse la voix.

– Il ne faut pas avoir honte. Les petits soucis d'érection sont parfois causés par le stress. (Elle lui tapote le bras comme le mien un peu plus tôt.) Essayez le porno à l'ancienne. Il se peut que j'aie suffisamment d'expérience pour garantir que ça fonctionne.

Son petit clin d'œil et son sourire entendu m'invitent à ravaler mon rire narquois. Après quoi, elle s'éclipse comme si elle n'avait pas mentionné le porno.

Mes respects, Eileen !

Grant rougit pour la première fois depuis le début de cette comédie, et cille comme pour s'assurer qu'il a bien entendu. Profitant de son silence ébahi, je pose un billet de dix dollars sur la banque d'accueil, devant Brian. Le pauvre gamin tente maladroitement de faire comme s'il n'avait rien écouté.

– C'est déjà réglé, assène Grant avec autorité, reprenant mon billet pour le glisser dans ma main.

– Je peux payer mes...

– Personne ne prétend le contraire. (Son sourire prétentieux indique clairement qu'il reprend pied.) Mais c'est le moins que je puisse faire pour t'aider à régler ton... problème.

– Apparemment, la solution pour régler le tien est le porno, dis-je nonchalamment, animée du besoin d'asséner une dernière pique avant de tourner les talons et de sortir l'attendre dans le jour déclinant.

Quelques minutes plus tard, Grant émerge du magasin, un sachet dans la main, et s'arrête devant moi. Nous nous observons un instant.

– Du Viagra, Emerson ? Vraiment ? raille-t-il d'une voix empreinte de dédain.

– Retournons à l'intérieur si tu veux attendre ton ordonnance.

Je bats des cils.

– Adorable. Vraiment adorable.

– Tu n'es pas le seul qui sache se payer la tête des autres.

– Je vois ça.

Un groupe de curieux ralentissent le pas à notre hauteur, intrigués de connaître la nature de mon délit. En dépit de mon petit numéro, je n'aime pas être le centre de l'attention.

– Nous en avons fini ? je souffle, la main tendue pour récupérer mon sachet.

Nous nous livrons à un combat visuel sur le trottoir du supermarché. Les gyrophares clignotants de sa voiture de patrouille éclairent son visage tandis qu'il considère ma main puis mon visage.

– À toi de me le dire, Emerson. En avons-nous fini ?

– Ce n'est qu'une boîte de tampons.

– Il y a plus en jeu qu'une boîte de tampons, réfute-t-il gravement, les yeux plantés dans les miens.

Nous nous mesurons du regard pendant une bonne minute, nous demandant lequel cédera en premier. Mon désir de croire à mon mensonge selon lequel il ne serait question que d'articles d'hygiène féminine se confronte à son espoir que j'admette mon erreur.

– Je peux récupérer mon sac ?

– Naturellement, tant que nous clarifions un point. (Il se rapproche.) Rien n'a changé, Em. Tu ne te souviens pas ? Je détecte le mensonge. En particulier avec toi. C'est une qualité que j'ai conservée. Tâche de ne pas l'oublier. Sinon, la prochaine fois, ce sera pire qu'une boîte de tampons dont tu n'as pas la nécessité.

Je serre les dents alors qu'il s'écarte, le regard nuancé d'amusement, et me remet le sac.

– Est-ce une menace, Monsieur l'agent ?

– Absolument pas. C'est une promesse.

9

GRANT

Au volant de ma voiture de patrouille, je jette un coup d'œil circulaire dans la paisible impasse. Cette rue semble sortie d'un village témoin avec ses pelouses impeccablement tondues, ses parterres de fleurs colorées, ses pavillons propres, ses vélos abandonnés dans les allées des garages, ses balançoires dépassant des clôtures.

Nate me lance un regard alors que nous vérifions l'adresse à deux fois : 12662 Serenity Court. Un pavillon au crépi beige foncé, aux finitions marron, plus vaste que la moyenne. Un mini-van est rangé dans le garage à la porte ouverte, et un SUV garé juste derrière. Le garage est propre, mais des jouets sont éparpillés d'un côté, un établi muni d'une scie et une perceuse de l'autre.

Normal.

Mais c'est le problème. Quelquefois, la normalité est trompeuse.

Nate vérifie les plaques d'immatriculation pendant que j'inspecte les environs. Le contrôle se révélant négatif, nous sortons du véhicule. Je tourne les yeux vers la maison située à sa droite et adresse un hochement de tête à la voisine qui nous épie derrière ses rideaux.

– C'est d'elle qu'émane le signalement ? demande Nate tandis que nous remontons prudemment l'allée.

J'acquiesce d'un mouvement de tête, sans toutefois confirmer verbalement.

– L'appelant souhaite rester anonyme.

– Mouais.

Pas étonnant, étant donné qu'elle a signalé un 10-16, soupçons de violence domestique impliquant un mineur.

Des pierres de rivière bordent l'allée. Certaines sont peintes de multiples couleurs, intercalées de pierres grises. Quelques-unes ressemblent à des coccinelles, d'autres portent des dessins abstraits et d'autres encore sont couvertes de mots peints, toutes visiblement décorées par un enfant.

Une fraction de seconde, je me revois enfant, quand nous nous amusions avec Emmy à peindre des galets sur le côté de la maison. Comme des milliers d'enfants. Bien qu'il n'y ait aucune corrélation, je trouve étrange qu'elle se soit longtemps absentée mais que, ces dernières semaines, elle soit partout et qu'un rien m'évoque un souvenir d'elle.

Nate frappe vigoureusement à la porte, le coup résonne dans le calme de l'après-midi. Resté en retrait, une main sur la crosse de mon arme, j'attends que quelqu'un ouvre, à l'affût d'un son de détresse en provenance de l'intérieur tandis que mes yeux scrutent les environs.

– Qui est-ce ? demande une voix masculine derrière la porte.

– Police de Sunnyville. Nous aimerions nous entretenir avec vous, répond Nate.

– À quel sujet ?

– Nous venons vérifier que tout se passe bien chez vous. Des voisins ont entendu des cris, aussi frappons-nous à toutes les maisons de l'impasse pour nous assurer qu'il n'y a pas de problème.

Nate ment comme un bon flic.

– Tout va très bien. Merci d'avoir vérifié.

– Heureux de l'apprendre, Monsieur, mais j'ai besoin que vous ouvriez pour que nous puissions vérifier par nous-mêmes. Question de procédure.

Un mouvement sur ma droite attire mon attention. Une fillette blonde nous épie au-dessus du rebord de fenêtre, de sorte que je n'aperçois que le haut de son visage. Je souris doucement pour lui montrer que nous sommes là pour l'aider. Elle m'observe puis se cache derrière le rideau, hors de ma vue.

– Bon sang, marmonne l'homme derrière la porte avant de faire glisser le verrou et d'entrouvrir la porte.

– Tout va bien. Vous voyez ? Satisfaits ?

Son ton trahit son agacement quand il apparaît à la porte. Je procède à un rapide descriptif : brun, yeux bleus, un filet de sueur coule sur sa tempe. Chemise habillée aux manches enroulées, cravate desserrée autour du cou. Sa chemise est sortie de son pantalon, et j'ai beau me concentrer, je ne parviens pas à voir ses mains ni à vérifier l'état de ses phalanges.

– Merci, Monsieur. Votre nom, s'il vous plaît ?

– Ren Davis, mais on m'appelle Davis.

– Merci, Monsieur Davis, réplique Nate.

Il avance et, la main sur la porte, l'ouvre un peu plus largement.

Mécontent, l'homme grommelle.

– Vous me soupçonnez de mentir ?

– Non, Monsieur, lui assure Nate avec un grand sourire désarmant. Mais ça m'ennuierait de perdre mon boulot parce que je n'aurais pas coché toutes les cases, si vous voyez ce que je veux dire.

– Fichus fonctionnaires, bougonne-t-il.

– Vous avez tout compris.

Nate ôte son autre main de la crosse de son revolver et tend deux doigts dans son dos.

Il aperçoit deux autres personnes à l'intérieur.

– Je n'ai pas entendu crier.

– Je ne vous ai pas posé la question, riposte Nate, veillant à lui faire comprendre que c'est nous qui menons l'entretien, pas lui. Puis-je voir les autres personnes présentes ?

Il redresse la tête.

– Je suis seul chez...

– Je viens de voir passer une petite fille, l'interrompt Nate. J'aimerais lui parler.

Davis exhale bruyamment, son irritation tord ses traits. Il s'efface, révélant plus amplement l'intérieur. Une tache assombrit la moquette là où une plante précédemment posée sur un muret a été renversée, la terre jonche encore le sol. D'après ce que je vois, la maison semble propre, ce qui fait ressortir la traînée de terre.

– Keely, viens par ici, crie-t-il, ses pieds remuant, ses mâchoires serrées.

Dans le mouvement, j'aperçois du sang sur l'une de ses phalanges, les autres légèrement rougies. Nate le remarque aussi et coule un regard dans ma direction alors que j'entre.

– Votre femme également, je vous prie.

– Ma femme n'est pas...

– J'ai remarqué deux voitures garées dans l'allée, Monsieur, explique Nate. J'aimerais également vérifier comment elle va.

– C'est la vieille bique d'à côté qui a téléphoné ? Une vraie fouine. Faut toujours qu'elle se mêle de nos affaires. L'an dernier, notre chien a pissé sur ses bégonias et les a brûlés. Depuis, elle ne me lâche plus.

– Personne n'a téléphoné, affirme Nate. Je le redis, nous faisons le tour du quartier. Une simple vérification.

Davis nous examine tous les deux. Son scepticisme est imprimé sur son visage, mais il secoue la tête et crie dans la maison.

– Amelia. La police est ici. Ils veulent voir si tout va bien. Tu peux descendre ? (Il recule.) Vous êtes contents ?

– Merci, Monsieur, dis-je en m'immisçant dans la conversation pour la première fois au moment où la fillette blonde avance la tête dans l'angle du mur, derrière lui. Comment t'appelles-tu ? fais-je doucement, m'agenouillant à sa hauteur.

La pauvre bichette est terrifiée. Ses yeux dardent de son père à moi puis s'arrêtent sur son père. Elle attend son assentiment pour répondre.

– Ke... Keely.

– Tu veux bien approcher une seconde, Keely ?

Je l'y invite alors que la mère apparaît derrière elle et place une main protectrice et tremblante sur son épaule. Keely consulte son père du regard et attend qu'il l'autorise à approcher de la porte. Cela fait, elle reste sur le seuil, serrant dans sa main le bras d'un ours en peluche déchiré. Les traînées noires qui maculent ses joues attestent qu'elle a essuyé ses larmes.

Sa mère approche également, encore plus intimidée que sa fille. Les cheveux d'Amelia sont décoiffés, et ses yeux rougis sont cernés de dégoulinures de maquillage noires. Elle croise les bras sur sa poitrine pour immobiliser ses mains tremblantes. Elle a beau se tenir à un mètre de son mari, elle ne lui adresse pas un regard.

Alcool ou maltraitance.

Ma première hypothèse. C'est assurément l'un ou l'autre.

– C'est toi qui as peint ses galets super-cool ? je demande à Keely d'une voix apaisante dans l'espoir de gagner sa confiance.

– Moi et ma maman.

Elle hoche à peine la tête, mais suffisamment pour que je la prenne à part et m'assure qu'elle n'est pas en danger.

– Tu me montres lesquels sont les tiens ? Je suis sûr que je réussirai à deviner parce qu'ils sont certainement aussi jolis que toi.

Elle esquisse un infime sourire, et le furtif éclat de joie qui traverse ses yeux tristes me fend le cœur. Elle regarde son père qui n'a pas l'air enchanté par ma requête. Ces signaux ne trompent pas, enfoiré.

– Je peux ?

Il hoche la tête en direction de sa fille puis jette un regard par-dessus son épaule vers sa femme.

Se tordant les mains, Keely avance de quelques pas puis se tourne vers son père comme si elle faisait une bêtise.

Je pose gentiment la main sur son épaule pour l'emmener vers un amas de galets. Assez loin pour la questionner et cerner l'ambiance familiale. Mon instinct me rassure – pour l'instant –, mais le bien-être de sa mère est une autre histoire.

– Lesquels as-tu peints ? je m'enquiers, accroupi auprès d'elle.

La tête inclinée sur le côté, elle me scrute en silence, peu disposée à parler, maintenant que je l'ai éloignée de sa mère.

– Je parie que tu as peint la chenille, dis-je, le doigt sur un caillou, espérant ne pas me tromper.

Les coins de sa bouche se relèvent doucement, et elle redresse fièrement le dos.

– Et celui-ci aussi ? (J'attends que ses yeux localisent le galet.) Le papillon est très réussi. Le rose est ta couleur préférée ?

Bien qu'elle hoche la tête, elle reste muette.

Je tourne la tête vers Nate, en conversation avec le couple Davis campé sur le seuil de la maison. J'espère qu'il parviendra à s'entretenir en tête à tête avec Madame Davis.

– Tiens, il y a un K sur celui-ci. L'initiale de ton prénom ?

– Oui.

Dans son filet de voix, je perçois néanmoins sa peur.

– C'est ce que je pensais. On voit bien qu'il a été peint par un enfant de dix ans.

Elle rit, mais sans bruit.

– Mais je n'ai pas dix ans.

– Ah bon ? Mais quel âge as-tu ?

– Cinq ans.

– Incroyable ! J'aurais juré que tu savais déjà conduire. Tu es sûre que ce n'est pas ta voiture dans l'allée ?

Elle esquisse un sourire et secoue vigoureusement la tête.

– Et ce galet... c'est ton ours en peluche ? je fais, le doigt pointé sur le galet puis sur sa peluche miteuse.

Elle hoche la tête.

– Il s'appelle Nemo.

Je souris.

– Nemo ? Je croyais que Nemo était un poisson.

– Nemo peut être tout ce qu'il veut.

– Tu as totalement raison. (Remis à ma place par une enfant de cinq ans !) Sais-tu pourquoi mon ami, l'agent Nate, et moi-même sommes ici, Keely ?

Elle secoue la tête, mais son coup d'œil furtif vers son père, par-dessus mon épaule, indique qu'elle a compris précisément la raison de notre présence.

– Nous sommes venus nous assurer que toi et ta maman allez bien.

– Et mon père ?

Elle plisse le front et enroule son tee-shirt autour de son doigt.

– Ton père aussi. Nous sommes policiers. C'est notre travail de veiller à la sécurité de tous les habitants, en permanence.

– Mmm.

Elle tord les lèvres, gagnée par la nervosité. Je dois aller droit au but. Ce n'est qu'une question de secondes avant que Monsieur Davis songe à m'interdire de m'entretenir avec Keely sans la présence d'un parent.

– Si tu ne te sentais pas en sécurité, tu pourrais me le dire, tu sais ? Par exemple, si tes parents se disputaient et que ça t'effrayait, ce serait normal que tu en parles à un agent de police comme moi. Ils n'auraient pas d'ennuis pour ça, mais cela m'aiderait à comprendre pourquoi tu as l'air aussi chagrinée.

Elle écarquille les yeux.

– Ils se sont disputés aujourd'hui ?

– Mmm...

Sa discrète réponse recèle tant de honte que, bien qu'étant un dur à cuire, j'ai envie de la câliner.

– Quand tes parents te grondent, il leur arrive de te donner une fessée ?

– Seulement quand je fais une grosse bêtise, murmure-t-elle, les yeux fixés sur ses doigts qui entortillent le bas de son tee-shirt.

– Quel genre de bêtise ?

La tristesse obscurcit son regard. Elle secoue la tête et se penche pour ramasser un galet peint. Le retournant dans sa main, elle cherche les mots appropriés pour son esprit innocent.

– Si je sors de ma chambre quand ils se disputent. Ou si je renverse mon lait. (Elle hausse les épaules comme si c'était sans espoir, alors que sa posture entière crie à l'aide.) Ou si je raconte à quelqu'un qu'ils se battent.

Bordel de merde.

– Bon, je ne répéterai à personne ce que tu m'as dit. Entendu ?

Elle pose sur moi ses grands yeux bleus embués de larmes, elle semble se demander si elle peut me faire confiance. Je hoche lentement la tête pour renforcer ma promesse.

– D'accord, concède-t-elle finalement, son attention se reportant sur sa mère qui converse avec Nate, et sur son père resté à proximité.

– Il arrive que ta mère se fasse gronder par ton père ? je demande.

Elle prend une courte inspiration.

– Ma mère ne renverse pas son verre de lait.

Elle rompt le contact visuel et examine le galet dans sa main pour ne pas développer.

– D'accord. Mais peut-être qu'elle s'attire des ennuis pour d'autres raisons ?

Elle hoche subtilement la tête puis redresse fièrement le menton, comme si elle refusait d'admettre les faiblesses de sa mère. Elle n'imagine pas que le fait que sa mère endure cela soit un signe de faiblesse, mais protéger sa fille des assauts de colère paternels atteste également d'une force de volonté.

– Il s'est passé quelque chose aujourd'hui que tu n'aurais pas envie de me raconter ?

– Keely ? Dis au revoir à Monsieur l'agent maintenant, crie sa mère du pas de la porte, le bras protecteur de Davis autour de ses épaules.

Keely hoche la tête, ses petites boucles blondes rebondissent autour de son visage. Puis elle reporte son regard sur moi.

– Faut que j'y aille.

À mon tour, je hoche la tête même si toutes les fibres de mon être me hurlent de l'emmener avec moi dans la voiture de patrouille jusqu'à ce que j'aie acquis la certitude qu'elle ne court aucun danger.

– Je peux te donner quelque chose ?

Elle tourne brièvement les yeux vers ses parents, partagée entre sa loyauté envers eux et la sécurité que représente un agent de police.

– D'accord.

Je sors un badge autocollant de ma poche. Il provient d'une intervention que nous avons menée dans une école élémentaire dans la journée, et il est parfait.

– Je te l'offre pour faire de toi un adjoint de police.

– C'est vrai ?

Ses yeux s'arrondissent et sa voix aiguë exprime son émerveillement. Son innocence et ses velléités à me faire confiance sont tellement palpables que mon cœur se serre.

– Absolument. (Je lui remets le badge.) Je ne les offre pas au premier venu. C'est une mission importante que tu es capable de relever. Cela te fournit l'autorité de contacter la police, en composant le 911 sur un téléphone, si jamais tu as peur, si tu es blessée ou si tu as besoin d'aide.

Elle observe un instant l'autocollant et demande sans réfléchir.

– Et si ma maman a besoin d'aide ?

De nouveau, sa voix est si faible que j'entends à peine.

– Dans ce cas aussi, tu peux t'en servir sans la moindre hésitation.

Je lui tends la main pour qu'elle la serre. Elle glousse pour la première fois, et pour appréciable que soit son rire, je l'abhorre en même temps. Dans l'immédiat, je suis contraint de la laisser retourner dans ce foyer sans rien savoir de plus sur ce qui s'est produit, sinon qu'une voisine a entendu des cris.

– Enchanté de travailler avec vous, Agent Keely.

Avec un autre sourire, elle me serre la main, pivote sur ses talons et retourne auprès de sa mère, qui l'entraîne à l'intérieur avant de claquer la porte sans un regard en arrière.

Se retournant, Nate croise mon regard et secoue la tête tandis que nous descendons l'allée.

– Elle s'est cognée dans le mur, murmure-t-il avec résignation.

Il fait référence à l'hématome de la mère.

– Elle a refusé d'en dire plus ?

– *Nada,* admet-il en me regardant par-dessus le toit de la voiture. Impossible de la prendre à l'écart, je n'ai pas pu pousser l'interrogatoire. Et la petite ?

Je sais qu'il n'emploie pas les prénoms pour ne pas s'impliquer émotionnellement, mais cette fois, c'est trop pour moi.

– Keely ? Je n'ai pas noté de traces de coups et elle n'a pas dit qu'on la battait. Mais son père lui donne une fessée si elle raconte que ses parents se disputent. Ou quand elle renverse son lait. Et probablement quand elle respire.

Je serre les dents pour contenir ma colère. Je ne peux pas rester détaché. Pas d'une petite fille blonde aux grands yeux bleus qui est probablement le témoin de scènes qui ne sont pas de son âge.

– Fils de pute !

– Si seulement nous parvenions à nous entretenir seul à seul avec Madame Davis, je grommelle en réfléchissant tout haut.

– Rien ne nous empêche de retenter notre chance. De passer prendre des nouvelles, en l'absence du père. Peut-être qu'elle se mettra à table.

– Possible, dis-je, bien que cela ne me satisfasse pas. Il n'a pas intérêt à toucher à un seul cheveu de la petite.

Nate m'étudie un court instant, hoche la tête et grimpe en voiture. Notre journée est loin d'être terminée.

10

GRANT

– Eh ben, c'était merdique.

Je lance un regard à Nate en décapsulant une cannette de soda.

– Sur toute la ligne.

– Il n'y a rien à garder. Pas d'arrestation. Que dalle.

– Une journée à n'en plus finir.

Je bois une gorgée et, en m'adossant à ma chaise, je pose les pieds sur mon bureau au commissariat.

– Nate, si tu rêves de gyrophares et de sirène hurlante à longueur de temps, fais-toi muter à San Francisco. Là-bas, les gars tueraient pour se la couler douce comme nous ici.

– Possible. Mais je te parie qu'ils sont accros à l'adrénaline. Ils seraient incapables de vivre sans. (J'approuve d'un hochement de tête.) D'ailleurs, les rares moments exaltants se produisent quand je suis en arrêt maladie.

– À quoi fais-tu allusion ?

– Lyle m'a raconté dans les vestiaires que vous aviez pincé une nana qui roulait à 145, mais je n'ai pas trouvé ton rapport.

Il appuie sa hanche contre le bureau à côté de moi et croise les bras sur sa poitrine.

– Elle faisait face à une urgence. La dame devait se rendre urgemment quelque part, dis-je en saluant des collègues venus pointer et s'informer de l'ordre du jour. J'étais bien luné, elle s'en est tirée avec un simple avertissement.

– Autrement dit, c'était un canon et tu as pris son numéro.

– Comme tu voudras.

Je lève les yeux au ciel et avale une gorgée en songeant à Emerson. Son mépris et son regard hanté qui m'amènent à lui poser des questions auxquelles elle n'est pas disposée à répondre. Sans omettre son petit short blanc qui me donne des idées bien malgré moi.

– La Terre appelle Grant...

– Désolé. Je repensais à la première intervention de la journée.

– Le salaud de mari et l'adorable gamine ? Moi aussi, ça me tracasse.

Le silence nous enveloppe un instant. Je déteste le fait que lorsque je me remémore la petite Keely, l'image d'Emerson quittant la classe ce jour fatidique se superpose à la première.

Somme toute, elle s'infiltre dans mes pensées plus souvent qu'à son tour. À tel point que je projette consciemment sa situation sur une autre enfant.

– Et si nous animions la journée avec un peu d'action ? suggère-t-il.

– J'ai ma dose d'action. Merci quand même.

J'émets un petit rire juste pour l'agacer.

– Tu es un sacré numéro. *Flic Playboy.* Un de ces jours, une nana capturera ton cœur de glace et tu seras casé, comme nous autres pauvres bougres.

– Moi, casé ? (Je me passe la main sur la joue et secoue la tête.) Désolé, je ne m'y vois pas... mais si ça t'aide à mieux tolérer ta vie rangée dans ton pavillon coquet, ne te gêne pas.

– Il y a des jours où je te déteste, tu sais ?

– Bien sûr, mais tu m'aimes aussi, je le taquine alors que Liv, la standardiste, traverse le corridor et m'adresse un sourire farouche qui me fait légèrement regretter de l'avoir plaquée.

– Je t'avais bien dit qu'elle n'avait pas tourné la page sur toi, murmure-t-il tandis que nous admirons le balancement de ses hanches.

– Moi et mon cœur de glace.

Je ris.

– Tu ne veux vraiment pas sortir après le boulot ?

– Impossible, j'ai promis au chef de traiter la paperasse. (Comme si c'était un loisir amusant pour occuper ses soirées.) Je reprends des affaires classées sans suite pour lui. C'est ma manière de prouver que je serai un inspecteur du tonnerre. Tu sais, je dois me mettre en avant si je veux décrocher une promo.

– Dis plutôt que tu fais de la lèche avec toutes les heures supplémentaires que tu accumules, raille-t-il.

– Sans oublier que ça arrondit agréablement mes fins de mois. Je vois déjà la nouvelle véranda et le barbecue en dur que je construirai prochainement.

– Ma proposition tient toujours. Avec quelques gars, on a rendez-vous à sept heures chez McGregor si tu finis à temps.

– Merci, mais j'ai des trucs à faire.

– Ah, fait-il en se repoussant de la table. Essaie de te souvenir de son prénom au réveil.

– Ridicule.

Je le chasse d'un geste ample. Redressant le dos, je mets ma casquette de gratte-papier et entreprends d'actualiser les dossiers empilés sur mon bureau.

* * *

Je ne devrais pas faire ça.

Je n'aurais pas dû me laisser émouvoir par cette vieille affaire classée.

Je n'aurais pas dû penser à Keely et à Emerson en regardant la photo de la victime.

Je n'aurais pas dû laisser mon doigt planer au-dessus du bouton d'envoi après avoir inscrit « John Reeves, Emerson Reeves » dans la barre de recherche de la page des archives, hésitant à lancer la recherche pour découvrir ce qui lui est précisément arrivé toutes ces années plus tôt.

Par-dessus tout, je ne devrais pas me diriger vers Miner's Airfield, l'aérodrome où Desi a suggéré avec insistance que j'y trouverais Em.

En dépit du bon sens, j'observe la piste d'atterrissage bordée de hangars sur un côté du terrain et les avions parqués sur la droite. À l'extrémité, un parking jouxte les bureaux de *Blue Skies*, une école de parachutisme vieillissante. Aussi loin que ma mémoire remonte, elle a toujours été là, gérée par les Skies. Aux dernières nouvelles, aucun membre de la famille n'habite à proximité pour diriger ou ne serait-ce que se soucier de l'aérodrome. La vétusté des bâtiments et l'enseigne délavée indiquent un manque d'attention.

Pourquoi suis-je ici ?

Pourquoi est-ce que je cours après quelqu'un qui me repousse ostensiblement ?

Pour présenter mes excuses à Emerson pour le canular des Tampax ? Oui *et* non, étant donné qu'elle m'a battu à mon propre jeu avec le coup du Viagra. Ou parce que chaque fois que j'ai pensé à Keely aujourd'hui, j'ai revu le visage d'Em petite et je sais qu'il n'est pas près de s'effacer de mon esprit ?

Plus probablement, j'entrevois la possibilité que la revoir, m'assurer qu'elle va bien, redevenir son ami atténuerait ma culpabilité d'avoir rompu la promesse que je lui ai faite dans notre enfance. L'adulte en moi sait que c'était la seule chose à faire. Mais le petit garçon sous la surface se repentit chaque fois que ressurgit l'expression qu'elle affichait en quittant la classe de Madame Gellar.

Depuis tout ce temps, Em est restée présente dans mon esprit. Bien sûr, l'eau a coulé sous les ponts depuis le CE2 mais, curieusement, je savais que je la retrouverais. Elle n'est pas du genre qu'on oublie facilement.

Formidable, voilà que je m'exprime comme dans un film à l'eau de rose.

Je me frotte le visage et quand je rouvre les yeux, elle apparaît en chair et en os, traversant la piste avec l'autorité d'un maître des lieux. En combinaison de parachutisme, les manches nouées autour de la taille, un débardeur violet en dessous. Si sauter d'un avion est sa manière de se détendre après une longue journée, je n'imagine pas ce qui l'excite par ailleurs.

Comme si elle sentait mon regard, Emerson tourne la tête dans ma direction et je gage qu'elle sait que c'est moi. C'est visible à la petite inclinaison de sa tête. Son empressement à redresser les épaules. Son pas assuré qui s'oriente vers moi avec une franche détermination.

Je souris, c'est plus fort que moi. J'adore la voir en rogne. Après la journée que j'ai passée, je suis fin prêt à me chamailler.

Mais putain, elle fait tout pour m'en dissuader. Avec sa fichue combinaison. Sa tenue devrait être la moins attrayante du monde – bleu marine, ample, masculine –, mais… nom d'un chien. Je suis un homme au sang chaud, et seul un aveugle ne remarquerait pas ses seins qui sautillent sous son débardeur.

Je me passe la main sur le visage pour empêcher mes pensées de s'égarer, mais elles semblent animées d'une volonté propre.

Elles s'échappent sur ce terrain glissant.

Et pas qu'un peu.

À cinq mètres de moi, elle s'arrête, les mains sur ses hanches.

– La piste est fermée pour raisons de maintenance. Personne n'a appelé la police. Tu peux repartir.

Je l'observe derrière mes lunettes de soleil, mon coude en appui sur la vitre ouverte.

– Je ne suis pas en service. Moi aussi, je suis content de te voir, Em.

Je souris juste pour l'énerver.

– Je ne suis pas contente de te voir.

– Oh là, maintenant tu tentes de m'avoir par la gentillesse.

Elle fait rouler ses épaules.

– Désolée, personne n'a besoin de tampons. Réserve tes interventions d'urgence pour quelqu'un d'autre.

Le sarcasme imprégnant sa voix m'incite à rebondir.

– Je ne réponds pas aux appels urgents, ce soir, dis-je en sortant de mon véhicule et en m'appuyant contre la portière. Je me balade, je suis arrivé ici par hasard.

– Comme c'est commode ! ricane-t-elle. Tu es venu. Tu as vu. Tu peux t'en aller parce que tu ne vaincras pas.

Son sourire stupéfiant fait fondre mon cœur de glace, comme dirait Nate.

– Tu étais si gentille autrefois.

– Tu n'étais pas aussi agaçant autrefois.

– Tu débordes de colère alors que je ne me souviens pas d'avoir fait quelque chose de mal.

Une expression fugace traverse son visage mais, entre la distance et sa fugacité, je ne parviens pas à la décrypter.

Quoique, c'est assez pour que je sache que je l'ai piquée au vif.

Nous nous regardons un instant, tous deux suffisamment têtus pour ne pas baisser les yeux en premier. Si tant est que ce soit amusant de la pousser à bout, cela ne nous mènerait à rien. Ça, je n'en doute pas un seul instant.

– C'est ici que tu sautes ?

J'indique d'un geste du menton la piste derrière elle.

– Pardon ? demande-t-elle en approchant un peu, le front plissé.

– À la soirée de Desi, tu discutais parachutisme avec un petit groupe.

– Et alors ?

Je dois conjurer toutes mes forces pour ne pas l'exhorter à arrêter lorsqu'elle glisse les bras dans les manches de sa combinaison et remonte le fermoir jusqu'en haut. Il n'est pas nécessaire de dissimuler la perfection que j'étais justement en train d'admirer. Et quand je rencontre de nouveau son regard, je sais à son air entendu que j'ai été pris en flagrant délit.

Peut-elle me le reprocher ?

–Alors ? répète-t-elle.

–J'ai présumé que vous sautiez dans la même équipe, ou je ne sais quoi.

Elle penche la tête sur le côté et se mâchonne le gras de la joue.

–Que veux-tu, Grant ? Tu n'es pas véritablement en balade et tu ne passes pas dans le coin par hasard... alors que veux-tu exactement ?

Bonne question. J'aurais bien besoin de me la poser.

Je me rapproche d'elle, qui fait de même, si bien que nous sommes séparés d'un bon mètre sur le tarmac désert.

–Je ne sais pas vraiment, je murmure, plus pour moi-même, déplorant qu'elle n'ôte pas ses maudites lunettes d'aviateur qui cachent ses yeux.

Au moins, j'aurais un indice sur son état d'esprit du moment.

–Nous voilà bien avancés. Le chef t'a certainement appris que si tu ne sais pas ce que tu veux, tu n'as aucune chance de l'obtenir... alors, bonne chance pour trouver la réponse. Au risque de me répéter, l'aérodrome est fermé.

Elle hausse les sourcils et fait volte-face pour s'éloigner.

Ma main s'abat sur son bras.

–C'est quoi, ton problème ? je rugis.

Bon sang, elle n'a pas son pareil pour m'échauffer la bile en un éclair.

Pourquoi diable est-ce que je poursuis un fantôme ? Et d'abord, pourquoi je m'en soucie ?

Elle libère son bras de mon emprise d'un coup sec, mais ne s'éloigne pas. Au moins, elle ne prend pas la clé des champs.

–Toi. Tu es mon problème.

–Mais pourquoi ? Pourquoi ne pourrions-nous pas devenir amis ?

–J'ai plein d'amis, Grant.

–Pas un ami comme moi.

–Charmant. (Elle lève les yeux au ciel et secoue la tête.) Ton arrogance ne t'apportera rien avec moi.

– D'où ça vient ? Qu'est-ce qui t'irrite autant chez moi ? Qu'ai-je fait de si grave qu'en me voyant, le soir du 4-juillet, tu as d'emblée décrété que tu me haïssais ?

Je la confronte sans réfléchir, démarrant au quart de tour alors que j'étais venu pour calmer le jeu.

– Je ne suis pas irritée, raille-t-elle.

– Ah non ? Et comment tu appelles ça ?

– Hostile.

Elle décoche un infime sourire.

– Je dirais plutôt que tu es sur la défensive.

Cette fois, ma réplique fait mouche. Un quart de seconde, elle se décompose puis elle bride la réaction que j'ai provoquée quelque part en elle.

– Si ça te déplaît autant, que fais-tu ici ?

– C'est la question que je n'arrête pas de me poser.

– Et maintenant, nous sommes dans une impasse.

Son ton blasé, voilà ce qui me met à cran. Ce n'est rien d'autre qu'un masque derrière lequel elle se dissimule. J'ai envie de le lui arracher pour examiner ce qu'elle cache en dessous.

– Je t'aurai à l'usure.

T'es un génie, Malone. D'abord, je l'accuse d'être trop compliquée, et finalement je la menace de la mettre à bout.

– Tu peux rêver.

Ses mains si uniques retrouvent ses hanches.

– Emmy, je connais les individus dans ton genre. Tu repousses les gens dès qu'ils se rapprochent un peu trop. Tu aimes mener la danse, dicter tes propres règles. Grande nouvelle, je ne fléchis pas sous la pression et personne ne contrôle mes faits et gestes.

– Pour ta gouverne, derrière mes lunettes, je lève les yeux au ciel face à ta petite scène de macho colérique.

– Tu as toujours aimé lever les yeux au ciel.

– Assez ! (Les poings serrés, elle lutte pour reprendre son calme.) Je le redis, je ne suis plus la fille que tu as connue.

– Tant mieux, dis-je en faisant un pas vers elle, sinon nous aurions cette discussion en fabriquant des tartes à la boue dans le jardin de mes parents et en mâchant ces vers de terre gélifiés que tu adorais.

Son armure se fissure, sa lèvre se relève légèrement.

– Il n'y a rien de mal à aimer les vers de terre en gélatine.

Je frémis en feignant le dégoût.

– De la même manière que tu n'es plus la même fille, je ne suis plus du tout le même garçon. Je n'essaierai pas de te charmer pour que tu asperges les escargots de sel ou que tu nappes ta main de miel pour voir combien de fourmis nous récoltons. Les insectes, ce n'est plus mon truc.

La glace fond, elle lutte pour ne pas sourire.

– C'est quoi ton truc maintenant ?

Nous nous observons un instant, à l'abri de nos verres fumés. Je sais que je devrais m'en aller. Avec elle, c'est compliqué et je fuis les complications. Mais au lieu de suivre la voie de l'intelligence, je cherche ma carte de visite dans la poche de poitrine de mon uniforme.

– Mon numéro, si jamais tu veux m'appeler et… je ne sais pas… traîner au centre commercial avec moi.

Cette fois, elle me gratifie d'un sourire.

– Merci, mais j'ai fait mes provisions pour la semaine.

Je l'ai bien cherché.

– Prends ma carte, Emmy. J'aimerais énormément sortir avec toi, en toute amitié, et rattraper le temps perdu.

Je réalise que j'ai tort d'évoquer le passé à l'instant où je le dis, mais elle m'évite de me raccrocher aux branches en saisissant ma carte.

– Je la prends, mais je ne m'en servirai pas.

– Mais si, tu me téléphoneras.

– Tellement sûr de toi, n'est-ce pas ?

– Tu n'as jamais su me dire non.

– Par pitié. Reprends ta carte.

Elle me la rend, mais elle rit, et c'est une bonne chose.

– Pas question ! (Je recule.) Tu me téléphoneras. Je le sais.

– Détrompe-toi.

– Tu ne résisteras pas à l'envie de découvrir ce qui est arrivé à Miles O'Neal.

Elle sursaute au souvenir du garçonnet qui en pinçait pour elle.

– Peu importe, dit-elle en glissant la carte dans sa poche sans même la regarder. Juste pour dire, je ne me laisse plus amadouer par de belles paroles.

– De quelle manière peut-on t'amadouer désormais ?

Em se fige momentanément, une expression indéchiffrable voilant son visage.

– Je dois retourner travailler.

Quoi ?

– Travailler ?

– Oui, travailler. J'essaie de racheter cet endroit.

– L'aérodrome ?

– *Blue Skies*, l'école de parachutisme.

– Vraiment ?

– Vraiment.

Elle me tourne le dos et lance par-dessus son épaule.

– À plus dans le bus, Malo le mytho.

Ainsi, elle reste dans le coin. De façon permanente.

Je la regarde traverser la piste jusqu'à ce qu'elle ait disparu dans les locaux de *Blue Skies*. Ensuite, je reprends mon pick-up et mets le contact, mais je ne pars pas.

Je ne saurais pas dire exactement pourquoi je fais autant d'efforts pour elle.

Le fait est que j'y mets du cœur.

Un instant plus tard, je recule et quitte le parking avec le sourire.

Elle ne m'a pas repris quand je l'ai appelée Emmy.

Toute victoire est bonne à prendre, d'autant que j'ai le sentiment qu'avec Emerson Reeves, les plus petites réussites se gagnent durement, qu'elles sont rares et espacées.

La question est : une victoire sur quoi ?

11

EMERSON

– Ma puce, il faut sérieusement que tu fasses le ménage.

Haussant les épaules, je survole le studio du regard. Une pile de linge sale trône sur une chaise dans un coin, le fatras s'accumule sur le comptoir de la kitchenette – si tant est qu'elle mérite ce nom – et mon lit est défait. Ce qui est habituel.

– Tu es la seule personne qui vienne ici, et comme tu m'aimes déjà, je n'ai pas besoin de t'impressionner, dis-je à Desi en versant du vin dans son gobelet en plastique.

– C'est hautement discutable, réplique-t-elle en secouant la tête avant d'entreprendre d'empiler des formulaires sur le guéridon... enfin, la table de la cuisine, dans un semblant d'ordre. Cet appartement n'est pas vraiment spacieux. Il aurait l'air plus grand s'il était propre.

– Bien, maman. (Je m'adosse dans l'une de mes chaises dépareillées et pose mes pieds sur le siège d'en face.) Sais-tu à quel point je suis exténuée ces temps-ci ? Entre Travis, *Blue Skies* et le prêt, je n'ai pas une seconde pour respirer.

– Alors, renonce à l'une de ces choses.

– Facile à dire pour toi. Travis gère l'aérodrome. Les petits boulots que j'effectue pour lui paient ce luxueux toit au-dessus de ma tête et la voiture grâce à laquelle je me déplace. Mon emploi à *Blue Skies* paie les factures restantes. Et j'espère vivement qu'un crédit suffisant me sera accordé pour que je puisse acquérir *Blue Skies*.

– Et ensuite ?

– Ensuite, je pourrai en faire ce que bon me semblera. Investir l'argent restant dans des améliorations ou que sais-je, mais au préalable, je dois obtenir un financement pour que ce lieu m'appartienne.

Tout est clair dans ma tête, mais en l'état actuel des choses, il m'est difficile de croire que c'est réalisable.

– J'ai foi en tes capacités.

– Dans l'intervalle, je composerai avec l'épuisement.

– Mais tu n'es pas trop fatiguée pour t'envoyer en l'air.

– Pardon ?

– Qui est ton jouet sexuel du mois ?

Je manque m'étrangler en buvant une gorgée de vin.

– Qui a dit que j'avais un amant ?

Je ris.

– Eh bien, le caleçon noir dans le coin laisse penser qu'un homme est passé par là. Que ce soit une aventure d'un soir, d'une semaine ou d'un mois, c'est ouvert à discussion.

– Où ça ?

Sans surprise, quand je suis son regard, un sous-vêtement de Shawn roulé en boule gît dans l'angle de la pièce.

– À quel beau parti appartient-il ? demande-t-elle, levant la main pour énumérer des noms et les éliminer en comptant sur ses doigts.

– Probablement à Shawn.

– Shawn ? Le Shawn d'il y a trois mois ?

– Apparemment.

Je me mords la lèvre inférieure en me demandant comment ce sous-vêtement a pu m'échapper.

– Il n'a plus mis les pieds ici depuis qu'il m'a proposé de lui donner le biberon pendant qu'il portait une couche.

– Il s'agirait donc d'une couche et non d'un caleçon ?

Nous gloussons à cette idée.

– Mouais. Je refuse de savoir ce que tu vas trouver d'autre quand tu feras le ménage.

– Ce n'est pas en désordre à ce point… (Devant son haussement de sourcils, je me ravise.) D'accord, ça l'est.

– Reconnaître un problème, c'est le résoudre à moitié.

Elle rit, mais l'éclat dans ses yeux et son sourire espiègle attirent mon attention.

– Quoi ?

– Rien.

Sauf qu'elle sourit comme un chat qui a mangé un canari.

– *Quoi* ?

– Tu as vu Grant, n'est-ce pas ?

C'est reparti…

– Qu'est-ce qui te fait dire ça ?

– Rien de spécial. (Elle hausse les épaules, mais je ne la crois pas.) Mais tu as envie de le revoir, non ?

– Qu'est-ce qui te fait dire ça ? je répète.

– Sinon, tu aurais jeté ceci.

Elle brandit sa carte de visite pincée entre ses doigts et réprime un sourire victorieux.

– Desi, regarde autour de toi. Visiblement, je conserve des tas de choses inutiles. Exemple typique, le boxer de Shawn. Idem avec la carte de Grant.

Sourcils arqués, je soutiens son regard, parce que je sais qu'elle ne lâchera pas l'affaire en premier.

– Je ne suis pas d'accord.

– La belle affaire !

Je me lève de ma chaise. J'ai besoin de bouger et de réfléchir. Mon appartement est tellement étriqué que tout à coup, j'ai la sensation que les murs se resserrent autour de moi.

– Il est passé sur le champ d'aviation récemment. Il me l'a remise. Si je la jugeais importante, je ne l'aurais pas abandonnée sur une pile de courriers publicitaires, tu ne crois pas ?

– Et si tu l'estimais sans valeur, tu ne serais pas excédée.

Elle a raison et elle le sait. Toutefois j'esquive en attrapant une pile de vêtements que je lance dans la panière à linge.

– Ça m'exaspère que tu le mentionnes constamment. Il est devenu notre principal sujet de conversation ces dernières semaines. Pourquoi ? Explique-moi ça.

– À toi de me le dire.

– Je t'interdis de me rabâcher calmement ton discours psychosomatique.

– Tu te rappelles quand je t'ai rejointe durant ta période de bohémienne qui saute en parachute aux quatre coins du pays ?

Sa facilité à changer de sujet m'achève.

– Où veux-tu en venir ?

Comme si Grant ne m'irritait pas suffisamment, Desi et sa conversation en rajoutent une couche.

– Nous sommes sorties dans ce bar à Podunk du Maryland. Tu te souviens de cet endroit ?

Évidemment, je m'en souviens. Excès d'alcool et rires en rafale. Le bonheur de revoir Desi après avoir crapahuté dans tout le pays pendant des mois, le temps de me remettre d'aplomb suite au décès de ma mère.

– Clairement. Nous nous sommes éclatées ce soir-là, pas vrai ?

Elle hoche la tête et sourit plus franchement.

– Il y avait un enterrement de vie de jeune fille.

– Oh mon Dieu ! Exact. Elles étaient bouillantes. Ensuite le strip-teaseur a débarqué. On a ri comme des baleines tellement sa façon de bouger était ringarde. (J'entends encore les huées dans mes oreilles.) Nous l'avons pris pour un policier venu les jeter dehors et surprise ! Il était le divertissement.

– Ouaip. Mais c'est clair qu'il était plaisant à regarder.

– Sans doute.

– Tu te souviens quand tu l'as vu, tu as affirmé que tu trouvais les uniformes de policier irrésistiblement séduisants ?

Bingo. Elle a atteint son objectif après un virage en épingle à cheveux.

Je la fixe du bout de la pièce où je rassemble des vêtements dispersés un peu partout.

– Desi, je l'avertis.

– Quoi ? fait-elle avec une innocente feinte, en cillant rapidement. Tu ne résistes pas à un homme en uniforme de police. Grant est policier. *En uniforme*. Pourtant, tu lui résistes.

– Ta démonstration omet quelques hic.

– Par exemple ?

Il a menti.

Aussi facilement que ça, toutes mes défenses vis-à-vis de Grant – chaque excuse, chaque instant d'agacement, chaque fois que j'ai eu envie qu'il se rapproche mais que je l'ai repoussé – sont résumées dans ces trois petits mots. Ils ne m'ont jamais traversé l'esprit, mais à présent, ils justifient logiquement mes réactions.

Je suis immédiatement ramenée à la promesse qu'il m'a faite, à la vie à la mort. Les larmes dans ses yeux quand je l'ai regardé avant de quitter la salle de classe. La pression dans ma poitrine qui me donnait l'impression qu'un éléphant la piétinait alors que je me dirigeais vers le bureau du principal.

Me sentant soudain perdue dans un brouillard que j'aurais dû voir venir, j'occulte la présence de Desi et j'effectue quelques pas pour m'asseoir au bord de mon lit.

C'est franchement stupide. Nourrir du ressentiment pendant si longtemps. C'est ridicule de songer que parmi toutes les épreuves que j'ai endurées, c'est celle que j'ai retenue inconsciemment.

C'est pourtant le cas.

Il a menti. Il était la seule personne en qui j'avais confiance dans mon tout petit monde d'enfant. Je ne me sentais en sécurité qu'auprès de lui. Normal. Je l'ai cru quand il a promis de protéger mon secret le plus intime, le plus sombre, le plus honteux, mais il ne l'a pas fait. Au lieu de quoi il l'a répété et a fait éclater mon univers en mille morceaux.

À présent, du haut de mes vingt-huit ans, je sais qu'il a pris la bonne décision. J'ai survécu grâce à lui, et je sais qu'en réalité, je devrais le remercier.

Mais c'est nettement plus facile de le blâmer.

C'est évidemment plus aisé de faire comme si c'était lui qui m'avait blessée, pas l'homme en qui j'étais censée avoir entière confiance: mon père. C'est beaucoup plus simple de reprocher au petit garçon que j'ai laissé derrière moi mon problème de confiance ou mon incapacité à nouer des relations un tant soit peu durables.

– Em ?

La douceur dans la voix de Desi me fait cligner des yeux. J'ignore depuis combien de temps je suis assise là, regardant avec des yeux vides le boxer sale de Shawn, mais je détourne le regard. La panique monte en me griffant la gorge alors que j'essaie de digérer ma révélation sans la laisser apercevoir le passé qu'elle ne connaît que dans les grandes lignes.

– Oui. Désolée.

Je me repousse du lit et me remets à ramasser les derniers vêtements que j'enfonce dans le panier comme une furie, dans l'espoir de dissimuler le tremblement de mes mains.

– Je me remémorais notre enfance, c'est tout. Ses cheveux qui partaient dans tous les sens, le fait que j'adorais passer mon temps chez lui après l'école.

– Mm, murmure-t-elle.

Je ne lève pas les yeux, parce que je n'ai pas encore identifié les émotions inattendues qui m'assaillent.

– J'ai perdu le fil. Que disions-nous ?

– Tu allais expliquer pourquoi tu résistes au bel homme en uniforme de police. Ensuite, j'allais répéter à quel point il est craquant dans ledit uniforme et que si tu ne comptes pas le laisser batifoler, euh *te fouiller*, je suis disposée et capable de prendre ta place. Après quoi, tu allais lever les yeux au ciel et me rétorquer que je tire des conclusions hâtives et qu'il veut juste faire ami-ami, ce que, nous le savons aussi bien l'une que l'autre, n'est qu'un ramassis de conneries.

J'aurais argué que quand il te regarde, c'est évident qu'il veut davantage que prendre un café au *Starbucks* avec toi. Tu aurais répliqué que je me fais des idées, que tu ne l'aurais jamais rejoint au café parce que tu ne t'imagines pas dépenser une telle somme pour un gobelet de café, mais tu sais pertinemment que tu penses à lui de cette façon aussi et que dès qu'il entre dans la pièce, tes parties féminines se mettent à picoter... même si tu refuses de l'admettre. (Elle respire avec exagération.) Ai-je oublié quelque chose ?

Je m'esclaffe. En un sens, elle m'a donné à son insu ce dont j'avais besoin, son sens de l'humour décalé et enjoué. Il me ramène dans le monde que je me suis créé. Celui où le passé est noir et où, jour après jour, je bâtis mon propre avenir.

– Alors, je t'aurais demandé pourquoi tu œuvres pour cette personne que tu viens tout juste de rencontrer et pourquoi tu n'arrêtes pas de le pousser vers moi, ta *meilleure* amie, qui préfère garder ses histoires avec le sexe opposé simplissimes.

Je hausse les sourcils d'un geste provocateur.

Desi retrousse les lèvres et hausse les épaules.

– Je t'aurais répondu qu'il est sympa et clairement sans danger. Qui plus est, pourquoi est-ce mal que moi, ta *meilleure* amie, souhaite que tu aies un autre ami sur qui compter si jamais, en franchissant cette porte, je ne sais pas... j'étais frappée par la foudre.

– Voilà que tu joues la carte de la culpabilité, dis-je avec enthousiasme. Quoique... tu négliges un détail, il n'y a pas un seul nuage dans le ciel.

– On n'est jamais à l'abri d'un orage de chaleur.

– Possible, je ris. Tu es aussi énervante que lui.

– Tiens, il est énervant, maintenant ? C'est une bonne chose. Développe, je te prie.

Elle appuie son menton sur ses mains comme un enfant empressé.

– Une bonne chose ? J'appelle ça tout simplement un casse-pieds.

J'entre dans son jeu bien que je sois celle qui a déclenché la querelle avec Grant. Cela dit, il m'a fait le coup de la scène du supermarché... aussi ai-je gagné le droit d'être fâchée contre lui.

– Dis-moi pourquoi il t'énerve.

– Parce que c'est un homme. Parce qu'au lieu de me verbaliser pour excès de vitesse à 145 kilomètres à l'heure, il m'a prise au mot quand j'ai prétexté une urgence féminine et m'a emmenée au supermarché pour m'acheter des tampons, j'explique.

Sûre de moi, je m'attends à ce qu'elle comprenne. Mais quand je lève les yeux, il n'y a pas trace de solidarité sur son visage. Au contraire, elle sourit jusqu'aux oreilles.

– Waouh ! En résumé, il t'a évité une amende pour conduite imprudente, un possible séjour derrière les barreaux, et il a la considération nécessaire pour t'acheter des tampons quand il pense que tu as des soucis menstruels. La vache, il a tout d'un beau salaud !

– Je t'assure que ce n'était pas un élan de gentillesse venu du cœur.

– Tu sais ce qu'on dit à propos des garçons embêtants ?

– Non. Quoi ?

– Qui aime bien châtie bien. Fais gaffe, tu lèves tellement les yeux au ciel qu'ils vont y rester coincés.

Je recommence pour la frime.

– Tu oublies que je le connais depuis le CE2. Il était beaucoup plus mignon à l'époque.

– Il est resté diablement mignon selon moi, murmure-t-elle, les lèvres étirées en un sourire malicieux.

– Tu le sais, je ne conteste pas ce point... mais il s'agit de *Grant*.

– Ouais, et je ne doute pas que Grant, dit-elle en imitant ma façon de prononcer son prénom, ne déclinerait pas un bon moment avec toi.

Elle se lève, jette la carte de visite sur la table d'un geste théâtral, puis pose les mains sur les hanches en soupirant.

– Dois-je en déduire que tu termineras notre conversation sans moi ?

– Tu veux parler du moment où tu invoques des excuses minables pour ne pas rappeler l'Agent Sexy ? Où tu penses que c'est malsain de sortir avec un garçon que tu connaissais en CE2, à quoi je rétorquerais qu'il n'a plus rien d'enfantin et qu'on s'en contrefiche ? Ça dérangerait qui ? Bon, vous traîniez ensemble, vous dessiniez des arcs-en-ciel en classe et pirouettiez ensemble dans les cages à poule ? Rien de cela n'a d'importance si nous tenons compte de son charme, de son uniforme et de ses menottes. Ma main au feu qu'il sait parfaitement s'en servir. Je réfute tes arguments en bloc. Ils sont infondés. *Autre chose ?*

Je ramasse le boxer de Shawn à l'aide d'une paire de pinces et le dépose dans la poubelle, tout en détestant sa tirade qui fait entièrement sens. Mais elle ignore quel rôle il a joué dans mon passé, tous les détails. Ma mère est décédée, mon père est sorti de prison et je me moque de savoir où il se trouve, ce qui fait que Grant et sa famille sont les seuls à savoir. Alors ? Comment je me sens par rapport à ça ?

Je ne sais pas, voilà tout.

– Je pense que tu as fait le tour.

Je me tourne vers elle.

– Bien. Alors, ma tâche est accomplie. (Elle s'essuie les mains, attrape sa besace, récupère le sac posé à côté et me le tend.) J'ai cuisiné pour toi.

Mon visage s'éclaire et mon estomac gronde. Elle m'aime pour de vrai.

– Il y a aussi un dessert ? je demande, dubitative quant au motif qui l'a poussée à prévoir un pot-de-vin.

Elle hoche la tête.

– Tu es pardonnée pour l'inquisition.

– C'est bien ce que je pensais.

12

EMERSON

– Emmy, trésor, tes parents ont dû modifier leurs projets. Ta mère est retenue au travail. Ton père viendra te chercher dans une heure.

Ce drôle de goût dégueu envahit ma bouche quand j'entends la voix de Madame Malone.

– D'accord.

Ce mot produit à peine un son en sortant de ma bouche.

Grant me donne un coup de coude.

– Ça craint, mais au moins, on peut jouer une heure de plus.

– Tu vas bien, Em ? s'inquiète Madame Malone depuis la véranda.

Son visage a cet air étrange qui me donne envie de pleurer et de réclamer l'un de ses fabuleux câlins. Mais je sais que cela soulèverait des questions. D'après papa, les questions sont sources de complications, et les complications appellent les sanctions.

Je n'aime pas ses punitions.

– Ça va. C'est juste que j'étais contente de dormir chez vous.

– J'ai proposé que tu restes pour la nuit, mais ton père s'y est opposé. Si j'ai bien compris, tu as à faire de bonne heure demain matin, et ce n'est pas possible. Je suis désolée.

– Pas grave.

Je hausse les épaules et m'adosse au tronc d'arbre à côté de Grant alors qu'elle s'éclipse à l'intérieur.

Mon ventre me fait des misères et mes mains s'humidifient de transpiration.

– Viens, Emmy, on termine la fabrication de notre vin avant que tu partes.

Je considère notre foutoir. Les deux saladiers remplis de raisin écrasé, des grappes que Monsieur Malone nous a autorisés à cueillir sur les pieds de vigne de son jardin. Mes doigts picotent de l'envie d'en extraire le jus en les écrabouillant. Ça paraissait facile lors de la sortie scolaire de la semaine dernière mais, curieusement, le jus clair n'a pas le même goût que la bouteille de liquide rouge que ma mère aime boire.

– Nan, je n'ai plus envie.

– Bah pourquoi ?

Parce que je ne veux pas rentrer chez moi.

Je ferme les yeux un instant et me concentre sur le vent frais qui caresse mes joues. Je lutte contre les larmes qui brûlent l'arrière de mes paupières et les pulsations de mon cœur dans mes oreilles.

– Parce que. Je préfère flâner avec toi.

– Tu n'as jamais envie de rentrer chez toi. (Il cogne son genou contre le mien.) Comment ça se fait ?

C'est notre petit secret, Em. Tu n'as pas le droit de le dire à qui que ce soit, sinon cela ferait beaucoup de peine à ta maman.

Les murmures de mon père emplissent mes oreilles et irritent ma gorge. Je déglutis dans l'espoir de les chasser, mais j'ai l'impression qu'un grain de raisin reste douloureusement bloqué là.

– Pour rien.

Je ramasse un caillou par terre, à côté de moi, et le frotte distraitement sur l'intérieur de mon bras jusqu'à ce que ma peau rougeoie.

– Chez toi, c'est bien plus amusant que chez moi. Tu as des frères, un chien et tout ça.

– Peut-être. Arrête, d'accord? (Il s'empare du caillou et le lance.) N'empêche, on pourrait jouer chez toi la prochaine fois si tu veux. Je suis sûr qu'on trouverait de quoi s'amuser.

– Merci mais... (J'inspire profondément en promenant mes doigts sur la marque rouge.) Ma maison fiche un peu la trouille.

– Tu es une vraie fille. Les filles ont peur de leur ombre. Qu'est-ce qui t'effraie chez toi ?

Je hausse les épaules.

– Sais pas.

– Inutile d'avoir peur, Emmy. Je fais du karaté maintenant. Je te protégerai.

Un rire résonne dans la maison et nous parvient dans le jardin. Son écho me fait sourire malgré mes yeux embués de larmes.

– Ma mère boit du vin. Tu sais ce que ça signifie, observe Grant.

– Hein, quoi ?

– Bisou, bisou.

– Oh, répugnant !

– Carrément, se récrie-t-il en ramassant un grain de raisin égaré qu'il lance dans notre saladier. Elle se met à glousser, ensuite mon père danse avec elle dans le salon et chante comme une casserole, et c'est là que ça devient horrible. Ils s'embrassent.

– Crado !

Je glousse, mais je déteste la sensation dans le bas de mon ventre qui raffole à l'idée de danser en riant.

– Mes parents ne s'embrassent jamais.

– Ils se sont forcément embrassés au moins une fois, c'est comme ça qu'on fait les bébés et ils t'ont eue, toi. Vrai ou faux ?

– Vrai.

Je me penche et attrape un saladier, m'efforçant d'occulter ce qui se produira quand je rentrerai à la maison, dans peu de temps.

– Mais si ta mère et ton père s'embrassent maintenant, ça ne veut pas dire qu'ils auront bientôt un autre bébé ?

– Ça ne marche pas comme ça, andouille !

– Alors comment ça marche ?

– Je sais pas trop.

13

EMERSON

Je suis allongée sur la piste d'atterrissage dans l'air froid du petit jour, l'asphalte me pique les épaules. J'avais besoin de m'échapper de mon studio et de la peur qui flotte dans l'air suite à mon cauchemar, mais aussi de la confusion suscitée par le souvenir de Grant et moi enfants dans son jardin, qui a refait surface.

– Inutile d'avoir peur, Emmy. Je fais du karaté maintenant. Je te protégerai.

J'aurais dû me douter qu'il deviendrait comme son père, éternellement dévoué à protéger et à servir, à se comporter en héros.

Ça correspond à son tempérament. La question est de savoir s'il me correspond.

Question épineuse, et je ne suis pas sûre d'être prête à connaître la réponse. J'ai passé ma vie à fuir mon passé, à le dissimuler à tout le monde afin que personne ne puisse jamais imputer mes insuccès à ça. Ou, tout simplement, me regarde différemment.

Mais il sait.

Possible qu'il en sache même plus long que moi, et cela me terrifie.

Alors oui, je l'ai accusé à tort, mais c'est nettement plus facile de croire en cette vérité, et de prétendre qu'il est, lui, plus fautif que ma chair et mon sang.

Je me suis toujours considérée comme une personne juste.

Il n'y a aucune raison de douter qu'il est quelqu'un de bien.

Assise sur la piste fermée, avec le soleil qui se lève lentement à l'est, je sais que je dois sortir de la zone de confort, que j'ai soigneusement édifiée et consolidée autour de moi. Je dois écouter Desi et sa logique loufoque et me rappeler ce que Grant m'a dit quand nous n'étions que des enfants.

Je dois accomplir la seule chose que je fais chaque jour de ma vie professionnelle mais que je ne semble jamais réaliser à titre personnel : sauter dans le vide.

Je dois suivre ma devise : tête haute, ailes déployées.

14

EMERSON

Moi : Pour info, je persiste à croire que c'est une mauvaise idée, mais tu n'as pas tort. Tu m'as eue à l'usure. Peut-être pourrions-nous prendre un verre un de ces jours ? À toi de voir.

Grant : Je savais que tu te rangerais à mon avis. Demain à 18h au McGregor ?

Moi : Ok pour moi.

Les yeux rivés sur le fil de messages, j'ai l'impression que ma gorge se referme. En même temps, je suis excitée, nerveuse et, par-dessus tout, apeurée. Mes interactions avec les hommes sont éphémères. Je ne les fréquente pas pour leur conversation. Bien sûr, nous sortons et partageons de bons moments, mais en ce qui me concerne, la relation reste superficielle. Au premier mensonge, ils dégagent. Et s'ils passent ce premier test, sitôt qu'ils commencent à exiger davantage... qu'ils tentent de parler de leur passé, d'évoquer leur histoire et que dans un moment d'optimisme naïf, ils se convainquent que nous sommes faits l'un pour l'autre, ils perdent tout intérêt à mes yeux.

Je vis l'instant présent. Je vis dans le futur. Je ne peux que composer avec l'avenir que je me construis.

Cela dit, le fait que j'accepte de prendre un verre avec Grant me rend nerveuse.

– Tu ne te défileras pas. Je t'en empêcherai, déclare Desi en appliquant une nouvelle couche de mascara sur mes cils.

– Je ne me dégonfle pas. Et je n'ai pas besoin de tout ce maquillage. Ce n'est pas comme s'il ne m'avait jamais vue au naturel.

– Tais-toi ! Toutes les femmes doivent manifester leur intérêt au premier rencard. (Elle recule pour admirer son ouvrage.) Si tu ne montres pas que c'est important pour toi, tu ne poses pas les règles sur la manière dont tu espères être traitée.

– Mais il ne s'agit pas d'un premier rencard et je pense que tu as pété une durite.

– Tu espères qu'il te fouillera et te menottera tôt ou tard, n'est-ce pas ? (En réponse à son regard maternel, je me contente de hausser les sourcils.) Alors, boucle-la et laisse-moi parfaire mon chef-d'œuvre.

Elle entreprend de boucler mes cheveux alors qu'une queue-de-cheval serait suffisamment recherchée selon mes standards. Quand Desi est aussi déterminée, toute discussion est vaine, aussi je la laisse n'en faire qu'à sa tête.

– J'ai fait quelque chose par pur automatisme.

– C'est-à-dire ?

Elle pose le fer à friser, plaque ses mains sur ses hanches et me regarde avec circonspection.

– Tu te souviens sûrement de Paulo ?

– Le séducteur latino avec qui tu as badiné un petit moment.

– C'est bien lui.

Je me mords la lèvre et elle m'appuie sur les joues pour préserver mon contour des lèvres parfaitement dessiné.

– Pourquoi le mentionnes-tu et pourquoi cela te rend anxieuse ?

– Eh bien, j'ai plus ou moins accepté de le revoir ce soir.

La réaction que j'attendais est immédiate : front plissé, lèvres entrouvertes, yeux clignotant, narines frémissantes.

– Pourquoi une telle idiotie ?

Je hausse les épaules, parce que maintenant que je l'ai admis à haute voix, ça me paraît ridiculement absurde. Si je n'ai pas peur de voir Grant, pourquoi je me réserve une porte de sortie au cas où les choses prendraient un tournant sérieux ? Contre toute attente, je ne me ratatine pas sous son regard.

Néanmoins, les yeux plissés, elle me cloue sur place.

– Tu abats enfin tes cartes, Em.

Un grand sourire étire ses lèvres en forme de cœur.

– Mes cartes ?

– Eh oui. Tu cherchais une porte de sortie parce que tu sais que ta soirée sera mémorable, et tu n'es pas accoutumée au grandiose. Tu es habituée aux nuits de sexe débridées avec un joli garçon, mais rien après.

– Ne me...

– Chut ! (Elle s'empare de mon téléphone sur la tablette et le lance sur mes genoux.) Annule Paulo. Pour l'instant, tu as eu ton compte de séducteur latino, et tu as d'autres engagements pour la soirée.

– Très bien.

Soupirant, je saisis mon téléphone.

Elle a raison, mais je ne l'admettrai en aucun cas.

***

– Ce siège est libre ? je demande en me glissant sur la banquette du box en face de Grant.

Ma nervosité croissante conforte la supposition de Desi selon laquelle je traiterais Grant différemment des autres hommes.

Ce que j'en pense ? Mystère.

– Salut.

Le visage de Grant se détend, réchauffé par un sourire qui taquine des parties de moi dont j'ignorais jusque là qu'elles puissent frissonner. Nous nous regardons un instant, presque comme si nous convenions d'un accord tacite que notre habituelle gouaille défensive serait malvenue.

– Tu es splendide.

Gênée par le compliment, je m'empourpre.

– Tu n'es pas mal non plus. Même si l'uniforme te flatte particulièrement.

Ai-je vraiment dit ça ?

– Il paraît.

Le petit sourire qui flotte sur ses lèvres me rappelle la première fois que nous nous sommes croisés, sauf qu'une lueur amusée vacille dans ses yeux.

Une serveuse vient prendre notre commande. Les conversations vont bon train dans le bar, mais entre nous, un silence embarrassé s'étire. Je triture le sous-verre en carton, hésitant sur le pas à effectuer dans cette danse non coordonnée.

– Emerson.

– Moui ?

Je rencontre son regard.

– Il n'y a aucune pression. Je voulais juste passer un moment avec toi, prendre quelques verres, savoir ce que tu deviens. Rien de plus.

Les yeux plongés dans les siens, je me débats avec l'envie de poser mon bouclier et de ne pas m'enfuir à la perspective de lui parler de moi. Cela implique d'évoquer le passé, mon passé noir comme l'enfer. Et bien qu'il connaisse les tenants et les aboutissants de mon enfer, c'est une gageure de ne pas brandir mes défenses à l'évocation de mon jardin secret.

– Nous sommes sur la même longueur d'onde.

J'ignore d'où me vient cette notion, mais ce qui est dit est dit. L'aveu fait, son sourire s'élargit et ses épaules se relâchent totalement.

– Excellent. Au risque de me ridiculiser, tu m'as énormément manqué.

15

Au risque de me ridiculiser, tu m'as énormément manqué.

Chaque fois que Grant rit, je l'entends prononcer ces mots. Chaque fois qu'il sourit, je l'entends prononcer ces mots. Chaque fois que je suis tentée de la boucler parce qu'il me pose une question vraisemblablement anodine, je me rappelle que je ne suis pas forcée de lui en dire plus que je ne le souhaite et je me souviens que je lui ai manqué.

Ça, personne ne me l'a jamais dit.

– Alors, dis-moi un peu...

Grant rit en se glissant à côté de moi sur la banquette, poussant un verre plein vers moi. Ses yeux sont légèrement vitreux, mais son sourire n'est en pas moins bienveillant et son sens de l'humour à plein régime.

– Comment une fille qui a le vertige en vient-elle à s'élancer des avions ?

– Qui a dit que j'avais le vertige ?

– Pas de ça avec moi, fait-il en tapotant ma cuisse avec un entrain alcoolisé, sa main s'attardant nonchalamment. Ladite fille a refusé de grimper dans l'arbre du vieux Conner parce qu'il était trop haut. Tu as vomi sur ses pâquerettes à la seule perspective de l'escalader.

Je le regarde fixement, troublée par sa main. *Chaude*. Sur ma cuisse. *Contact.* Alors que je devrais flipper que Grant évoque un souvenir que j'ai occulté, je ne peux pas. Tout ce que je parviens à faire, c'est me focaliser sur l'élancement qui irradie sous ses doigts.

– Ça ne me dit rien, je réponds en pivotant face à lui.

Il retire sa main, saisit son verre et secoue la tête.

– Rien du tout ? Je me suis moqué de toi pendant des semaines, je t'ai surnommée Pâquerette jusqu'à ce que ça t'énerve tellement que tu me menaces de ne plus venir jouer chez moi.

Pâquerette. Sa raillerie hante mon esprit, mais je ne m'en souviens pas. Ce que je sais, c'est que déjà à l'époque, nous nous asticotions. Naturellement, nos distractions étaient d'une nature différente, innocente et drôle, très éloignée du jeu auquel nous nous livrons présentement. Mais exactement comme autrefois, je me sens à l'aise avec lui. Je retrouve la même sensation de bien-être. De mémoire, j'ai toujours aimé aller jouer chez les Malone. C'était sans danger.

Je m'y sentais en sécurité.

– Non, ça remonte à loin.

Je bois une gorgée et déteste le léger tremblement de mes doigts.

– Tout de même, sauter en parachute ?

Je hausse les épaules.

– C'est mon havre de paix. Pendant un court instant, le monde est là, étalé sous mes yeux. Tout est calme. Il n'y a pas de bruit dans ma tête, juste le vent dans mes oreilles, et je suis obligée de me concentrer sur le présent.

– C'est bien, le présent.

– Mmm.

Ses yeux reflètent une myriade d'émotions. Faute d'en identifier ne serait-ce qu'une seule, je n'essaie pas vraiment.

– Et toi, flic, hein ?

– Ouaip.

Il allonge son bras sur le dossier de la banquette, ses doigts jouent automatiquement avec une mèche de mes cheveux, comme si c'était le geste le plus naturel du monde.

– Ça ne me surprend guère. Après toutes ces heures à jouer au gendarme et au voleur sur nos vélos. Tu as toujours souffert du complexe du héros, tu aimes voler au secours des autres...

J'avance dangereusement en terrain miné. La panique tente de s'infiltrer en moi, mais je l'ignore et souris à Grant.

– Tu te rappelles le jour où nous avons trouvé...

– La douille écrasée dans la rue et que nous avons décrété que quelqu'un s'était introduit chez les Parker pour les cambrioler ?

Ses yeux s'éclairent.

– Exactement ! Nous avons appelé la police, nous nous prenions pour de vrais détectives.

Je souris plus largement, heureuse de me remémorer ce souvenir au lieu d'affronter un trou de mémoire et de me sentir idiote.

– Le bon vieux chef Malone m'a passé un savon parce que je détournais les forces de l'ordre de leurs devoirs.

Il secoue la tête et rit.

– Comment se porte ton père ?

– Bien. Très bien. Il est à la retraite depuis huit ans, et ça rend ma mère chèvre parce qu'il traîne dans ses pattes. De temps à autre, le commissariat le consulte sur une affaire classée sans suite, ça l'occupe. Mais à part ça, il joue son rôle de grand-père avec Luke, le fils de Grayson.

– J'ignorais que les célèbres fils Malone étaient casés, dis-je avec un clin d'œil.

– Pas tous. En ce qui concerne Gray, c'est une longue histoire. Trop longue pour la raconter maintenant.

– Tu n'aspires pas à devenir chef et à marcher sur les traces de ton père ?

J'ai soudain envie de tout savoir de lui.

– En temps voulu.

Il hausse les épaules et boit une gorgée de bière.

– Tu ne perpétues pas la tradition de remplir la paperasse sur le parking du marchand de donuts ?

–En vérité, je déteste les donuts et je préfère traiter ma paperasse sur le parking du *Starbucks* de Main Street.

–Un flic qui déteste les donuts ?

Je pose la main sur ma poitrine, feignant la stupéfaction.

–N'est-ce pas un sacrilège? Pas étonnant que tu n'aies pas encore été promu.

–C'en est un. Pour tout te dire, je brigue un poste d'inspecteur. J'ai atermoyé une éternité, je n'étais pas sûr de vouloir endosser plus de responsabilités, de traiter avec les sphères politiques, d'être moins dans la rue, c'est ce que j'aime le plus. Mais nous verrons. La procédure est longue, et je ne sais pas qui d'autre a postulé à ce poste. Le temps nous le dira...

–Tu es un Malone. Dans cette ville, ça vaut de l'or, tu ne crois pas ?

–Ça dépend pour qui. (La tête inclinée sur le côté, il m'observe un instant avec une franche curiosité.) Alors, dis-moi, tu rachètes *Blue Skies*? Pourquoi? Pourquoi maintenant?

J'avale une rasade de vin, émerveillée par la facilité avec laquelle ma langue se délie. C'est déconcertant. N'empêche que j'ai envie de me confier à lui. Étrangement, je souhaite qu'il sache que je m'en sors bien.

–Ma mère était une bohémienne dans l'âme. Nous avons longuement voyagé, déménagé dès qu'elle commençait à se sentir trop installée.

Penser à elle me redonne le sourire. Ses vêtements excentriques et colorés. Son mode de vie peu conventionnel. Sa féroce détermination à me protéger envers et contre tout.

–Ça n'a pas dû être facile avec l'école...

–Elle m'a longtemps fait l'école à la maison. Elle avait du mal à faire confiance. *Tout comme moi.* Quand j'étudiais l'histoire de l'Amérique, nous traversions le pays en voiture et vivions temporairement dans le comté de Washington. Nous nous adaptions.

–Ce ne doit pas être simple de déménager constamment.

–Ça m'isolait dans le sens où j'avais peu d'amis, mais c'était enrichissant par de nombreux aspects. (Je hausse les épaules.) Une année, nous sommes passés à Missola, où sont basés les pompiers-parachutistes. Il faisait chaud et humide, mais j'ai observé leurs exercices de saut pendant des heures. J'ai tout de suite senti que je devais essayer.

– Tu l'as fait ?

– Pas tout de suite. J'étais trop jeune, et si ma mère n'était pas prête à me confier à une baby-sitter ne serait-ce qu'une heure, il était hors de question qu'elle fasse confiance à un moniteur pour qu'il me ramène saine et sauve sur la terre ferme.

– Je comprends.

Son doigt retrace la ligne de condensation sur sa bouteille de bière.

– J'ai dû attendre mes dix-huit ans pour effectuer mon premier saut.

– Une longue attente.

– Très longue.

– Pour peu conventionnelle qu'ait été ton éducation, elle t'a beaucoup appris.

– Je ne connaissais rien d'autre.

Je lui souris doucement, les souvenirs sont encore intacts de ma mère et de la vie qu'elle nous a construite malgré le temps écoulé.

– Nous avons mis un terme à nos pérégrinations quand je suis entrée en terminale. J'aurais facilement pu passer le bac en candidate libre, mais ma mère n'était pas de cet avis. Elle tenait à ce que je fasse l'expérience de la vie de lycéenne au moins un an.

– Le changement a sûrement été brutal.

– Oui, bon, quand on vit dans une bulle, on n'en a pas forcément conscience ni même le recul nécessaire pour s'en soucier. C'était assurément une expérience. J'ai dit adieu à la vie facile où, après la leçon du jour, nous prenions le train et descendions le cours d'une rivière pour croquer la vie à pleines dents. Je me suis rebellée, mais pour la première fois en dix ans elle était bien décidée à se fixer. J'étais loin de me douter que c'était parce qu'elle était malade.

– Je suis sincèrement désolé, je ne savais pas.

Il pose la main sur la mienne et la presse.

– Comment tu aurais pu le savoir ? (Je serre la sienne, adorant qu'il laisse sa main une fois l'instant passé.) Elle allait très bien les premiers temps, mais après les examens, j'ai passé le plus clair de mon temps à prendre soin d'elle. Elle s'est battue courageusement, mais sa longue maladie l'a finalement ravagée. Tout ce temps, la seule amie que je me suis faite au lycée m'a soutenue moralement. C'était Desi. (Je m'adosse à la banquette et hausse les sourcils.) Tout cela est un peu trop déprimant, tu ne crois pas ? Changeons de...

– Peu importe. Je veux savoir.

Je le fixe attentivement, hésitant à dévoiler mon plus gros chagrin, mais je réalise qu'il aime sa mère aussi farouchement que j'aimais la mienne. Il comprendra pourquoi la tristesse m'a abattue aussi longtemps. Certains jours, elle m'accable comme au premier jour.

– Après le décès de ma mère, j'ai surmonté le deuil, imitant sa façon de dépasser les obstacles. Le jour de sa mort, je me suis rendue dans une école de parachutisme de la région et j'ai sauté. C'est la seule solution que j'ai trouvée pour me libérer de l'immense peine que j'éprouvais. Au début, je n'arrivais pas à me concentrer mais ensuite, durant la descente, j'ai atteint le moment où il n'y avait plus que le silence dans ma tête. C'était presque apaisant, et cela m'a obligée à réfléchir à la suite, à définir une direction. C'était libérateur, même si ça semble ridicule...

Je baisse les yeux vers mes doigts qui triturent le dessous de verre. C'est curieux, la facilité avec laquelle je lui raconte des choses que je n'avais jamais exprimées auparavant.

– Ce n'est pas du tout ridicule.

Je m'éclaircis la voix, lâche le carton et continue.

– Alors, j'ai fait mes adieux à Desi, j'ai rassemblé mes affaires et parcouru le continent, d'un spot de saut à un autre jusqu'à ce que le chagrin devienne tolérable.

– Ça fait combien de temps ?

– Huit mois.

Grant hausse les sourcils, manifestement surpris que ce soit aussi récent. Je ris.

– Par un étrange coup du hasard, au cours de mes aventures, Desi s'est installée à Sunnyville. Je n'en revenais pas. Ensuite, j'ai appris que *Blue Skies* était mis en vente. J'ai eu l'impression que tout me ramenait ici, alors que c'était le dernier endroit où j'aurais pensé revenir un jour.

– Sans oublier qu'il y avait moi, précise-t-il avec un bref sourire étincelant et en cognant sa bouteille contre mon verre de vin.

– Sans oublier qu'il y a toi.

Son doigt recommence à entortiller distraitement une mèche de mes cheveux. J'ai beau détester les clichés, les battements de mon cœur s'emballent pour de bon.

– Je suis content que tu sois revenue, Emerson. Je sais que ça n'a pas dû être facile, mais je...

Je presse mes lèvres sur les siennes pour l'intimer au silence. Je refuse de penser aux difficultés rencontrées en remettant les pieds dans cette ville, ou au fait que je m'attendais à ce que tout le monde me montre du doigt dans la rue et se souvienne de moi comme de « cette pauvre fille ».

Je veux juste savourer l'instant.

Et je sais que je le prends de court. Je le sens à ses lèvres d'abord hésitantes. À ses doigts qui se resserrent dans mes cheveux. Mais il ne lui faut qu'une fraction de seconde pour réagir, ouvrir ses lèvres et me faire goûter la bière sur sa langue. Pour qu'il absorbe mon esprit et l'écarte de mille pensées indésirables.

Il n'est plus que fougue, chaleur, avec ses doigts doux dans mon cou. Une main exigeante dans le creux de mes reins.

Son baiser est le tonnerre et les éclairs, une tornade et un tsunami, tout cela rassemblé en un flot ardent qui me fait oublier où je me trouve, me donne envie de plus alors qu'aller plus loin avec Grant me fiche une peur bleue.

Après le baiser, nous nous écartons et le brouhaha dans le bar s'immisce lentement dans ma conscience. Grant a le regard brumeux, mais ses lèvres dessinent un sourire satisfait et pour le moins charmant qui ravive la douce flamme de notre échange. Il secoue la tête, geste qui reflète ce que je ressens : *Bon sang, j'ai embrassé Grant Malone.*

Nous nous regardons un court instant, la vie suit son cours dans le bar, et soudain je me sens intimidée par son regard imperturbable. Je baisse les yeux vers mon verre vide et les fissures dans le bois de la table tandis que je m'applique à digérer les sensations qui me parcourent. Du désir, de la surprise et de l'euphorie, mélangées et fusionnées, alors que la chaleur recouvre mes joues sous son examen.

Je réalise soudain que je n'ai pas la moindre idée de ce que je dois faire maintenant.

Pour preuve, la nervosité et la panique inopinée qui me gagnent.

En temps normal, je prendrais l'initiative. Je déciderais d'aller chez lui ou chez moi, pour nous éclater sans vergogne.

Mais il s'agit de Grant.

Ne savais-je pas que tout cela – les émotions, les sensations, les retombées – serait unique avant même de l'embrasser ?

– Coucou, Em ! (La voix de Grant m'appelle à travers les brumes de mes pensées en ébullition.) Je vais te libérer de la panique qui est imprimée sur ton visage. (Il se rapproche de moi et baisse la voix.) J'ai passé une excellente soirée. J'aimerais beaucoup te revoir, bientôt, mais il serait préférable que je rentre chez moi à présent.Ma journée au travail a été longue et merdique, mais tu as illuminé ma soirée.

Il se penche et je retiens mon souffle, espérant qu'il m'embrasse encore. La douleur dans le delta de mes cuisses s'accroît sous l'effet de son musc, mais il contourne mes lèvres et vise directement mon oreille.

– Bien que j'apprécie les filles directes comme tout homme normalement constitué, tu dois comprendre que ce n'est pas toi qui commandes. Je sais que tu aimerais imposer ton rythme et tes règles, m'amener habilement vers l'étape suivante tout en gardant un coup d'avance sur moi, histoire que tu sois prête à te défiler. Mais pas avec moi. Je suis flatté que tu aies eu envie de m'embrasser parce que, pour ma part, j'ai passé la soirée à loucher sur tes lèvres tellement j'en rêvais, mais la prochaine fois, je ferai le premier pas. Les premières fois se comptent sur les doigts d'une main et t'embrasser sera une première fois grandiose que j'ai la ferme intention de vivre.

Sur ce, il se glisse hors du box et déplie son grand corps. Je l'observe prudemment, m'attendant à ce que les éclats dorés dans ses yeux trahissent de l'amusement. À mon grand dam, son regard sérieux se nuance d'une pointe de colère et d'inquiétude que je ne saisis pas. Avec un sourire en coin, il appelle la serveuse et demande l'addition d'un hochement de tête.

– Maintenant, Emmy, reste à savoir si tu es toujours aussi entêtée. À quel point as-tu envie de ce prochain baiser ? Combien de temps résisteras-tu juste pour affirmer ta position tout en refusant à ton corps ce que nous savons tous deux qu'il désire ?

– Espèce de sal...

– La prochaine tournée arrive. Bois à ma santé, veux-tu ? Au moins, quand tu poseras tes lèvres dessus, tu sauras qu'il vient de moi.

Avec un ultime sourire arrogant, Grant pivote sur ses talons et quitte le bar sans un regard en arrière.

– Un connard imbu de sa personne, je marmonne, contrariée par trop de points pour les compter.

Il m'a rejetée. Manipulée. Remise à ma place. Et défiée.

À présent qu'il est parti, je n'ai plus qu'une idée en tête : j'en veux encore.

– Merci, je murmure à la serveuse qui place un verre devant moi.

Que vient-il de se produire exactement ? La tournure des événements me donne le tournis, et en toute logique, je devrais nourrir du ressentiment à son encontre.

Mais il n'en est rien.

C'est peut-être difficile à admettre, mais il a raison. Je panique. Je décortique les raisons pour lesquelles tout semble différent avec Grant. Les alternatives, ce n'est pas mon genre. Face à elles, je m'échappe en sens inverse.

Pourtant, je suis restée là. Je ne me suis pas débinée. Je n'ai même pas protesté. J'ai juste laissé les choses se faire, et je sais pertinemment que je recommencerai sans hésiter… parce que notre baiser est sans comparaison avec ce que j'ai connu à ce jour.

N'empêche, aimer ce baiser me déplaît.

Et je me déteste d'en désirer davantage.

Le bar bouillonne d'effervescence autour de moi, alors que je me concentre sur mon exaspération.

C'est tellement plus facile d'enrager qu'accepter qu'il m'effraie. Une appréhension d'un genre positif.

Alors, je considère le verre qu'il m'a laissé en lot de consolation. Je me focalise sur son sourire suffisant qui me donne à la fois envie de l'étrangler et de l'embrasser. Et je me dis que j'ai besoin de rester sur mes positions. Montrer quelle fille forte je suis devenue au lieu de m'autoriser à tomber dans le piège des émotions qu'il suscite en moi.

Il déraille s'il s'imagine que je boirai son verre. Je n'y toucherai pas, juste par rancune.

Personne ne me manipule.

Personne ne me dit ce que je peux ou ne peux pas faire.

Et personne ne me laisse en plan à moins que cela ne fasse partie de mes conditions.

Perdue dans mes pensées, je soulève le verre et avale une gorgée.

– Bordel.

Je suis tombée dans le panneau. Je scrute le liquide rouge foncé, secoue la tête et écluse le verre jusqu'à la dernière goutte.

16

GRANT

– J'ai remarqué la liste de dossiers sur ton bureau. Une douzaine sont surlignés, pas les autres. Veux-tu que j'en fasse quelque chose ? propose Nate à l'autre bout du fil, alors que je me gare devant mon domicile et soupire en découvrant la voiture de Grayson.

Je ne suis pas d'humeur à supporter les taquineries de mes frères. Pas après une nuit blanche doublée d'une douche froide qui s'imposait après n'avoir pas cessé de penser à Emerson et à son fichu baiser.

– Hello, Grant ?

– Désolé. J'arrive tout juste chez moi et les emmerdeurs sont là.

Nate ricane dans mon oreille, sachant que ça m'agace que mes petits frères débarquent sans prévenir, piochent dans mes bières et se servent de la nourriture dans mon frigo.

– Euh, la liste de dossiers… as-tu le temps de les trier et de demander les autres pour moi ? Ceux qui ne sont pas surlignés. Sinon, je le ferai demain avant l'entretien d'embauche.

– Pas de souci, j'ai du temps à tuer. La soirée est d'un calme mortel. Ça m'occupera. Au fait, quand passes-tu l'examen ?

– L'écrit dans quelques semaines. Pour l'oral, j'attends la décision du chef. Mais Stetson fait des vagues, il est en train de déterrer cette broutille avec mon père...

– Ces vieilles histoires qui n'auraient jamais dû faire la une.

– D'accord avec toi. (Je fais rouler mes épaules, me préparant à l'offensive de mes frères.) Merci pour ton aide. À demain.

Je raccroche et pousse ma porte d'entrée.

– L'emmerdeur numéro un est parmi nous, m'accueille Grady en levant sa bière.

– Il a l'air de mauvais poil, observe Grayson.

– Que faites-vous ici, les nullos ?

– Le match était corsé pour une petite ligue, commente Grayson en secouant la tête.

– Sérieusement ? C'est votre seul souci dans la vie ? Tirez-vous. (Je leur fais signe de dégager, puis constate que Luke n'est pas là.) Ai-je des raisons de m'inquiéter de l'absence de Luke ?

– Relax, il est avec les parents. Ils nous ont envoyés nous calmer ailleurs sous prétexte que nous lui donnions le parfait exemple du mauvais esprit sportif.

Grady arbore un grand sourire, je ne peux qu'imaginer ce qui s'est passé pour que notre mère les réprimande aussi sévèrement.

– Alors, vous avez décidé de venir me gâcher ma fête ?

Je me dirige vers le réfrigérateur, attrape une bière et serre les dents à la vue de mon stock copieusement vidé par mes frères.

– Tu prépares une fête ?

Grayson se redresse comme un suricate.

– Non. Y'a pas de fête. Dégagez.

Je secoue la tête, déloge mon arme de l'étui et traverse la pièce pour la poser à l'abri avant de retourner auprès de mes frères, sourcils arqués.

– Je ne vous vois pas bouger.

– J'ai pigé. Grant a invité une *dame* chez lui, raille Grayson, étirant chaque syllabe et provoquant le rire de Grady.

– Faux, ça ne sous-entend pas que j'attends une *dame.*

– Tant mieux, riposte Grady, sans quoi elle serait tristement déçue par tes prouesses.

Il s'amuse à remuer des hanches.

– Dit l'homme qui pourrait baiser un Cheerio sans l'émietter, je rétorque, juste pour qu'il la boucle, mais je glousse quand Grady plaque son poing sur sa bouche, me montre du doigt et hurle :

– Touché !

Il ne prend rien au sérieux.

– Tu le laisses vraiment à proximité de Luke quand il est comme ça ? je demande à Grayson. Pas étonnant que maman ait gardé le petit.

– Tu ne sais pas tout, proteste Grayson, toujours prêt à défendre celui de nous deux qui se fait chambrer. Nous avons offert des pizzas à l'équipe pour célébrer la victoire. Nous avons pris une bière et maman a demandé à Luke s'il voulait dormir chez eux. Évidemment, il a accepté – *tu connais maman* –, alors nous avons décidé de venir t'embêter.

– Enfin, à moins que tu n'attendes de la compagnie, raille Grady.

– Je n'attends personne, dis-je en lançant un coussin sur Grady. Et enlève tes pieds de la table.

Grady rit et cale le coussin derrière sa tête.

– C'est clair qu'il attend une fille s'il nous ordonne de retirer les pieds de la table, et tout ça.

– Bande de crétins !

Je m'assois lourdement dans la causeuse et fixe méchamment Grady jusqu'à ce qu'il repose ses pieds sur le sol.

– Alors, grand frère...

Avec Grayson, une conversation qui commence par ces mots laisse présager le pire.

– J'ai eu une longue journée, ne nous lançons pas dans cette conversation, je l'avertis.

– Pourquoi sommes-nous ici ? Il nous remballe sans cesse, ronchonne Grady en buvant une goulée de bière.

– Précisément. Puisque je vous traite aussi mal, petits morveux, ne laissez pas la porte claquer sur vos fesses en sortant.

Je sais qu'ils ne bougeront pas, mais je leur livre la traditionnelle ritournelle.

– Pas avant d'avoir entendu le scoop. (Gray s'avance, les coudes sur ses genoux.) On raconte que tu étais au McGregor avec Emerson l'autre soir.

– Et ?

Je sens encore le goût de son baiser.

– Eh bien, apparemment, tu as retrouvé sa trace. Alors, qu'est-ce qui se passe ? Vous vous êtes déjà envoyés en l'air ?

Je vois encore la panique dans ses yeux.

– Qu'est-ce qui ne tourne pas rond chez vous, les gars ? Je ne peux pas prendre un verre avec une copine en toute amitié ?

Je vois encore la détermination dans ses yeux assombris quand je suis parti.

– Non, répondent-ils en chœur, ce qui m'incite à siroter ma bière.

J'ai la nette impression que ce soir, je ne suis pas au bout de mes peines.

***

Le porche en bois craque quand je me pose sur les marches et inhale l'air frais de la nuit. C'est la première fois de la journée que je trouve le temps de réfléchir. Comme les deux guignols visionnent le match des Giants dans mon salon, j'en prends la liberté.

C'est absurde que je sois obligé de sortir de chez moi pour décompresser, mais ce n'est pas comme s'ils m'avaient écouté la trentaine de fois où j'ai essayé de les chasser au cours des trois dernières heures.

– Besoin d'une pause ?

La voix de mon père me fait sursauter.

– Papa ?

Il remonte mon allée. J'étais tellement absorbé dans mes pensées que je n'ai pas remarqué sa voiture garée dans la rue.

– J'ai pensé que tu aurais besoin d'aide pour mettre tes frères à la porte. Ils formaient un beau duo tout à l'heure.

Quand il se rapproche, ses cheveux gris se nuancent de jaune sous la lumière de la véranda.

– J'ai cru comprendre que maman n'appréciait pas vraiment non plus leur comportement.

Il hausse les épaules, pour montrer que les garçons ne changeront jamais.

– Tu connais ta mère. Toutes les excuses sont bonnes pour qu'elle garde Luke rien que pour elle quelques heures, et qu'elle puisse le pourrir-gâter encore plus.

– Heureusement qu'il est là. Comme ça, elle me laisse tranquille.

– Pas faux, s'amuse-t-il avant de s'asseoir à côté de moi sur les marches. Qu'est-ce qui te tracasse, Grant ?

Je coule un regard vers lui. Malgré les lignes d'inquiétude qui sillonnent perpétuellement son visage, comme tout policier retraité, il conserve un regard impénétrable. Une posture fière et provocatrice du menton et de la mâchoire.

– Qui a dit que j'étais soucieux ?

Il hausse les sourcils, comme pour me demander s'il a mal interprété mon comportement. Je soupire, appuie l'arrière de ma tête contre la rambarde et ferme les yeux. Il me laisse patiemment rassembler mes pensées.

– J'ai vu Emerson dans la semaine.

Ce n'est pas grand-chose, mais c'est un début.

– C'est ce qu'on m'a dit.

Il hoche la tête sans me regarder. Je hais les cancans.

– Où est le problème ? Ça s'est mal passé ?

J'ai un petit rire.

– Au contraire. (À son silence, je devine qu'il ne me suit pas.) C'est compliqué.

– Comme la plupart des choses. Sinon elles ne méritent pas qu'on s'y attarde.

Je ne suis pas d'humeur à encaisser la logique de mon père. En revanche, j'ai besoin de tout déballer.

– Elle m'a embrassé.

À son tour, il rit.

– Pourquoi ça te tracasse ?

Je me relève et arpente le trottoir avant d'enfoncer ma main dans mes cheveux.

– Parce que… je ne sais pas comment l'interpréter.

– Tu as toujours su réagir aux avances d'une femme, si mes souvenirs sont bons.

– Mais là, c'est différent.

– Pourquoi ?

– Parce que c'est elle et à cause de… tout ce qu'elle a traversé et…

– Comment sais-tu ce qu'elle a traversé ? Elle te l'a raconté ? Elle en a discuté avec toi ?

– Jamais.

– Alors, comment le sais-tu ?

– Parce que c'est moi qui ai tout dévoilé à Madame Gellar, papa. C'est moi qui ai bouleversé sa vie.

– Tu veux dire que c'est toi qui l'as sauvée.

Sa voix sans timbre est tellement empreinte de sérieux que je m'immobilise. Je l'observe, les bras ballants, profondément confus à cause d'un unique baiser parmi des millions d'autres que j'ai échangés au cours de ma vie.

– Elle s'est sauvée elle-même, papa.

– Formidable. Content que tu en sois conscient. Parce que tu as raison. C'est exact. Mais laisse-moi te poser une question, fiston. Si elle n'a pas évoqué le sujet, qu'est-ce qui te perturbe autant ? Comment sais-tu que ça la dérange ?

– Comment pourrait-il en être autrement ?

Je hausse le ton malgré moi. Seulement, j'ai l'impression de parler à un mur, pas à la seule personne à même de me conseiller judicieusement.

– Si tu la rencontrais dans la rue pour la première fois, tu n'aurais pas la moindre idée des épreuves qu'elle a endurées.

C'est pourquoi, tant qu'elle ne t'en parle pas, tu dois la traiter de la même façon.

Je regarde la lune et secoue la tête.

– Plus facile à dire qu'à faire.

– Je sais, mais c'est son passé, Grant. Quelquefois, il faut accepter l'histoire des autres et la laisser là où elle est. Dans le passé. C'est injuste de l'utiliser à ses dépens alors qu'elle ne l'a pas intégrée à l'équation.

– Je ne m'en servirai jamais contre elle.

– N'est-ce pas ce que tu fais ?

– Explique-toi.

– Tu ne serais pas dehors, aux prises avec tes doutes, si tu ne connaissais pas son vécu... En soi, cela implique que tu l'utilises déjà contre elle.

Je rejette immédiatement l'idée, mais plus il reste calmement assis là à me fixer, plus son raisonnement fait sens.

– Tu as raison. (Je marche jusqu'au bout de l'allée puis rebrousse chemin et jette mes mains dans le vide.) Peu importe. Je déblatère. Après quelques verres et un baiser, je ne devrais pas m'alarmer à ce point pour une femme.

Il émet un bruit évasif.

– Qu'est-ce que ça signifie ? je lance.

– Absolument rien, répondit-il avec un calme olympien.

Il me pense fautif. Je bois un peu de bière, refusant d'admettre qu'il a raison.

Parce que je me leurre. Il est question d'Emerson. Évidemment qu'avec elle, je me pose davantage de questions et je préfère rester prudent.

Bordel.

– Tu ne comprends pas. Tu ne peux pas.

– Éclaire-moi.

– Elle a cette expression dans le regard. Comme si elle se portait comme un charme. Elle est amusante, communicative et diablement courageuse... mais par moments, il y a une lueur de tristesse, une hésitation qui voile son regard, et ça me bouleverse. Je ne sais pas comment chasser ces nuages.

– Tu as toujours voulu secourir les gens.

– Ça ne va pas recommencer !

Je dénoue mes épaules et vais chercher une bière fraîche dans le seau de glace sur la véranda. J'en ai besoin. Cette conversation creuse plus profond que je ne l'aurais voulu.

– Je suis sérieux. Ça te perturbe parce que tu as envie de l'aider. Tu aimerais débarquer et faire disparaître sa peine, mais je suis désolé, cette tâche lui incombe. Tu ne peux pas la décharger d'une épreuve vieille de vingt ans.

– Je sais ...

Je baisse la tête et me résigne à l'absurde sentiment que je ressens. Quand je relève les yeux, je rencontre le regard de mon père avec une détermination forcée.

– À quel point était-ce grave ?

À ses yeux écarquillés, je sais que ma question le cueille à froid.

– Ce n'est pas à moi de te le dire, Grant. (Son regard oblique vers la maison, où Grayson et Grady s'enflamment devant le match ; en entendant mes frères, un petit sourire fend son visage.) Je ne te dirai qu'une chose. Si ça avait été l'un de vous, j'aurais ignoré la loi.

Nos regards se soutiennent, et je sais qu'il le pense. Pour que le chef Malone en vienne à faire une telle déclaration, c'est que c'est vraiment du sérieux. Encore plus grave que je ne le croyais. Plus que je ne supporte de l'envisager. Il se relève lentement – son corps encore vaillant se meut un peu plus prudemment ces derniers temps – et me tapote le dos.

– Tu as toujours eu un faible pour Emmy. Je ne suis pas surpris que ce soit toujours le cas, même après tout ce temps. (Il avance vers la porte moustiquaire puis se retourne.) Une dernière chose. Quand vous êtes ensemble, ces nuages disparaissent quelquefois de son regard ?

– Bien sûr. Quand je l'agace.

Je repense à ses yeux lançant des flammes quand j'ai quitté le bar. Elle écumait de rage, mais l'irritation empourprait ses joues et redressait son dos.

Il sourit.

– Je la reconnais bien là. Petite, c'était déjà une tête de mule.

– Je ne te contredirai pas.

– Sur quelle note s'est conclu votre rendez-vous ?

– Elle était fâchée contre moi. Elle s'évertue à vouloir tirer les ficelles afin de garder ses distances.

– Un peu comme toi, commente-t-il, ce qui lui vaut un regard noir qui ne le déroute pas. Laisse-moi deviner, tu lui as fait savoir que tu donnerais le ton ?

– Purement et simplement.

– Ta mère désapprouverait ta façon de penser.

– Alors, ne lui dis rien.

– Ça restera entre nous. (Son rire tinte et je sais que mes frères l'ont entendu, notre temps est limité.) Tu sais déjà comment t'y prendre avec elle, Grant.

– Pardon ?

Je reporte la bouteille à mes lèvres.

– Mets-la en colère contre toi. Ce sera probablement frustrant. Et ce ne sera pas du joli mais, là encore, les affaires de cœur ne le sont jamais.

Personne n'a dit qu'il s'agissait d'une histoire de cœur.

17

EMERSON

Il est encore là. Je peux sentir ses yeux sur moi.

Je souffle en étalant la première des six voiles sur le sol et l'inspecte à la recherche d'une éventuelle déchirure ou de coutures nécessitant des réparations avant de la ranger dans son sac-harnais.

– Qui a énervé Malone ?

Je me tourne vers Travis vêtu d'un tee-shirt sans manches, sa casquette de base-ball inclinée, un chiffon rouge serré dans son poing. Je suis ne suis pas mécontente que mes lunettes de soleil dissimulent le regard mauvais que je lui expédie. L'adorable vieux monsieur qui gère le terrain d'atterrissage ne mérite pas mon courroux. N'empêche que sa question attise les flammes de colère que Grant a allumées.

– Comment connais-tu Grant ? je demande.

– Tout le monde connaît les Malone dans cette ville. Ils font autant partie de Sunnyville que les vignes qui poussent sur les collines environnantes.

Il ajuste la visière de sa casquette.

– Pour info, je n'ai pas énervé Malone.

Je contourne la voilure qui se plisse dans le vent et m'oblige à ralentir mon inspection. Ces voiles préviennent les chutes, aussi méritent-elles un maximum d'attention.

– Si tu ne l'as pas mis en rogne, pourquoi est-il garé au bout de la piste depuis une heure ?

– Il est ici ? Je n'avais pas remarqué.

Je me garde de hasarder un regard vers sa voiture de patrouille, dont la présence déplacée saute aux yeux, refusant de lui donner la satisfaction de savoir que je lui prête attention.

– Eh oui. Juste là.

Il lève le menton et m'observe en cherchant à savoir si je mens.

– Pfff.

À ce stade, moins j'en dis, mieux c'est.

– Tu veux que j'aille lui demander ? Il est peut-être tenté par un saut en parachute. Un Malone qui sauterait chez nous, ce serait bon pour les affaires.

– Sûrement pas. Il ne mérite pas que tu gâches ta salive. Mais merci pour la proposition.

Je m'agenouille et emballe méthodiquement la voile dans son sac sous le regard insistant des deux hommes. Chaque minute qui passe attise mon agacement, au point que je souffle régulièrement en signe de résistance.

– Dans ce cas...

Les bottes de Travis frappent le bitume jusqu'à apparaître dans mon champ de vision, m'invitant à relever les yeux.

– J'ai laissé une liste de choses à faire sur ton bureau. Elle n'est pas très longue... mais impérative.

– Je m'en occupe rapidement. Merci.

Je me concentre de nouveau sur ma tâche. Une minute plus tard, il retourne au bureau, me laissant ignorer seule Grant.

L'heure suivante, je m'affaire sur les cinq autres parachutes, vivement consciente de la présence de Grant. Rappelée au souvenir de notre baiser. À ses exigences. À la frustration qui me gagne chaque fois que je pense à lui – *c'est-à-dire fréquemment* – alors que je préférerais ne jamais penser à lui.

Personne ne me commande. On ne me manipule pas.

Bien que j'en sois fermement convaincue, la scène du bar se rejoue dans ma tête. Ma tâche accomplie, j'ai chaud, je suis fatiguée et excédée.

– Il y a le feu quelque part ? plaisante Leo quand je déboule à l'accueil de *Blue Skies*, tapant des pieds comme un enfant colérique.

– Ne cherche pas, je grommelle en passant devant lui pour m'enfermer dans mon bureau en claquant la porte.

Comme il m'observe à travers la paroi vitrée, totalement confus, je tourne la tête vers la fenêtre qui, bien évidemment, donne directement sur la voiture de Grant.

Pour l'amour du ciel.

Je saisis mon téléphone et enfonce la touche sans réfléchir.

– Agent Malone.

– Ne joue pas au con avec moi. Et pourquoi pas plutôt « Agent harceleur » ? Ou « Agent connard » ? Tu as tout d'un vrai justicier, à poireauter au bout d'une piste vide.

Son petit rire inonde la ligne et achève de me mettre en boule.

– On ne sait jamais quand un délit risque d'être commis.

Sa voix traînante semble détendue.

– Bien sûr.

– De la même manière que c'est un délit que tu sois aussi charmante dans ta combinaison quand tu te penches pour plier tes parachutes.

Je raccroche et enrage, arpentant mon bureau exigu comme un animal en cage. Il reste planté là plus de deux heures et c'est tout ce qu'il a à dire pour sa défense ? *L'enflure.*

Je le rappelle et serre les dents un peu plus fort à chaque sonnerie. Il finit par décrocher à la quatrième sonnerie, juste avant que la messagerie se déclenche.

– Sérieusement ? Tu n'as pas mieux en rayon ? Tu as besoin d'améliorer ton sens de la repartie.

– Je savais que tu rappellerais.

– Tu es insupportable.

– Peut-être.

– Sûrement. (Je m'assois dans mon fauteuil et me relève, trop nerveuse pour tenir en place.) Pourquoi restes-tu planté là depuis des heures ? Si c'est pour me mettre en rogne, tu as réussi. Si c'est dans un autre but, ça ne marchera pas.

Je bluffe.

– Mmm.

– Qu'est-ce que c'est supposé… Oh ! (J'ai un éclair de génie.) Je sais à quoi tu joues, Malone.

– C'est-à-dire ?

– Tu t'appliques à reprendre le dessus.

– Moi ?

– Cesse de répondre à mes questions par une autre question, bon sang !

Exaspérée, je jette les mains dans le vide.

– Pourquoi ça te contrarie ?

– Grrr. Tu recommences !

– Tu crois que je ne le sais pas ?

J'entends le sourire dans sa voix, mais je ne me laisserai pas prendre au jeu de son carnaval de questions.

– Je ne laisse personne contrôler ma vie, ne serait-ce qu'en partie, quoi qu'en pense un certain mâle particulièrement désagréable.

Son rire emplit de nouveau mon oreille, et je déteste que, aussi furieuse que je sois, il soit diablement séduisant.

– Tu en es sûre ?

– Sans l'ombre d'un doute.

– Tu devrais revoir tes positions avant de te lancer dans ce combat.

– Pourquoi ça ?

Le front plissé, je regarde son véhicule.

– Parce que j'ai déjà obtenu ce que j'étais venu chercher.

– Ah oui ? Et qu'est-ce que c'est ?

– Que tu penses à moi.

Il coupe la communication.

Et avant que j'aie pu émerger du bâtiment, ma rage diffusant de la fumée dans son sillage, sa voiture quitte l'allée et rejoint l'autoroute.

– Que tu penses à moi... je marmonne avec mépris.

Il a raison.

Je pense à lui.

La vache, il a pris l'avantage.

18

EMERSON

– Allô ?

Aïe. Pourquoi ai-je cru que lui téléphoner serait plus facile qu'envoyer un sms ? Cette intonation grave... le souvenir de son baiser sur mes lèvres. La pensée de ce sourire qui me donne des papillons dans le ventre.

Ressaisis-toi, Em. C'est Malo le Mytho.

– Tu peux arrêter d'acheter mes amis ?

L'impatience suinte de ma voix tandis que je regarde la cuisine de Desi à travers les portes vitrées coulissantes. Émerveillée, elle volète autour de la livraison.

– De quoi parles-tu ?

– Le panier de chez Williams Sonoma. Le chèque-cadeau pour un cours de cuisine. Franchement ?

Je fulmine, une main sur la hanche.

– Bah quoi ? Je n'ai pas le droit d'envoyer un cadeau pour remercier Dési de m'avoir invité au barbecue ? Tu connais ma maman, Em. Elle est à cheval sur la politesse.

– La politesse, mon cul !

– Un problème avec ton cul ?

Pitié, voilà qu'il recommence à répondre par des questions.

– Aucun. Oublie ça.

– C'est le moment où nous raccrochons ?

L'humour dans sa voix attise mon irritation, et je déteste qu'il obtienne exactement ce qu'il veut de moi : une vive réaction.

C'est plus fort que moi.

– J'ai un trou de mémoire. Étais-tu aussi énervant, petit ? je crache tandis que Desi brandit une sorte d'huile d'olive et la serre contre sa poitrine comme s'il s'agissait du diamant Hope[1].

Je lève les yeux au ciel en attendant une réponse.

– Pas que je sache, mais je me souviens clairement que tu étais une vraie emmerdeuse.

– Absolument pas.

– Tu en es sûre ?

Ça m'insupporte qu'il me coupe la chique. Qu'immobile dans le jardin de Desi, je sonde ma mémoire en me demandant s'il a raison. Je ne retrouve aucune situation qui atteste du contraire.

– Tu es toujours là ? demande-t-il avec, dans la voix, un brin d'amusement et d'impatience surfaite.

– Arrête de vouloir détourner la conversation et de soudoyer mes amis.

– C'est raide comme accusation.

– Comment appelles-tu ça alors ?

– Un positionnement ?

Il ricane.

– Cette conversation est terminée.

– D'accord. (Dans le silence, seule s'entend sa respiration.) Si tu as fini, pourquoi ne raccroches-tu pas ?

– C'est à toi de raccrocher en premier.

Oh mon Dieu. Je régresse. On dirait une ado. Pourquoi me fait-il agir de manière aussi puérile ?

– Les dames d'abord.

Si le téléphone était un modèle à l'ancienne, j'aurais

1. Célèbre diamant de 45 carats, le plus gros du monde, qui aurait porté malchance à tous ses possesseurs.

écrasé le combiné sur son socle, mais avec un portable, impossible. Presser « fin de l'appel » ne procure aucune satisfaction.

– Je nage dans le bonheur, s'écrie Desi dans la cuisine. Viens voir.

– Non merci, dis-je goguenarde, franchissant le seuil pour la voir s'enthousiasmer devant un cadeau sur-mesure pour ma meilleure amie.

Je ne peux pas rester sourde à sa délicate attention mais, en mon for intérieur, je sais qu'il a pour seul objectif de me contrarier et de s'immiscer dans ma vie.

– N'est-ce pas touchant ? Tout cela juste pour me remercier de l'avoir invité la dernière fois. Des hommes comme lui, on n'en fait plus.

C'est la seconde fois que j'entends ça, mais aujourd'hui, cette phrase prend une résonance particulière.

– La dernière fois ?

Desi relève la tête, ses yeux de biche cillent rapidement avant qu'elle ne se remette à trier les pâtes empaquetées, sauces gourmet comprises.

– Oui. Au barbecue.

– Mais ce n'était pas la dernière fois.

Je me rapproche et m'appuie sur le plan de travail, en face d'elle.

Elle agite vaguement la main.

– Tu joues sur les mots, Em. La dernière fois, il y a quelques semaines, c'est du pareil au même.

Pas pour moi.

Pendant qu'elle continue de babiller sur ceci et cela, l'huile de truffe et d'autres choses vraisemblablement gastronomiques, l'expression « la dernière fois » continue de retentir dans ma tête.

Se sont-ils revus pour conspirer contre moi ? Desi a affirmé qu'elle était prise la semaine dernière quand je lui ai proposé de commander des sushis, mais elle a tu la nature de ses projets. Elle et Grant se seraient ils donné rendez-vous pour planifier des moyens de m'amadouer ?

Je rectifie. Disons plus exactement de m'agacer au plus haut point.

M'amadouer supposerait qu'il ait une chance, ce qu'il n'a pas. D'accord, peut-être une toute petite, mais là n'est pas la question.

Un autre cri de plaisir de Desi retentit à l'instant même où une soudaine pensée me retourne l'estomac. Et s'ils complotaient dans le but de gagner ma confiance ? Et si à force d'être repoussé, il avait reporté son intérêt sur Desi et qu'ils se fréquentaient ? Mon esprit vacille à cette idée.

J'aimerais dire bon débarras. Que je n'en ai cure.

Que je me moque qu'il ait fait livrer de la pizza à l'équipe de *Blue Skies*, sans prévenir et sans raison. Ou qu'une boîte de tampons enveloppée dans un ruban bleu ait apparu comme par magie sur le capot de ma voiture garée sur le parking de l'aérodrome. Certes, ce n'était vraiment pas cool, et même si je ne doute pas que tous les employés en poste ce jour-là aient trouvé cela étrange, il se peut que cela m'ait laissé pensive, la boîte sur mes genoux, mes doigts jouant avec le nœud. Il se peut que je me sois attardée sur le parking, regardant les avions décoller et atterrir jusqu'au soleil couchant, songeuse et paisible au point que je n'aie pas remarqué que le jour déclinait. Je ne m'étais pas sentie aussi bien depuis une éternité.

Mes tripes se révulsent parce que, pour agaçants que soient tous ces gestes, je ne tolère pas l'idée qu'il... tourne la page. Desi pourrait-elle me faire un coup pareil ? Et Grant ?

Ça n'en vaut pas la peine si c'est aussi pénible.

Sa déclaration lors du barbecue résonne dans mes oreilles et suscite chez moi un léger accès de panique. Mais lorsque j'aperçois le sourire béat de Desi, je sais qu'elle ne me ferait jamais ça. Ce qui n'exclut pas la possible séance de conspiration. N'empêche, ça m'incommode que la perspective qu'il séduise une autre femme ne passe pas. Car il s'évertue à charmer son monde, tandis que moi, il me provoque inlassablement.

Soudain, je réalise que... son plan a fonctionné. Il m'a manipulée. Il se fait aimer de tous mes proches dans le but qu'ils me reprochent mon absurdité le jour où je l'enverrai sur les roses.

Non d'un chien, je me suis laissé berner. Influencer. Qu'il appelle ça comme il veut.

Qu'il aille au diable ! Je trouverai le moyen de déjouer ses ruses. Je renverrai la balle dans mon camp. Et reprendrai le contrôle de la situation. La question est, comment y parvenir, étant donné qu'il a constamment un tour d'avance sur moi ?

J'aurais probablement pu commencer par accepter l'invitation de Josh à un petit rendez-vous tardif hier soir. Mais j'ai décliné. J'ai prétexté que j'étais débordée alors que ma soirée s'est résumée à moi, mon plat réchauffé et *Big Brother* à la télévision.

Ai-je sérieusement renoncé à un orgasme extraordinaire garanti pour Grant Malone ? Soyons réaliste : de multiples orgasmes. Il s'agit de Josh, après tout.

C'est pourtant ce que j'ai fait.

Je n'aime pas ça. Il me devance largement alors que je n'ai pas encore consulté le règlement.

– Em, regarde ça.

Débordante de joie, Desi brandit une sorte de gadget de cuisine.

Ce panier ne serait-il pas un puits sans fond rempli de pots-de-vin ?

– Si tu ne te cases pas avec ce type, je le ferai.

Ça m'en a tout l'air.

Je grogne.

Comment rivaliser ? Comment riposter face à un adversaire solitaire qui gagne les faveurs de mon entourage ?

S'il se croit en tête, c'est qu'il ne m'a pas encore vue à l'œuvre.

Prochaine étape : réécrire ces fichues règles et élaborer un plan d'attaque de mon cru.

19

GRANT

–Tu brigues le badge d'agent de police de l'année, ou quoi ? ricane Nate.

–Pardon ?

Relevant les yeux des lacets de mes bottes que je viens de nouer, je le vois tirer deux cartons de dossiers dans mon salon.

–Les dossiers archivés ?

–Ouaip. Et ta véranda ?

–N'est-ce pas la triste vérité ?

Ces cartons sont pleins à craquer.

–Il en reste deux autres dans la voiture, mais je t'en prie, reste confortablement assis sur ton canapé et savoure ton café, ironise-t-il, les mains levées pour m'inviter à ne pas bouger. Je n'ai rien de mieux à faire que transporter ton fatras.

–Je savais bien que tu étais doué pour quelque chose, je plaisante en me laissant lourdement retomber sur le canapé, mes pieds sur la table basse, et en produisant un son de satisfaction à la première gorgée de café.

–Crétin.

–Le seul et unique.

Il rit alors que la porte moustiquaire se referme derrière lui et que je m'empresse d'écarter les cartons du passage. Je soulève le couvercle et parcours les languettes pour vérifier que ce sont bien les dossiers que j'ai demandés quand il revient et lâche lourdement les deux dernières caisses.

– Tu as de la poussière sur ton uniforme, dis-je, le doigt pointé sur son torse.

Nate me fait un doigt d'honneur, se dirige vers ma cafetière et se verse une tasse comme s'il habitait ici.

Affaire non résolue # 865593 : Jensen Darby Homicide – 12/6/2001

Affaire non-résolue # 628336 : Mimi LaRuby Portée disparue – 04/1/1995

– Fais comme chez toi. Minute, c'est déjà fait, dis-je en ne prêtant que vaguement attention à Nate qui ouvre le frigo et prends du lait.

Affaire non résolue # 458899 : Matthew Larsho Homicide – 10/9/1992

Affaire non résolue # 713920 : Emerson Reeves – Violence sexuelle – 23/10/1997

Nate réplique, mais je ne l'entends pas. Il m'est impossible de détacher mon attention de l'étiquette.

– Ces dossiers…

La pochette verte fait une dizaine de centimètres d'épaisseur. Malheureusement, je sais d'expérience ce qu'elle contiendra. Preuves. Examens médicaux. Témoignages. Évaluation psychologique. Photos.

Bordel de merde.

Des photos.

– Qu'est-ce qu'ils ont ? s'inquiète Nate. (Mon estomac se révulse à l'idée de ce que les rabats renferment. Le café pourtant succulent un instant plus tôt devient comme de l'acide qui me ronge..) Il y a un problème ? Ce sont ceux de la liste qui était posée sur ton bureau.

– La liste ? je répète distraitement, bien que je la visualise parfaitement.

La liste des noms que j'ai inscrits alors que ma curiosité à l'égard du passé d'Emerson – le sort de son père et la gravité des préjudices subis par Emmy – me préoccupait tant que j'ai tracé son nom en haut de la feuille. Je le revois clairement. Son nom en majuscules doublement souligné. Nate a probablement supposé que les deux traits signalaient son importance alors que ce n'était qu'un griffonnage né de mes rêveries.

– Tout va bien, mec ?

– Très bien. Désolé. J'ai cru que j'en avais omis un, mais je l'ai trouvé, dis-je pour l'empêcher d'inspecter les dossiers avec moi.

– Les cartons étaient déjà prêts quand je les ai récupérés, alors s'il manque quelque chose, blâme l'administration. Pas le messager.

– T'en fais pas. Je suis sûr que tout y est.

Je n'avais pas l'intention de me pencher sur son affaire. Naturellement, l'idée m'a effleuré mais j'ai décidé de ne pas franchir cette ligne. Maintenant que son dossier, et les informations qu'il renferme, sont à portée de main, je ne peux pas me retenir de le fixer.

De m'interroger.

– Allo la Terre ? Grant, tu es toujours avec moi ?

Nate se tient au milieu du salon, sa tasse de café dans une main, et consulte sa montre avec théâtralité. Notre service est sur le point de commencer.

– Comment ? Désolé.

Je renfonce le couvercle sur la boîte et m'en éloigne.

Pour l'instant.

À mon avis, aucune occupation ni distraction ne parviendra à détourner mes pensées de l'affaire classée sans suite logée dans ce carton.

– Un problème ?

– Non, non. Aucun.

Je me force à sourire et vais récupérer mon portable et mon portefeuille pour étouffer sa curiosité.

– Tu es prêt ?

– Toujours. Allons-y.

Mais en renfermant la porte, je lance un ultime regard au carton.

Eh merde.

20

GRANT

– Agent Malone ?

– Yo.

Je repousse mon siège et le fais rouler dans le couloir, à la vue de la réceptionniste.

– Une livraison pour vous.

Nate me regarde par-dessus la rangée de bureaux, et je hausse les épaules.

– Pour moi ?

– Qui t'assigne à comparaître ? demande-t-il.

– Pas la moindre idée, dis-je en attrapant l'enveloppe kraft que je retourne dans mes mains.

Pas d'adresse d'expéditeur.

– Hé, Sue !

J'appelle la réceptionniste avant qu'elle ne regagne son bureau.

– Oui ?

– Qui a livré cette enveloppe ?

– Un jeune homme. Plutôt mignon, pour qui aime les grands bruns séduisants.

Elle décoche un sourire.

– Pile mon genre.

Je lève les yeux au ciel et reçois une pluie de rires de la part de mes collègues tandis que je glisse un doigt sous le rabat et décachète l'enveloppe.

À l'intérieur, une décharge à mon nom assortie d'onglets jaunes indiquant les endroits où signer. Sur le moment, le contenu me laisse perplexe. Puis un bon-cadeau s'échappe des formulaires.

« *Coupon-cadeau de l'École de parachutisme* Blue Skies *: bon pour un saut en tandem avec notre principale monitrice, Emerson Reeves. À moins que vous n'ayez pas confiance en elle, bien sûr...* »

Qui entre sur le terrain et joue son va-tout dès le premier tour ?

Elle a pris son temps.

J'émets un petit rire, et Nate m'examine en plissant les yeux.

– Je dois passer un coup de fil, dis-je en me levant pour sortir du commissariat, loin des autres policiers aussi avides de potins que des vieilles dames.

– *Blue Skies*, Emerson, que puis-je faire pour vous ?

Sa voix est un véritable appel au sexe. Et elle prend délibérément ce ton, l'affichage du numéro l'informant de l'identité de l'appelant.

– À toi de me le dire. Que peux-tu faire pour moi ?

Son murmure est aussi plaisant que la sensation que j'imagine qu'elle produirait en griffant mes précieuses avec ses ongles. À elle seule, cette évocation m'assure que je suis tellement foutu en ce qui la concerne que ce n'est même plus amusant.

– Je vois que tu as reçu mon cadeau.

– Effectivement.

– J'ai souhaité témoigner ma reconnaissance envers nos policiers qui protègent et servent chaque citoyen.

– Cela dit, je pense être le seul à avoir reçu un bon-cadeau.

– J'avoue, mais tu es un cas à part.

Elle rit. Je l'imagine aisément sur le tarmac, dans sa fameuse combinaison de parachutisme, sa casquette de base-ball abaissée, inspectant la longue piste d'envol à travers ses lunettes d'aviateur.

– Tu téléphones pour fixer l'heure de ton saut ?

– Même pas en rêve. Tu le sais, je ne fais confiance à personne, en particulier pour sauter d'un avion.

– Même pas à moi, ta veille copine ?

– Surtout pas à ma vieille copine.

Je ris, imaginant qu'elle possède un jeu de fléchettes avec ma photo au cœur de la cible.

– Oùest le problème, Malone ? Dois-je t'appeler *Pâquerette* ?

– Un point pour toi.

– Alors quoi ? As-tu peur de passer la barre à une femme ?

Sa voix est farouche, taquine, mais avec une légère pointe de curiosité.

– Absolument pas, Em. En vérité, je trouve cela follement sexy. Ce qui l'est encore plus, c'est une femme qui réclame de faire la pluie et le beau temps avec tout le monde, sauf avec celui dont elle partage le lit parce qu'elle lui voue une confiance implicite. Ça ? C'est hyper-excitant.

Elle inspire d'un coup sec, et j'aime constater que j'ai réussi à l'émouvoir.

– Eh bien, je présume que nous présentons tous deux des problèmes de contrôle et de confiance que nous avons besoin de résoudre, tu ne crois pas ?

– Je pensais que nous y travaillions.

Je ricane, raccroche et pousse un long soupir maîtrisé.

Bordel. J'ai peut-être pris la main pour l'instant, mais sa main est la seule que je demanderai.

21

GRANT

– Bonjour, vous êtes bien l'agent Malone ?

Qu'est-ce qu'il me veut ?

Un jeune homme au teint frais, la vingtaine approchante, un mètre soixante-quinze pour cent kilos, se tient derrière la vitre ouverte du côté passager.

– Que puis-je faire pour vous ?

Ma première impression est qu'il est inoffensif, mais ne discernant pas ses deux mains, je reste sur mes gardes.

– J'ai une livraison pour vous.

– Pardon ?

Je me soulève sur le siège du conducteur et l'examine plus attentivement.

– Une livraison. Tenez. (Il passe une boîte rose par la vitre.) Ça vient du *Donut Shoppe.*

– Le *Donut Shoppe* ?

– Une carte est scotchée sur le dessus.

Je le regarde prudemment.

– Bien. Merci. (Il commence à s'éloigner.) Hé, attendez une seconde.

Je rassemble quelques billets de un dollar pour lui remettre un pourboire.

– Merci, dit-il pendant que je vérifie le couvercle du carton de pâtisseries.

« *Eh, espèce de beignet, ne va pas croire que tu as gagné la bataille. Emerson.* »

J'examine attentivement sa carte et réagis de la seule façon possible : je ris.

– C'est quoi ? s'enquiert Nate en s'introduisant dans la voiture.

– Emerson.

– Elle t'envoie des mots doux sur des boîtes de beignets maintenant ? Tu n'es pas supposé contrôler la situation ?

– J'essaie, mon pote. Crois-moi, je m'y emploie.

– Eh bien, fais plus d'efforts. À force de temporiser, tes testicules seront bientôt plus bleus que ton uniforme.

– Va te faire voir !

Il sourit en coin.

– Au moins, l'un de nous obtiendra satisfaction.

– N'y compte pas trop, mec. Tu te fais des...

– À toutes les unités. 10-16 au 12662 Serenity Court.

Je n'ai pas besoin d'exhorter Nate à répondre présent. Il s'empare de la radio pendant que je mets le contact et branche le gyrophare et la sirène.

C'est l'adresse de Keely.

En trois minutes, nous atteignons son quartier. J'éteins la sirène, mais laisse le gyrophare allumé en m'engageant dans la résidence. Nous nous garons, nous éjectons de la voiture et mon poing tambourine à la porte en quelques secondes.

– Police de Sunnyville, ouvrez.

Je donne quelques coups supplémentaires contre le battant, tandis que Nate piétine les plantations pour jeter un œil à l'intérieur par la fenêtre.

– Il y avait de cris et des hurlements.

Je me retourne en entendant une voix faible derrière moi, ma main automatiquement posée sur mon arme. Je me détends en avisant la voisine âgée sur le trottoir d'en face.

– Quoi d'autre ? demande Nate en allant à sa rencontre, me laissant garder la porte.

Je perçois des mots comme « cris » et « menaces », mais quand il la questionne sur ce qu'elle a vu, son témoignage s'étiole.

Je frappe encore.

– Madame Davis, ouvrez. Nous aimerions vérifier si vous et Keely allez bien.

Regardant autour de moi, je note que des voisins sont rentrés du travail, une poignée de curieux sortent de leurs maisons pour s'enquérir de la situation. De nouveaux galets peints ornent l'allée, des indices d'un enfant normal, créatif ou des signes d'une fillette s'évadant pour échapper à des disputes familiales.

Alors que je suis sur le point de recommencer à frapper, le verrou est actionné et la porte s'entrouvre. Amelia Davis apparaît, des larmes sillonnent son visage et ses cheveux sont emmêlés.

– Madame Davis ? Tout va bien ? je demande avec délicatesse.

Je suis vivement conscient que Monsieur Davis se trouve possiblement derrière la porte, jugeant sa réponse et la punition appropriée.

– Oui. Ça va. Tout va bien, répond-elle d'un ton convaincant, alors qu'elle ouvre plus grand la porte sans que je lui aie demandé de vérifier l'intérieur.

Je l'examine, à la recherche d'hématomes, mais en plein été, elle porte une blouse à manches longues.

– Il n'est pas à la maison, si c'est ce qui vous inquiète.

– Maman ? Est-ce que ça va ?

La voix timide de Keely se fait entendre à l'intérieur.

– Oui, trésor. Le gentil policier qui est venu l'autre jour est passé dire bonjour. Ils aimeraient voir les nouveaux galets que tu as peints.

Elle a le mensonge facile, et je ne sais pas si je respecte ou déteste le fait qu'elle protège son enfant.

– C'est vrai ? Il est là ?

La voix réjouie, elle avance son doux visage à l'angle du mur, ses yeux bleus écarquillés, un grand sourire aux lèvres.

– Je suis là.

Je hoche la tête et me prête au jeu de sa mère, coulant un regard vers Nate pour qu'il se charge d'interroger la mère pendant que j'éloigne Keely.

– Je suis désolée, Monsieur l'agent. Ce n'était qu'une petite querelle, explique Amelia à Nate tandis que j'entraîne Keely dans l'allée, loin de la porte d'entrée.

– Vous êtes venus parce que mes parents se sont encore disputés ? demande-t-elle.

Sa question me brise le cœur.

Je hoche la tête, peu enclin à nier l'évidence mais désireux de gagner sa confiance.

– C'est notre travail de veiller à ta sécurité. (Je m'agenouille pour la regarder dans les yeux.) Est-ce que tout va bien, Keely ?

Elle me fixe de ses grands yeux qui en ont trop vu pour son âge. Sa lèvre inférieure tremblote, puis elle acquiesce d'un timide hochement de tête.

Je pourrais tuer l'ordure qui a fait naître cette expression sur son visage. Lui tordre le cou.

– Tu en es certaine ?

Elle jette un regard vers sa mère puis baisse les yeux sur ses doigts qui entortillent son tee-shirt.

– Oui. (Elle hausse les épaules.) Maman m'a envoyée dans ma chambre et m'a dit de rester tranquille. Je ne sais pas ce qui s'est passé.

– D'accord.

Je hoche la tête. Quand j'affronte un suspect d'un mètre quatre-vingts, je suis capable de deviner s'il ment, mais face à une gosse de cinq ans, je suis largué.

– À quel sujet ils se disputaient ?

– Des trucs. (Elle hausse de nouveau les épaules. Se tord les doigts. Remue les pieds.) L'argent et d'autres trucs.

– Bon. Tu as peur pour ta maman ou pour ton papa ? Ne serait-ce qu'un peu ?

Elle relève finalement les yeux. Je vois qu'elle lutte pour ne pas trahir ses parents.

– Des fois. Je n'aime pas qu'ils se disputent. Nemo et moi, on s'est cachés sous les couvertures et on a chanté « You are My Sunshine » pour ne pas les entendre.

– Ma chanson préférée, dis-je en repensant à ma mère qui la fredonnait pour Luke quand il était bébé. Et une astuce très intelligente de ta part.

– Tu veux vraiment voir mes galets ?

– Bien sûr. C'est pour ça que je suis ici. J'en ai remarqué des nouveaux que j'adore.

D'un regard à Nate, je vérifie si nous progressons. Son léger hochement de tête de même que son expression tendue indiquent que nous piétinons.

– Celui avec l'emoji-crotte est mon nouveau préféré, dis-je en me composant un visage neutre.

Toutefois, son petit rire me fait sourire.

– Tu connais les emojis-crotte ?

– Évidemment. Ne te laisse pas duper par l'uniforme. Je sais que les emojis-crotte sont les plus cool.

Chaque fois que je dis « crotte », elle me gratifie d'un gloussement, un son qui devrait être ordinaire pour elle mais qu'il ne l'est probablement pas. Un sentiment de déjà-vu m'assaille, comme lors de ma précédente visite. Je le repousse, de même que l'image de la blondinette de mes souvenirs, mais une idée me vient.

– Dis-moi, Keely, sais-tu garder un secret ? je demande sur le ton de la confidence.

– Des secrets qui attirent les ennuis ou des secrets de super-espion ?

– De super-espion.

Elle hoche la tête et son sourire s'élargit.

– Bien sûr, je sais garder un secret de super-espion.

– C'est bien ce que je pensais. D'ailleurs, si je t'ai offert le badge la dernière fois, c'est que je me doutais que tu serais une excellente espionne.

– Oui, c'est vrai.

– Des fois, les agents secrets laissent des messages codés pour informer d'autres agents secrets de la situation.

– Ils font ça ?

– Souvent, même. (Je hoche la tête, sachant que je dois me dépêcher de passer le message.) Parfois, de tout petits signes permettent de signaler aux autres espions que ça va ou qu'il y a un problème.

– Ah bon ?

– Tu peux me croire.

– Quel est le rapport avec moi ?

– J'aimerais faire de toi mon agent secret. C'est mon travail de policier de m'assurer que toi et ta mère allez bien en permanence. (Je vois qu'elle cogite, et je poursuis avant qu'elle ne questionne ma tactique.) Tes galets pourraient devenir notre code secret.

Ses yeux et son sourire s'élargissent, la fierté envers son travail dissipe ses réticences.

– Mes galets ?

– Oui, mais il ne faut le dire à personne, sinon le code d'espion sera démasqué et il n'y aura plus d'espions.

– Je sais garder un secret.

Je l'observe d'un air entendu, mais d'un sourire, je montre que j'ai confiance en elle.

– Bien. Nous devons maintenant définir une image ou un mot. Comme ça, si tu le peins sur un galet, je saurai que tu as peur et que tu as besoin d'aide pour toi ou ta mère.

Son scepticisme reparaît, mais s'allège alors qu'elle demande :

– Quel mot ou quelle image ?

Sa voix est presque inaudible.

– À toi de choisir.

Elle tord la bouche, faisant un effort de concentration touchant.

– Euh. Pastèque.

– Pastèque ? je ris, surpris par son choix.

– Oui, pastèque. Mais je ne peins pas si bien que ça. Je sais que tu me complimentes parce que je suis petite, et que tu es un adulte, alors tu es gentil pour ne pas me vexer... mais je te promets que je peins très bien les pastèques.

– Je n'en doute pas.

J'adore ses petits sursauts de personnalité qui commencent à percer à travers sa peur.

– Elle sera verte et...

– Non, rouge avec des pépins noirs. Même si maman n'achète que celles sans pépins, et elles ne sont pas rigolotes parce qu'il n'y a pas de pépins à cracher le plus loin possible.

– Compris. Un galet rouge avec des pépins noirs. (Je tourne les yeux vers les galets peints, et je sais que je réussirai à les repérer rapidement.) Excellent choix. À présent, nous devons définir un endroit où placer notre signal secret. Tu as une idée ?

Elle se mord la lèvre et regarde autour d'elle.

– Pourquoi pas là, dans le coin de l'allée ?

– Épatant. Tu vois ? Tu as déjà prouvé que tu es une parfaite espionne.

– Tu viendras souvent vérifier les galets ?

– Aussi souvent que nécessaire, dis-je, partagé entre la crainte de m'engager à un rythme que je ne tiendrai pas et le besoin qu'elle se sache en sécurité.

– De quoi parlez-vous ? demande Amelia en approchant derrière Keely et en passant le bras autour des épaules de sa fille.

– Agents secrets et pastèque, répond Keely.

– C'est un dessin animé qui passe sur Nickelodeon ? questionne Amelia.

– Oui.

Keely m'adresse un petit sourire avant que sa mère ne l'entraîne dans la maison et referme la porte sans un mot.

– As-tu obtenu quelque chose ? je demande à Nate en reprenant la voiture.

– Tu veux dire, est-ce qu'elle a admis que ce salaud la bat et qu'elle porte des manches longues en plein été pour camoufler ses bleus ? Non. J'ai eu beau lui répéter que nous la protégerions, qu'elle n'a qu'à porter plainte pour protéger Keely, elle s'entête à nier qu'il y a un problème.

– Fils de pute.

– C'est ça.

J'abats mon poing sur le volant.

– Je suis sûr que nous reviendrons.

– Nous avons les mains liées tant qu'elle refuse notre aide.

– En attendant, la gamine est en première ligne. La justice, tu parles, fais-je, le dégoût et l'impuissance suintant de ma voix.

Il soupire lourdement.

– Ouais. Au moins, nous avons des donuts.

– Plutôt, tu as des donuts, je rectifie, écœuré par leur odeur qui emplit l'habitacle.

22

GRANT

– Téléphone à Emerson et préviens-la que tu seras en retard. Ensuite, fais demi-tour et rentre chez toi.

Desi bredouille dans le combiné.

– Tu es mignon et tout le toutim, mais ça n'excuse pas ton autoritarisme à deux balles.

Je jette un regard vers le comptoir où Emerson est assise à une dizaine de mètres. Ses cheveux blond vénitien sont ramenés derrière son oreille, ses doigts remuent la paille coincée dans son verre et ses longues jambes bronzées captivent tous les clients. L'idée qu'elle attire un autre homme me donne des envies de bagarre ou de tout autre exutoire pour évacuer ma colère causée par la situation de Keely.

– À charge de revanche, dis-je les dents serrées, alors qu'un homme s'assoit à côté d'elle et se lance dans des bavardages qu'elle n'encourage pas.

N'empêche, elle sourit. N'empêche, elle est sublime.

– Comment sais-tu que j'ai prévu de prendre un verre avec elle ? demande Desi.

– Parce que je me trouve dans le box du fond au *Davenport*, et je picole pour oublier ma journée merdique.

Ce faisant, j'observe Emerson qui est assise au bar et ignore, les uns après les autres, les hommes qui osent rapprocher leur tabouret du sien.

Desi ricane.

– Autrement dit, tu fulmines contre tous les hommes qui lui font des avances, et assister à leur drague incite l'homme des cavernes bourré de testostérones qui sommeille en toi à passer à l'action, au lieu de rester sur la touche et de te livrer à tes petits jeux habituels.

– Ce n'est pas un jeu, Desi. Je fais en sorte qu'elle sache qu'elle ne tire pas les ficelles avec moi comme dans ses précédentes relations... du moins, selon toi.

Je conclus sur une pique destinée à lui faire sentir que si elle s'avise à rapporter notre conversation à Emerson, je la balancerai pareillement.

– Me feriez-vous du chantage, Agent Sexy ? ironise-t-elle.

– J'énonce juste des faits, M'dame.

Un autre homme. Nouvelle crispation de mes poings.

– Il était temps. Je commençais à me rabougrir à force d'attendre que tu prennes le taureau par les cornes.

– J'imagine.

– Pour info... (L'amorce tant redoutée par les hommes.) Ton numéro de mâle dominant ne prend pas plus avec moi qu'avec Emmy. Si j'accède à ta requête, c'est uniquement parce que vous avez tous deux besoin de dépasser le jeu du chat et de la souris et de grignoter le morceau de fromage.

– *Ciao,* Des.

La communication coupée, je m'adosse contre la banquette et attends qu'Emerson décroche son téléphone. À point nommé, son téléphone sonne sitôt ma pensée formulée. Durant sa conversation avec Desi, elle vérifie l'heure, hausse les épaules, lève sa main retournée comme pour interroger Desi sur la raison de son retard. Elle est probablement agacée, ce qui jouera en ma faveur au bout du compte.

À peine a-t-elle reposé son appareil que je compose son numéro.

– Allô ?

– Salut, je suis en chemin vers toi pour effectuer mon saut en parachute.

La résignation dans son soupir transparaît dans l'appareil tandis que je la vois appuyer lourdement ses épaules contre son dossier.

– Pas aujourd'hui. Je suis prise.

– Tu m'as pourtant dit de venir à ma convenance.

Je la pousse à bout.

– Oui, bah, quand tu veux, ça ne signifie pas tout de suite. De toute façon, je ne me trouve pas sur place.

– Où es-tu ?

– J'ai rendez-vous avec Desi.

– Qu'est-ce qui te tracasse ?

– J'ai eu une sale journée, de bout en bout.

– Pareil pour moi. Envie d'en parler ?

Elle laisse passer un silence, alors qu'un homme s'installe trop près d'elle et qu'elle se décale pour récupérer son espace personnel.

– Dis-lui qu'il ferait bien de dégager.

Cela prend une seconde, mais je distingue l'instant précis où ça fait tilt. Son dos se redresse. Ses doigts se contractent autour de son verre. Toutefois, sans se départir de son sang-froid, elle pivote lentement sur son siège et survole la salle du regard. Elle me localise illico. Nos regards s'accrochent. Son début de sourire s'évanouit avant qu'elle inspire sèchement dans le téléphone.

– Dis-lui, Emerson. Dis-lui que tu es avec moi.

Elle fronce les sourcils, mais ne bouge pas.

– J'attends Desi, proteste-t-elle au lieu d'effectuer dix pas pour me le dire en face.

– C'est faux. Elle a annulé. Je lui ai demandé de rentrer chez elle. (La colère bout sur son magnifique visage.) *Dis-lui !*

Au lieu de s'adresser à son voisin, qui continue de la lorgner, elle pose de l'argent sur le comptoir, repousse son siège et se dirige vers moi, téléphone à l'oreille.

Elle se campe devant moi, et chaque parcelle de mon être me supplie de l'embrasser. Ce qu'elle m'agace ! Tout en elle, parce que j'ai l'impression de ne pas l'avoir embrassée depuis une éternité, et ces interminables préliminaires ne me satisfont guère.

– Rien ne t'autorise à me donner des ordres.

D'accord. C'est comme ça qu'elle le prend.

– Assieds-toi.

– Pas question.

– Assieds-toi, Emmy.

– Je m'appelle Emerson.

Elle me fusille du regard, ses pieds remuent nerveusement alors qu'elle abaisse son téléphone. Mes yeux glissent vers la banquette puis se reportent sur elle.

– Assise.

– Tu es un vrai connard, tu sais ça ? raille-t-elle.

– Probablement. Mais j'ai eu une journée atroce, alors colle-moi un procès parce que j'exige que tu prennes un verre ou deux avec moi, et peut-être que tu me racontes pourquoi tu as toi aussi passé une mauvaise journée... (Je hausse les épaules.) Assieds-toi.

Ses émotions mènent un combat sur son visage. La réticence survole son regard, après quoi elle se laisse retomber sur la banquette en face de moi. Sans détourner les yeux, je lève la main à l'intention du serveur et commande une tournée. Nous ne pipons pas mot avant que nos verres soient sur la table, la tension s'accumule curieusement entre nous.

Préliminaires.

Cette idée me fait sourire, et je sais que cela la met à cran.

– Depuis quand harcèles-tu les filles ?

– Moi ? Un harceleur ?

Je ris. Cette vanne est précisément ce dont j'ai besoin.

– Mon petit doigt m'a dit que tu voulais connaître mon adresse.

– Tu fais allusion à l'unique question que j'ai posée à Desi ?

Le coin de ses lèvres se relève, bien qu'elle réprime un sourire.

– Précisément.

– Tu crois que j'ai besoin de cette info pour te traquer efficacement ?

Elle continue de se demander si cette idée lui plaît, de la même façon que je ne suis pas sûr d'apprécier le fait qu'elle vive dans un studio au-dessus d'un hangar, effectuant d'étranges tâches en échange d'un logement et d'un moyen de locomotion. Même si c'est pour le compte d'un propriétaire inoffensif, dénommé Travis Barnhardt, ce n'en est pas moins du travail supplémentaire alors qu'elle en fait déjà trop.

– Comme tu es dans la police, j'aurais cru que tu disposais de meilleures connexions que Desi qui ne sait pas tenir sa langue.

– Il s'avère que j'ai un petit faible pour Desi qui ne sait pas tenir sa langue, dis-je, juste pour la titiller.

– Sans rire. L'inonder d'ustensiles de cuisine suffit à lui délier la langue.

Mon éclat de rire attire les regards autour de nous.

– Je redoute de connaître ce qu'elle t'a raconté d'autre sur moi.

– Ça restera entre elle et moi.

Elle relève les yeux de son verre et soutient mon regard.

– Alors, toi aussi tu as eu une journée difficile ? je l'encourage.

Elle hausse les épaules.

– En quelque sorte. Et toi ? Pourquoi ta journée t'accable autant ?

– J'ai reçu une livraison de donuts bien que je déteste les donuts. Ma voiture empeste encore la friture.

Voilà son sourire.

– Torturé aux donuts.

– Atroce. La noyade et l'odeur de donuts arrivent en premier sur ma liste des supplices.

Je me carre contre le dossier, prends une rasade puis pousse le bol de bretzels et de cacahuètes vers elle.

– Nous avons reçu un appel qui me tracasse.

– Envie d'en parler ?

– Peux pas… c'est juste impossible, j'explique, même si j'ai grand besoin de me confier.

Pas maintenant. Pas à elle alors que je ne cesse de retrouver son visage dans celui de Keely. Pas avant que je n'aie réussi faire la part des choses entre les faits d'aujourd'hui et ceux de son passé.

– Et toi ? je reprends.

– Écoute, faisons comme si nous en avions parlé et passons à autre chose.

Elle rit et boit une gorgée, le regard fuyant. Une fois de plus, elle me rappelle Keely.

– Ça ne prend pas, Em. Qu'est-ce qui te préoccupe ?

Elle soupire et trie consciencieusement le contenu du bol pour me piquer toutes les noix de cajou. Je lui laisse du temps, et souris au crétin qui me regarde de travers depuis le comptoir, jaloux qu'elle s'intéresse à moi plutôt qu'à lui.

Peut-être que je le nargue parce que je n'ai pas la tête à la bagarre. Ou bien je ne suis qu'un sale type. Cela étant, j'ai une folle envie d'embrasser Emerson, mais je sais le moment mal choisi.

– Tu te souviens que j'aimerais racheter *Blue Skies* ? (Je hoche la tête.) Eh bien, ça me donne du fil à retordre. En fait, mon chargé de crédit est un vrai con.

– Il reporte sa réponse ?

Son rire me met instantanément en alerte.

– Pour répondre, il répond. S'il n'a pas encore rejeté ma demande, c'est uniquement parce qu'il se figure qu'il parviendra à me mettre dans son lit.

D'emblée, je n'aime pas ce type.

– Qui est-ce ? je demande.

Elle m'observe et tord la bouche.

– Un agent de crédit. Je sais me débrouiller seule, déclare-t-elle, impassible.

Sornettes.

– Alors, adresse-toi à une autre banque.

Simple.

– Si seulement ! réplique-t-elle sur un ton qui me donne envie de me glisser à ses côtés pour la serrer contre moi, bien que je doute que nous en soyons là. Hélas, c'est la seule banque qui ait accepté d'étudier ma demande. Quand ma mère est tombée malade, l'argent est venu à manquer, nous avons contracté des emprunts à son nom, au mien, puisé partout pour financer son traitement. J'ai bossé d'arrache-pied pour tout rembourser, j'ai multiplié les petits boulots au cours de mes voyages et j'ai vendu tout ce que je possédais dans ce but.

– Donc, tu n'as pas de garantie.

– Aucune, soupire-t-elle, et je déteste la tristesse dans ses yeux. J'ai tout remboursé, mais cela ne signifie pas que je sois solvable aux yeux des banques. J'ai juste besoin de prendre un nouveau départ, et *Blue Skies* est une occasion en or.

– Tout le monde a besoin de repartir à zéro de temps à autre. Sans compter que j'admire ce que tu as fait, rembourser tes dettes au lieu de te déclarer en faillite personnelle.

– C'est comme ça.

Elle fait rouler sa tête pour dénouer sa nuque.

– Qui est cet abruti ?

– Ce ne sont pas tes affaires. J'ai réglé leur compte à des types plus dangereux qu'un agent de crédit aux mains baladeuses.

– Aux mains baladeuses ?

– Relax. Je suis une grande fille.

23

EMERSON

– Relax. Je suis une grande fille.

L'expression de Grant fait frémir chaque partie de mon corps. J'ai répondu sans réfléchir, pourtant, son regard se fait suggestif au possible et parfaitement approprié à ce coin sombre et isolé du bar.

– J'ai conscience que tu es une grande fille, Emerson. Tu t'es donné du mal pour me le prouver.

J'ignore s'il est sarcastique, mais étant donné que c'est la pure vérité, je ne cherche pas plus loin.

– Il paraît que tu as déposé les donuts devant le foyer des sans-abri, lui dis-je pour le relancer.

Son regard s'enflamme, me renvoyant aussi sec à ce que j'ai ressenti quand j'ai eu vent de son geste.

– J'ai mes sources pour traquer ma cible.

– Je vois ça.

– Je trouve cela formidable de ta part.

– Hormis te retrouver ici, c'était la décision la plus facile de ma journée.

Ses pensées l'éloignant de moi, je vois de la tristesse dans ses yeux. Il repense à l'appel ? À la raison de sa venue dans ce bar pour boire seul, peut-être ?

– Parle-moi de cet appel, je le presse, la main sur la sienne. J'aimerais en savoir un peu plus.

Sa main se crispe un instant, et je sais qu'il atermoie : un homme noble, corps et âme. Il attrape son verre de sa main libre, boit une gorgée et le repose, puis entrecroise nos doigts. Mais il continue d'esquiver mon regard.

Le silence s'étirant, mon esprit s'échappe. Constate que nous nous tenons ouvertement la main sans que je pète les plombs. Que ça semble naturel et extrêmement agréable. Je pense que je suis plus décontenancée par la sensation que par le fait qu'assis dans ce bar, nous ressemblons à un couple.

– J'ai utilisé notre astuce des galets aujourd'hui, répond-il finalement en croisant mon regard.

Je suis paumée. À quoi fait-il référence ?

– Notre astuce des galets ? je répète, tête penchée comme si cela pouvait m'éclairer.

– Oui. Ça m'est revenu aujourd'hui, pendant l'intervention. J'espérais que ce serait un bon moyen pour communiquer avec une petite fille, alors je lui ai raconté.

Je suis paumée. L'astuce des galets ? Ai-je loupé quelque chose ?

– Je ne te suis pas.

– Mais oui, notre truc avec les galets. Tu sais bien. Oh, et puis oublie ça.

– Mais non, je veux savoir.

– Mon intervention aujourd'hui. C'était un 10-16... navré, violence conjugale, et ce n'est pas la première fois que nous sommes envoyés chez eux. Je pense que le père maltraite la mère, mais elle se défile pour le protéger. C'est le cas classique du mari qui frappe régulièrement sa femme, qui lui fait croire qu'il ne peut pas vivre sans elle et vice versa. Je ne sais pas. Ça m'échappe, mais je sais que ça existe pour l'avoir vu trop de fois pour les compter.

– Je suis désolée.

Je n'en dis pas plus, mais je presse sa main en signe de soutien, alors qu'il pense à quelque chose qu'il a du mal à concevoir.

– Moi aussi.

Il soupire, ses épaules affaissées attestent que cette intervention a laissé des séquelles sur lui.

– Je suis déterminé à secourir la mère, mais je ne peux rien pour elle tant qu'elle ne veut pas de mon assistance, et j'espère qu'alors ce ne sera pas trop tard. Mais le pire, c'est qu'ils ont une fille. Elle a cinq ans, une gamine adorable prise entre deux feux. Elle défend son père, un type exécrable, et aime sa mère qui ne la protège pas. Cette gamine ne veut rien d'autre qu'être une enfant.

– C'est dur. Je suis désolée, je ne sais pas quoi dire de plus. Je n'imagine pas ce que tu vois quotidiennement. Tout ce que tu dois gérer, dis-je en espérant revenir à cette histoire de galets pour comprendre de quoi il retourne.

Un léger doute germe dans le fond de mon esprit. Je ne peux pas mettre le doigt dessus, mais j'ai trop peur de poser la question.

– Bon, arrêtons de nous lamenter sur nos malheurs de la journée et allons chercher une glace.

– Une glace ? je ris. Nous passons de noyer nos chagrins dans l'alcool à la crème glacée ?

– Pourquoi pas. Tu as quelque chose contre la glace ?

– Euh... non. Qui n'aime pas la glace ? (Mon estomac gronde à l'idée de manger, me rappelant que je n'ai rien avalé de la journée.) Cela dit, après l'affreuse journée que j'ai passée, l'alcool me convient aussi.

– Je retrouve mon amie Emmy.

Son grand sourire irrésistible me pétrifie quand nous réalisons tous deux ce qu'il a dit.

Je ne mentirai pas en prétendant que, suite à cela, je ne suis pas tentée de mettre un terme à notre petit jeu insensé – le contrôle, on s'en fiche – et de l'embrasser. Là, tout de suite.

Les yeux dans les yeux, chacun essaie de déchiffrer l'autre. C'est alors que sa main se resserre autour de la mienne et que je m'aperçois que nos doigts étaient restés entremêlés.

– Je connais un moyen de mélanger glace et alcool, reprend-il sans détourner le regard.

– Lequel ?

– Un Mudslide[2]. Ils en servent ici. (Mon ventre gargouille.) Je t'en commande un ?

– Comme si tu ne connaissais pas la réponse !

Je ris quand il fait signe au barman avant même que j'aie terminé ma phrase.

* * *

– Grant, je suis une grande fille. Je n'ai pas besoin que tu me raccompagnes, je proteste.

Je glousse en réalisant que la route est longue jusqu'à l'aérodrome. N'empêche. Ça ne coûte rien de le rappeler, pas vrai ?

Il fait se balancer nos mains nouées en marchant à côté de moi.

– Je ne te raccompagne pas chez toi. Je te raccompagne chez moi, étant donné que nous sommes trop alcoolisés pour conduire.

Il bifurque sur le trottoir et s'engage sur un court chemin.

– Grant ? je fais à la vue de la véranda en bois attenante à la maison.

– Je sais que tu es une grande fille, Em. J'en suis douloureusement conscient.

Sa phrase reste suspendue dans l'air, frappant mon esprit embrumé tandis que je monte les marches à sa suite et me tiens sous la lumière du porche.

– Tu flirtes avec moi, Malone ? Tu me dragues ?

Il tire sur ma main et je me retrouve plaquée contre son torse ferme. Il nous faut un petit délai pour assimiler ce qui nous arrive – que nos corps sont pressés l'un contre l'autre – parce que nous sommes trop occupés à empêcher nos pieds vacillants de se dérober.

---

2. Cocktail à base de vodka et de crème de whisky surnommé « milk-shake pour adultes ».

Mais une fois stabilisés, j'enregistre chaque détail. La chaleur de son corps contre moi. Sa fermeté. Sa respiration accélérée, faisant écho à la mienne. Ses prunelles assombries. La tension de sa main autour de la mienne. Sa langue qui balaie sa lèvre inférieure.

Mais également mon vif désir qu'il me drague activement.

Encore mieux, je veux qu'il m'embrasse. Partout.

L'idée me fait rire sottement, alors que nous restons l'un contre l'autre, franchement éméchés, sous le faible éclairage de la terrasse ouverte sur une ruelle sombre et déserte.

– Nous ne devrions pas, murmure-t-il, plus à lui-même qu'à moi.

C'est le signe qui relance la panique en moi, braillant que la flamme de ce prélude insensé a besoin qu'on allume sa mèche avant que la frustration sexuelle ne me consume.

– Pourquoi ?

– Parce que tu es Emmy.

Remontant sa main libre, son doigt longe ma joue.

Ce contact, peau contre peau, est comme une ligne de courant électrique qui recharge cette agréable douleur qui palpite en moi. Pour seul effet, il me donne envie de plus.

– Et toi, Malo le Mytho.

– Exactement.

Il s'écarte, et je serre sa main plus fermement en avançant vers lui.

– Es-tu en train de me dire qu'il ne se passe rien ? Pas de besoin charnel ? Pas d'attirance ? Le plat total ?

Il me refait son sourire futé, celui qui illumine ses yeux et engendre de drôles de réactions dans mes tripes.

– Je ne prétends pas ça.

– Alors quoi ?

– Euh, flûte, je ne sais plus ce que je raconte.

Il me frotte distraitement les omoplates.

– Peut-être devrions-nous évacuer le désir une bonne fois pour toutes.

Je réplique sans réfléchir, et me sens aussitôt ridicule.

– Quoi ? s'esclaffe-t-il. J'ai bien compris ce que tu es en train de dire ?

Son corps revient contre le mien. Son eau de toilette dans mes narines. Son rire dans mes oreilles. Il est partout, en permanence.

Nous parlons trop. Trop de mots. Pas suffisamment d'action.

– Je pense, *oui.*

Un instant, il s'assure que je suis sérieuse, et je me demande s'il va mordre à l'hameçon.

– Et ensuite ?

La tête inclinée sur le côté, il se pose mille questions que mon corps préfère ignorer.

– La curiosité sera satisfaite et le désir nous sortira de l'esprit.

– Tu penses que ça peut marcher ? Alors que nous venons de nous retrouver après vingt ans d'absence, ce sera aussi simple ?

Il n'a pas tort, et je refuse de spéculer sur ça, la sémantique ou la réalité. Je veux penser à lui. Et à moi. Et à sa bouche. Et à ses mains.

Pour toute réponse, je me hisse sur la pointe des pieds et appuie mes lèvres sur les siennes.

– Assez parlé, Malone.

Il rit, ses lèvres vibrent contre les miennes, mais je ne renonce pas. Je le désire. J'ai envie de ça. Je sais que nous sommes pompettes, mais peut-être est-ce le meilleur moyen pour que cela se produise. C'est pourquoi je ne suis pas nerveuse, je ne réfléchis pas à deux fois et lui non plus.

Un instant, je pense qu'il va me rejeter. Dans sa façon de s'immobiliser brièvement, dans ses cils qui s'abaissent une seconde de trop. Mais, ensuite, ses mains encerclent mon visage et il se penche pour me scruter. Nos souffles caressent nos lèvres, se livrant à une conversation silencieuse. Je ne saurais pas la traduire en paroles, mais j'en comprends chaque syllabe.

Soudain, sa bouche rencontre la mienne dans une union fougueuse de lèvres et de langues, de mains sur la peau, et l'histoire se reconnecte.

– Grant.

– Chut.

– Une seconde. J'ai des règles strictes.

Il a le rire exaspéré d'un homme qui se voit refusé ce qu'il touche du doigt.

– Je l'aurais parié.

– On ne dort pas ensemble. Je ne donne pas la nuit entière.

– Personne n'a parlé de dormir.

Son sourire me met sur la touche. Le baiser qui effleure tendrement mes lèvres me donne davantage envie de m'abandonner contre lui.

– Pas de promesses.

– C'est bien une aventure sans lendemain, n'est-ce pas ?

– Certes, mais pas de promesses.

– Je promets de te faire jouir. Est-ce tolérable pour toi ?

Un autre baiser. Cette fois, je prends les commandes et lèche sa langue, m'écarte et mordille sa lèvre.

– Promesse acceptée.

– Bien. Pourrions-nous arrêter maintenant, il y a des choses plus importantes que j'aimerais faire avec ma bouche, et toutes sans exception impliquent ta personne, mais pas de parler.

Mes dents s'enfoncent dans ma lèvre inférieure alors que nos regards se trouvent. La porte s'ouvre derrière nous. Nos pieds s'animent automatiquement. Nos doigts se nouent.

Le seuil franchi, nous recommençons à nous embrasser. Ses lèvres expertes repartent à l'assaut de tout ce qui est bon, attrayant, excitant et désiré.

– Mon Dieu, oui.

Ses lèvres plongent dans mon cou au moment où ma main localise la porte et la pousse derrière moi. Sitôt le battant refermé, Grant me presse contre la porte, une main sur mes seins, sa langue remontant le long de ma gorge.

Il trébuche en riant. Avec un rire puéril, j'agrippe ses épaules pour nous stabiliser. Malgré cela, la terre quitte son axe sous mes pieds sous la violence de son désir. Chaque sensation est savourée et voulue. Chaque contact, une nouvelle raison d'ignorer temporairement mon histoire.

Tout sauf lui.

Curieusement, la pensée m'a à peine effleurée que je sens de l'hésitation dans ses gestes néanmoins dévorants et sensuels, et je sais que nous sommes sur la même longueur d'onde.

Il se souvient.

Il s'interroge.

Il s'inquiète.

– Non, je l'implore entre deux respirations saccadées, accablée qu'il s'égare dans le passé.

– Em.

Du regret. De la peur. De l'incertitude. Trois sentiments mélangés et imbriqués dans mon surnom d'une seule minuscule syllabe.

Mes mains saisissent sa mâchoire pour le forcer à me regarder dans les yeux, sous la lumière tamisée de son entrée.

– Non, je répète, je ne suis plus cette fille. Elle n'est pas moi. Ne fais pas ça, Grant.

Sur ce simple rappel de l'évidence, cette simple déclaration dévastatrice, je presse mes lèvres sur les siennes. Il doit constater que je ne suis pas une victime et que je refuse d'être traitée comme telle. J'ai besoin qu'il sache qu'il n'a pas la moindre idée de ce dont j'ai besoin. Par conséquent, je vais lui montrer.

Comme s'il savait que j'en ai besoin, il me cède les commandes. L'homme fermement décidé à prendre le contrôle me laisse diriger cette danse qui n'appartient qu'à nous.

– Montre-moi, murmure-t-il.

Deux mots aussi engageants que son contact.

Alors je lui montre.

Avec mes mains, ma langue, mes mots et mes caresses.

Cette fois, nous commençons lentement. Je l'aguiche et le titille avec des caresses des plus légères, mes mains pincent le bas de son tee-shirt pour le déloger de son pantalon. Interrompant brièvement notre baiser, je passe son vêtement par-dessus sa tête et le lance sur le sol. Ensuite je me laisse aller, alors que nous reculons à pas de tortue dans cet étrange ballet de baisers, de caresses, de déplacements et de répétitions, jusqu'à ce que l'arrière de ses cuisses bute contre le canapé.

– Qu'as-tu besoin que je te fasse ? murmure-t-il contre mes lèvres, posant involontairement la question dont j'ai besoin en m'offrant la possibilité d'y répondre.

Je ne suis pas timide quand il s'agit de prendre à un amant ce dont j'ai besoin. Je ne me suis jamais souciée de ce que mes partenaires pensaient parce que, au final, nous étions là pour la même raison : le plaisir. Avec Grant ? C'est important. Sa capacité à me procurer ce dont j'ai besoin sans même s'en enquérir est agaçante, lénifiante et conforte mon désir de coucher avec lui.

– Toi. Je veux juste toi, dis-je alors qu'il soupire en sifflant quand ma main se glisse sous la taille de son jean et trouve son érection prête pour moi.

– Prends-moi, Em.

Alors, nos bouches s'écrasent l'une sur l'autre dans un torrent de désir qui présage de dommages irréversibles sur mon corps et sur *mon cœur*. Je repousse l'alerte, concentrée sur ses mains qui dégrafent mon soutien-gorge. La pulpe de ses pouces effleure la pointe de mes seins. Ses doigts tirent sur la fermeture. Les paumes de ses mains explorent les côtés de mon buste et abaissent mon pantalon sur mes hanches.

Mon corps réagit à lui de toutes les manières possibles. Il veut, réclame, supplie. Il me presse contre lui, corps contre corps. Peau contre peau. Bouche contre bouche.

– Mon Dieu, j'ai envie de toi, susurre-t-il en enlevant son pantalon.

– Alors prends-moi.

Je lui renvoie ses mots parce que le contrôle a laissé place au besoin, et clairement, chaque partie de moi est prête et avide.

Mes mains enveloppent son membre et le caressent doucement. Je crie quand ses doigts m'écartent et me trouvent humide, les muscles vibrant, les nerfs stimulés attendant de réagir aux assauts de ses mains.

Il retombe sur le dos, sur le canapé. Nos rires se répercutent dans la pièce avant de se muer en grognements étouffés. Après le déchirement annonciateur de l'emballage, je me place à califourchon sur lui. Nos bouches s'unissent de nouveau, alors que je me frotte sur lui pour maculer son érection de mon excitation, et la sensation me coupe le souffle.

L'urgence devient le nom du jeu.

Je soulève les hanches pour laisser sa main s'insinuer entre nous, ses doigts me fouiller. Mes ongles griffent ses épaules et écorchent sa peau. Il ne semble pas le remarquer, ou même s'en soucier, car ses doigts poursuivent leur rythme régulier.

– Grant. *Mon Dieu.* Oui. *S'il te plaît.* J'ai besoin. *Oh.*

Son petit rire est un murmure noyé parmi les sons que j'émets, et peu après, je commence à l'implorer. Du moins, je crois. Ou bien c'est lui. Je suis tellement emportée par les machinations de ses doigts et la vague qu'il fait lentement monter en moi que j'ai perdu la conscience du temps et du lieu. Tant qu'il n'arrête pas, je me contrefiche de l'endroit où je me trouve.

Et dans un geste adroit à la fois impressionnant et dévastateur titillant chacun de mes nerfs, Grant retire ses doigts de moi et les remplace par son gland.

Si je pensais éprouver du plaisir jusqu'à présent, je me leurrais. Ça, sa queue en moi, sa langue léchant la mienne, le gémissement excitant dans mon oreille, c'est le plaisir. Un plaisir pur, inaltéré comme je ne me souviens pas de l'avoir jamais ressenti.

– Putain.

Un unique mot, étiré, presque un grondement alors que nous commençons à bouger à l'unisson. Il donne des ruades, soulevant le bassin pendant que je me frotte en m'empalant, laissant la base de sa hampe stimuler mon clitoris d'une manière qui diffuse des ondes de choc vers les profondeurs, là où l'extrémité de son sexe me frotte intimement.

Nous ne parlons pas, nous réagissons.

Son expiration, ma prochaine inspiration.

Son juron – *putain* –, ma volonté.

Son tempo, mes pulsations.

Nous remuons de concert, chacun prenant, donnant et ressentant, jusqu'à ce que chaque partie de moi s'embrase d'un désir que je n'aurais jamais cru possible.

Ses doigts pétrissent mes fesses. Mes mains se cramponnent à ses biceps. Les bruits de la peau contre la peau emplissent la pièce d'un courant de gémissements, de râles, de louanges et d'appels à l'extase. Son membre enfle. Je me frotte plus fougueusement. Ma respiration s'accélère, se bloque puis je halète à l'approche de l'orgasme. Il ne me cueille pourtant pas par surprise, mais je me perds néanmoins, alors qu'il m'entraîne dans sa brume exigeante pour ensuite me regagner à l'instant où il grogne mon nom et succombe à son tour.

Ma tête retombe sur son épaule. Ses doigts arpentent mon dos. Nos cœurs martèlent l'un contre l'autre à travers nos cages thoraciques. Notre souffle reste saccadé. L'esprit encore trop embrumé, trop bouleversé par tout ce qui compose Grant Malone, je ne pense pas à la prochaine étape ou à la frontière que nous venons de franchir.

– Je n'ai pas manqué à ma promesse, si ?

Il rit, ses lèvres appuyées sur le dessus de ma tête, son haleine parcourant mes cheveux.

– Pas vraiment, je murmure.

Il m'a procuré un orgasme de tous les diables. C'est clair.

Au moins, je sais maintenant qu'il tient parole.

24

EMERSON

Il fait jour dans la chambre et le rayon de soleil qui filtre à travers les stores me fait cligner les yeux. Alors que je resserre la couverture autour de moi, j'ai un déclic.

Mes yeux s'ouvrent d'un coup.

Je ne suis pas chez moi. Dans mon mini-loft. Dans mon lit.

Je dors dans le lit de Grant. Un lit nettement plus confortable que le mien. Et l'heure habituelle du lever, six heures trente, est dépassée depuis longtemps.

Par ailleurs, Grant n'est pas à côté de moi.

Peu après, sa voix vogue dans mon esprit. « Em, je dois partir travailler. » Son timbre rocailleux alors qu'il pose ses lèvres sur ma tempe. Le cliquètement de son ceinturon. L'écho métallique de la sécurité qu'il enclenche sur son arme. Le bourdonnement de son rire alors qu'il promène la main sur mon dos nu, me faisant me blottir douillettement dans le lit tout aussi chaud que lui et qui garde son odeur.

– Reste aussi longtemps que tu veux. Ferme juste la porte à clé en partant.

Puis retomber dans un sommeil insouciant.

J'ai transgressé l'une de mes règles.

Nom d'un chien.

Je suis ici au lieu d'être au travail. Enveloppée par les effluves de son parfum et non dans la combinaison de parachutisme, que je porte normalement pour accueillir des clients de l'après-midi. En fait, j'ai envie de retourner me lover dans sa douceur et me remémorer toutes les choses exquises qu'il m'a faites cette nuit.

Pas question.

Lève-toi.

Je ne devrais pas. Je ne peux pas me permettre de faire fi de mes règles pour un homme. Un homme excitant et habile au possible dénommé Grant Malone, néanmoins un homme.

Je m'oblige à m'asseoir sur le lit, le duvet coincé sous mes aisselles pour cacher ma nudité, et j'inspecte sa chambre. Propre, classique, des murs clairs rehaussés de notes gris foncé et bleues. Très masculine, mais pas dans le style monochrome du célibataire endurci. Bien ordonnée, aucun vêtement ne traîne sur le sol. Il a même pris la peine de plier mes vêtements sur la chaise dans un coin.

Aux murs, quelques photographies en noir et blanc montrent l'océan et les falaises : sobres, puissantes et touchantes. Malgré le peu d'effets personnels, sa chambre est douillette et chaleureuse.

Déterminée à ne pas chercher plus loin, je me sors du lit. Je tergiverse brièvement pour décider si je me douche. Primo, ce n'est pas ma salle de bains et faire comme chez moi me mettrait mal à l'aise. Deuxio, je sens encore son parfum sur ma peau et je ne suis pas sûre de vouloir l'effacer.

Selon mon règlement personnel, je n'ai droit qu'à une seule nuit avec Grant Malone. Aussi, pour ridicule que ce soit, je tiens à la prolonger un peu. Au lieu de me faire des nœuds au cerveau concernant le fait que cela ne me ressemble guère, je me force à renfiler mon short en jean, mon débardeur et ma blouse de la veille.

J'ai à peine fait le lit – j'ai beau être bordélique, je ne laisserai pas un lit défait à M. Nickel – que j'entends quelqu'un parler.

Dans un premier temps, je me dis qu'il s'agit des voisins, que Grant a laissé une fenêtre ouverte, mais après un instant, je sais sans l'ombre d'un doute que deux hommes se trouvent chez Grant.

– Mon pote, mate un peu ça, dit la première voix.

Elle est suivie par un petit rire grave.

– On dirait bien que quelqu'un était en veine hier soir.

Un faible sifflement.

– Eh bien, qui que ce soit, elle n'a pas voulu du charmant plateau de café qu'il lui a préparé. Par contre, moi, ça me tente.

Du café ? Il a parlé de café ? Mes oreilles se dressent et ma bouche salive. Grant m'a vraiment préparé une tasse à café avec tout le nécessaire ? C'est la preuve que Dieu existe.

Je dois juste trouver un moyen de sortir de la chambre, de surprendre ces deux intrus dans le salon et de préserver ma dignité. Cela dit, ma dignité est intacte, étant donné que nous sommes deux adultes consentants. Et puis, qui se soucie de ce qu'ils pensent ?

Mes chaussures. Où sont mes sandales ? Très probablement dans le salon, où je les ai ôtés hier soir. Je survole la chambre du regard et me ravise. Elles sont plus vraisemblablement rangées côte à côte dans l'entrée.

– Hé, Grady, lance le premier au second.

À l'instant même où ces deux mots sont prononcés, je sais qui se cache derrière ce mur. Malgré le temps écoulé, je reconnaîtrais cette voix entre mille. Ce sont les frères de Grant, Grayson et Grady, qui sont dans la pièce d'à côté.

– Chaussures.

La poisse. Ils les ont remarquées.

La panique me gagne. Pas une panique ordinaire, du genre marche de la honte. Plutôt parce que ces gars galopaient en sous-vêtements avec moi sous les tuyaux d'arrosage quand nous étions enfants. Ensemble, nous avions souvent les doigts collants après avoir englouti des esquimaux chez le glacier.

Je ricane à l'idée que lécher les bâtonnets prend une tout autre connotation désormais.

Ferais-je mieux de rester planquée et d'attendre qu'ils prennent congé au lieu de les affronter? Sinon quoi? Ils risquent d'entrer dans la chambre, de me trouver, et finalement, je passerai pour une dégonflée?

Plus je reste ici à les écouter se chamailler comme des gamins, plus la nervosité s'accroît à l'idée de ce qu'ils penseraient en me revoyant. La petite Emmy qui a brusquement disparu il y a bien longtemps. C'est le genre d'attention dont je me passe volontiers.

Donc, j'agis.

Après un ultime regard dans le miroir de la salle de bains, je m'applique du rouge à lèvres, arrange mes cheveux pour ne pas avoir l'air d'un épouvantail, et je retiens mon souffle. Assurée de ne pas ressembler à une fille débraillée qui vient de baiser, je regagne la chambre, la tête haute et un sourire aux lèvres.

– Je savais qu'il cachait quelque chose quand je lui ai téléphoné ce matin. Le fils de pute.

– Mollo, c'est de maman dont tu parles, s'insurge le second.

– Ne sois pas ridicule. Tu comprends ce que je veux dire. Grant s'est envoyé en l'air hier soir. Je me demande...

– En fait, c'est moi qui me suis envoyée en l'air cette nuit, je lance en déboulant dans le salon, suivie par deux paires d'yeux.

J'adore l'arrondi ahuri de leurs lèvres. Les mâchoires tombantes sur des hommes séduisants sont toujours de bon augure, que ce soit devant de la lingerie en dentelle ou parce qu'on les a remis à leur place. Je me dirige droit vers l'un d'eux – ils se ressemblent trop pour que je m'aventure à les distinguer après tout ce temps – et je me saisis de l'anse de sa tasse de café.

– Merci de m'avoir préparé du café. C'est sympa.

Ses yeux s'écarquillent et ses lèvres esquissent un sourire interdit, alors que je sirote une petite gorgée du liquide paradisiaque sans rompre le contact visuel.

– Bonjour, Emerson.

– Salut. Et tu es…

Je feins l'ignorance pour établir un point essentiel : notre passé commun ne compte pas. En l'état, c'est suffisamment difficile avec Grant, aussi dois-je m'assurer que nous repartons du bon pied.

– Grady Malone, répond-il. (Puis il désigne du menton le séduisant Malone numéro trois.) Et lui, c'est Grayson.

– Ah, les célèbres garçons Malone. Maintenant, j'ai refait connaissance avec vous trois.

Les yeux plissés, je les examine de la même manière qu'ils m'observent. Je décèle quelques similitudes. Les petits garçons d'autrefois sous les hommes qu'ils sont devenus.

– Merci pour le café. Je le préfère avec un nuage de crème. Vous le saurez pour la prochaine fois.

Je décoche un sourire éblouissant pendant qu'ils rient.

– Il avait raison, observe Grayson comme si je n'étais pas là. Elle a un tempérament de feu.

– En toutes circonstances, approuve Grady.

En un clin d'œil, je récupère mes sandales parfaitement alignées près de la porte d'entrée.

– Je file, je n'aime pas arriver en retard au travail. Grant m'a demandé de fermer la porte en partant. Comme vous possédez manifestement un double des clés et que vous êtes ici comme chez vous, je vous confie cette responsabilité ?

– Nous fermerons en partant. Sans problème, garantit Grady avec un sourire en coin. C'est le moins qu'on puisse faire.

– Merci. Je suis vannée. (Je tourne la poignée avant d'ajouter.) Votre frère est doué pour garder une fille éveillée toute la nuit.

Sur ce, je sors, referme la porte et, sans un regard en arrière, je descends la rue en direction du bar devant lequel ma voiture est garée.

* * *

La sonnerie de mon téléphone retentit dans le haut-parleur de ma voiture. Je sais qui m'appelle avant même de vérifier l'écran. J'hésite. Si je décroche, je donnerai l'impression de revenir sur les règles que j'ai établies hier soir. Nous ne devrions pas nous sentir obligés de passer l'obligatoire coup de fil du lendemain pour s'assurer qu'il n'y a pas de malaise.

Cela étant, l'éviter n'apporterait pas plus la preuve – à lui aussi bien qu'à moi – que je suis embarrassée par ce qui s'est passé si je me réfère à mes propres règles ?

–Ne t'emballe pas, Em, je marmonne en enfonçant le doigt sur le tableau de bord pour prendre l'appel. Allô ? fais-je timidement, comme si l'écran n'affichait pas son nom.

–Bonjour. (Je ne saurais dire pourquoi je m'attendais à déceler de la suffisance dans sa voix, mais il n'y en a pas trace.) Tu es sûrement en chemin pour l'aérodrome. Je voulais juste m'excuser pour mes frères. Quelquefois, ils passent chaparder mon café. D'autres fois, ils me persécutent sans raison. Je ne pensais pas qu'ils viendraient ce matin.

–Aucun problème, dis-je en souriant au souvenir de leur stupéfaction.

Son petit rire emplit la ligne.

–Je ne sais pas ce que tu leur as dit, mais tu as accompli l'impossible.

–Comment ça ?

Je prends l'embranchement de l'autoroute et souris alors quand une voiture de police me dépasse. Ce n'est pas Grant, mais j'ai néanmoins l'impression qu'il est présent par le biais de sa voix dans ma voiture.

–Ces deux-là se chicanent constamment. Pourtant, au téléphone, ils s'accordaient à dire qu'ils ont eu le coup de foudre pour toi.

–Tu délires ?

Je ris.

–Pas du tout. Plus précisément, je crois qu'ils t'ont qualifiée d'*audacieuse*.

– C'est bien trouvé.

Je fais rouler le mot sur ma langue, fière de mon nouveau titre.

– N'est-ce pas ? Il te va comme un gant.

– Je me suis peut-être livrée à un petit numéro.

Je glousse.

– Vraiment ? murmure-t-il. Je ne vois pas de quoi tu parles.

Quelque chose dans sa réplique sans appel me fait tiquer et me donne envie d'en savoir plus.

– Qu'est-ce censé vouloir dire ?

– Rien du tout. (Je devine un sourire dans sa voix.) Ma pause est terminée. Je dois retourner bosser. *Ciao*, Emerson.

25

GRANT

– Explique-moi ce qui te met d'aussi bonne humeur, demande Nate.

Je lance un regard vers lui puis reporte mon attention sur l'ordinateur, Emerson au centre de mes pensées.

– Pas de raison précise. Je suis toujours bien luné.

– Foutaises ! ricane-t-il. Tu as pris ton pied, c'est ça ?

– Tu insinues que je ne suis bien luné que les jours où j'ai couché avec une fille ?

Des collègues épient notre conversation.

– Non, mais ça aide.

– Pas faux...

Je remplis la demande d'envoi d'un dossier non résolu aux archives, pour aider le chef Ramos à tenir ses engagements. Il a affirmé publiquement que le commissariat de Sunnyville ne renoncera jamais à faire justice, qu'il s'agisse d'un délit ancien ou récent. Sans compter que cela ne nuit pas à ma promotion et à la véranda que j'ai hâte de construire.

– Alors ? fait-il, comme un coup de coude verbal.

– Alors rien.

Je l'envoie bouler pour son plus grand désarroi. Personne dans ce commissariat n'a besoin d'en apprendre plus que nécessaire sur ma vie personnelle.

Cela ne m'empêche pas de me repasser chaque instant partagé avec Emerson. Chaque baiser. Chaque jeu de langue. Tous les gémissements. Les grognements. Les orgasmes. Et chaque détail intermédiaire.

Je remue sur ma chaise, sachant que je dois cesser de penser à elle sous peine qu'une érection me trahisse.

Mais alors que j'ignore la mine faussement implorante de Nate et me concentre sur les requêtes aux archives, je ne pense à rien d'autre qu'à Emerson. Le sexe avec elle est un mélange de familiarité, de nouveauté et de quelque chose de l'ordre de l'inoubliable. Les limites qu'elle impose pour avoir l'impression de garder le contrôle, je les abolirai l'une après l'autre jusqu'à ce qu'il ne reste plus qu'elle et moi, sans rien entre nous.

Et cerise sur le gâteau – Emerson étant la pâtisserie –, elle a remis mes frères à leur place.

C'est une force de la nature et je ne peux pas nier que je suis plantée au cœur de sa tempête, attendant d'être frappé par sa puissance.

– Malone.

– Oui.

Je lève les yeux sur Dyson qui se tient dans l'entrée de la salle commune.

– Le chef Ramos t'attend dans son bureau.

Je lance un regard à Nate, me demandant pourquoi il ne convoque que moi. Il hausse les épaules alors que je me lève, traverse le corridor et tape à la porte vitrée.

– Vous m'avez demandé, Chef ?

Ramos relève les yeux du dossier ouvert sur son bureau, et d'un geste, m'invite à entrer.

– Fermez la porte, Malone. (Mauvais signe.) Asseyez-vous.

– Bien sûr.

Je prends la chaise en face de lui et attends que ses yeux sombres me scrutent. Rien n'annonce une remontrance aussi clairement que le regard de Ramos.

– Comment se passent vos révisions pour l'examen ?

– Bien, dis-je prudemment. Pour l'essentiel, c'est comme une seconde nature pour moi, mais je révise néanmoins.

– La date de l'examen a été fixée ? s'enquiert-il en consultant son calendrier mural avant de reposer son regard intense sur moi.

– À la fin du mois, je réplique.

Dans vingt-deux jours. J'ai largement le temps de parfaire mes connaissances pour cartonner à l'épreuve.

– Votre père vous a certainement dit que l'écrit était la partie facile ?

Où veut-il en venir ?

– C'est ce qu'on dit.

– Bien. Bien.

Il hoche la tête et se carre dans son fauteuil, regardant la salle commune à travers la paroi vitrée de son bureau. Même quand il détourne le regard, il peut être atrocement intimidant. Son soupir annonce que la conversation ne fait que commencer.

– Quel est le problème ? je finis par demander.

– Votre père est un ami proche. Vous êtes un élément important dans ce commissariat. Je tiens juste à m'assurer que vous êtes préparé.

– Compris.

Je réponds lentement, peu éclairé sur la raison de sa convocation.

– Stetson est entré dans la compétition il y a quelques jours.

– Comment ? (J'accuse le coup.) Stetson, sérieusement ?

– Sérieusement. Et je n'ai de place que pour un seul candidat.

Je hoche la tête et serre les poings pour cacher ma réaction.

– Je vois.

– Vous réussirez tous deux aisément l'écrit. En revanche, pour les oraux, ce sera plus ardu. Vous avez tous les deux des amis dans le jury, le vote sera partagé et...

– Et j'ai contre moi les mensonges calomnieux que les Stetson ont répandus au sujet de mon père et moi.

J'exprime à sa place sa pensée non formulée, détestant devoir ne serait-ce que l'énoncer.

– Ce n'est pas négligeable.

Nouveau soupir. À sa façon de serrer les poings sur le dossier ouvert sur son bureau, il m'exhorte à me préparer au pire. M'ordonne de ne pas prendre les choses à la légère.

– Je savais que ce ne serait pas une promenade de santé, dis-je. Mais je ne m'attendais pas à devoir faire face à un passé qui ne me concerne en rien.

– Je sais, Grant. Ce sont des sornettes, mais ils aiment remuer la merde. Et un jour ou l'autre, nous sommes tous contraints de les affronter afin d'en ressortir blanchi.

– Merci de m'avoir averti, dis-je en me levant. J'ai besoin de digérer la nouvelle.

– N'hésitez pas, si je peux faire quoi que ce soit pour vous.

Et si vous viriez ce crétin de la police ?

Après un ultime hochement de tête, j'offre un sourire tendu avant de quitter son bureau. Nate capte mon regard quand je traverse les locaux sans m'arrêter. Nous collaborons depuis suffisamment longtemps pour qu'il devine que je ne suis pas loin de péter les plombs. Et je sais qu'il me rattrapera sitôt que les autres ne me prêteront plus attention.

Dehors, je marche jusqu'au bout du parking et m'applique à recouvrer mon calme.

– Grant ?

– Cette ordure convoite ma promotion, je m'écrie rageusement.

– Stetson ?

– Putain oui, Stetston. (Je roule mes épaules, m'éloigne un peu, me retourne et reviens sur mes pas.) Il ne lâchera donc jamais l'affaire ? Son père était un pourri à qui le pouvoir faisait tourner la tête, exactement comme son fils aujourd'hui.

– Je ne te contredirai pas. Mais pourquoi maintenant ? D'un coup, il a décrété qu'il voulait devenir inspecteur ?

Je ris jaune.

– Manifestement. Il cherche à venger son cher vieux papa ?

– Je n'y crois pas une seconde. Son cher vieux papa était corrompu, c'est pourquoi ton père l'a renvoyé pour faute professionnelle et a entaché sa réputation.

– Parfaitement. Ensuite, il s'est vengé en répandant des rumeurs sur mon père. Putain.

Je me passe la main dans les cheveux, rongé par la colère.

– Je sais, mon pote. Toute cette histoire est minable, mais ceux qui connaissent ton père savent que les accusations sont infondées.

– Qu'est-ce que ça change ? Quoi qu'on en dise, ses médisances l'ont poussé à prendre sa retraite, ce qui leur a donné la satisfaction de crier victoire.

Cette seule idée me fait vibrer de fureur. Je sais qu'il n'a pas démissionné pour éviter que la boue éclabousse sa fabuleuse carrière mais plutôt pour remettre les compteurs à zéro afin que son fils, décidé à suivre ses traces, puisse débuter sans traîner de casseroles derrière lui.

Oui, je suis le sale égoïste qui l'a laissé faire ça, même si personne n'aurait pu l'arrêter.

– Tu exagères. Il a raccroché parce qu'il avait déjà prévu de prendre sa retraite, pas à cause de toi. Tu le sais aussi bien que moi.

Comment suis-je passé de l'euphorie de ma nuit avec Emerson à ce merdier ?

– Ouais bah... le fait est que je dois désormais composer avec Connard Junior.

– Il agit par pure malveillance.

– Mais il a des amis haut placés.

– Toi aussi, mon pote.

– Espérons-le.

26

EMERSON

– Tu m'évites ?

La voix de Desi qui se répercute dans le hangar rouge m'incite à lever brusquement la tête, si bien que je me cogne sous l'aile du Cessna.

– Aïe.

Je me masse le dessus de la tête.

– C'est vrai que je plante des aiguilles dans ma poupée vaudoue pour te punir de me fuir, mais je ne pensais pas que ça marchait.

– Hilarant, je fais en levant les yeux au ciel.

Je me redresse et m'essuie les mains sur un chiffon.

Les poings sur les hanches, Desi incline la tête sur le côté, son écharpe a l'air d'un arc-en-ciel enroulé autour de son cou. Elle est limite ridicule, colorée et enfantine, mais sur elle, cette touche branchée est réussie et lui donne un look original.

– Alors ?

– Alors quoi ?

Elle souffle, comme si elle essayait d'expliquer la fusion thermonucléaire à un élève de maternelle, et avance d'un pas.

– Tu m'évites ? Tu ne réponds pas au téléphone. Tu ne rappelles pas. Tu fais comme si Grant ne m'avait pas téléphoné il y a deux jours pour me dissuader de te retrouver au bar, parce qu'il comptait occuper ton temps différemment. Tu sais (elle hausse les épaules), cette façon-là de m'éviter.

– Pas du tout.

Je détourne mon regard et termine de lustrer le pare-brise de l'avion pour – *effectivement* – l'éviter.

– J'ai été occupée dernièrement.

Son rire intense se réverbère sur le sol bétonné, son écho me parvient aux oreilles.

– Genre, bisou-bisou-pan-pan ?

Je la calme d'un regard mauvais.

– Tu es vraiment puérile.

– Et tu refuses d'admettre que tu as couché avec Grant.

Elle ferait une excellente interrogatrice. Ce que je n'ai pas l'intention de lui dire.

– Qui a dit que j'avais couché avec Grant ? je rétorque avec une innocente feinte, m'entêtant sans raison précise.

– Tu as couché avec lui.

– N'importe quoi.

– Tu parles.

– Étant donné que je ne t'ai pas parlé, je n'ai pas pu te confier que j'avais couché avec lui.

– Ton silence parle pour toi.

Elle retrousse les lèvres en signe de victoire, et tout ce que je peux faire, c'est essayer de suivre sa logique alambiquée.

– Le silence ne parle pas.

– C'est là que tu te leurres. Il peut même hurler et, ma puce, le tien est plus bruyant qu'un bang supersonique.

Je retire mes mains des vitres latérales de l'avion et secoue la tête.

– Admets-le. J'ai besoin de l'entendre.

Un autre regard noir. Un nouveau soupir. Je ne sais pas trop pourquoi je fais des cachotteries alors qu'en temps normal, je partage tout avec elle.

– D'accord, j'ai couché avec Grant.

– Hourra !

Elle bat l'air avec son poing et saute sur place comme si je venais d'évincer Ironman.

– Je le savais. Le sexe suintait de sa voix au téléphone. C'était tellement excitant que j'ai presque pris mon pied.

– Tu es incorrigible.

– Et tu t'es envoyée en l'air. Alors... (Elle tapote un banc de fortune composé d'une planche en bois posée sur deux tréteaux.) Ne t'avise pas d'omettre le moindre détail.

– Tu veux vraiment entendre un récit détaillé et croustillant ?

– Oh, la vilaine ! s'écrie-t-elle. Tu l'as dégusté aussi. J'adore !

– Pas du tout... je... Oh mon Dieu, je n'en reviens pas d'avoir cette conversation.

– Alors tu ne l'as pas pris dans ta bouche ?

– Desi !

– Bon, cela signifie que tu auras droit à un acte deux pour explorer toutes les zones vierges qui restent à découvrir.

– Doucement le turbo, dis-je en rangeant mon matériel d'entretien dans le chariot avant de m'asseoir à côté d'elle. Ce n'est pas ce que tu crois.

– Ah non ? fait-elle avec un sourire outrageusement satisfait. C'est plutôt le genre à te suspendre au lustre ou à te faire haleter, le visage enfoncé dans le matelas, et c'est le paradis de le sentir par-derrière ?

– Tu y vas fort !

Je m'étrangle, même si je n'en attendais pas moins d'elle.

– As-tu satisfait ta curiosité ?

– Tu sais ce qu'on dit à propos de la curiosité...

– C'est un vilain défaut, je sais. Mais trésor, vu ton grand sourire, tu es aux anges. Et pas qu'un peu.

– Arrête, sinon tu n'auras aucun détail.

Elle déchante. Je l'ai vexée sans le vouloir. Je l'aime immensément, mais la subtilité n'est pas son fort. Son truc, c'est plutôt d'en faire des tonnes.

– D'accord, je la boucle. De cette façon, tu peux tout me raconter par le menu.

Je ris. Nous verrons combien de temps elle tiendra.

– Je ne sais pas. Nous avons pris quelques verres. Bavardé pendant des heures. Comme nous étions trop éméchés pour conduire, nous avons marché jusque chez lui. En chemin, nous avons décidé que si nous franchissions le pas une bonne fois pour toutes, nous pourrions mettre un terme à cette compétition insensée que nous menons pour prendre le dessus. Une seule nuit sans engagement pour sortir ça de notre tête.

– Sortir ça de votre tête ? (Elle pouffe, se retenant tout juste d'éclater de rire.) C'est ce que font les amis d'enfance quand ils se reforment vingt ans plus tard.

– *Se reforment* ? C'est le terme consacré ?

– J'essaie de me montrer compréhensive. Tu as un meilleur mot pour décrire ce qui vous arrive ?

– Pourquoi pas « baiser » ?

Elle n'est pas la seule à savoir choquer, et à en croire sa façon de bafouiller, je gage que j'ai mis dans le mille.

– Baiser ? Je valide, rit-elle. Mais la question est : est-ce que ça a marché ? L'as-tu sorti de ta tête ?

Je la fixe, cherchant comment répondre.

Évidemment, ça n'a pas marché. Notre unique nuit m'a laissée sur ma faim. La fierté m'empêche de reconnaître que chaque fois que mon téléphone sonne, je bondis pour vérifier si c'est lui, après quoi je me réprimande en me rappelant que c'est sans importance.

Une seule fois. Plus, c'est impossible.

Ma règle. Pas la sienne.

Et je déteste que, depuis cette fameuse nuit, il ne m'ait téléphoné qu'une seule fois pour s'excuser de l'intrusion de ses frères.

– Alors, s'arrêter à une unique fois, continue-t-elle, parfaitement consciente que je n'ai pas encore répondu à sa dernière question, c'est sa règle ou la tienne ? Je pencherais pour toi.

– Et tu aurais raison. Ne prends pas cet air surpris.

Je lui tapote le bras.

– Ce n'est pas la règle qui me surprend, plutôt que tu te l'imposes.

Elle me tapote également le bras, et son regard me laisse penser qu'elle détient les clés d'une sorte de savoir qui m'échappe.

– Sois plus claire.

– Tous les deux, vous jouez à la guerre du pouvoir depuis quoi ? Deux, trois semaines ?

– Plus ou moins. Et alors ?

– Tu ne trouves pas cela étonnamment pratique que, tout à coup, il te passe les commandes alors qu'il briguait le premier rôle ?

– Tu sous-entends qu'il m'a bernée ?

Je déteste le tilt que sa réflexion produit dans mon esprit.

– Pas qu'un peu. C'est bigrement brillant.

Elle rit, et je ne me sens pas prête à affronter son expression incrédule.

Sournois, le salopard.

– Tu te plains du résultat ? demande-t-elle après un silence.

– Euh, non, je finis par répondre.

Comment pourrais-je me plaindre de ses mains et de ses lèvres talentueuses, et de son merveilleux membre ?

– Non ?

– Pas le moins du monde.

– Alors pourquoi as-tu l'air prête à lui souffler dans les bronches ?

Un point pour elle. J'ai terriblement envie de lui téléphoner bien qu'aucune raison ne justifie que je lui remonte les bretelles. Notre petit interlude s'est avéré satisfaisant, et pas qu'un peu.

– Je n'en ferai rien, je concède.

– Tant mieux. Tu ne devrais pas voir rouge parce qu'il t'a surpassé.

– Ton but n'est pas de remuer le couteau dans la plaie, dis-moi ?

– Pas du tout. (Elle fait une bulle avec son chewing-gum et l'éclate bruyamment.) Je me réjouis que quelqu'un t'ait enfin battue à ton propre jeu.

– Je persiste à croire que tu remues le couteau dans la plaie.

– Question de sémantique. (Avec un grand sourire, elle hausse les épaules.) Alors... toutes ces complications en valaient la peine ?

Elle hausse les sourcils. Mes joues empourprées et le rire qui franchit mes lèvres lui disent tout ce qu'elle a besoin de savoir.

– Carrément.

– Pour une fille qui ne jure que par les orgasmes, ça en dit long.

Un avion au décollage se fait entendre au loin, aussi laisse-t-elle passer un instant avant de poursuivre.

– Chaque fois que nous évoquons Grant, nous nous écartons du sujet et nous nous émerveillons sur sa personne... Vas-tu te décider à me dire pourquoi vous vous êtes brouillés jadis ?

– Sans raison précise.

Je me lève, me dirige vers le chariot dont je farfouille inutilement le contenu.

– Allons ! Il y a forcément une raison.

– J'ai déménagé. (Ce n'est pas un mensonge.) Peu importe. De toute façon, nous deux, ça n'aurait pas fonctionné.

– J'ignorais que tu en avais envie.

– Ce n'est pas le cas. Enfin, ça n'aurait pas...

Je me tais parce que je divague.

Elle insiste :

– Pourquoi ça ne fonctionnerait pas ?

Tout ce que je veux, c'est clore le débat. Mais je sais qu'elle ne lâchera pas le morceau. Elle s'accroche à ses convictions et ne renoncera pas avant d'avoir épuisé le sujet.

– C'est un joueur. Je suis joueuse. C'est la catastrophe assurée, dis-je en la regardant.

– Vous pourriez jouer ensemble. (Son triste sens de l'humour me fait lever les yeux au ciel.) Mais il t'a couru après, Em. Les joueurs ne poursuivent pas les filles.

–Au contraire, ils les traquent jusqu'à ce qu'ils parviennent à leurs fins. Sans compter qu'il ne m'a pas couru après.

–Enfonce-toi dans ce discours et je te vendrai une propriété en bord de mer en Arizona. (Je la regarde de travers.) Très bien. Dis-moi sur quels mots vous vous êtes quittés.

–Hormis préciser que c'était sans lendemain, nous n'avons rien dit de spécial.

–Pas d'au revoir ? Pas de « je te raccompagne à ta voiture » ? Pas de « je t'appelle plus tard » ?

–Rien. (Je remue les pieds parce qu'elle est sur le point de me démasquer.) Il est parti travailler à l'aube.

Elle se penche en avant, les yeux écarquillés par l'attention.

–Tu dormais ? Dans son lit ?

Et voilà. Je savais qu'elle devinerait rapidement que j'ai contrevenu à ma règle.

–Ça ne s'est pas passé de cette façon.

–Si je résume, il t'a tellement comblée au lit que tu as sombré dans un coma bienheureux et ensuite, bien qu'il te connaisse peu, il t'a laissée seule chez lui pour aller bosser ? Ça s'est plutôt passé comme ça ?

–Tu as omis la partie où il m'a embrassée sur le dessus de la tête dans l'obscurité et m'a dit que je pouvais rester autant que je voulais.

Elle secoue vigoureusement la tête en faisant semblant d'être choquée que j'aie bafoué mes propres règles. Mais je sais qu'intérieurement, elle saute de joie.

–Des détails mineurs. Des détails tendres et attachants.

Je ne peux pas lutter contre mon sourire peu explicite ou contre la chaleur qui se diffuse en moi. Je ne fais pas dans la tendresse ou l'attachement. Bon sang, jamais rien de ce genre mais, en même temps, c'est de Grant qu'il est question. Avec lui, je ressens un niveau de bien-être auquel je ne suis pas accoutumée.

Ce n'est qu'une seule nuit, Em.

– De toute évidence, il a vraiment confiance en toi, se hasarde-t-elle.

Je ris sans retenue.

– Eh bien, ce n'est pas réciproque !

– Mais pourquoi ?

– Oublie ça, Des.

Elle me décoche un regard plein de confusion, qui correspond en tout point à mes émotions.

C'est fou, j'ai beau accomplir de grands pas, mener une vie normale, il suffit d'un rien, du mot « confiance » pour que le passé ressurgisse et me heurte de plein fouet.

Grant ne le mérite pas.

Cela dit, moi non plus.

27

GRANT

– Bon sang de bois. Je savais que tu t'étais envoyé en l'air la semaine dernière.

Nate me fait sursauter en abattant sa main sur le plan de travail de ma cuisine.

– Pardon ?

Occupé à lacer mes bottes, je relève les yeux.

D'où ça sort ?

– Il y a du rouge à lèvres sur cette tasse, précise-t-il en brandissant la tasse dans laquelle il vient de boire.

– Tu es sûr ? je marmonne en secouant la tête. Encore un coup de mes frangins.

– Gray et Grady mettent du rouge à lèvres maintenant ? Bizarre. J'aurais cru qu'ils choisiraient un rouge plutôt qu'un rose.

Il rit, vide sa tasse dans l'évier et en choisit une propre.

– Non, ils ont lavé la tasse après qu'Emers...

– Je le savais ! crie Nate dans la cuisine. Tu as couché avec elle.

Il décoche un sourire complice que j'ignore, m'affairant sur ma seconde botte.

– J'avoue.

– Tu vois ? Tu ne peux rien me cacher.

– Tu es un détective de choc. Tu devrais postuler à une promotion, j'ironise.

– Mais non, il n'y a qu'une seule place au centre de la scène. Il y en a un de nous deux qui doit dégager. Je te laisse le soin de remettre ce salaud de Stetson à sa place, c'est-à-dire ailleurs.

Je consulte ma montre.

– Dépêche-toi. Remplis ta tasse. Notre service commence sous peu et j'aimerais m'arrêter quelque part au préalable.

– Sans problème. (Il range le lait dans le réfrigérateur.) Tu me raconteras tout en chemin.

* * *

– Fais-moi plaisir, veux-tu ? dis-je à Nate en parquant la voiture le long du trottoir.

Son profond soupir remplit l'habitacle. Il n'a pas besoin de prononcer un mot pour que je sache qu'il pense que je dépasse les bornes.

Il s'en remettra.

J'émerge dans la rue silencieuse. La porte du garage est fermée et l'allée est vide. Mais de nouveaux galets peints ornent les parterres le long de l'allée. L'un d'eux évoque un drapeau. Un autre est noir et blanc, comme les taches d'une vache. L'un porte un K bleu vif.

Mais pas de pastèque. Rien de rouge avec des points noirs.

Pas d'appel à l'aide masqué à l'aide du code secret d'espion.

Au bout d'une petite minute, je tourne les talons et regagne la voiture.

– Rien à signaler ? demande Nate d'une voix lourde d'inquiétude alors que je me glisse au volant.

– Tout va bien.

Pour l'instant.

28

EMERSON

Qu'il est fourbe ! Mielleux à souhait.

Je peux encore sentir ses mains sur mes épaules et son parfum répugnant. Je peux encore discerner son stratagème derrière le déjeuner qu'il a généreusement apporté à *Blue Skies* pour le partager avec moi. Je peux encore entendre la menace voilée que si je ne me montre pas docile, ma demande de crédit ne sera pas étudiée.

Ou approuvée.

Et peut-être que si je fréquentais un homme aussi respecté que lui dans le milieu, les prêteurs verraient d'un bon œil sa stabilité et seraient plus ouverts à la négociation.

J'ai parfaitement conscience que c'est du pipeau. Il est barjot s'il s'imagine que je n'ai pas compris qu'il n'avait pas soumis mon dossier en commission pour me faire chanter. Pour m'extorquer un rendez-vous avant de m'informer s'il a été validé ou pas. J'ai fourni tous les documents requis : business plan, bilan financier, contrôle des comptes de la société. Pourtant, je reste dépendante de lui.

Dépendante, mais pas désespérée.

Pas de rencard. Pas question.

Je suis peut-être une bohémienne à ses yeux, mais cette bohémienne est plus rusée qu'il ne le croit.

Sans surprise, son départ a été suivi par un appel téléphonique des propriétaires. Comme chaque semaine, ils m'ont posé des questions concernant nos derniers chiffres d'affaires, puis ils ont voulu connaître la raison pour laquelle je n'ai pas encore obtenu le crédit. La conversation s'est terminée sur l'allusion nonchalamment lancée – une menace, plutôt – qu'en dépit du travail acharné que je fournis actuellement pour leur compte, dans l'hypothèse où l'option de vente de soixante jours arriverait à expiration, ils ont déjà trouvé de potentiels acquéreurs *juste par prudence.* Et naturellement, les acheteurs intéressés proposent un prix de rachat supérieur au mien, des foutaises de premier ordre selon moi. Mais si je montre que je sais qu'ils bluffent et que je ne joue pas leur jeu, est-ce que je ne risque pas de voir mon rêve s'envoler ?

Je m'agite dans la salle d'entraînement, aligne les chaises, réorganise les images à projeter, essuie les tableaux effaçables déjà propres. Tout est bon pour me calmer les nerfs et évacuer de la salle les filets de bave laissés par Chris.

Chaque fibre de ma personne me réclame de m'équiper et de sauter.

– Ça va ? s'inquiète Leo de l'extérieur de la salle.

Hautement conscient de mon humeur massacrante, il se tient prêt à détaler au cas où je sortirais de mes gonds.

– Super. Je suis juste...

Je m'arrête de parler, les larmes de frustration menacent de signaler leur présence contre ma volonté.

– Em, ce type est un connard.

– Je sais. J'aimerais seulement pouvoir lui dire ses quatre vérités, mais je ne peux pas prendre le risque de ne pas obtenir mon crédit.

– Ma mère me disait souvent de ne pas me battre contre les porcs. On se salit, et le porc adore ça.

– Une femme intelligente.

– Sache que nous avons tous remarqué son manège et que nous admirons que tu parviennes à le supporter. Ça montre à quel point tu tiens à racheter *Blue Skies*.

– Merci.

Je hoche la tête, mais détourne le regard, espérant endiguer mes larmes naissantes.

– Tu sais que Sully a réservé un vol supplémentaire dans une heure ?

Là, il retient mon attention, ce qui était sûrement le but recherché. Il me connaît suffisamment pour savoir qu'un saut est à peu près la seule chose à même de me remonter le moral. Je m'enlise tant entre la procédure d'emprunt et les formations des clients que j'ai besoin de relâcher la pression.

– Je l'ignorais.

– C'est l'occasion rêvée pour certains membres de l'équipe de surmonter le coup de mou du milieu de semaine, plus axé sur l'enseignement que sur les sauts.

Je ris.

– Il tombe à pic. À quelle heure décolle-t-il ?

– Dans une heure environ. Tout le monde sort manger un morceau et se retrouve ici à sept heures. Tu te joins à nous ?

Je regarde ma montre. Cela me laisse soixante-dix minutes pour remplir quelques rapports pour *Blue Skies* et venir à bout des corvées que Travis m'a confiées ce matin.

– Je ne peux pas sortir avec vous, mais je vous rejoindrai toute équipée à l'avion à sept heures.

– Parfait. Ça fait longtemps que nous n'avons pas sauté juste pour le fun.

– Que le ciel t'entende !

Leo s'éclipse, mais je l'entends rassembler ses affaires dans le bureau. Puis la clochette de la porte principale signale son départ.

Je ne saurais dire combien de temps s'est écoulé quand le carillon tinte de nouveau.

– Désolée, c'est fermé, je crie en direction du hall d'entrée en me reprochant intérieurement d'avoir omis de verrouiller la porte.

Puis l'idée me vient que c'est Chris qui reparaît juste au moment où je suis seule.

– Nous sommes fermés, je répète en pénétrant à l'accueil.

Alors que je sors du couloir, je percute quelqu'un.

– Hé, doucement ! Il y a le feu quelque part ?

Les mains de Grant me saisissent aux épaules pour me stabiliser. À sa vue, je déteste me sentir aussi soulagée qu'il ne s'agisse pas de Chris.

– Il n'y a pas le feu, dis-je en reprenant mon souffle. Nous sommes juste fermés.

À ses yeux plissés, je sais qu'il a décelé mon anxiété.

– J'ai entendu. Em, tout va bien ?

Percevant l'inquiétude dans sa voix, je recule promptement.

– Très bien.

– Tu es sûre ?

– Rien d'ingérable.

Pourquoi suis-je soudain aussi nerveuse ?

– Em ?

– Ce n'est rien, Grant. Le chargé de crédit est venu dans la journée, et il était un peu...

– Un peu quoi ?

Sa mâchoire pulse tellement il serre les dents.

– Je te l'ai dit, je suis une grande...

– Fille capable de prendre soin d'elle. Je sais. Ce n'est pas pour autant que ce crétin a le droit de te traiter de la sorte. Qui est ce type ? Je peux faire un détour par son quartier et...

– Surtout pas. Ne fais rien.

– Je n'aurais qu'à interroger des voisins, mener ma petite enquête, renchérit-il avec un sourire en coin, le doigt pointé sur son badge brillant épinglé sur son cœur. Je lui remettrais les idées en place.

– Merci pour ta galanterie. J'apprécie énormément tes velléités à être mon chevalier en armure brillante, mais je suis une grande... Enfin, je gère.

Il m'observe un instant, son complexe du héros se confrontant à mon indépendance par regards interposés. En d'autres occasions, ce trait de caractère m'aurait fait sourire, je l'aurais trouvé charmant... mais pas maintenant. Pas alors que mon prêt est en jeu.

– C'est inhabituel pour vous, n'est-ce pas, agent Malone ?

Je souris, espérant réorienter la conversation.

– Tu t'acharnes à m'ignorer.

Il y a juste un peu trop d'accusations dans sa voix pour que je le prenne à la légère.

– Absolument pas. Je suis débordée en ce moment.

– Tu es trop occupée pour répondre à un sms ou au téléphone ?

Il penche la tête sur le côté, et ses yeux qui tentent de déchiffrer mon langage corporel et mes non-dits me clouent sur place.

– Juste débordée. J'ai beaucoup de choses à gérer en ce moment.

Autrement dit, je refrène l'envie de te parler librement. En reculant, je me cogne contre le mur derrière moi.

– Tu as besoin de quelque chose ? je demande.

– J'avais juste envie de te voir.

Avant cet instant, je n'avais jamais pris conscience de la mince frontière qui sépare l'envie du besoin.

Je rejette immédiatement ses mots qui m'interpellent un peu trop intimement.

– Ce n'est pas le marché que nous avons passé, Grant.

J'avais aussi envie de te voir.

– Quel marché ?

– Celui que nous avons passé l'autre soir.

– Tes règles, tu veux dire ?

– Précisément.

– Personne ne t'a jamais mise en garde contre les promesses échangées dans le feu de la passion ?

Le feu de la passion.

Je braque mon regard sur lui.

– Tu n'as pas encore réalisé que je n'étais pas comme les autres ?

– Si tu fais allusion au genre de femme qui saute d'un avion, se goinfre sans honte, ne se laisse pas marcher sur les pieds et n'a pas de problème à rechercher le sexe pour le sexe, alors non. Je n'ai pas remarqué.

Malgré son visage impassible, ses yeux trahissent l'humour et le sarcasme qu'il tempère dans sa voix.

– Très drôle.

– Peut-être. N'empêche que c'est vrai.

– L'autre nuit était une erreur.

Mensonge, mensonge. Je suis juste perturbée qu'il me déchiffre aussi facilement alors que, la plupart du temps, je ne me comprends pas.

– Bien essayé, mais je n'en crois pas un mot.

– Crois ce que tu veux, Malone. De toute façon, ça ne se reproduira plus.

Le coin de sa bouche remonte et il secoue la tête.

– Content que tout soit clair pour toi.

Il t'a couru après.

Les mots de Desi reviennent frapper mes oreilles, alors que je le toise et réalise qu'il a une patience d'ange et qu'elle a vu juste : il m'a couru après. Et il continue.

La question est : pourquoi je m'obstine à le repousser ?

Parce que les règles sont les règles. Maintenant, je dois juste rester fidèle à mes principes.

– Écoute, je ne suis vraiment pas une fille ordinaire. Toutes les choses que l'on fait par obligation après avoir couché avec quelqu'un ne sont pas nécessaires avec moi.

– Comme quoi ? demande-t-il en croisant les bras sur son torse, une épaule appuyée contre le mur, et en gonflant sa joue avec sa langue pour contenir son sourire.

– Primo, je ne requiers pas d'appel téléphonique le lendemain pour vérifier que nous sommes tous deux d'accord sur le fait qu'il s'agissait d'un coup d'un soir. Je n'ai pas besoin de fleurs ou d'excuses quand tu rencontreras une autre femme. Je n'ai pas besoin de promesses sans suite ou de ce que les hommes font pour rassurer leur ego. Tout cela, c'est de la connerie.

– Toutes les femmes apprécient ces petits gestes.

– Je ne suis pas comme toutes les femmes.

– C'est ce que nous avons établi. (Il lève les mains alors que je commence à protester.) Ne t'en fais pas, je ne fais jamais ce genre de choses. Seulement, ne le dis pas à ma mère.

– Contente de l'apprendre.

– Em, il y a une raison à toute cette hostilité ? Je sens ta colère envers moi, mais si ce sont tes fameuses règles, d'où vient-elle ?

Le silence s'abat sur l'espace réduit, alors que mes pensées s'entrechoquent à la recherche d'une échappatoire.

– Écoute, nous sommes attirés l'un par l'autre. Il n'y a rien de mal à ça. Nous voulions chasser le désir de notre tête. Nous avons baisé. Tout est clair.

– Quelle éloquence !

Sourcils haussés, il sourit.

– Je ne plaisante pas. J'ai à peine le temps de respirer, alors je ne vois pas où je trouverais le temps de me préoccuper de ce genre de futilités.

– Touché. Tu es douée pour rabaisser l'ego d'un homme, et sa virilité, plus bas que terre.

Je grogne de frustration, réalisant qu'il le prend mal. C'est pourquoi je fais machine arrière.

– Je ne parle de l'aspect sexuel. C'était hors pair. Seulement... tu es Malo le Mytho. Et je suis Emmy Reeves... Ne crois-tu pas que nous devrions tirer un trait sur le passé et nous réjouir que, désormais, nous nous en sortons bien ? Accepter que l'alchimie entre nous est réelle, mais que ça ne marchera jamais entre nous.

– Qu'est-ce qui ne marcherait pas ? La partie *baise* ? demande-t-il les yeux plissés, imitant ma façon de prononcer ce mot.

– Voilà, ça.

– Mais nous l'avons déjà vécue, et quel terme as-tu employé exactement ? Hors pair ? Donc, je crois que ça a bien marché.

Il sait qu'il joue avec mes nerfs et il se délecte de chaque seconde qui passe.

– Et ça ? fais-je en désignant l'espace entre nous. N'est-ce pas bizarre ?

– Ça n'avait rien de bizarre l'autre soir. En fait, c'était carrément fabuleux, alors j'attends ta prochaine excuse. Pourquoi ne peux-tu pas décrocher ton téléphone quand je t'appelle, Emerson ? Ta logique ne prend pas avec moi. Et franchement, ça ne rime à rien, mais ne te gêne pas. Continue. Tu m'amuses beaucoup.

– Tu es épuisant.

Je soupire.

– Et tu es énervante, mais nous le savons depuis vingt ans... Alors, quelle est ta prochaine excuse ?

– Je n'ai pas confiance en toi.

Je savais que c'est un coup bas avant même que mon commentaire n'ait franchi mes lèvres, mais je n'ai pas pu le retenir davantage que je ne peux empêcher le soleil de se coucher.

Il titube comme sous le coup d'une agression physique. Des bribes de notre passé se révèlent dans la colère qui embrase ses yeux.

Je regrette immédiatement. Comment puis-je lui enjoindre d'oublier le passé alors que je le lui renvoie au visage ? C'est le chaos dans ma tête. Il ne mérite pas ça. Je lui dois au moins de clarifier ce point.

– Tu m'as bernée l'autre soir, dis-je avec un sourire en coin, essayant de faire amende honorable pour les séquelles persistantes de ma rancune d'enfant.

Étrange façon de reprendre mes esprits. D'abord, j'affirme que notre nuit restera sans suite, puis j'admets que j'y pense.

– Qu'est-ce qui te fait croire ça ?

Bien qu'il feigne l'innocence, un sourire flotte sur ses lèvres.

– Accepter mes règles, puis retourner ta veste et me déconseiller de croire aux paroles prononcées dans le feu de la passion. Ce genre de chose.

Il hausse les épaules.

– J'ai accepté tes règles. Nous avons couché ensemble. Nous avons évacué le désir de notre organisme, résume-t-il.

Troublée par son regard empli de désir qui parcourt mon corps, je remue les pieds pour apaiser les tiraillements dans mon ventre. C'est comme s'il se remémorait chaque courbe, ligne et saveur de ma silhouette.

– Et à présent je suis là, parce que j'ai envie de te voir.

– Mais pourquoi ? Je suis odieuse avec toi.

Il hausse encore les épaules.

– Ce n'est pas moi qui l'ai dit.

– Je sais, mais c'est vrai. Nous nous chamaillons comme un frère et une sœur et...

– Pas exactement comme un frère et une sœur, sinon cela rendrait l'autre nuit encore plus dérangeante.

– Tu es un vrai comique aujourd'hui, tu sais ?

– Toujours.

Et revoilà son sourire à faire tomber les petites culottes qui fait flageoler mes genoux comme cela ne m'arrive jamais.

– Désolée. Tu disais ? Frère et sœur...

Ma concentration se dissout dans ses interruptions, me laissant me démener pour retrouver le fil de mes pensées.

– Dis-moi juste pourquoi. Pourquoi venir me voir alors que je suis désagréable avec toi ?

– En dépit de toutes ces raisons, ou peut-être à cause d'elles, je t'aime bien. Et considérant le désir évacué, j'aimerais que nous soyons amis.

– Des amis, et plus si affinités, je rétorque.

– Je ne nie pas que l'idée m'ait traversé l'esprit.

Il plante ses yeux dans les miens, ses particules dorées dansent alors que mes pensées s'emballent, tournoient et échappent à mon contrôle.

– Tu es sérieux ?

Pourvu qu'il le soit.

– Comme un pape.

Des images de nous dans la pénombre affluent dans mon esprit. La chaleur. Le plaisir. Le bien-être. Les éloges.

Le non-respect des règles.

– Allons, Em. Tu sais que c'est une bonne idée. Nous serons tous deux les bénéficiaires de plaisirs charnels, du sexe que sous savons hors-norme, et n'aurons pas à subir les complications de l'après. Contrairement aux partenaires qui s'accrochent parce que, soudain, ils veulent davantage. Ou qui encombrent notre ligne téléphonique pour s'assurer que nous pensons à eux. Les visites inopinées sur les lieux que nous aimons fréquenter pour être certain qu'on ne les oublie pas.

Je glousse parce qu'il énumère tous les scénarios qui m'ont poussée à supprimer nombre de contacts dans mon agenda.

– Tu vois ? Tu sais de quoi je parle. Tu sais à quel point c'est pénible.

– Un peu comme toi ?

– En quelque sorte, sauf que mon insistance ne manque pas de charme.

Je ne peux pas réprimer mon rire parce qu'il abat mes défenses. Non que j'aie opposé beaucoup de résistance.

– J'ai besoin d'y réfléchir… sans que tu sois en face de moi, à me harceler comme un gamin.

Je sais qu'il est en train de me rouler, mais il est brillant à ce jeu.

À son rire qui éclate dans la pièce, je sais qu'il sait qu'il m'a eue.

– Retrouve-moi ici demain après le travail. Vers dix-neuf heures. Nous pourrons en discuter.

– Affaire conclue.

Son sourire étincelant reparaît, plus désarmant que jamais.

Et quand il se retourne pour sortir, je déteste que chaque partie de moi soit soulagée que j'aie trouvé une excuse pour le revoir. Que je m'accorde ou non à son plan, au moins je sais qu'il sera là demain. J'ai passé la semaine entière à l'éviter et, je ne l'admettrai jamais ouvertement, mais il m'a manqué.

Amis, et plus si affinités.
Mouais.
Tu as une curieuse façon de ne pas en démordre, Reeves.

29

EMERSON

Un pas.

Ça recommence.

Je me cramponne à mon lapin en peluche.

Un pas. Le cliquètement du collier de Rex.

Ne fais pas le moindre bruit.

Un pas.

Ne bouge pas.

Un pas.

J'ai mal au ventre. J'ai envie de vomir.

Un pas.

Maman. Rentre à la maison. Je t'en supplie.

Un pas.

Je peux l'entendre respirer. Je sais que si j'ouvre les yeux, il se tiendra là, une épaule contre le mur, en train de me regarder. D'attendre.

Je presse mes paupières fermées encore plus fort.

Dieu, par pitié. Si vous le faites partir, je promets d'être sage dorénavant.

Un pas.

Je promets de ne plus planquer de M&M's dans le fond de l'armoire.

Un pas.

Je promets de ne plus répondre et de faire mon lit tous les jours.

Un pas.

Je vous en supplie, mon Dieu. Je le pense sincèrement cette fois.

Le lit s'enfonce sous moi. Son haleine me frappe le visage. Le métal froid effleure mon bras.

Je connais la suite.

– Emmy.

Je vais vomir.

Il repousse les cheveux de mon visage.

– Emmy.

Passe la main sur mon épaule. Le long de mon bras.

Les draps se mouillent, je fais pipi.

– Emmy.

En colère. Fâché. Déçu.

Je n'ai pas été sage.

Je sais ce qui va se passer maintenant...

Je bondis du lit, le son de ma voix résonne dans la pièce. Je suis désorientée et pétrifiée. Confuse. L'estomac retourné.

Mon cœur bat trop fort, mon pouls me martèle les tympans. Je sens des larmes sur mes joues, et mes mains tremblent.

Je n'ai aucun souvenir du rêve.

Pas l'ombre d'une image.

Sauf la peur. Je sens encore son goût sur ma langue. Je la sens recouvrir ma peau.

Je sais que c'est en rapport avec *lui*. Je ne me souviens peut-être pas du rêve, mais cette sensation de peur m'est familière. J'ai vécu cette sensation.

Mais je n'ai pas ressenti ça depuis une éternité.

D'une main, je resserre le duvet autour de moi et me penche pour allumer la lampe sur ma table de chevet. Je n'aime pas l'obscurité.

Mon père mon plus.

Tandis que je m'applique à calmer l'anxiété qui fait rage en moi aussi sûrement que le sang circule dans mes veines, je braque mon regard vers la piste d'aviation à travers la fenêtre. Vers les lumières jaunes, rouges et vertes, et je fais comme s'il s'agissait de guirlandes autour d'un sapin de Noël. Quelque chose. N'importe quoi.

Mes doigts retracent distraitement les cicatrices à l'intérieur de mon bras.

Encore et encore.

Obstinément.

Je ne peux rien faire de plus pour digérer le rêve dont je ne me souviens pas et le cauchemar que j'ai enduré.

30

EMERSON

Regardant fixement le cutter dans ma main, j'ignore le contenu de la boîte ouverte devant moi. Son poids me procure autant de réconfort que de tourments.

Mon esprit en manque de sommeil dérive et m'implore de satisfaire un besoin que je n'ai pas ressenti depuis des années.

Entailler.

Éprouver la douleur que mon esprit refoule.

Entailler.

Reporter la faute sur moi bien que je ne le mérite pas.

La lame m'appelle.

Ma peau me supplie de l'inciser.

Saigner pour évacuer la culpabilité.

Couper.

Mes doigts brûlent de me trancher.

– Tu as de la visite, Em, crie Leo depuis l'accueil, me faisant lâcher la lame entre mes doigts tremblants.

Un coup d'œil à la pendule m'informe que je divague depuis trop longtemps.

– D'accord, dis-je alors que Grant apparaît déjà dans l'embrasure, la personnification même de mon paradis et de mon enfer exclusifs.

Un sursis à mes pensées qui m'ont déconcentrée toute la journée et la raison pour laquelle j'ai probablement ces mêmes pensées. Son sourire est authentique, et je hais que chaque partie de moi m'exhorte à bondir pour nouer mes bras autour de lui.

Réconfort.

Distraction.

Le besoin de sentir n'importe quoi d'autre que les sentiments qui m'assaillent.

– Salut, lance-t-il.

– Salut.

J'enrobe ma voix d'assurance alors qu'en vérité, ces émotions peu familières pour moi me fichent une peur bleue.

– Je suis en avance. (Il hausse les épaules, son sourire nuancé d'embarras.) Vas-tu me le reprocher ?

Mon front se plisse et je le regarde fixement, le temps de saisir à quoi il fait allusion. L'heure et le lieu que j'ai définis. La proposition que je lui ai faite et qui, à son insu, a été éclipsée par mes problèmes dont il ignore tout.

– Non. Euh non. (À son tour, il m'observe plus intensément que je ne le voudrais.) Je... je dois d'abord rassembler une équipe. Tu viens avec nous.

J'improvise. J'esquive. Je temporise.

– Rien ne m'en empêchera.

Il rit et avance de quelques pas.

– Eh bien, tu dois enregistrer ton chèque-cadeau. Je n'ai pas de saut en tandem aujourd'hui, mais je peux te harnacher.

À peine les mots ont-ils franchi mes lèvres que je réalise qu'ils prêtent à confusion. Le rire qui secoue son corps et se réverbère dans la salle vaut bien les rougeurs qui empourprent mes joues.

– Merci, Em, mais les harnais, ce n'est pas mon truc. Même si je les appréciais, ce ne serait pas toi qui m'attacherais.

– Les entraves ont le vent en poupe, paraît-il.

À son expression, il est clair qu'il ne se laisse pas convaincre.

– Quand les poules auront des dents, ma chère.

Curieusement, parler d'entraves avec Grant suffit à me détendre pour la première fois de la journée. Mon sourire se fait sincère, plus du tout forcé ni crispé. La tension dans mes épaules se relâche. Le cutter perd de son attrait. Le poids des rêves tombés dans les limbes se dissout.

– Si c'est ta plus grande peur, tu devrais sauter d'un avion les doigts dans le nez.

– Je n'ai jamais dit que c'était ma plus grande peur. En revanche, sauter d'un avion me terrorise. L'altitude et moi, ça fait deux.

– Tu restes traumatisé par la grande roue, dis-je, me rappelant soudain qu'il hurlait pour descendre et retenait ses larmes, cramponné à sa mère assise entre nous deux. Son air amer indique qu'il n'apprécie pas que je m'en souvienne.

– Bien tenté, mais ça ne prend pas. Je déteste la sensation de chute, et n'oublions pas la forte possibilité de mourir.

– Tu vois. Ça, c'est une idée fausse. Quand on saute, on n'a pas du tout l'impression de tomber. Pas une seule seconde.

Je décoche mon plus grand sourire.

– Sornettes.

– Tu ne me fais pas confiance, Malone ?

Les mains sur les hanches, la tête inclinée, mes yeux lancent un défi à sa fierté masculine.

– Non.

Il y va fort. J'aurais des raisons de me sentir offensée, mais il n'en est rien.

– Oh, allons.

– Désolé, Em. La confiance ne me sauvera pas quand je me précipiterai vers la terre ferme à mille kilomètres heure et que mon parachute refusera de s'ouvrir.

– Pff. Tu dramatises.

Je lève les yeux au ciel. Puis je souris en constatant que cette perspective le pétrifie réellement. Cela se voit dans les mouvements de ses pieds et le soudain tremblement de sa tête comme s'il rejetait physiquement la moindre évocation d'un saut.

Ce n'est pas une mince affaire de dépasser ce genre de peur.

Je le sais mieux que personne.

– Je dramatise. La vie et la mort, dit-il en mimant une balance avec ses deux mains, et dans son scénario, la mort l'emporte. Je resterai ici et je te regarderai avec les deux pieds fermement ancrés dans le sol.

– Comme tu voudras. Tu vas louper un saut d'enfer.

Je hausse les épaules et enfile les manches de ma combinaison que je referme sur mon débardeur rouge.

– Je connais autre chose à même de me procurer des sensations fortes, murmure-t-il d'un ton suggestif alors que, passant devant lui, je ris.

– Tête haute. Ailes déployées.

31

GRANT

Il y a limites strictes.

Et *limites strictes.*

Comme regarder les points dans le ciel dégringoler à vive allure en sachant que l'un d'eux est Emerson.

Les mains en visière sur les yeux, mon estomac se soulève quand j'imagine la sensation de chute. C'est absurde, il est impossible de s'éjecter dans le vide sans avoir l'impression que l'estomac remonte dans la gorge.

– Vas-y, vas-y, je murmure pour moi-même, alors que j'attends pendant ce qui semble durer des heures que les voiles du parachute se déploient.

– Encore quelques secondes, intervient Leo, me faisant sursauter.

J'étais tellement concentré sur Emerson que je n'avais pas remarqué sa présence.

Je reporte mon attention sur le ciel, pile au moment où le premier parachute éclôt dans une explosion de couleurs. L'un après l'autre, ils s'ouvrent, aspirant les parachutistes vers le haut avant qu'ils ne recommencent à flotter lentement.

J'aimerais dire que ma respiration se fluidifie mais, en vérité, j'ai la nausée rien qu'à suivre le processus des yeux.

– Ce n'est vraiment pas ton truc, hein ? demande Leo sur un ton qui m'accuse de déshonorer la gent masculine.

Je lui jette un regard noir à travers mes lunettes de soleil.

– Vous êtes tous fous à lier.

– C'est pas faux.

Le téléphone sonne dans le bureau et il part répondre pendant que les parachutes paraissent de plus en plus grands à mesure qu'ils se rapprochent du sol. Du coin de l'œil, je note que l'assistant resté sur la piste se prépare à porter secours aux sauteurs si besoin est, mais je reste pleinement focalisé sur la formation dans l'espoir de localiser Emerson.

Bon, je sais qu'elle est indemne, mais j'ai besoin de le voir de mes propres yeux. Et sitôt que je l'identifie, mes pieds bougent automatiquement vers elle, qui se tient debout sur la longue pelouse du terrain, un immense sourire fendant son visage.

– Excellent saut, tout le monde !

Elle féllicite chaque participant, les tapotant dans le dos et leur faisant à chacun un check de victoire.

Elle en photographie quelques-uns et pose avec d'autres qui lui en font la demande.

– Je prends le relais, clame Leo en ressurgissant subitement tandis qu'elle entreprend de détacher les sangles des parachutes pour ses clients. Assure-toi que le cœur de la chochotte n'a pas cessé de battre.

J'ouvre la bouche pour lui renvoyer une pique bien sentie, mais le rire d'Em me coupe le sifflet. Elle regarde dans ma direction, agite immédiatement la main avant de lever un doigt pour m'intimer de patienter un instant.

Bien que Leo ait proposé son assistance, elle a trop l'habitude de tout régenter pour s'en aller avant d'avoir vérifié le matériel. Elle se dirige vers le premier dispositif, tire sur différentes parties puis teste le suivant.

Une vraie maniaque du contrôle.

Évidemment, c'est pour cette raison que je l'ai laissée croire qu'elle tirait les ficelles ce fameux soir. Tout était bon pour qu'elle se sente à l'aise et que la soirée se prolonge.

Et la nuit s'est poursuivie sur le même mode. Dans d'excellentes dispositions. Alors bon, hier j'ai subitement suggéré que nous devenions des sexfriends pour obtenir ce que je veux : davantage d'elle, de toutes les manières et sous toutes les formes possibles.

Elle se penche et tire sur le dernier sac-harnais puis rit à une plaisanterie de Leo. Et la tonalité chargée d'adrénaline et d'insouciance de son rire m'arrête net.

Je réalise soudain que je veux être celui qui la fait rire aussi librement.

Bon sang. Je sais que je veux davantage mais quoi, je l'ignore. Entendant ce rire-là, je prends conscience de l'ampleur de mes attentes.

Je l'observe marcher vers moi, sachant que je paierai ce qu'il faut pour garantir que mes désirs se concrétisent.

– Tu as un sacré cran, dis-je spontanément dès qu'elle est à portée de voix.

– Ce n'est pas le cas de tout le monde, toussote Leo.

Je lui fais un doigt d'honneur, bien que mon attention reste concentrée sur Em : ses joues rougies, les ridules autour de ses yeux causées par la pression du masque, son immense sourire.

Elle rit et secoue la tête.

– Nous savons tous deux que c'est faux, réfute-t-elle rien que pour moi, puis elle m'adresse un clin d'œil. Tu as loupé un excellent saut. Des conditions idéales. Une visibilité optimale. Vent calme.

– Tu le vends bien, mais je ne suis pas client.

– Inutile d'être client, tu as un chèque-cadeau.

– Tu es impitoyable.

– Et toi, séduisant au possible.

Mes pieds se paralysent alors qu'elle continue d'avancer, stupéfait par son compliment, probablement sa première remarque flatteuse. L'idée m'amuse parce que pour la plupart des gens cela sonnerait faux, mais pas entre nous.

Elle est un rayon de soleil mélangé à une pointe d'ouragan, et je m'enfonce volontairement dans sa tempête avec rien de plus que les vêtements que je porte sur moi.

Elle se tourne face à moi, le front plissé, alors que je la regarde fixement, de nouveau frappé par l'évidence: je veux faire partie de sa belle destruction. À corps perdu. Sans m'en remettre à la météo pour me préparer aux conséquences.

– Quoi ? demande-t-elle.

– Pourquoi fais-tu ça, Em ?

– De quoi parles-tu ?

Le soleil couchant se reflète dans ses cheveux blond vénitien et des mèches ondoient dans l'air comme des flammèches.

– Pourquoi repousses-tu ainsi les limites ?

– Moi ? Pas du tout.

Elle sourit et s'arrête à quelques pas de moi. La bande d'asphalte s'étire autour de nous et les bavardages exaltés des sauteurs en descente d'adrénaline se réduisent à un bruit ambiant.

– Et si la voile ne se dépliait pas ?

– Alors, elle ne se dépliera pas.

Sa nonchalance me met en rogne.

– Tu es folle ?

– Possible. (Elle hausse les épaules comme si c'était sans importance.) La mort peut nous surprendre à tout instant. Et si une voiture me renversait ? Et si j'étais frappée par une crise cardiaque ? Et si un météore tombait du ciel et m'écrasait ? Et si, et si, et si. Ça ne sert à rien de vivre dans la peur.

– Mais sauter augmente les risques.

– Les risques augmentent chaque jour de notre vie, plaisante-t-elle, mais son regard me fait taire. Écoute, je pourrais me réveiller demain avec un cancer et ne plus pouvoir sauter. Je préfère prendre le risque.

– Em...

Je sais qu'elle pense à sa mère.

– Bon, la probabilité d'un dysfonctionnement est tellement infime qu'elle ne vaut pas la peine qu'on y pense. Et puis, je prépare personnellement mon équipement et, contrairement à toi, j'ai confiance en ce que je fais.

J'encaisse la pique parce qu'elle est méritée, mais cela ne m'aide pas à digérer son détachement.

– En cas de problème, personne ne peut te secourir.

– J'en ai parfaitement conscience, se défend-elle, ses épaules tendues m'indiquant que j'ai activé son sens du défi.

Toutefois, je suis trop excédée par l'indifférence avec laquelle elle traite sa sécurité pour m'en soucier.

– Chaque fois que tu sautes, la probabilité augmente. Ne crois-tu pas que ça mérite réflexion ? Ce n'est pas comme si je pouvais faire quoi que ce soit d'en bas.

– Grant Malone et son complexe du héros sont de retour.

– J'ai sauvé...

Je t'ai sauvée une fois, et je volerais encore à ton secours en un claquement de doigts.

Cette idée hurle dans ma tête, mais je m'interdis de l'énoncer, de ramener le passé sur la table. De la traiter comme la fillette qu'elle ne veut plus être.

Pourtant, je me souviens.

Et je m'interroge.

Je me tracasse.

Exactement comme ce foutu dossier éparpillé chez moi.

– Tu as sauvé quoi ? fulmine-t-elle, se rapprochant un peu avec une posture défensive fortement provocatrice.

Évidemment, elle est remontée contre moi. Je la remets en question mais, bordel, il faut qu'elle sache que je tiens à elle. Hélas, étant un homme, je ne sais pas trop comment l'annoncer sans déclencher ses foudres.

– Rien.

– Je suis tout à fait capable de me venir en aide, Grant Malone. Et pas seulement en sautant en parachute. Au moins, en vol, il y a une voile de secours au cas où la première ne fonctionnerait pas. Ne serait-ce pas formidable si la vie disposait d'une voile de réserve pour les moments où l'on tombe dans le vide ?

Elle hausse les épaules, les mains tendues de part et d'autre de son corps.

– Et si la voile de secours se bloque ?

– Au risque de me répéter, les accidents font partie de la vie. La seule façon de s'en sortir est d'encaisser les coups. Et puis, il faut vivre dangereusement. C'est bon pour l'âme et pour l'esprit. (Elle me décoche un grand sourire, tourne sur ses talons et crie par-dessus son épaule.) Viens, je dois fermer l'école.

Planté sur le tarmac, je la regarde partir à grandes enjambées vers les bureaux de *Blue Skies*.

Il faut vivre dangereusement.

Bordel.

Alors que je m'apprête à la rattraper, mon téléphone signale un nouveau message. Je grogne en le lisant, m'apercevant que j'ai merdé dans les grandes largeurs.

Parler d'opportunités charnelles avec Emerson ou remplir mes obligations familiales.

Je sais laquelle je privilégie. En cet instant précis, je suis infichu de détacher mes yeux d'elle.

32

EMERSON

– Tu n'es pas obligée de faire ça, répète Grant.

Nous descendons la rue dont je garde un souvenir précis mais dans laquelle je ne me suis pas aventurée depuis mon retour à Sunnyville par manque de courage.

Je n'ignore pas qu'il a fait un détour volontairement. Et je suis soulagée de ne pas être contrainte de revoir mon ancienne maison pour la première fois depuis que je l'ai quittée il y a vingt ans.

Je hasarde un regard dans sa direction, l'anxiété visible dans mes yeux est cachée par mes lunettes de soleil.

– Je sais.

Je ne sais pas.

Pour apaiser ma profonde nervosité, je glisse mes mains serrées entre mes cuisses et presse mes jambes l'une contre l'autre.

Position de panique.

– Ma mère sera ravie d'accueillir une femme pour équilibrer la testostérone, ce soir, se réjouit-il en se penchant pour presser le haut de ma cuisse.

Après quoi, il n'enlève pas sa main. Tandis que j'apprécie son geste de soutien, je me demande s'il sent le tourbillon d'émotions qui fait rage en moi.

– Ça me fait plaisir de la revoir, je murmure, les yeux rivés sur les maisons que nous dépassons.

Le pavillon de Sally Glendale n'a pas changé, peint du même vert horrible que nous qualifiions naguère de vomi. Le suivant, celui d'Adam Beechman, me rappelle les heures passées sur le boîtier vert du transformateur à jouer au UNO jusqu'à ce que les lampadaires s'allument et qu'il soit temps de rentrer.

Tout est comme avant, et à la fois extrêmement différent de mes souvenirs. Je gage qu'ils ont tous déménagé, qu'ils sont passés à autre chose et ont oublié la petite Emmy Reeves, deux rues plus loin, qui a vécu *l'impensable.*

Leurs parents ont-ils cancané sur mon dos des mois après mon départ ? Se sont-ils demandé si je disais la vérité ou ont-ils simplement pensé que j'avais tout inventé pour gagner l'attention de ma mère qui travaillait trop, comme le font souvent les jeunes enfants ? Ou bien n'ont-ils plus jamais pensé à moi, parce que c'était trop déplaisant et que cela risquait de gâcher le climat idyllique de ce quartier favorisé ?

Mes paumes deviennent moites sitôt que la voiture ralentit. Mon cœur bat plus fort.

Pourquoi n'ai-je pas décliné son invitation ?

Parce que je sais que tous ces gens m'ont oubliée depuis belle lurette. Je suis prête à parier que si je demandais à quelqu'un s'il se souvient de la petite Reeves, il se rappellerait probablement qu'elle se prénommait Emily ou Emma et devrait se creuser la tête pour s'expliquer pourquoi ce nom lui dit quelque chose.

Peut-être ai-je accepté de l'accompagner parce qu'après le cauchemar de la nuit dernière, je ne veux pas être seule ce soir. Je suis tellement exténuée que j'ai peur de faire d'autres rêves quand je sombrerai dans l'inconscience.

– Emerson ?

Je tourne les yeux vers Grant et remarque que nous sommes garés devant un endroit dont le souvenir m'émeut davantage que mon propre domicile : la maison des Malone.

Un sourire dissimulant mon émoi, j'observe l'extérieur. C'est exactement comme dans mes souvenirs, sinon que la peinture est plus fraîche et les fleurs plus colorées. On sent la touche féminine dans l'attention accordée aux détails, dans les pots colorés soigneusement disposés sur la véranda, et j'entends les carillons tinter dans le vent lorsque Grant ouvre sa portière.

Prenant une respiration revigorante, je sors, mais le doute m'assaille à mesure que je remonte l'allée. Malgré ma certitude qu'à Sunnyville, peu de gens se rappellent Emmy Reeves avec ses couettes et ses taches de rousseur, je ne doute pas que la famille Malone se souvienne de moi.

J'ai longuement consulté des psychologues, et ils arboraient tous le même air pour s'adresser à moi. De la pitié. Ils me pensaient tous brisée et irréparable. Dès que j'ai convaincu ma mère que je n'avais plus besoin de suivre une thérapie, je me suis juré que plus personne ne connaîtrait mon passé afin que je ne revoie plus jamais cette expression.

À présent, pour la première fois depuis que je me suis fait cette promesse, je me dirige de mon plein gré vers ce foyer, pleinement consciente que je m'expose à retrouver ce même air.

Grant doit sentir que je ne suis pas loin de perdre courage, parce qu'il entrelace nos doigts, me presse la main dans un geste rassurant. Il ne parle pas. Il n'oriente même pas son regard vers moi. Il m'entraîne juste sur la dernière marche comme si c'était une vieille habitude.

– Bonsoir ? crie-t-il en ouvrant la porte.

Sa voix est étouffée par la cacophonie. Un aboiement fort et grave résonne dans la maison, suivi des cris perçants d'un jeune enfant suscités par ce qui ressemble à une guerre de chatouilles. Des rires éclatent contre les murs, et les faibles notes d'une musique provenant du jardin livrent bataille au son d'une course de Formule 1 retransmise à la télévision, que personne ne semble regarder.

Non seulement c'est le chaos le plus total mais c'est exactement comme dans mes souvenirs.

Je suis Grant dans le salon de style classique et m'arrête en voyant Betsy Malone. De dos, elle est occupée à trancher des légumes sur le plan de travail où je chapardais autrefois des cookies. Malgré ses cheveux plus courts qu'avant, elle est exactement comme autrefois.

– Maman, dit Grant.

– Il était temps que tu arrives, dit-elle, mais quand elle tourne la tête et me voit dans sa cuisine, sa bouche se relâche. Emmy Reeves. Eh bien, regarde un peu comme tu es belle ! (Elle s'essuie les mains sur un torchon et marche vers moi, qui suis figée sur place.) Grant m'a dit que tu étais superbe, mais les hommes n'ont pas leur pareil pour minimiser l'évidence. Mon Dieu. Approche un peu et laisse-moi t'enlacer.

Sans plus de cérémonie, Betsy m'enveloppe dans ses bras et me serre si étroitement que j'arrive à peine à respirer. Ça ne me dérange pas, parce que si je respirais, mes larmes naissantes risqueraient de couler. Je ne veux pas larmoyer. Pas ici. Pas maintenant. Peut-être plus tard, mais pas tout de suite.

Sa main caresse mes cheveux comme si j'étais encore une enfant, et les yeux fermés, je me baigne dans la sensation. J'ai l'impression d'avoir remonté le temps. Sa voix familière et ses bras chaleureux me procurent un réconfort qu'elle ne pourrait jamais imaginer. J'étais ridicule de m'inquiéter de revenir ici.

Betsy Malone était ma deuxième mère.

Je ne me suis pas autant sentie chez moi depuis longtemps, bien avant que je n'aie un domicile vers lequel retourner.

– Laisse-moi te regarder, répète-t-elle en m'étreignant une dernière fois avant de reculer pour me tenir à bout de bras.

Lorsqu'elle croise mon regard, des larmes voilent ses yeux, et j'aime savoir que je ne suis pas la seule à m'émouvoir de revenir chez eux.

– Salut.

Ma voix se brise. Elle sourit et m'attire rapidement contre elle.

– Du vin ? (Elle ponctue sa proposition d'un hochement de tête déterminé, probablement pour parer à tout embarras.) Le vin, c'est ce qu'il nous faut à nous, les deux femmes, pour combattre les cinq créatures bourrées de testostérone en charge du barbecue.

À point nommé, une boule de poils passe en trombe, suivie par un cri de joie qui court à sa suite. Un petit blondinet aux joues souillées de terre traverse la cuisine comme une flèche avant de déraper pour piler devant moi, les yeux plissés.

Il ressemble en tout point au Grant de mes souvenirs.

Prise de court, je l'examine un peu trop longuement.

– C'est qui ? demande-t-il à Betsy.

– Emerson, une amie de ton oncle Grant.

– Super, s'exclame-t-il en levant un pied pour reprendre sa course effrénée dans la maison.

– Luke, l'avertit-elle.

Il s'arrête, ce qui fait rire Grant.

Avec un soupir résigné, comme si je ruinais son amusement, il se tourne face à moi.

– Bonjour, je m'appelle Luke Malone. Enchanté, dit-il d'une voix monotone en tendant la main.

Il est absolument adorable et j'ai le sentiment qu'il est un brin chahuteur. C'est un vrai Malone, ce qui m'incite à l'aimer pour cela, et pas malgré cela.

– Très heureuse de te rencontrer, Luke. C'est ton chien ?

Je lui serre la main.

– Non. C'est celui de papi. Il est gros, baveux et gentil. Il s'appelle Moose et il tient ma carte Pokemon dans sa gueule et c'est un Pikachu – une méga-bonne carte. Alors je dois la récupérer avant qu'il la mange.

Avant que j'aie pu répliquer, il quitte la cuisine comme s'il avait le feu aux trousses, me laissant avec le verre de vin blanc offert par Betsy et Grant impatient de me présenter convenablement au reste de l'équipe.

***

– Vous voyez ? Ça, là-bas ? C'est à cause de ça qu'aucun de vous, les deux nazes, n'a de petite amie, taquine Grant.

– C'est un expert en femmes qui le dit, réplique Grayson en levant les yeux au ciel.

Je ris tellement que mes joues sont douloureuses, signe que c'était la bonne décision de suivre Grant ce soir. J'ai fait ce choix en dépit de mon intime conviction, mais à l'évidence, j'avais tort.

Luke est couché sur le dos sur la pelouse, à trois mètres de nous, Moose lové à côté de lui, si gigantesque que l'enfant de cinq ans paraît minuscule à côté de lui. Le petit garçon a l'air de parler tout seul, imaginant des histoires d'extraterrestres dans les étoiles au-dessus de lui. Je souris en repensant aux innombrables aventures que nous avons vécues dans ce jardin. C'est l'unique endroit qui ne m'évoque que de bons souvenirs, et ce n'est pas facile à trouver.

– Comment se passent tes révisions ? demande Betsy à Grant, apparemment sans remarquer le bref regard que Grant échange avec son père.

– Bien. Je suis fin prêt, mais tu sais comment c'est, les histoires de politique interfèrent toujours, répond-il.

– N'oublie pas, il faut parfois faire profil bas pour que les portes s'ouvrent, murmure le chef Malone, piquant ma curiosité.

– Un connard reste un connard, intervient Grayson.

J'ai le sentiment qu'il fait allusion à quelqu'un en particulier. Seulement j'ignore à qui. Encore plus inhabituel, Betsy ne réprimande pas Grayson pour son langage, étant donné que pendant le dîner elle n'a laissé passer aucun juron. Personne ne peut prétendre que dans cette famille, ils ne veillent pas les uns sur les autres.

– J'ai un mot plus fort qui me...

– Il y a une dame parmi nous, interrompt Betsy en lançant à Grant un regard fâché.

– Bien, M'dame.

Grant s'amuse à faire comme si elle venait de le réprimander, ce qui lui vaut des rires moqueurs de la part de ses frères.

– La concurrence est une chose saine quand on vise une promotion, tempère-t-elle d'un ton maternel, même si le concurrent est un sale con qui sert ses propres intérêts.

Tous font des yeux ronds, se regardant les uns les autres pour s'assurer que leur mère a effectivement prononcé un gros mot, avant de partir d'un rire ahuri.

– Il y a une dame parmi nous, l'imite Grant.

– Oui, eh bien, je suis sûre qu'Emmy a entendu ces termes bien avant aujourd'hui. N'est-ce pas, ma chérie ?

Elle me tapote la main et sourit plus largement.

– Raconte-nous un peu, Emerson, intervient le chef Malone, Grant m'a dit que tu rachetais *Blue Skies* sur l'aérodrome de Miner.

– J'essaie. Après des années de vie nomade, j'ai pensé qu'il était temps pour moi de m'enraciner. Rester au même endroit pendant si longtemps implique quelques ajustements, mais c'est un changement positif. *Blue Skies* est négligé depuis un certain temps, c'est stimulant de ramener ce centre à la vie. J'ai hâte qu'il m'appartienne. Je croise les doigts et les orteils pour que la demande de crédit soit approuvée.

– Tu as toujours eu le goût pour les défis, dit Betsy en plaçant une autre part de gâteau au chocolat dans mon assiette sans que j'aie eu besoin de demander. Mange. Tu as toujours aimé le sucré… mais sauter d'un avion ? Quelle idée !

Quelque chose dans la nonchalance avec laquelle elle fait référence à ce que j'aimais naguère fait tilt. Quand Grant a mentionné le même détail chez Desi, je me suis sentie embarrassée. Il révélait une infime partie de mon passé à des gens qui en ignoraient tout. Mais que Betsy l'évoque sur le lieu même où je me réfugiais me fait un tout autre effet. C'est presque réconfortant de savoir que j'existais pour quelqu'un quand j'étais enfant, et qu'ils se souviennent de moi. Déménager sur un coup de tête et vivre comme une bohémienne laisse peu de place à ce sentiment.

– Emerson adhère à la théorie « il faut vivre dangereusement », s'interpose Grant en me donnant un coup de genou sous la table.

– Bah, si tu es avec cet abruti, ironise Grady en désignant Grant, tu aimes définitivement vivre dangereusement. Il n'est pas connu pour s'attarder après avoir ti...

– Grady Malone, gronde Betsy sur un ton qui me fait sourire. Je t'ai appris à ne pas t'exprimer de cette façon devant une invitée. Ton père et moi n'avons pas élevé des barbares dénués de bonnes manières.

– Pardon, maman, se force-t-il à répondre avant de me regarder. Tu vois ? Rien n'a changé. Nous continuons à nous lancer des vannes à tout bout de champ. Nous avons juste grandi et les insultes sont plus brutales.

C'est la première fois que notre passé commun est mentionné ouvertement et cela provoque un silence gêné. Par chance, j'ai bu suffisamment de vin pour que l'allusion ne me perturbe pas autant que si j'étais sobre.

– Est-ce triste que je me souvienne de ça ? Des insultes que vous échangiez et que cela annonçait les ennuis lorsque votre mère vous appelait par vos prénoms entiers, dis-je pour alléger la tension. Étant fille unique, je n'ai jamais eu ce problème. Le revers de la médaille était que je n'avais personne sur qui rejeter la faute, si bien que ma mère savait toujours quand j'étais coupable.

– Comment se porte ta mère, Emerson ? demande le chef.

Grant se crispe à côté de moi.

– Elle est décédée il y a quelques années.

– Oh, Emmy, se lamente le chef, je l'ignorais. Si mon aîné était bien éduqué, il m'en aurait informé pour que je n'aborde pas le sujet. Je suis profondément désolé.

– Ça ne fait rien. Elle a longtemps été malade, maintenant, elle ne souffre plus.

– Qu'est-ce qui t'a poussée à revenir à Sunnyville ? reprend-il.

– *Blue Skies.*

Et éventuellement votre fils.

L'idée me fait soulever ma fourchette et piquer un morceau de la seconde part de gâteau pour chasser cette anomalie de mon esprit.

Mais c'est vrai. J'ai toujours su que si je revenais vivre ici, un jour ou l'autre, je tomberais sur Grant.

Ne l'ai-je pas voulu ?

N'ai-je pas scruté toutes les foules dans l'espoir de revoir son visage ?

– Quelle qu'en soit la raison, nous sommes heureux de te revoir, affirme Betsy, relançant la conversation et me tapotant la main. J'ai l'impression de retrouver ma fille.

Ces simples mots sont comme de la résine versée dans les fissures de mon cœur. Un bouclier protecteur contre les mensonges en tout genre.

Un récepteur de police crépite, et je souris alors qu'ils font tous silence, l'oreille tendue vers les codes échangés par radio. Le corps immobile, la tête inclinée, ils adoptent une attitude similaire qui reflète leur lien de parenté. Tous si semblables et pourtant si différents.

– Vous vous comportez grossièrement, les garçons, se fâche Betsy avant de me regarder dans les yeux. C'est un travail à temps plein de faire marcher droit les Malone et de les détourner du travail quand ils sont en repos.

– Honte à nous qui sauvons des vies ! riposte Grady.

Nous éclatons tous de rire.

– Il ne peut pas s'empêcher d'amuser la galerie, marmonne Betsy pour plaisanter en se levant, son assiette dans une main.

– Je peux t'aider à nettoyer, maman ? propose Grant en repoussant sa chaise. Emerson et moi n'allons pas tarder à rentrer.

– Tu n'es pas en congé demain ? s'étonne Grayson.

– Si, mais j'ai invité Emmy à la dernière minute. Elle a certainement des choses plus urgentes à faire.

Chaque partie de moi est tentée de le contredire. Peu importe que j'aie hésité à venir, maintenant, je n'ai plus envie de partir.

Je retrouve ici un sentiment qui m'a terriblement manqué.

Sentiment que je recherchais dans mon enfance et que cette maison, cette famille, me procuraient.

La sécurité.

Pour le commun des mortels, c'est difficile à trouver dans ce monde, encore plus pour ceux qui traînent un passé comme le mien. Il est souvent fugace et généralement chimérique.

Maintenant que je l'ai trouvé, je me surprends à redouter de le perdre.

33

EMERSON

– Tête haute, ailes déployées. Qu'est-ce que ça signifie ?

Je souris à la question de Grant et m'appuie sur mes mains, mes jambes pendant du plateau à l'arrière de son pick-up.

– Juste une phrase que ma mère me disait souvent. À l'origine, elle prétendait que si je relevais la tête et prenais une posture courageuse dans les moments de peur, les anges déploieraient leurs ailes autour de moi pour me protéger. (Je souris à ce souvenir.) Le temps passant, ça s'est résumé à tête haute, ailes déployées. Avant mon premier saut, elle a glissé un bout de papier dans ma poche censé garantir que je retomberais sur le sol en un seul morceau... Depuis, je prononce sa formule avant chaque saut. À sa mort, c'est devenu ma manière de me rappeler qu'elle veille sur moi. Que ses ailes d'ange me protègent.

– Tête haute, ailes déployées, murmure-t-il. Ça me plaît bien.

Le silence retombe un instant.

– C'est le moment de la journée que je préfère, dis-je en admirant les lumières de la piste.

– Pourquoi ?

– C'est calme. Généralement, il n'y a personne ici et, dans le cas contraire, c'est qu'un vol a été programmé et j'en suis informée. Il y a aussi les lumières de la piste et le bruissement des arbres dans le vent. C'est encore mieux les soirs de pleine lune, quand les ombres s'affirment de partout.

Je me sens ridicule, aussi je m'enfonce dans le silence, bien que curieusement, j'aie envie de lui parler de l'endroit où je trouve la sérénité.

– Je le conçois. J'ai un endroit semblable, moi aussi. Dans les collines. De là-haut, je contemple les lumières de la ville en contrebas et les étoiles au-dessus de moi pendant des heures.

Un chien aboie dans le lointain, puis l'écho de ses jappements résonne jusqu'à nous. Tout me paraît normal, si bien que je comprends difficilement pourquoi je ne panique pas alors que je suis près d'enfreindre une règle, celle qui m'interdit les rendez-vous galants. Mais je ne suis guère familière de ce silence confortable et c'est peut-être pour cela que l'anxiété n'est pas au rendez-vous.

Cela dit, je me suis sentie pareillement normale chez les Malone ce soir, lieu autrement plus bruyant. Entre Luke et Moose et leur petite relation grand garçon-gros chien, les perpétuelles chamailleries des trois frères extrêmement proches mais tout aussi différents, et l'amour palpable entre tous les membres de cette famille, c'était le désordre le plus plaisant de tous.

– Qui aurait pu deviner que, tous les trois, vous deviendriez ce que vous êtes aujourd'hui : un policier, un pompier et un pilote secouriste, je commente, réalisant que j'ai parlé à haute voix alors que le petit rire de Grant bourdonne dans la nuit.

– Je devrais probablement me sentir offensé.

– Pas du tout. C'est plutôt... bien.

Mon esprit s'emplit de souvenirs que je pensais enterrés. Le timide Grady avec ses livres. Le turbulent Grayson et ses exploits de casse-cou. Grant le responsable qui veillait sur eux deux... et *sur moi.*

Il hausse les épaules.

– Mon père a instillé en nous le besoin de servir.

– Et qu'en pense ta mère ?

– Elle est forte.

– Très.

Je souris automatiquement quand je pense à elle.

– Elle est femme de flic. Elle connaît la chanson. À plusieurs reprises, je sais qu'il lui est arrivé de se faire un sang d'encre. Des interventions alarmantes. Des catastrophes naturelles. Des accidents.

– Tu en parles avec tellement de décontraction.

– Je le redis, elle est solide. Comme devra l'être toute femme qui décidera d'épouser l'un de nous.

Il tourne les yeux vers moi à travers la pénombre, et le non-dit qui transparaît derrière son expression ne franchit pas ses lèvres : *comme toi.*

Je frissonne malgré la chaleur du soir. Je suis nerveuse, vivement consciente que nous parlons de nous plus que je ne le permets d'ordinaire.

– Merci de m'avoir invitée.

– À la minute où je suis entré dans notre quartier, j'ai eu peur que ce soit une mauvaise idée, admet-il, me faisant refermer l'une des portes verrouillées qu'il vient d'ouvrir. Je suis content que tu aies passé une bonne soirée.

– C'est le cas. J'aimerais te rendre l'invitation, mais mon appartement ne présente pas grand intérêt... C'est propre, quoi !

C'est la seule réponse qui me vienne, quand tout le reste échoue, faire allusion au sexe nous prémunit contre les autres sujets.

– Tu dis que c'est propre comme si c'était surprenant.

Je ris.

– Ça l'est. Disons juste que c'était le foutoir il y a quelques semaines. Si Desi était là, elle dirait que ça n'a *jamais* été bien rangé.

Je saute du plateau et me dirige vers mon studio, me disant que s'il me suit, il me suit. Sinon, tant pis.

Je me mens en toute conscience. En vérité, je ne veux pas passer la nuit seule. Je ne veux pas laisser à mon esprit une seule chance de s'égarer et de me replonger dans le tumulte.

J'ai un pied sur la marche de l'escalier de mon studio lorsque la main de Grant attrape mon bras et m'oblige à me retourner.

– Emerson.

Son pouce caresse l'intérieur de mon bras et, lorsque je m'écarte brusquement, la confusion froisse son visage.

– Tu t'es blessée aujourd'hui ? s'inquiète-t-il.

Ma réaction incontrôlée me fait grimacer, mais il a mis le doigt sur mon secret le plus sombre, celui qu'il ne doit pas connaître.

Jusqu'à présent, je suis parvenue à le cacher, mais là, je cherche un moyen de m'en sortir sans ignorer sa question.

– Pas aujourd'hui. Bizarrement, le nylon des sangles m'écorche le bras. Le frottement finit par me laisser des cicatrices. C'est devenu tellement routinier que je n'y fais plus attention. Sauf quand quelqu'un les remarque.

Il m'étudie, peu sûr de devoir me croire.

– Je suis désolé, je ne voulais pas...

– Mais non, j'ai réagi de façon excessive. Ce n'est rien.

Je me penche et cède à l'envie qui me taraude depuis que nous avons quitté le dîner. Je presse mes lèvres sur les siennes.

Grant réagit au quart de tour. Sa langue porte le goût de l'avidité et de la pastille mentholée qu'il a sucée dans la voiture. Ses mains sillonnent mes bras. Il se rapproche, de sorte que nos poitrines se touchent, étant donné que je me trouve sur une marche.

Nous nous perdons dans ce baiser. Sans précipitation, nous nous évaluons pour établir la prochaine étape.

Une partie de moi ne veut pas connaître la réponse.

Je veux juste profiter de l'instant.

Vivre dans le présent.

Oublier les complications qu'être avec Grant Malone entraînerait dans ma vie.

– Nous allons faire ça ? murmure-t-il près de ma bouche.

Après un long baiser langoureux et envoûtant, mes genoux se dérobent sous moi, alors que la vulnérabilité n'est pas un état que je m'autorise.

– Faire quoi ?

Il mordille ma lèvre inférieure.

– Ça. Toi. Moi. *Amis.*

Sa main longe lascivement mon dos, puis se pose sur mes fesses et m'attire contre lui.

– Les amis ne font pas ça.

Son petit rire est étouffé par mes lèvres.

– Entre toi et moi, ça n'a jamais été ordinaire.

La caresse de sa langue sur la mienne m'encourage à me presser contre lui alors qu'il s'écarte.

– Tu es trop attirant et je suis trop excitée pour te quitter sans avoir couché avec toi... je murmure avec légèreté. *Et sincérité.*

– Tu as fichtrement raison... donc, c'est oui ?

– Oui, je grogne alors que sa main sur mes fesses s'insinue sous la taille de mon short.

Le pouce de son autre main retrace le galbe de mon sein. Me taquine. Me tente. Une promesse quant à la suite.

– Mais n'oublie pas les règles, dis-je avant qu'il m'embrasse.

Amusé, il appuie son front contre le mien.

– Je croyais que nous en avions fait le tour ?

– C'est vrai, mais... ahh.

Ses dents tirant sur le lobe de mon oreille génèrent un courant électrique qui secoue mon organisme.

– Tu disais ?

Son haleine est chaude sur ma peau.

– Avant, c'était l'affaire d'une seule nuit, dis-je, mais avec ses lèvres dans mon cou, c'est une gageure de garder les idées claires, et encore plus de composer des phrases cohérentes. Et maintenant, nous acceptons de passer à la vitesse supérieure.

– Em.

Un grognement mélangé à un gémissement. Ses lèvres cherchent les miennes alors que je recule dans l'escalier. Après une brève séparation, nos bouches s'écrasent l'une sur l'autre dans un torrent de désir et de besoin.

– Pas à une histoire d'amour.

J'éprouve des difficultés grandissantes pour trouver mes mots alors que mon corps s'embrase de toutes les envies inimaginables.

– Naturellement.

Bouche ouverte, il sème des baisers le long de ma mâchoire, me fait frissonner alors que nous grimpons une marche.

– Pas de romantisme.

– Ce n'est pas ton style.

Il mordille doucement le lobe de mon oreille. La chaleur de sa bouche intensifie la sensation, la pression grandit entre mes cuisses.

– Pas la nuit entière.

Sa main se faufile sous mon débardeur et triture l'agrafe de mon soutien-gorge, ses lèvres capturent la pointe de mon sein à travers le tissu.

– À moins que nous ne fassions ça.

Une autre marche.

– Pas de rencards. Pas de sorties. Rien qui ressemble à une relation suivie.

– Tu parles trop.

Il ponctue ses mots d'un mordillement. Puis ses lèvres capturent les miennes et ses doigts saisissent le bouton de mon short.

– Grant.

Je monte une marche pour marquer une distance et affirmer mes positions, mais je sais que c'est de l'esbroufe. Je suis trop enflammée, trop emportée par le désir pour le repousser.

– D'accord. Pas de rendez-vous. Ou de relation. Ou de dîners. Ou de discussions. Ou tout ce que tu voudras pourvu que tu la boucles, que tu m'embrasses et que ta main se pose sur ma queue parce que là, je n'en peux plus.

Je recule et plonge les yeux dans les siens. Je perçois de l'humour. Et du désespoir.

Mes doigts trouvent le bouton de son jean et il grogne quand je me plie à sa requête. Je le déboutonne et l'enveloppe dans ma main, passant mes doigts sur lui et sur la couture du jean, provoquant le râle le plus excitant que j'aie jamais entendu du fond de sa gorge.

– Je sais que j'oublie quelque chose, dis-je alors que mes lèvres s'aventurent dans le creux de son cou et qu'il grimpe la dernière marche.

– Tes clés. Tu as oublié tes clés, dit-il en riant, alors que je commence à lâcher son sexe, mais ses doigts rattrapent instantanément mon poignet. Ils ne bougeront pas d'ici. Donne-moi tes clés. J'ouvre la porte.

En quelques secondes, je sors mes clés de mon sac, il déverrouille la porte et nous basculons dans la pénombre, ma main sur son érection et toutes ces règles fermement établies entre nous.

– On ne parle pas du passé. On ne couche avec personne d'autre. Juste par sécurité...

– Tu pourrais me demander de sauter en parachute que j'accepterais tant que je peux de nouveau te baiser. Au plus vite. Genre, dans les minutes qui viennent.

Il ne plaisante pas.

Je remonte son tee-shirt au-dessus de sa tête puis enlève le mien, mon soutien-gorge tombe sur le sol alors que je me penche pour suçoter son téton.

– Secondes, tu veux dire.

Sa voix est tendue et ses mains se resserrent autour de mes bras.

– C'est une erreur monumentale, je grogne alors que ses mains plongent dans mon short et le baissent.

– Mmm, fait-il au bord de mes lèvres. La première fois, passons. Mais la seconde, ça s'appelle une décision. Décide-toi, bon sang. Avant que je meure de désespoir.

J'émets un petit rire.

– Toujours à dramatiser !

Je l'embrasse et adore qu'il se rapproche dès que je recule. Sa réaction atteste de l'effet que j'ai sur lui. Elle montre qu'il me veut.

– Non...

Je n'arrive plus à penser à d'autres règles à cause de son membre grossissant qui pulse dans ma main.

– Qu'est-ce qu'il pourrait bien y avoir d'autre ? s'exaspère-t-il en descendant son jean sur ses hanches si bien que son érection ainsi libérée frémit dans ma main.

– Ça, dis-je avant de m'agenouiller, les yeux levés vers lui, tandis que je tente d'aspirer entièrement son membre ferme dans ma bouche.

– Je raffole de cette règle.

Il gémit, sa tête retombe en arrière et ses doigts s'enfoncent dans mes cheveux puis se crispent quand il tape contre le fond de ma gorge.

34

GRANT

Cette femme est incroyable dans tous les sens du terme.

Elle me regarde depuis la cuisine, si je peux appeler ainsi ce recoin qui se résume à un réchaud électrique, un mini-réfrigérateur, un mini-four et une cafetière. Je ne suis pas fâché qu'elle ne porte rien d'autre qu'un short de garçon.

Rien en haut. Absolument rien d'autre.

La vue matinale idéale, de celles que j'aimerais retrouver tous les jours au réveil.

Cela ne m'aide pas à détourner mes yeux d'elle et de ses magnifiques seins haut perchés. Je me remémore la sensation de ses mamelons sur ma langue, si clairement que je salive.

C'est clair que mon érection matinale m'implore de me repaître de chaque centimètre de son corps mais au demeurant, il y a bien plus en jeu qu'un orgasme supplémentaire.

Par exemple, le fait qu'elle ne réalise pas que nous avons transgressé sa première règle, pas une mais deux fois.

On ne dort pas ensemble.

Ça me surprendrait que cela ne lui soit pas venu à l'esprit, et que pendant qu'elle prépare le café, elle n'échafaude pas un plan pour reprendre la situation en main. Je lui céderais volontiers les commandes si tant est que cela me permette de revenir l'admirer torse nu dans sa cuisine.

– Comment prends-tu ton café ? demande-t-elle.

– Je me débrouillerai.

– Détends-toi. Je suis parfaitement capable d'appuyer sur un bouton sans tout foirer. Si cela nécessitait plus de manipulations, tu aurais matière à t'inquiéter.

– Noir, s'il te plaît.

Elle insère une capsule dans la machine, appuie sur la commande et se dirige vers son ordinateur qu'elle démarre sans regarder l'écran. Mon attention reste canalisée sur elle tandis qu'elle vérifie son téléphone, lève les yeux au ciel puis ouvre une pochette dans laquelle elle note quelque chose.

Un dossier.

Très semblable à celui qui se trouve dans le carton sur la table de mon salon.

Comment se peut-il que la petite fille sur l'étiquette de ladite pochette soit devenue la femme qui s'active devant moi ? Ne devrait-elle pas souffrir de quantité de troubles ?

Peut-être derrière la façade, et elle réussit parfaitement à les cacher.

Cela dit, c'est une gageure de la percer à jour derrière l'aplomb, la confiance en elle et la force qui émanent d'elle par vagues denses.

Heureusement, le balancement de ses seins, alors qu'elle récupère les cafés, coupe court à mes analyses psychologiques. Ils m'hypnotisent tandis qu'elle réduit la distance et, bon sang, je ne me prive pas de les admirer. C'est seulement quand elle s'arrête au bord du lit et me tend ma tasse de café que je rencontre son regard.

– Tu apprécies le paysage ?

Elle rit, les sourcils en accent circonflexe, et j'aime qu'elle soit suffisamment sûre d'elle pour poser la question sur un ton plus aguicheur qu'orgueilleux.

– Je ne me plains pas. Je réfléchis juste à un moyen de profiter plus souvent de la vue.

– Tu es tellement prévisible. Tu te fais sucer, baiser et tu baises encore, mais tu n'es toujours pas satisfait.

Avec un grand sourire, elle s'assoit sur le lit en face de moi, un genou replié sous elle, l'autre jambe à l'extérieur du lit.

– Qu'est-ce qu'il te faut de plus ?

– Plus de toi.

Dans le silence, ses yeux s'adoucissent, son sourire s'évapore et la vulnérabilité s'imprime sur son visage. Après quoi, elle bascule la tête en arrière et s'esclaffe comme si c'était la plaisanterie la plus drôle du monde.

– Avec moi, la flatterie te mènera à tout.

Elle boit une gorgée de café, mais continue de me regarder par-dessus le rebord de la tasse.

– Vraiment ?

– Vraiment.

– J'en prends note.

Adossé à la tête de lit, je promène mon regard autour de moi. C'est petit, mais bien agencé. Malgré les couleurs sourdes et le mobilier rudimentaire, l'ensemble reflète sa personnalité. Pratique et minimaliste. Le premier atout est la succession de fenêtres qui donnent sur le terrain et les bois à l'opposé de la piste d'atterrissage.

– Rappelle-moi à qui tu loues ton appart ? je demande, bien que je connaisse la réponse.

– Travis Barnhardt.

– Ce nom me dit quelque chose.

– Tu le connais, c'est sûr.

– Ah oui ? Attends... ce ne serait pas le père de Dean ?

– Dean ?

– Dean qui était dans la classe de madame Gellar.

Sa main marque un temps d'hésitation alors qu'elle porte la tasse à ses lèvres. La fuite fugace de ses yeux me dit qu'elle n'apprécie guère le sujet.

J'insiste quand même.

– Je ne crois pas, répond-elle doucement.

Elle repose la tasse, la reprend puis arrange un peu les draps.

– Désolé. (Je secoue la tête, détestant que l'allusion à la classe de madame Gellar la mette sur les nerfs.) Tu as raison. Le nom de famille de Dean était Meyers.

Je guette une réaction, mais elle reste de marbre.

– Oui, c'est ça.

Dans le silence qui s'installe entre nous, nous gardons les yeux plongés dans nos tasses, mais les questions me taraudent comme jamais depuis que j'ai croisé Emerson dans la rue. À propos de sa remarque désobligeante concernant son absence de confiance en moi, alors qu'elle pense le contraire. Aussi son besoin de détachement, bien que nous couchions ensemble.

– Au sujet de ce jour-là...

Bon sang. Je suis tellement distrait par son corps sublime quasiment nu devant moi que j'ai pensé tout haut.

– Non, objecte-t-elle en se repoussant du lit.

– Il faudra bien que nous abordions le sujet.

– En fait, non, je ne pense pas.

Elle me tourne le dos et se dirige vers les fenêtres.

– Em...

– Arrête ! crie-t-elle. J'ai réglé ça. Je n'ai pas besoin que tu le ramènes sur le tapis. Ne me parle plus jamais de ça. Maintenant, fiche le camp avant d'enfreindre une autre règle. Tu marches sur une corde raide avec moi. Passer la nuit entière ensemble était une erreur. Que tu évoques ce jour-là, ce n'était pas sympa... Fini de jouer. Les avantages en nature sont épuisés pour l'instant. Je dois aller travailler.

Je l'étudie un instant – une silhouette en contre-jour – la courbe de sa taille, le galbe de ses jambes, ses cheveux blond vénitien emmêlés retombant dans son dos. Il y a tant de choses que j'aimerais dire, mais sa posture défensive montre qu'elle restera sourde à tout discours.

En temps voulu.

Je ronge mon frein en silence, me lève et enfile mon jean et ma chemise. Pendant tout ce temps, elle garde le regard braqué sur l'extérieur, ignorant la tension croissante.

Mes clés dans la main, je me dirige vers elle.

– De toute évidence, ton passé ne définit pas la femme que tu es devenue… Ce ne sont pas mes affaires, en dépit du fait que je tiens à toi et que je veux veiller à ton bien-être. Em, j'étais là, et j'ai l'impression que tu m'en veux…

– Ou peut-être suis-je juste hostile envers tous les hommes, murmure-t-elle sans se retourner.

Je décèle de la tristesse dans sa voix. Et je déteste en être la cause.

Après un dernier pas, j'entends sa respiration se bloquer alors que je pose mes lèvres sur son épaule.

– Je crois que ça m'est réservé. (Elle hoche la tête, mais ne s'écarte pas.) Existe-t-il une possibilité pour que nous fassions table rase du passé ?

– Mais comment ?

La confusion imprègne sa voix, et le fait qu'elle pose la question en dit long. Peu importe ce que je crois connaître de son passé, j'ignore quels démons elle continue de combattre. Car elle combat. Même en cet instant précis, elle leur livre bataille à coups de puissantes déclarations de déni et d'appels à l'aide chuchotés en sourdine.

– Dorénavant, nous oublierons les souvenirs et cueillerons l'instant présent, dis-je en plaçant un baiser sur sa peau avant de prendre congé.

35

GRANT

– Si j'avais un secret, je pourrais te le confier ? Tu me promettrais de ne jamais le répéter à personne ?

– Hein ? Oui. Bien sûr.

Plongé dans la partie cruciale de mon roman de RL Stine, je n'ai pas envie d'interrompre ma lecture.

– Je suis sérieuse.

Elle est sérieuse. Quand je lève les yeux du livre, je m'aperçois qu'elle a pleuré. Genre, elle a les yeux rouges. Mais elle porte sa robe violette préférée avec ses chaussures noir pailleté, sa « tenue de pop star » comme elle l'appelle.

– Qu'est-ce qui t'arrive ? (Elle ne bouge pas, sinon qu'elle lance un regard par-dessus son épaule, dans la direction de sa maison, puis reporte son attention sur moi.) Emmy ?

– Laisse tomber. Ça va.

Souriante, elle s'assoit à côté de moi, mais ce faisant, elle émet un drôle de bruit. Comme si elle étouffait des sanglots.

– Vraiment ?

Quelque chose cloche chez elle. Emmy ne pleure jamais.

Elle se mord la lèvre inférieure et hoche la tête avant de regarder par-dessus son épaule une seconde fois. Il y a un problème.

– Em ? (Je la pousse du coude.) Si tu veux me dire quelque chose, dépêche-toi, ma mère va bientôt m'apporter mon déjeuner, et ensuite nous devrons aller à pied à l'école. Alors qu'est-ce qui te tracasse ?

– Grant Malone, tu dois promettre en croisant les petits doigts que si je te confie mon secret, tu ne le répéteras à personne, jamais de la vie. Sinon, je ne serai plus ton amie. Jure-le-moi. Croix de bois, croix de fer.

– Mais je...

– Même pas à ta mère, à ton père, à tes frères, à personne.

Ses yeux s'emplissent de larmes. Les filles, que des pleurnichardes ! Je lèverais les yeux au ciel si elle n'avait pas l'air aussi bouleversée.

– D'accord. C'est promis. (Une main sur mon cœur, je noue mon auriculaire au sien.) C'est bon ?

– Oui. C'est promis-juré, hein ?

– Oui, promis-juré. Pourquoi tu en fais des tonnes ?

– Tu sais que ma mère travaille la nuit ?

– À l'hôpital ? Oui. C'est génial, elle aide des gens.

Elle hoche la tête, s'humecte les lèvres puis baisse les yeux vers l'ongle de son pouce qui saigne à force d'être rongé.

– Bon, quand elle est au travail, des fois, mon père me fait du mal.

– Il te fait du mal ? Tu veux dire, il te donne une fessée quand tu fais une bêtise ?

Je donnerais n'importe quoi pour avoir une mère comme la sienne qui ne croit pas au pouvoir des coups de ceinture sur les fesses. Mon père affirme que ça inculque le respect. Moi, je dirais que ça fait juste mal aux fesses.

– Non.

– Non ? Alors...

– Il entre dans ma chambre, il pose un pistolet sur ma tête et il me viole.

Une larme coule sur son pouce, mais tout ce que j'entends est le mot « pistolet ». J'ignore le sens du mot « violer », mais je sais que les armes ne sont pas des jouets. Toutes les fois que mon père nous a fait la morale à mes frères et moi pour que nous ne touchions jamais aux pistolets me reviennent à l'esprit. Je sais que c'est grave, mais...

– Emmy, pourquoi ferait-il ça ?

Je jette un œil dans la rue et m'inquiète que ma mère puisse nous entendre.

– Il dit que c'est parce que je suis mignonne et qu'il m'aime.

– Mais...

Mon père aussi possède une arme et il ne me fait jamais ça. Je n'aime pas la sensation bizarre dans mon ventre. Mon livre me glisse des mains. Perturbé par cette conversation, je me concentre sur le monstre effrayant de la couverture en glissant mon livre dans mon sac à dos.

– Je ne comprends pas. Je...

– Moi non plus.

Une autre larme coule et son intonation me fait venir les larmes aux yeux.

– Nous devrions en parler à ma mère. Elle saurait...

– Non ! hurle-t-elle en attrapant ma main qu'elle serre douloureusement. Tu as promis de garder ça pour toi. Il a dit que ça ferait de la peine à ma mère si j'en parlais à qui que ce soit, et je ne veux pas la chagriner. Il dit que tous les pères font ça et...

Elle hoquette dans un sanglot, et je me sens démuni.

– Grant ! C'est l'heure de partir, crie ma mère dans la maison. Tiens, coucou Emmy. Tu es jolie comme un cœur aujourd'hui. On dirait une Spice Girl.

Emmy sourit pour la première fois depuis qu'elle m'a rejoint pour partir à l'école, et je me demande si elle ne me raconte pas des bobards. Ça lui arrive parfois.

Les filles aiment attirer l'attention, c'est du moins ce qu'affirme Cooper.

Em reste sur le trottoir pendant que je monte les marches au petit trot pour récupérer mon déjeuner. Je l'enfonce dans mon sac à dos et donne un rapide baiser à ma mère.

Bizarrement, quand je la serre contre moi, je dois cligner des yeux pour ne pas pleurer devant elle.

– Passe une bonne journée, trésor, dit-elle, puis cette ride se creuse sur son front, comme quand elle me soupçonne de mentir. Tout va bien ? Un problème ?

Le papa d'Emmy est méchant.

Grant Malone, tu dois promettre en croisant les petits doigts que si je te confie mon secret, tu ne le diras à personne, jamais de la vie. Sinon, je ne serai plus ton amie. Jure-le. Croix de bois, croix de fer.

– Ouais, ouais, ça va. J'ai un truc dans l'œil, c'est tout.

Elle m'examine de nouveau, mais Grayson pleure dans la maison, m'épargnant un interrogatoire.

– Ne frotte pas ton œil, d'accord ?

Je hoche la tête avant qu'elle ne prodigue les mêmes conseils que chaque fois que nous parcourons à pied la rue menant tout droit à l'école.

– Je vous surveille d'ici jusqu'à ce que vous soyez au portail. Ce soir, je vous attendrai devant l'arbre à la sortie.

– D'ac'.

Quand je dévale les marches, je déteste qu'Adam, le voisin d'en face, se tienne près d'Emmy et attende de faire le chemin avec nous. J'ai besoin de discuter avec elle pour m'assurer qu'elle dit bien la vérité. Je trouve son père plutôt gentil.

Et il n'est pas policier. Seuls les policiers et les criminels possèdent des armes et il n'est pas plus l'un que l'autre.

Mais j'ai toujours mal au ventre.

* * *

– Tu promets ? articule silencieusement Emmy à mon intention, à côté de moi dans la rangée des filles parallèle à celle des garçons.

Nous avons été recalés au fond ce matin parce que nous avons joué à la balle aux prisonniers et que l'un et l'autre, nous refusions d'abandonner la partie et de s'avouer vaincus.

– Promis.

– Si tu le dis à quelqu'un, je ne serai plus jamais ton amie. Je pourrais même te « tu sais quoi ».

– Me « tu sais quoi » ?

– H-A-Ï-R, épelle-t-elle.

J'oublie que sa mère considère les mots « haïr » et « idiot » comme des insultes sanctionnées par l'interdiction de regarder la télé.

– Je te promets, Em. C'est promis, d'accord ? dis-je assez fort pour que le garçon qui me précède se retourne en me faisant signe de me taire comme si j'exposais toute la rangée à une punition.

Emmy continue de me fixer comme si je lui avais annoncé que ce soir, nous regarderions un film Disney au lieu de faire nos devoirs... je crois que ça s'appelle de l'espoir. Mais je n'en suis pas sûr.

Mais pendant la correction des devoirs, je ne peux pas arrêter de penser à ce qu'Em a dit.

« Il pose un pistolet sur ma tête et il abuse de moi. »

Même après le cercle de parole, quand nous commençons à écrire dans nos carnets, j'y pense encore.

Pourtant, elle a l'air d'aller bien. Normale. Elle ressemble à l'Emy que je connais. Ses yeux ne sont plus rougis par les larmes, et elle sort le redouté cahier de rédaction pour écrire sur Helen Keller[3]. Exactement comme hier. Et avant-hier. Je m'en fiche, d'Helen Keller, je connais déjà l'essentiel : elle était sourde et aveugle.

– Madame Gellar ?

Je tends la main le plus haut possible, espérant obtenir la réponse habituelle.

– Je ne connais pas le sens d'un mot dans le texte.

– Tu sais où Webster se trouve, répond-elle, utilisant le nom que la classe attribue à notre dictionnaire.

Je me dirige dans le coin de la salle, ouvre l'ouvrage et me débats avec la jaquette qui se détache de la couverture.

3. Auteure et personnage politique, elle est la première femme atteinte de handicaps à avoir obtenu un diplôme universitaire aux États-Unis.

Je jette un regard par-dessus mon épaule. Personne n'est derrière moi, mais Emmy croise mon regard et m'adresse un petit sourire.

V

Je trouve le mot en quelques secondes.

Violer

Et il me faut un peu plus de temps pour déchiffrer la définition :

Abuser, agresser sexuellement quelqu'un contre sa volonté.

Je referme sèchement le livre, les joues empourprées parce que la définition comporte le mot sexe, et je ne sais pas vraiment ce que ça veut dire, mis à part que Cooper dit que seuls les mères et les pères le font et que lui-même ne le fera jamais de la vie.

Mais je connais le mot agresser. Mon père l'emploie souvent quand je lui rends visite au commissariat et qu'il parle d'affaires avec ses collègues. Alors, s'il utilise ce mot, je sais qu'il évoque de mauvaises choses.

Emmy souffre-t-elle des mêmes abus que les suspects interrogés par mon père ? Sauf qu'elle n'est pas un suspect. Elle n'a rien fait de mal.

À moins que si ?

La cloche sonne la récré.

Pistolet. Monsieur Reeves. Viole. Agresse.

– Je te parie que je vais encore te battre à la balle aux prisonniers, me défie Emmy.

Je cours pour la rattraper.

– Monsieur Malone.

Le ton autoritaire de madame Gellar, comme si j'avais des ennuis, paralyse mes pieds, car je sais que je ne dois pas courir dans la classe.

– Ouais ?

– On dit oui, pas ouais. Nous travaillons les niveaux de langue, dit-elle en marchant vers moi, une main dans le dos, son gros ventre de femme enceinte – Cooper prétend que le S-E-X-E rend comme ça – ouvrant la marche.

– Oui, je rectifie.

– Tu peux sortir, Emmy. Grant doit revenir dans la salle pour ranger correctement Webster. Il te rejoint dans un instant.

Je bougonne et traîne des pieds. La porte de la cour se referme, emportant le soleil avec elle.

Arme à feu.

Je prends Webster, vérifie que la jaquette est bien en place…

Monsieur Reeves.

Puis je le glisse sur l'étagère…

Violer.

Finalement, je me retourne vers la porte.

Agresser.

– Madame Gellar ? je demande d'une voix brisée, le cœur battant si fort que je le sens cogner contre mes côtes.

– Oui, mon garçon ? Merci d'avoir rangé Webster, dit-elle en pensant que j'essaie de lui montrer que j'ai obtempéré. Tu peux sortir t'amuser maintenant.

– J'ai une question.

Elle relève les yeux de la pile de copies qu'elle est en train de ranger sur son bureau.

– Ah oui ? Ça ne peut pas attendre la fin de la récréation ?

Je ne serai plus jamais ton amie.

– Je ne crois pas.

La tête inclinée sur le côté, elle me scrute.

– Qu'est-ce qui te tracasse, Grant ?

Elle va me détester.

– Si quelqu'un vous disait quelque chose en vous faisant promettre de n'en parler à personne mais que vous pensiez devoir en parler à quelqu'un ?

– Il n'est pas question de moucharder ?

– Non.

– Es-tu inquiet pour sa sécurité ?

Je baisse les yeux vers le visage souriant que j'ai tracé au Stabilo sur ma Converse, puis relève la tête.

Pistolet.

–Oui.

–Approche, Grant. Prends une chaise.

À chaque pas que je fais, je sais qu'Emmy me haïra un petit peu plus. Elle ne peut pas me détester. Mon père assure que c'est notre devoir d'aider les gens qui ont des problèmes.

J'avance une chaise vers madame Gellar et m'assois.

–Grant ? Que se passe-t-il, mon grand ?

Je fixe sa main posée sur son ventre en me demandant si je verrais le bébé bouger sous son tee-shirt noir si je regardais attentivement.

–Grant ?

–C'est à propos d'Emmy.

J'ai la gorge sèche. Comme si je m'étais trop agité en jouant pendant la récré et que la file était tellement longue devant la fontaine à eau que je rentrais en classe sans avoir pu me désaltérer.

–Que se passe-t-il avec Emmy ?

Sa main masse son ventre puis s'immobilise.

–Elle m'a confié un secret, je ne devrais pas le répéter mais...

–De quoi s'agit-il, Grant ?

–Elle a dit que lorsque sa mère travaille de nuit, son père prend un pistolet et la viole.

Sa main sursaute sur son ventre, mais je ne peux pas lever les yeux parce que j'ai rompu une promesse faite à Emmy et j'ai peur qu'elle me haïsse.

–Mais je ne sais pas ce que ça veut dire, juste que les armes sont dangereuses et qu'elle va m'en vouloir et...

Madame Gellar pose son autre main sur mon épaule. Son geste me coupe la parole et je rencontre son regard, embarrassé par la larme qui coule sur ma joue parce que les garçons ne pleurent pas.

Mais il s'agit d'Emmy.

–Grant ? (Sa voix est bizarre, différente et sa gorge émet un bruit curieux quand elle déglutit.) Quand Emmy t'a-t-elle dit ça ?

– Ce matin, je réponds à grand-peine. S'il vous plaît, ne lui dites pas que je vous en ai parlé.

– Je ne lui dirai pas.

Je ne peux plus la regarder.

J'ai trop mal au ventre.

– Regarde-moi, trésor. (J'inspire longuement et je me sens minable quand je hoquette dans un sanglot, mais je la regarde.) C'est ce qu'elle t'a dit ? Tu n'inventes pas ?

– Non.

J'arrive à peine à émettre un son.

– Tu as bien fait de m'en parler. L'as-tu dit à quelqu'un d'autre ?

Je secoue la tête.

– À personne. Je lui ai promis et... je lui ai promis.

– Tu es un bien gentil garçon, dit-elle d'une voix douce qui me fait croire qu'elle n'est pas furieuse que j'aie balancé ma camarade.

Elle se lève et m'enlace tendrement. Je fais un effort monstre pour ne pas la serrer fort et pleurnicher comme Emmy lorsqu'elle s'égratigne le genou. Tellement fort qu'elle n'arrive plus à parler. Mais je me retiens. À la place, je me concentre sur mes bras que je m'applique à nouer autour de madame Gellar, bien que son ventre soit trop gros et que mes doigts ne se rejoignent pas. Elle s'écarte et me regarde. Il y a des larmes dans ses yeux, à elle aussi, et ça me préoccupe.

– Tu as fait ce qu'il fallait, Grant. Je sais que tu as peur qu'Emmy t'en veuille... et peut-être sera-t-elle en colère un certain temps, mais tu as bien agi.

– Qu'est-ce... qu'est-ce que vous allez faire ?

Maintenant que je lui ai tout dit, je ne sais pas ce qui va se passer ensuite. Est-ce qu'elle pourra aider Emmy sans que mon amie apprenne que j'ai cafté ?

– Le nécessaire pour qu'on ne lui fasse plus de mal.

– Elle a mal ?

Je sais que les armes sont dangereuses, mais je suis paumé. Je ne sais pas si elle souffre, ou pas. Elle a l'air en forme, à part qu'elle a pleuré dans la matinée.

– Grant, j'ai besoin que tu fasses quelque chose pour moi, tu veux bien ? J'aimerais que tu sortes prendre un peu l'air dans la cour. Ne raconte à personne d'autre ce que tu m'as dit, parce que c'est important pour Emmy de t'avoir comme ami. Je m'occupe du reste.

– Vous êtes sûre ?

Comment va-t-elle s'y prendre ?

– Absolument. À présent, sors pour que je puisse faire deux ou trois choses seule. D'accord ?

Je hoche la tête et me traîne vers la sortie. Je l'entends renifler, mais elle est de dos, alors je ne sais pas trop. Pourquoi reniflerait-elle ?

Alors que je pousse la porte, j'entends madame Gellar au téléphone.

– Monsieur le principal ? J'ai un problème qui requiert votre attention de toute urgence.

36

EMERSON

Oublions les souvenirs et cueillons l'instant présent.

Cette foutue phrase tourne en boucle dans ma tête. À longueur de temps. Avant que je ferme les yeux le soir. Quand je regarde le terrain d'aviation par la fenêtre, attendant que le prochain groupe de sauteurs se prépare. Même quand je suis avec Desi au bar, où je suis venue pour me prouver que je n'en ai cure qu'il ne m'ait contactée d'aucune manière depuis cinq jours.

Pour la énième fois, je vérifie mon téléphone posé sur la table à côté des verres vides, puis me rabroue de céder à la tentation.

C'est pour cela que j'ai établi des règles. Elles sont conçues pour m'éviter de finir là, assise comme une gonzesse désespérée et geignarde, ce qui décrit précisément mon état d'esprit.

Peut-être qu'il bûche sérieusement pour son examen. Voilà, il est occupé à des choses importantes. Ce qui expliquerait le silence, vu que j'ai fait mon possible pour qu'il ne m'inclue pas dans ses priorités.

Peut-être l'ai-je fait fuir avec mes règles et ma façon de lui fermer le clapet la dernière fois.

Peut-être... Merde, j'en sais rien. C'est moi, je suis sûre que c'est de ma faute.

– Emerson ? Tu es toujours avec moi ?

– Quoi encore ? je crache, dirigeant injustement sur Desi la frustration suscitée par mon comportement avec Grant.

– Merci d'être venue, mais tu pourrais éventuellement faire semblant de t'amuser au lieu d'avoir cet air qui laisse penser que je t'ai forcée à venir.

– Tu m'as forcée à venir.

Je grogne, les yeux tournés vers la piste de danse saturée de corps remuants et d'alcool qui déborde des gobelets.

– Oh, arrête de faire ta vieille fille. Éclate-toi un peu. Danse beaucoup. Bois quelque chose de nouveau. Emballe un mec juste pour une nuit. Lâche-toi.

Je la regarde de travers pour la dixième fois en une heure, mais sans grande conviction étant donné que c'est Desi. Je lui passe tout. D'ailleurs, je suis ici alors que c'est le dernier endroit où j'ai envie d'être.

– Quoi, pas de mec pour la soirée ? (Elle marque une pause.) Le canon à deux heures a ton numéro depuis que tu t'es pointée ici. Il n'attend qu'un contact visuel pour te draguer.

– M'en fiche. Il n'a pas mon...

Des sirènes passant en hurlant devant le bar m'interrompent, et sans réfléchir, je me tourne pour regarder les deux voitures de patrouille louvoyer dans le carrefour embouteillé.

– Oh oh.

– Quoi ? fais-je en comprenant qu'elle m'a grillée.

– Tu as vraiment un faible pour les uniformes, n'est-ce pas ? Soit ça, soit tu espères apercevoir Grant.

– Je te laisse le canon à deux heures, dis-je en l'ignorant.

– Je vois clair dans ton jeu, Reeves. Le canon à deux heures ne s'intéresse pas à moi, mais tu prétends le contraire pour m'induire en erreur afin que je ne joue pas les entremetteuses. Et le rejeter me confirmerait, à moi *ta meilleure* amie à qui tu caches des choses, que Grant te plaît un peu plus que tu veux bien le montrer.

Cette fois, le regard mauvais que je lui lance est réel.

– Je n'ai jamais dit que Grant ne me plaisait pas. (Elle me retourne mon regard.) Il excelle au lit, et je suis loin de m'en plaindre... mais tu le sais, j'ai des règles et nous profitons pleinement de l'aspect physique de la relation.

– L'aspect physique, m'imite-t-elle en levant les yeux.

– Je pourrais employer des termes plus appropriés, mais j'essaie de m'exprimer comme une dame.

Je lui envoie un grand sourire doucereux attestant que je fais tout mon possible pour l'agacer.

– Une dame, ricane-t-elle. Eh bien, s'il n'y a pas d'engagement, pourquoi tu ne t'éclates pas sur la piste ?

– Pas envie.

– Parce que tu préférerais être avec l'Agent Sexy.

– Non. (*Oui*. Qu'est-ce qui ne tourne pas rond chez moi ?) Je danserai un peu plus tard.

– Ouais, souffle-t-elle. Quelle menteuse !

Elle a raison.

Grant Malone semble être le seul qui chamboule mon univers.

D'abord en me sauvant.

Et maintenant en me montrant ce que c'est d'éprouver des sentiments.

37

GRANT

– C'est quoi, ce truc, mec ?

Nate dissimule à peine son amusement, son visage vire au rouge cramoisi tandis que je fixe la poupée gonflable assise en position précaire à mon bureau. Quelqu'un, probablement l'un de mes frères, a placé cette poupée en uniforme de policière d'Halloween, très court, et a souligné ses atouts au marqueur fluorescent.

– Grady et Grayson, je présume ?

– Comment peux-tu le savoir ?

Il rit quand je découvre leurs horribles autoportraits tatoués sur ses deux seins.

Tout ce que je peux faire, c'est secouer la tête et m'asseoir au bureau d'Ambrose juste en face de... d'elle ? Tandis que j'admire la créativité de mes frères et leurs efforts pour me dérider après un examen exténuant, je combine déjà ma vengeance.

– T'en fais pas, glousse Nate. Tous les gars ont déjà inscrit « rien que pour toi ».

Il la soulève et lorsqu'il la retourne, je vois toutes les signatures de mes collègues du commissariat qui recouvrent ses fesses.

– Mignon. Très mignon. Merci, les gars, je lance, et les rires fusent.

Les salopards.

– Alors... comment tu le sens ? s'enquiert nonchalamment Nate comme s'il ne replaçait pas une poupée gonflable sur ma chaise, ses pieds sur le bureau.

Malgré ses efforts, ses jambes s'écartent. Il finit par renoncer et l'éjecte de la chaise.

– Je vois comment tu traites les suspects.

Je ris tant que j'ai du mal à terminer ma phrase.

– Ça, c'est seulement pour les plus dociles. (Nous baissons les yeux vers le sol, où elle gît face contre terre, bras et jambes en croix) Raconte-moi comment ça s'est passé.

– Bien. C'était plutôt facile. Je n'ai bloqué sur aucune question.

– M'en doutais. Le minus n'est pas encore sorti ?

Nate lève le menton vers la salle de réunion où Stetson et moi avons passé notre examen, à deux extrémités opposées de la table.

– Non, il...

– Eh bien, cet examen, c'était du gâteau, s'exclame Stetson en émergeant de la salle.

Aussitôt, il pousse un cri de joie à l'intention de son groupe d'admirateurs – de jeunes recrues pas encore au fait de sa propension à poignarder dans le dos ses prétendus camarades.

Nate exécute un geste de masturbation et lève les yeux ciel.

– Du gâteau, murmure-t-il, sauf que c'est Grant qui le savourera quand tu te louperas à l'oral.

– Merci pour ton soutien.

– Tu peux compter sur moi pour protéger tes arrières, renchérit-il.

Son sourire malicieux me fait craindre le pire.

– Je sais, et j'apprécie ce que ton esprit malade et pervers concocte en guise de revanche, mais ne t'embête pas. Je décrocherai cette promotion à ma façon et parce que je l'ai méritée.

– Évidemment, tu la mérites, mais il triche. Tu sais qu'il ne reculera devant rien parce que...

Je lève la main pour l'arrêter. Pas ici. Pas entre les murs du commissariat, où tout le monde peut nous entendre. La dernière chose dont j'ai besoin est que notre duel fasse l'objet de ragots quotidiens qui se propageront dans tous les box.

– Mon dossier est irréprochable, contrairement au sien. Si nous réussissons tous deux les écrits, et nous en sortons bien à l'oral, je le battrai parce que je n'ai pas trempé dans de sales affaires.

C'est la pure vérité. Espérons juste que le jury partage mon point de vue.

– Très bien. Mais si tu changes d'avis, je suis là.

– Je sais, dis-je en me levant et en lui tapotant le dos avant de sortir.

Je découvre plusieurs sms sur mon téléphone tandis que je cherche à m'abriter du soleil aveuglant. Mon père veut savoir comment ça s'est passé. Grady me souhaite bonne chance. Ma mère demande simplement si je passe une bonne journée pour ne pas avoir l'air de s'enquérir de mon examen. Grayson propose de prendre une bière après le boulot. Je réponds de manière succincte pour qu'ils me laissent tranquille, bien que leur soutien me soit indispensable. La famille passe avant tout. Même quand elle se compose de fouineurs comme la mienne.

Ensuite je rédige un message pour la personne que je veux plus que quiconque. La femme à qui j'ai abondamment pensé en me caressant, quand il aurait mieux valu que je révise. Elle aurait assurément été une meilleure distraction, mais si je m'étais perdu dans son corps, la seule préparation sur laquelle je me serais concentré aurait eu pour objectif de la posséder de nouveau.

Alors, à la place, je me suis retranché dans le silence ces derniers jours. Je me suis temporairement plié à ses stupides règles et nous ai traités comme elle l'exige : des amants sans lendemain, bien que nous sachions tous deux que c'est absurde. En prime, considérant la manière dont nous nous sommes quittés la dernière fois, elle avait besoin de temps pour assimiler ce que j'ai dit en partant.

Moi : Désolé de ne pas t'avoir téléphoné cette semaine mais te téléphoner conduit à penser à toi et penser à toi conduit à tes seins, et tes seins sont une indubitable distraction, d'un genre que je ne pouvais pas me permettre cette semaine. Mais tu sais quoi ? Je sors tout juste de l'examen. Maintenant, je peux avoir la tête ailleurs. On se voit bientôt pour que tu me changes les idées ?

38

GRANT

Assis dans ma voiture de patrouille garée le long du trottoir, j'examine la maison. Les lumières sont allumées à l'étage. À travers le rideau, je discerne l'ombre de Keely qui, debout sur son lit, fait semblant de chanter dans un micro, en réalité une brosse à cheveux, et je respire un peu plus facilement.

Je ne devrais pas me trouver ici. Je ne devrais pas épier cette famille. Je ne devrais pas veiller sur cette petite fille, mais quelque chose en elle me rappelle Emerson et me pousse à la protéger.

C'est probablement le rêve que j'ai fait qui m'a incité à venir sans réfléchir à ce que je faisais. Bien que plusieurs jours soient passés, je ne parviens pas à digérer le pincement au cœur que j'ai ressenti en revivant le moment où j'ai parlé d'Em à madame Gellar.

Naturellement, le rêve, limpide malgré les années écoulées, m'a incité un peu plus à emporter le dossier avec moi pour l'éplucher dans mon lit.

Je ne peux pas lui infliger ça.

En même temps, ne serait-ce pas plus simple de savoir quels fantômes je dois combattre ?

Putain.

Cette femme me fait perdre la tête. Je ne me laisse jamais troubler par les femmes. Je sors avec elles. Et je passe à autre chose quand la relation devient trop sérieuse.

Mais Em... Em est différente. Elle l'a toujours été.

Je me frotte le visage, et admets qu'Emerson a raison de me taquiner sur mon complexe du héros. Est-ce mal d'être ainsi ? Si je peux sauver Keely, peut-être parviendrai-je à me pardonner de ne pas avoir secouru Emerson plus rapidement ?

Même moi, j'ai conscience de faire un gros transfert.

Les sévices corporels sont répréhensibles. Les violences sexuelles, épouvantables. Un enfant ne devrait jamais endurer ces horreurs.

Aussi dois-je m'assurer qu'elle va bien.

J'ai du mal à savoir pour laquelle des deux fillettes je me tracasse en vérité.

Saisi du besoin de prendre du recul pour clarifier mes pensées, je mets le contact, mais c'est plus fort que moi. Je ne peux pas repartir sans avoir vérifié les galets, puisque je lui ai promis de le faire.

En quelques secondes, je sors du véhicule et traverse la rue. Essayant de passer inaperçu, je presse le pas dans l'allée pour jeter un œil aux galets.

Rien de neuf. *Nada.* Tout a l'air comme avant. Non seulement l'agencement est inchangé mais elle n'en a ajouté aucun. Or, il y en a toujours des nouveaux.

Je ne sais pas si je dois m'alarmer ou si cela signifie que les choses s'arrangent.

Les choses ne s'arrangent jamais d'elles-mêmes.

Les auteurs de maltraitance ne cessent pas de commettre des méfaits un beau matin.

Je retourne à la voiture, me glisse au volant et regarde longuement la fenêtre éclairée de Keely en essayant de pactiser avec la petite voix dans ma tête.

Celle qui m'intime de voir Emerson.

La partie de moi qui a besoin de lui prouver que ses règles seront transgressées.

L'une après l'autre.

Jusqu'à ce qu'elle comprenne que parfois, partager un passé signifie que l'on peut bâtir un avenir ensemble.

C'est agaçant que l'unique fille que j'aie jamais aimée soit la seule qui me plaise vraiment.

Je suis plus déterminé que jamais à le lui prouver.

Je m'en cogne de ses règles.

Son passé importe peu.

Il n'y a qu'elle qui compte.

Et le présent.

Ce n'est pas trop tôt.

39

EMERSON

– Que fais-tu ici ? je demande, légèrement surprise de le voir occuper l'embrasure de ma porte.

Après son dernier sms et considérant nos emplois du temps alambiqués, nous n'avions pas prévu de nous voir avant demain.

Mais je suis heureuse qu'il soit là.

– J'avais besoin de m'échapper un peu.

– De t'échapper de quoi ? je m'enquiers alors qu'il se glisse à l'intérieur comme s'il y était invité.

Je porte mon regard à l'extérieur, sur le parking, espérant comprendre de quoi il retourne.

– De mes frères. Du travail. De différentes choses.

Je m'adosse à la porte close tandis qu'il se dirige vers le canapé, lance un objet qu'il tient dans la main, s'assoit lourdement et pose les pieds sur ma table basse en toute décontraction. Il saisit *People Magazine* sur le canapé et le feuillette nonchalamment.

Toute protestation s'évapore temporairement tandis que je me remets du choc de sa visite. Un choc plaisant. À tel point que j'ai failli lui sauter au cou, enrouler mes jambes autour de sa taille et l'embrasser à corps perdu.

J'ai l'impression de ne pas l'avoir vu depuis une petite éternité alors qu'en réalité, ça ne fait qu'une semaine.

C'est sûrement parce que, la dernière fois, nous nous sommes quittés sur un différend et qu'entre-temps j'ai pu réfléchir et comprendre que je me suis emballée.

Sans compter qu'en le voyant dans son uniforme bleu marine, j'ai des papillons dans le ventre et des pulsations de désir entre les cuisses.

– Tu n'as pas une maison où te réfugier ? je taquine en m'éloignant du mur pour marcher vers lui.

Il me contemple sans baisser les yeux alors que je m'assois en face de lui, au bord du fauteuil.

– Si, mais la vue est plus agréable ici.

Il hausse un sourcil, et son regard qui balaie mon corps m'encourage à croire que la vue à laquelle il fait allusion, c'est moi.

J'ai effectivement affirmé qu'il parviendrait à tout avec la flatterie.

Et si je recherchais une vue différente ?

– Sortons, si tu préfères. La vue dont je suis venu profiter est mobile.

Son sourire est renversant.

– Contente d'entendre que tu as envie de sortir. Ne te gêne pas pour moi. Je reste ici.

Je lui renvoie un sourire également suggestif.

– Comme tu voudras, réplique-t-il.

Il lance le magazine sur la table basse et s'allonge sur le dos, sur le canapé, ses pieds dépassant d'un accoudoir et sa tête de l'autre.

Je me lève, me rapproche du canapé pour le contempler, bras croisés. Si tant est que j'aime me faire prier, chaque cellule de mon corps l'évalue en se demandant à quelle vitesse je lui enlèverai son uniforme... tout bien pesé, j'aime autant qu'il le garde. Il est diablement sexy.

– Sans toi, je préviens.

– Allons. Tu sais que je te plais.

Il ferme les yeux et s'installe plus confortablement dans les coussins.

– Détrompe-toi. Seul ton membre me plaît.

Il ricane et me fixe d'un œil, tendant la main pour attraper l'arrière de mon genou.

– Tu aimes aussi ma bouche.

Son pouce caressant l'arrière de mon genou m'électrise.

– Une bouche délectable.

– N'oublions pas mes mains...

– Mmm.

Aussitôt, il m'attire sur lui et ses lèvres capturent les miennes dans un baiser éblouissant. Chaud et tendre, aguichant et dévorant. Et quand il s'écarte, je reste essoufflée au point que ma poitrine se soulève et mes yeux ne peuvent plus se détacher de lui.

Un court instant, une émotion traverse ses yeux – tristesse, regret, je ne saurais dire – puis elle disparaît aussi sec. J'ai envie de le questionner sur la raison qui l'amène chez moi.

J'aimerais croire qu'il a simplement envie de me voir. Le baiser avec lequel il vient de m'hypnotiser certifie que je fais partie de ses motivations, mais je suis suffisamment observatrice pour deviner que quelque chose le tracasse.

– Monsieur l'agent, est-ce votre matraque ou êtes-vous content de me voir ? je murmure.

Son rire vibrant dans son torse me pénètre, et quelque chose dans l'instant – sa spontanéité – estompe mon besoin de connaître la teneur de son inquiétude.

– J'ai faim, déclare-t-il, nous ajustant de façon à ce qu'il soit assis sur le canapé, mes fesses entre ses cuisses.

Je ris instantanément. Mon désir bouillonne à présent. Mon corps le supplie de se rallonger pour que je puisse l'embrasser.

– Tu as faim, alors ?

– Une faim de loup. Sortons dîner.

– Ah ? Où ça ?

– C'est toi qui voulais sortir.

– Je me suis ravisée.

Je promène mon doigt le long de sa mâchoire.

– Ravise-toi une seconde fois. J'ai faim, et selon tes dires, tes compétences en cuisine laissent à désirer.

– Comme si j'avais proposé de cuisiner, je souffle, mais avec le sourire.

– Alors c'est décidé. Allons au restaurant. J'aimerais juste me changer avant.

Sur ces mots, il se détache de moi, se lève et détache son ceinturon de service.

Puis il délace ses bottes.

Déboutonne sa chemise.

Ensuite, son gilet pare-balles.

Quand il se tient dans mon studio sans rien d'autre que son pantalon déboutonné, exposant une délicieuse partie de sa ligne pubienne, je l'admire sans aucun scrupule.

La vache.

Bien entendu, nous nous sommes déjà vus nus, mais c'est différent de regarder quelqu'un se dévêtir avec le goût de son baiser sur les lèvres. C'est plus sensuel, extraordinairement, aussi je prends mon temps pour l'admirer. Les contours francs et les courbes hâlées. Ses épaules larges et ses biceps saillants.

Ses yeux plantés dans les miens et un sourire en coin, Grant abaisse son pantalon d'uniforme et se penche pour le ramasser, m'offrant une vue superbe sur ses fesses moulées dans son boxer. Alors qu'il s'exhibe en sous-vêtements dans mon appartement, fraîchement dévêtu de son uniforme attrayant, il pense sérieusement que je vais le suivre au restaurant ?

– Grant ?

Il tourne la tête vers moi et se redresse entièrement, faisant onduler ses abdos pour maximiser son effet.

– Quoi ? demande-t-il avec une innocence feinte.

En toute conscience, il plie son uniforme avec un soin exagéré. Après quoi, il récupère ses affaires déposées sur le canapé, manifestement des vêtements.

– Manger ?

– Ouais.

Il enfile un tee-shirt – frappé du logo d'une manifestation de Back the Blue, une manifestation de soutien aux forces de l'ordre. Puis il met un jean.

– Je meurs de faim.

Son grand sourire reparaît, et il hausse les sourcils pendant que ma langue humecte mes lèvres sèches.

– Tu es prête ?

– Prête.

Sauf que la nourriture n'assouvira pas la faim qui me taraude.

***

– Eh bien, Monsieur Malone, personne ne peut vous reprocher de ne pas savoir charmer une fille quand vous l'invitez à sortir.

Je mâchouille mes dernières frites et d'une poussée dans le sable, je relance le mouvement de ma balançoire en rythme avec la sienne.

Il jette un regard vers moi, les yeux plissés, mâchant son hamburger.

– Repas à emporter dans le parc, ce n'est pas de cette façon que je traite généralement les femmes. (Vexée, je redresse immédiatement le dos, ce qui ne lui échappe pas.) N'oublie pas tes fameuses règles, Emerson.

À ces mots, je m'extirpe du brouillard de ma colère naissante. Moi et mes foutues règles contre les rendez-vous. Je ne peux pas lui en vouloir de les respecter ou de me confronter à elles pour me faire comprendre qu'elles sont stupides.

– Je n'oublie pas, je murmure.

Je jette le carton de frites vide dans le sac ouvert à nos pieds puis relance la balançoire d'un franc coup de pied. N'importe quoi pour décharger ma frustration et ma contrariété lorsqu'il me rappelle des règles dont je suis la seule responsable.

Je rejette la tête en arrière, ferme les yeux, serre les mains autour des chaînes de la balançoire, volant de plus en plus haut. Le souffle d'air sur mes joues, la sensation de mes cheveux se soulevant dans mon dos... le bercement a quelque chose de libérateur. Je suis sous l'emprise de mon seul pouvoir. Je suis celle qui contrôle l'altitude et la vitesse auxquelles je me pousse.

Il n'y a plus de Travis et ses listes de tâches. Pas de panique chaque fois que le téléphone sonne et que Chris énonce de nouvelles requêtes ou une énième suggestion destinée à garantir un avis positif. Je ne pense plus à rien.

Seuls demeurent le vent et l'effort physique, et c'est juste... rafraîchissant.

– Tu ne peux pas aller plus haut que moi, Reeves, me défie Grant, m'obligeant à tourner les yeux à gauche et à constater que nos mouvements sont synchronisés, côte à côte.

Je pousse plus fort, prise d'un curieux besoin de le battre, de la nécessité incompréhensible de cette libération.

Nos rires se répercutent dans le parc désert tandis que nous entrons en compétition. Je monte tellement haut à présent qu'au point optimal, l'assise en caoutchouc se dérobe fugacement sous mes fesses.

Je ne sais pas bien combien de temps la course se poursuit ou si Grant me laisse délibérément gagner, mais à la fin, je suis à bout de souffle, les joues endolories par nos éclats de rire.

Nous laissons lentement le balancement ralentir jusqu'à ce que nos chaussures râpent le sable sous nos pieds. Une fois à l'arrêt, j'appuie la tête sur ma main cramponnée à la chaîne et oriente mon regard vers lui.

Ses cheveux sont ébouriffés et ses yeux aussi ardents que son sourire, mais j'attends autre chose.

– Tu veux savoir pourquoi je t'ai amenée ici ?

– Pourquoi ?

– C'est sur la balançoire que je me souviens de t'avoir vue heureuse pour la dernière fois.

Lèvres entrouvertes, je le scrute et la vigueur engagée dans la compétition retombe. Je repense à ce jour-là. Faire de la balançoire avec lui dans l'aire de jeux. Se mettre en rang après la récré. L'appel dans le haut-parleur. Articuler que je le hais et ne veux plus jamais le revoir.

J'ai la gorge sèche, en raison de l'épuisement ou de sa déclaration, je l'ignore. La seule chose que je sais avec certitude, c'est que pour la première fois, je n'ai pas envie de m'enfuir quand il mentionne le passé.

Il l'évoque pour une raison touchante. Et douloureuse.

Aussi vite que ça, le sentiment de trahison, inattendu et dont je ne sais que faire, ressurgit plus intensément que jamais.

– Tu m'as menti, je murmure d'une voix peu audible.

Il baisse les yeux. Mon cœur se serre.

– C'est vrai.

Il acquiesce de la tête et son expression montre qu'il recommencerait sans hésiter s'il y était contraint.

Je ne saurai dire ce que ça m'inspire.

– J'ai des difficultés à te faire confiance à cause de ça.

Il rit, un rire bref et bourru qui s'éteint aussi subitement.

– À mon sens, ton problème de confiance ne vient pas de moi mais des épreuves que tu as traversées.

– Que sais-tu de ce que j'ai vécu, Grant ?

Confus, il redresse la tête. Du moins, j'espère que c'est de la confusion.

– Rien.

Je soutiens son regard. La soudaine accélération de mon pouls me fait douter de moi et de la confiance que je devrais peut-être lui vouer désormais.

Détestant l'incertitude infondée qui m'assaille, je me lève de la balançoire et presse le pas vers le tourniquet. J'attrape la barre et l'actionne pour faire tourner le manège. Sa vitesse maximale atteinte, je saute sur la structure métallique rouillée.

Elle tourne à bride abattue, mais une fois dessus, je m'allonge. Un pied calé sous une barre latérale, mes mains en une seconde croisées derrière ma tête, je ferme les yeux et laisse la force centrifuge réquisitionner mes pensées nées de notre conversation. Je laisse le monde tourner à une vitesse incontrôlable autour de moi, m'accrochant à ce qui me semble être la vie.

Le tournoiement s'accélère, et je sais que Grant est là. Il me pousse à présent. Je sens la plate-forme ployer quand il grimpe et la chaleur de son corps lorsqu'il s'allonge à côté de moi. Et tandis qu'il replie sa main sur la mienne autour de la barre, je sais qu'il s'applique à maîtriser la vitesse pour notre sécurité à tous les deux.

Il injecte du calme dans le tourbillon immodéré qui s'emballe autour de moi autant qu'en moi.

Pour la première fois depuis très, très longtemps, je m'autorise à l'accepter.

À l'accepter, lui.

À l'accueillir au lieu de le repousser.

40

EMERSON

– Tu n'éteins jamais cet appareil ?

– Quoi ? Le scanner de police ? demande-t-il en s'engageant sur l'autoroute.

– Oui, ça.

Il hausse les épaules.

– Ça t'agace ?

– Pas vraiment. Mais je ne comprends pas pourquoi tu suis les interventions quand tu es en repos.

Je frotte mes pieds l'un contre l'autre. Du sable de l'aire de jeux se détache des semelles de mes chaussures et macule le tapis de sol.

– Je préfère surveiller certaines affaires. Si le central reçoit un appel lié à l'une d'elles, il m'arrive d'aller vérifier ce qui se passe.

– Mouais.

– Mouais ?

– J'ai plutôt l'impression que tu es attaché à...

– Potentiel 10-16. 12662 Serenity Court. Des agents disponibles ? grésille le moniteur.

– Fils de pute ! grommelle Grant en frappant le volant du plat de la main.

– C'est quoi, un 10-16 ?

Quoi que soit ce 10-16, c'est indubitablement alarmant.

– Je lui ai porté la poisse en en parlant, marmonne-t-il pour lui-même.

– Grant ? C'est grave ?

Je scrute son profil, sa posture déconcertée.

– Non. Si. Bordel ! C'est précisément l'affaire qui me chiffonne. (Il lance un œil vers moi et je détecte de l'hésitation dans son langage corporel.) J'ai besoin de... nom d'un chien. Ma voiture de patrouille.

– Si c'est urgent, emmène-moi avec toi. Je patienterai. Ne perds pas ton temps à me reconduire chez moi, dis-je spontanément, détestant que cet appel le perturbe.

– Tu es sûre ?

Il m'examine d'un air de dire qu'il en sait plus que moi. C'est évident. Alors, pourquoi éprouve-t-il le besoin de le signifier ?

– Absolument. Fonce.

Il saisit son portable, compose un numéro abrégé et, l'appareil contre l'oreille, il attend.

– Le central ? Je suis un agent en repos répondant à l'appel au 12662 Serenity Court. Tout à fait. Grant Malone... je suis en civil, mais j'aimerais que l'équipe sur place soit informée de mon arrivée... Non. Il s'agit d'une situation récurrente. J'ai couvert tous les appels reçus pour cette adresse... je sais mais je suis déjà en route. 10-4.

Nous arrivons sur place en peu de temps, vraisemblablement parce que Grant a pulvérisé les limitations de vitesse.

À l'entrée de la rue, et tandis qu'il se gare à côté de deux véhicules de patrouille, l'appréhension s'empare de moi. Je gage que c'est exaltant de voir Grant en action, quoique j'aie l'impression d'écouter aux portes.

Un peu comme si je portais atteinte à la vie privée d'autrui par ma seule présence.

– Bordel de merde, bougonne-t-il en coupant sèchement le moteur.

Il pousse la porte à toute volée et s'élance dans le jardinet du pavillon.

C'est alors que je la vois.

La fillette assise sur un rocher au milieu d'un parterre de fleurs, un ours en peluche serré contre sa poitrine. La tête baissée, elle triture les yeux de son ourson en peluche tandis qu'un policier baraqué s'adresse maladroitement à elle.

– Keely, l'appelle Grant.

À peine a-t-il prononcé son nom qu'elle relève les yeux. Un discret sourire remonte les coins de sa bouche, mais il émane de son visage une tristesse si profonde que je la ressens jusque dans mes os.

L'agent taillé comme une armoire à glace se détend et s'écarte sans rechigner. Grant se baisse et s'assoit en tailleur à côté d'elle.

– Oh non.

Ma main se plaque sur ma bouche, et devant cette image d'eux, mes yeux larmoient. Ils paraissent à l'aise ensemble, et une gentillesse inattendue se dégage de Grant. Il lui parle, montre sa peluche du doigt et les galets bordant le parterre autour d'elle. Malgré la distance, il est évident qu'il s'applique à la faire sourire et à la rassurer.

Intriguée, je dirige mon regard vers les policiers de dos sur le seuil de la maison. Toutefois, je ne peux pas détacher bien longtemps mon attention de Grant et Keely. Il y a quelque chose d'extrêmement précieux et déchirant dans leur échange. Elle est minuscule à côté de lui, cependant elle semble totalement à l'aise. Il devise avec l'enfant, se renfrogne sitôt qu'elle détourne le regard, puis redevient chaleureux quand elle reporte son attention sur lui. Il se démène pour l'égayer et, lorsqu'elle lui offre un sourire, une lueur d'espoir s'allume sous les ombres qui hantent les yeux de l'enfant.

Ça me tue. De toutes les façons possibles.

Pourquoi cette fillette fait-elle autant confiance à Grant ? Surtout, pourquoi une petite fille connaît-elle suffisamment un policier pour lui accorder sa confiance ?

Puis je me souviens du code 10-16 : violence domestique. Grant a expliqué au standard qu'il était intervenu suite à tous les appels concernant cette adresse.

Chacun d'eux.

Combien de fois s'est-il rendu ici ?

Je repousse toute pensée et scénario de mon esprit. Je ne veux pas réfléchir ou émettre des suppositions, mais cela n'empêche pas les larmes d'irriter mes yeux quand il serre la main de la petite fille dans la sienne.

Parce que c'est *réel*. Le complexe du héros de Grant et son besoin de sauver les autres sont réels, et j'en suis le témoin direct.

Lui et Keely tendent le doigt vers les minuscules cailloux qui les encerclent, et après un instant, j'entends le petit rire de l'enfant. C'est le son le plus adorable du monde.

Je ne peux rien faire d'autre que les observer. Et m'interroger. Et espérer qu'elle se trouve à l'extérieur et que ce qui s'est produit à l'intérieur ne lui nuisait pas.

Je ne sais pas combien de temps je reste à les regarder fixement, mais cela dure assez longtemps pour que mes pieds s'engourdissent et que le ciel se soit lentement assombri. Absorbée dans mes pensées, je sursaute quand Grant se glisse au volant, démarre et s'éloigne du trottoir.

– Ce salaud a de la chance de ne pas être chez lui, marmonne-t-il dans un souffle, sans développer plus.

Je ne cherche pas à en savoir davantage.

Je me tourne juste assez sur mon siège pour pouvoir l'examiner et tenter de me faire à l'idée que l'homme qui paraissait tellement à l'aise un instant plus tôt avec une petite fille me donne désormais l'impression d'être une bombe à retardement. Les phares des voitures venant en sens inverse et les lampadaires qui s'allument rembrunissent ses traits, me laissant m'interroger sur ce qui se passe dans sa tête. En prime, j'aimerais fortement l'interroger sur la nature de l'appel, mais pour une femme qui n'aime pas répondre à des questions, la stratégie la plus sûre est de la boucler.

Nous roulons un bon moment, grimpant les collines sinueuses qui entourent Sunnyville, puis Grant quitte la route goudronnée pour obliquer vers un chemin en pente. Nous continuons un peu, et ce n'est que lorsqu'il pénètre dans une clairière qui domine la ville et toutes ses lumières en dessous que je sais où nous sommes : l'endroit où Grant se retire pour réfléchir.

Le silence se prolonge longuement, épais et lourd, mais avec les vitres baissées, les sons de la vie nocturne autour de nous allègent la tension. Chaque partie de moi aspire à apaiser son tourment, mais j'ignore totalement comment procéder.

– Tu as envie d'en parler ? je hasarde, espérant lui avoir laissé le temps de rationaliser les faits.

Il pousse un profond soupir.

– Je ne peux pas.

– Parce que c'est une affaire en cours ?

Sans répondre, Grant ouvre la portière et descend. Je le regarde faire les cent pas, le clair de lune sculptant sa silhouette crispée. Je sors à mon tour et repère une zone de roches plates à proximité de l'avant du véhicule. Je m'assois, jambes croisées, et me focalise sur les lumières clignotantes de la ville. Elles ressemblent presque à des braises dans le fond d'un brasero et je me demande ce que représente chacune d'elles.

Laquelle provient de la maison de Keely ?

Combien d'entre elles dissimulent des monstruosités infligées en catimini ?

Je rejette cette idée. Trop cogité pour ce soir. Trop sondé un passé que je ne souhaite pas remuer.

– Tu te rappelles le côté de ta maison ?

Tout en moi se paralyse. À l'instant où je décide de m'extraire de mon propre passé, il me le sert sur un plateau.

– Tu te souviens que nous aimions nous asseoir là et nous adonner à notre jeu du moment parce que tu voulais sortir ? Des fois, tu peignais des gribouillis sur des galets et, d'autres fois, je jouais aux Barbie avec toi. Je détestais ça, mais j'y jouais néanmoins parce que tu jouais toujours au gendarme et au voleur avec moi ?

– Non, je murmure, sans savoir si je refuse de me souvenir ou d'en parler.

Soit il ne m'entend pas, soit il s'en moque. Toujours est-il qu'il poursuit.

– Quand tu as déménagé, j'ai continué d'y aller. Je m'asseyais là tout seul parce que tu me manquais horriblement. Je faisais comme si tu étais à l'intérieur et que tu n'allais pas tarder à me rejoindre pour jouer.

Tout en moi me crie de rejeter ses allégations. J'ai envie de me boucher les oreilles comme la petite fille de ses souvenirs l'aurait fait, pour l'ignorer. Je ne veux pas savoir que lui aussi a souffert. C'est tellement plus facile de penser que j'étais la seule à souffrir. C'est tellement plus facile de me remémorer à quel point je le haïssais pour avoir mis mon monde sens dessus dessous au lieu de considérer son acte avec maturité et d'admettre qu'il a fait le nécessaire.

Mais je ne lève pas les mains. Je ne me tourne pas face à lui. J'ai besoin d'entendre ça. Je dois l'écouter. Affronter ce que je ne veux pas savoir et que j'ai une peur monstre de me remémorer.

– Tu m'as manqué, Em. Tu étais ma meilleure amie. Celle à qui je racontais tous mes petits secrets. Tu faisais partie de mon quotidien et, tout à coup, tu as disparu...

Moi aussi, je lui confiais mes secrets. Mais les miens étaient différents de ceux que l'on devrait avoir à huit ans.

Je me relève du rocher et couvre la distance jusqu'à lui, détestant le chagrin dans sa voix que j'ai contribué à provoquer. Mais en même temps, je lui en veux de m'avoir conduite ici où j'ai peu de chance d'éluder la conversation.

Était-ce son objectif ? Me piéger et me forcer à parler ?

– Tu te souv...

– Où veux-tu en venir, Grant ? Quel est le but de cette conversation ?

– Juste... (Il secoue la tête et se passe la main dans les cheveux.) Il y a tant de questions que j'aimerais te poser, tant de choses que je veux savoir...

– Ce ne sont pas tes affaires ! je crie dans une explosion de rage qui le prend de court.

– Non ? rétorque-t-il d'une voix forte, rapprochant son visage du mien de manière inattendue.

– Non.

Je tiens ferme.

– Alors quoi ? Tu m'ouvres tes jambes, mais pas ton cœur ?

La colère enflamme son regard tandis que nous nous livrons un combat visuel empli de mépris.

– Va te faire foutre !

– Voilà. C'est tout ce que tu veux de moi, raille-t-il.

– Et ?

– Et quoi ?

– C'était notre accord, Malone. Tu as accepté les règles.

– L'accord a changé.

– Donc, il est caduc.

– Pas du tout. Tu dérailles. Pourquoi ne me laisses-tu pas entrer ? Pourquoi refuses-tu de me parler ? Je sais que tu as enduré une montagne d'atrocités, mais j'étais là pour toi. Je suis celui qui tenait à toi. *Qui tient toujours à toi.* Peut-être ai-je besoin d'en parler pour mieux saisir comment tu as surmonté tout ça, comment tu as pu devenir quelqu'un d'équilibré alors que certains jours, ça continue de me perturber... Ça ne t'a jamais effleuré l'esprit ?

Je serre les poings et les dents pour juguler le tumulte de confusion mêlée de colère qui tourbillonne en moi.

– Donc, tu te sentirais mieux si j'étais aussi perturbée que toi ? Rassure-toi, je le suis, je hurle, détestant l'admettre mais recherchant le pouvoir libérateur des mots. Ça a marché ? Tu te sens mieux ?

Je raille, chaque partie de moi vibre de fureur et de honte.

– Vraiment pas, murmure-t-il.

– Tu n'aimerais pas savoir ce qui se passe dans ma tête, Grant. Tu ne veux pas en connaître les zones les plus sombres. Elles me paralysent par moments. Elles sommeillent, attendent le bon moment pour m'assaillir et m'engourdir de nouveau. Alors, je les ignore. Je n'en parle pas. J'essaie de ne pas y penser. Parce que sinon, *je ne peux pas fonctionner.* Je ne peux pas être la femme que tu vois si je vis dans l'ombre de ce qui est arrivé à la petite fille que j'étais naguère. Ce passé n'existe plus pour moi. *C'est impossible autrement.*

Je m'éloigne de lui pour digérer mon coup de sang, ma confession, et chercher un moyen de paraître forte à ses yeux alors que, soudain, je me sens atrocement vulnérable. Le regard porté vers la ville, Grant derrière moi, je croise les bras et enfonce mes ongles dans mes biceps. La douleur cuisante m'aide. Je l'emploie pour me calmer et redevenir celle que je fais semblant d'être.

– Emerson. Je suis désolé, supplie-t-il.

Comme une requête. Emplie de *pitié.*

– Tu ne piges rien ?

Ses excuses attisent mon courroux. Me renvoient à tous les psys et à leurs regards compatissants, à la pitié dans leur voix. L'unique sonorité que je ne veux plus jamais entendre. Ma fureur bouillonne sous la surface, et je ne sais plus si je suis remontée contre lui ou contre moi-même.

Au prix d'un effort surhumain, je me compose une voix blanche et mesurée – insensible. Puis je me retourne et parle, mais d'un ton empreint d'irritation.

– Écoute, je suis désolée que tu ne puisses pas parler de la gamine parce que c'est une procédure de police, mais cela ne t'autorise pas à fourrer le nez dans mon passé. Dans ma vie. Je n'ai pas besoin d'être secourue.

– Ce n'est pas le secret professionnel qui m'empêche de parler d'elle. (Il lance les mains dans le vide et rit, mais le son qu'il émet ne recèle aucune trace d'amusement.) Tu ne comprends donc pas ? Je ne parle pas d'elle, parce que j'en suis incapable. Je ne parle pas d'elle par crainte de te bouleverser ! J'ai bien fait, tiens.

Ses mots me stupéfient.

– Tu peux répéter ?

– Je ne veux pas te bouleverser, répète-t-il plus doucement.

Sa voix est vulnérable, son corps accablé.

– Après tout ce que j'ai enduré, je t'assure que plus rien ne me choque.

Je veux sincèrement le croire, mais je sais que c'est faux. Grant Malone n'a pas son pareil pour m'atteindre.

– Vraiment ? Comment cela...

– Eh non. Plus rien ne peut m'atteindre.

Je mens, espérant mettre un point final à la discussion et qu'il ne me confronte pas à mes contradictions.

La tête inclinée sur le côté, il m'étudie. Son examen muet me met à cran.

– Donc, si je te disais que je pense que le père de Keely abuse d'elle mais que je n'ai aucune preuve pour étayer mes soupçons, ça ne te ferait rien ? Et si je te disais que j'ai repris notre code secret des galets ? Que je suis passé devant chez elle sans autre motif que de contrôler si elle avait peint une pastèque sur un caillou, son signal pour m'appeler à l'aide. Tu me répondrais que rien de cela ne te touche ?

Je le regarde fixement, en secouant la tête. Mon esprit bloque ses arguments, même ce qui échappe à ma compréhension. Je ne peux penser à rien d'autre qu'à cette magnifique fillette au visage barbouillé de larmes et aux yeux hantés, et me demander si je lui ressemblais aux yeux des autres.

– Non, je chuchote.

Mais mon corps brûle de honte, alors que je plante résolument mes ongles dans ma chair.

– Non ? braille-t-il, perdant son calme. Explique-moi comment c'est possible ?

– C'est comme ça, d'accord ? je hurle pour initier une dispute qui étoufferait les émotions qui me submergent. Ras-le-bol. Conduis-moi chez moi.

– Pas question.

Le muscle de ses mandibules tremble, son corps vibre visiblement de colère.

– Fais-le.

– Pourquoi ? demande-t-il.

– Parce que tu fais naître des sentiments en moi, bon sang ! Tu me fais ressentir des choses quand je ne veux plus en éprouver. Je m'en sors en me montrant insensible, alors sois gentil, dis-je d'une voix brisée, presque un sanglot, ramène-moi chez moi.

Je vois la seconde où le désespoir l'assaille. Sa colère se dissipe. Ses épaules s'affaissent. Ses yeux accusent de la vulnérabilité. Sur quoi, il marche vers son pick-up, monte, s'exécute, mais sans rien ajouter de plus.

41

EMERSON

– Pourquoi tu es là ?

Je hausse les épaules et tourne les yeux vers Grant sur son BMX, les mains gantées et son casque sur la tête. Je sais qu'il fait semblant de participer à une compétition de sports extrêmes.

– Juste comme ça, je dis, ne voulant pas expliquer que ma mère a été appelée pour soigner un patient et que je préfère rester dehors.

Dehors, en sécurité.

Dehors, où je peux me cacher.

– Tu fais quoi ?

Il couche son vélo dans l'herbe et détache son casque en venant vers moi.

Je regarde les galets étalés devant moi, les joues en feu parce qu'ils ne sont pas aussi jolis que je l'aurais voulu. Le chien que j'ai peint sur l'un d'eux n'est qu'un gros pâté marron. Sur un autre, le smiley est jaune mais ses yeux sont bizarres et je n'ai pas réussi à les arranger. Embarrassée, je me sers des dernières gouttes sur le pinceau pour dessiner des lignes sur le premier galet venu.

– Rien. Je m'occupe.

– Tiens, ils sont pas mal, ceux-là.

– Si c'est juste pour me faire plaisir, t'es pas obligé.

– Pas du tout. Je le pense.

Il lâche son casque qui atterrit bruyamment sur le trottoir, et je sais qu'une ride se creuserait sur le front du chef Malone s'il voyait Grant négliger ses affaires. Mais je ne dis rien parce que je suis trop occupée à mordre l'intérieur de ma joue, me préparant aux moqueries de Grant.

Il prend les galets un à un, les examine comme il le fait avec ses petites voitures. Je remue, anxieuse d'entendre son verdict.

– Je pense que nous devrions en décorer un avec un zombie. (Je lève les yeux au ciel, prête à argumenter.) Non, sérieux. Nous pourrions ajouter des points de suture sur son front et…

Il me prend le pinceau des mains et entreprend d'ajouter des détails sur mon smiley.

Je ne sais pas combien de temps ça dure, mais à la fin, j'ai mal aux joues à force de rire. Devant nous, une quinzaine de cailloux ont été masculinisés, et ça me va.

– Dis-moi la vérité : pourquoi es-tu dehors, Em ? questionne-t-il alors que nous nous adossons, à l'ombre, contre le mur latéral de la maison.

Une fois de plus, je hausse les épaules, mais je déteste que ma lèvre inférieure tremble et que des larmes me montent aux yeux.

– Je ne veux pas rentrer.

J'ai mal au ventre, et je n'arrête pas de penser au moment où il fera nuit et que je devrai aller au lit. Avec de la chance, ma mère sera rentrée d'ici-là… mais la plupart du temps, ce n'est pas le cas.

– Ton père est de mauvaise humeur ? Je vais dehors quand mon père est ronchon à cause de son travail. Comme ça, quand il s'énerve, je ne suis pas dans les parages.

– Ton père s'énerve ?

Je n'ai pas souvenir d'avoir vu M. Malone furieux. Strict, d'accord. Mais pas énervé.

– Ma mère dit qu'il stresse quand une affaire le préoccupe. (Il hausse les épaules, prend l'une de nos pierres, l'examine et la repose.) Il a beaucoup de gens à arrêter, c'est son métier, alors quand ils ne sont pas envoyés en prison, il stresse. Et ton père, il stresse pour quelles raisons ?

Quand je mouille mon lit.

Quand je pleure.

Quand je fais semblant de dormir et m'enroule fermement en boule.

Quand je ne fais pas ce qu'il dit...

Je me réveille en sursaut, le souffle entrecoupé.

La chambre.

C'est ma chambre.

Pas mon ancienne chambre.

Dans le noir.

Le balisage lumineux au-dehors.

La télévision que j'ai laissée allumée chuchote.

Mais ce sont les galets qui sont au cœur de mes pensées.

Les cailloux peints.

Ceux que Grant a cités, mais qu'en dépit de mes efforts, j'échouais à me remémorer... jusqu'à maintenant.

Mes mains se mettent à trembler alors que des souvenirs que je gardais profondément enfouis me reviennent par bribes.

Me réfugier dans mon coin sur le côté de la maison pour éviter mon père et trouver là un nouveau galet peint par Grant. Un objet anodin qui valait tout l'or du monde pour moi. Quelque chose qui m'indiquait qu'il était là et veillait sur moi.

Qui me fasse savoir qu'il n'était pas indifférent.

Qui me fasse sourire.

Les foutus galets.

Grant.

Autant de souvenirs qui ressurgissent à présent.

Et d'autres encore dont je ne veux pas.

Bon sang.

Ça se produit finalement.

Je ne peux pas les laisser revenir.

42

EMERSON

L'obscurité m'enveloppe dans son épais manteau, mais ne m'apporte pas le répit que je suis venue chercher.

Je ne peux pas fuir mon passé.

Ni tenir mes souvenirs à distance.

Il n'y a plus que le chagrin.

L'isolement.

Le besoin de m'en échapper.

Je baisse les yeux vers la lame du cutter appuyée sur mes cicatrices. La voir sur ma chair meurtrie m'aide à mieux respirer. La sentir me confère une minuscule gorgée de contrôle.

De honte, je serre mes paupières fermées. La peur fait couler mes larmes. La douleur incessante m'incite à la presser sur ma peau.

Et à inciser.

La douleur aiguë est instantanée, pourtant, quand je rouvre les yeux et vois le sang rouge vif accentué par le clair de lune, j'ai l'impression de m'être allégée d'un poids pour la première fois depuis longtemps.

Les larmes chaudes ruisselant sur mes joues, je regarde le sang perler. Tandis que je m'inflige une peine au lieu de laisser quelqu'un d'autre le faire pour moi.

Je tends l'autre bras, mes doigts se languissent de réitérer mon geste.

Pour trouver du soulagement.

Pour reprendre le contrôle.

Pour égaler ma peine avec une nouvelle douleur.

Tête haute. Ailes déployées.

La voix de ma mère bruisse dans mes oreilles et m'encourage à cramponner le couteau de toutes mes forces.

Ne fais pas ça.

Le besoin s'empare de tous les muscles de mon corps.

Ne flanche pas.

La tentation me fait vibrer de désir.

Le visage de ma mère traverse mes pensées. La détermination dans ses yeux. Ses lèvres qui murmurent leurs encouragements. La chaleur de son contact, alors qu'elle tient ma main et attend que la crise passe.

Les promesses que je lui ai faites de ne plus me mutiler sont désormais bafouées. La honte m'écrase. M'asphyxie. Je n'ai pas été suffisamment forte pour les respecter.

Les mains douloureuses, je lutte pour me contenir. *Comme mon cœur.*

Je ne suis pas à la hauteur.

Je lui ai promis de rester forte. Je lui ai juré de ne plus jamais me scarifier.

Retiens-toi, Emmy.

Dans un sanglot déchirant, je jette le cutter le plus loin possible dans les buissons denses, à l'entrée de la piste. Je dois conjurer toute ma force de volonté pour ne pas courir le récupérer.

Mais je flanche. Je ne peux pas.

La honte me rattrape.

Le regret est immédiat.

L'envie croît, bien que j'aie conscience de rompre une promesse faite à ma mère.

Et à moi-même.

– Je suis tellement désolée, maman.

Je me plie en deux et pleure avec chaque fibre de mon être et répète les mots qu'elle me murmurait chaque fois qu'elle découvrait de nouvelles entailles sur mes bras.

Cette douleur n'entame pas ma peine, il n'y a qu'en restant forte que j'y parviendrai.

J'ai le contrôle de moi-même.

Je survivrai malgré ça.

Je suis aimée de toute façon.

Au bout de la piste d'atterrissage, au petit jour, je me berce, ressassant les paroles de ma mère. J'espère retrouver un jour la force nécessaire.

43

GRANT

– J'ai merdé.

– Dis-moi quelque chose que j'ignore, rétorque Grady en détournant son attention du match de football de présaison, juste le temps de me regarder dans la cuisine.

– Arrête, je suis sérieux.

Je vérifie mon téléphone pour ce qui me fait l'effet d'être la centième fois, et soupèse l'idée de rappeler Emerson. Son dernier sms, il y a trois jours, qui m'informait qu'elle était débordée toute la semaine en raison d'une formation au saut, ne passe pas. Je ne lui ai rien demandé. Je ne lui ai même pas envoyé de message. C'est pourquoi le fait qu'elle prenne l'initiative de m'expliquer pourquoi elle n'est pas disponible me fait tiquer.

En particulier après qu'elle m'a exhorté de la ramener chez elle, puis a grimpé les marches quatre à quatre en prétextant des brûlures d'estomac. Planté là, je l'ai regardée claquer sa porte, mes excuses se sont perdues dans la nuit.

Quelque chose cloche. Peut-être a-t-elle seulement besoin d'espace. Qu'est-ce que j'en sais ?

– Hé, Roméo? Tu comptes terminer ta phrase ou tu interromps mon rencard avec les 49ers pour une raison précise ?

–Tu es chez moi, tu bois ma bière, tu regardes ma télévision et tu manges ma pizza, non? fais-je, et il hoche la tête. Alors ferme-la parce que c'est moi qui paie la note de ta soirée romantique.

–Bon, va droit au but et cesse de tourner en rond avec ton air de chien battu. Qu'est-ce qui t'arrive?

–Je ne sais pas.

J'avale une gorgée de bière, traverse la pièce pour m'asseoir en face de lui. J'ai vue sur le jardin, et lui sur le match.

–Fais gaffe à ces dossiers, tu veux? je gronde, le doigt pointé vers la pile d'affaires non résolues sur lesquelles je bosse, entassées au bout du canapé.

–Comment veux-tu que je fasse attention? Ils traînent partout. Sur le canapé. Ils dégringolent même du canapé. Aussi par terre. Sur la table basse. Sur le bureau. Enfin quoi, tu les emmènes aussi au petit coin?

–Tu peux rire, mais quand tu te délasseras dans ma nouvelle véranda avec barbecue en dur et écran plat, tu me remercieras.

–Ça ne te tape pas sur le système de baigner dans ces histoires sordides? Tu n'as jamais besoin de faire une pause?

–Quelquefois, je soupire. Récemment, de plus en plus.

Pour une tête à claques, il est malin.

–Quelque chose ne tourne pas rond avec elle. Elle me rejette.

–À sa place, je rejetterais aussi ta face de rat. (Je lui assène un coup de pied sous la table, plus pour attiser son hostilité qu'autre chose.) Mais considérant que tu as brutalement changé de sujet et que tu me laisses dans le flou, dois-je présumer que nous parlons d'Emerson? Encore?

–Je ne plaisante pas.

–C'est ce que je vois, raille-t-il.

–Qu'est-ce censé vouloir dire?

–Avec Emerson. Vous étiez d'accord pour une histoire sans engagement. Du moins, c'était le plan de départ. Soit tu t'investis trop, soit c'est ce qu'elle pense, et cela s'avère nettement plus complexe que tes sempiternels coups d'un soir... Alors, qu'est-ce qui se passe ?

– Il n'y a rien de spécial entre nous. *Sauf que si.* Elle n'est pas différente des autres. *Sauf que si.* Notre histoire non plus. *Carrément le contraire.* Nous couchons juste ensemble. *Mais ça donne l'impression d'être beaucoup plus que ça.*

– Bien sûr. Continue de te convaincre qu'il n'y a rien de plus entre vous, et de mon côté, je parierai de l'argent sur la victoire des 49ers au Super Bowl avec l'équipe la plus merdique de tous les temps.

Le match se poursuit cahin-caha, Grady ponctue d'un grognement chaque remplacement – qui sont légion – pendant que, le regard perdu dans le jardin, je vois le ciel changer de couleurs au coucher du soleil. Je devrais me détendre, préparer mon examen oral, mais je n'arrive à penser à rien d'autre qu'à Emerson. L'ai-je trop poussée dans ses retranchements, ai-je trop fait assaut d'allusions personnelles alors qu'elle a clairement l'habitude de se débiner ?

– Hé, Grant ?

– Quoi ? fais-je distraitement.

– Je pense que je vais sortir.

– Pardon ? Et la seconde mi-temps ?

Je le regarde, surpris qu'il parte pendant la mi-temps alors que le câble ne fonctionne pas chez lui.

– J'ai des choses à faire.

Je plisse les yeux à l'instant où il désigne la porte d'un geste du menton.

Pivotant, je découvre qu'Emerson se tient de l'autre côté de l'écran. Le visage impassible, les cheveux attachés, mais ses yeux sont cernés et tristes.

– Em ? Tu vas bien ?

Je suis debout alors que Grady ouvre la porte moustiquaire et la salue discrètement avant de s'engouffrer dans l'allée vers sa voiture.

– Emerson ?

– Je suis désolée. Je n'aurais pas dû... je ne veux pas rester seule.

Sa voix est difficilement perceptible.

– Mais non. Entre.

Un bras autour de ses épaules, je la guide à l'intérieur. Elle paraît si fragile, d'autant plus que je la connais uniquement sous un jour opposé. Nous avançons vers le canapé, elle s'assoit à côté de moi comme un robot. L'inquiétude s'infiltre dans chaque partie de moi.

En l'espace de quelques secondes, j'éteins la télévision et coupe le son du moniteur radio de police sur la table proche de moi. Aux prises avec un besoin impératif de l'enlacer, de la toucher, de tranquilliser cet air dans ses yeux, je l'attire contre moi, sa tête contre mon torse, et noue mes bras autour d'elle.

– Que se passe-t-il, Em ?

– C'est le foutoir dans ma tête.

– Comme tout le monde, je murmure, mes lèvres dans ses cheveux, mes doigts massant ses bras.

Alors qu'elle inspire entre ses dents, je réalise que le bout de mes doigts survole des cicatrices saillantes. Je retire promptement ma main, me sentant coupable de lui avoir fait mal.

– Pas autant que moi, finit-elle par répondre.

– Tu veux en parler ?

Elle émet un rire abattu.

– Sais-tu combien de fois on m'a posé cette question au cours de ma vie ? Un psy après l'autre jusqu'à ce que je n'en puisse plus d'être décortiquée et que je cesse d'honorer les rendez-vous.

– J'imagine, dis-je, bien que je n'aie pas la moindre idée de ce qu'elle a traversé. Il s'est passé quelque chose aujourd'hui ?

– Aujourd'hui ? Rien. L'autre soir ? Oui.

Elle soupire profondément. Sa vulnérabilité à vif est d'autant plus préoccupante que je ne connaissais pas cette facette de sa personnalité.

– Je n'arrête pas de penser à Keely. Je suis obnubilée par la possibilité que son père lui inflige les mêmes sévices que le mien. Je me demande sans cesse si elle assiste à des horreurs qu'il fait subir à sa mère. Ça me met dans tous mes états, Grant, et ça m'est extrêmement difficile de l'admettre.

– Doucement, dis-je, pétri de culpabilité parce que c'est moi qui l'ai mise face à cette scène.

C'est de ma faute. Je la retrouve dans cette petite fille, et elle aussi. Et il n'y a rien que je puisse faire pour la rassurer sur le sort de Keely. Faute de mieux, je la serre un peu plus fermement, appuie mes lèvres sur sa tête pendant que nous digérons tous deux la tournure des événements.

Son besoin de moi et mon désir qu'elle ait besoin de moi.

– Je ferai tout ce qui est en mon pouvoir pour la sauver, mais tant que sa mère ne porte pas plainte, ou tant que l'enfant ne révèle rien, je n'ai légalement aucun droit. J'ai les mains liées.

– C'est pour cela que tu lui as parlé des galets ?

Ma main se fige au milieu de son dos. C'est la première fois qu'elle manifeste une réaction à mon allusion aux pierres. Fut un temps, je pensais que j'avais inventé ce souvenir pour m'arranger de son départ, même si je savais qu'il s'agissait d'un fait bien réel.

– Comment ça ?

– Les cailloux. Tu t'es agenouillé pour discuter avec elle, tu as saisi des cailloux que je ne pouvais pas voir, mais je sais qu'ils sont peints.

– Mmm.

– Je les avais effacés de ma mémoire. J'avais oublié les galets jusqu'à ce que j'en rêve récemment. (Je sens la confusion hystérique dans sa voix pourtant affaiblie.) Tu les as mentionnés à plusieurs reprises et je me suis dit... je ne sais pas, mais je n'ai pas rebondi parce que ça échappait à ma compréhension. Ensuite, la nuit où je t'ai observé avec Keely, j'ai rêvé des cailloux. De nos galets. Ceux avec les zombies. Et ceux que tu déposais pour que je les trouve quand je m'échappais de chez moi et...

Elle laisse échapper un lourd sanglot, ses doigts cramponnent mon tee-shirt et son corps tremble tandis qu'elle se débat farouchement pour ne pas craquer.

– Ne sois pas triste. C'est un beau souvenir. C'était le seul moyen dont je disposais pour te montrer que j'étais là pour toi. Avec le recul, ça peut sembler mièvre, mais nous avions huit ans.

– Pas mièvre, murmure-t-elle. Tous les jours, j'attendais impatiemment d'en trouver un nouveau.

– J'ignorais tout de ce qui se passait chez toi, mais je savais que ça t'affectait. (Je caresse ses cheveux et resserre mon étreinte, me détestant de lui infliger ça.) Je suis navré de t'avoir emmenée sur l'intervention. Je ne voulais pas te bouleverser.

– Mais non, tu te méprends. (Elle s'écarte, les yeux rouges mais secs.) Cela m'a permis de comprendre.

Son expression désorientée me fend le cœur. Sa vulnérabilité, encore plus.

– Si j'ai oublié les galets, qu'ai-je occulté d'autre ?

– Em, nous avions les galets. C'est tout. Je suis sûr que tu te rappelles une multitude de choses que j'ai oubliées sur ce que nous faisions, les jeux que nous aimions. Ce n'est pas bien grave.

– Ce n'est pas... Tu es là et je ne peux pas les arrêter, confie-t-elle, troublée et visiblement anxieuse.

– Arrêter quoi ?

– Rien. C'est sans importance.

La première larme finit par couler alors qu'elle se passe la main dans les cheveux et que le tourbillon de ses émotions la submerge.

Je me contente de la fixer comme un cerf pris dans les phares d'une voiture. Les victimes hystériques, je peux gérer mais devant les grands yeux verts larmoyants d'Emerson, devant elle qui me supplie de lui apporter des réponses que je n'ai pas, je suis foutu, à tous points de vue.

– Ne te renferme pas.

– Je suis complètement larguée. C'est toi, dit-elle.

– Moi ?

Qu'ai-je fait ?

– Ce n'est pas ce que je veux dire. (Elle serre ses paupières closes et secoue la tête.) Je ne veux rien savoir de plus.

– Je ne te suis pas.

Son inspiration devient saccadée alors que, saisi du besoin de la toucher, j'essuie une larme sur sa joue avec mon pouce. Ce simple contact ne me satisfait guère, la connexion n'est pas assez forte, aussi je me penche et mes lèvres effleurent les siennes, ma main capture sa nuque, nos fronts se touchent.

Je reste ainsi un instant, partagé entre le besoin qu'elle reste et la crainte qu'elle souffre davantage. Accablé, maintenant que je sais que je sème la discorde dans sa vie.

– Je ne me fais pas confiance, Grant. Je me méfie de ma mémoire. Je ne crois pas qu'il me soit réellement arrivé ce que j'ai cru qu'il m'était arrivé...

– Tu n'as rien inventé, dis-je, détestant le découragement qui émane d'elle : dans ses yeux, sa posture, le ton de sa voix. Je ne saisis pas pourquoi cela la contrarie à ce point.

– Ce n'étaient que des galets puérils.

– Il ne s'agit pas uniquement des galets. C'est *tout le reste*.

Son désespoir me serre le cœur.

Je donnerais tout pour effacer sa peine, et un court instant, j'envisage de révéler que je détiens des preuves des abus qu'elle a subis. Que je possède la preuve qui dissiperait le doute dans son esprit. Peut-être que si elle pouvait choisir de connaître les détails, cela l'aiderait, lui donnerait le sentiment de regagner un certain contrôle.

Je darde un regard vers les dossiers bleus et verts amoncelés sur la table et je sais que le sien se trouve là. Je ne l'ai pas encore ouvert, mais il renferme l'historique détaillé de sa maltraitance.

À peine ai-je formulé cette horrible perspective que je la rejette.

– N'empêche que je ne me fais pas confiance, chuchote-t-elle, la chaleur de son haleine réchauffant mes lèvres.

– J'ai confiance en toi, dis-je en me raccrochant à n'importe quoi pour annihiler la douleur dans sa voix.

Je suis peu qualifié pour lui fournir les réponses dont elle a besoin, mais bon sang, j'abattrais des montagnes si cela pouvait arranger ce qui cloche... quoi que ce soit.

– C'est différent.

– Les gens te confient quotidiennement leur vie. Chaque jour, ils s'élancent des avions et remettent leur sécurité entre tes mains, confiants que tu les ramèneras sur la terre ferme sans encombre. Comment peux-tu prétendre le contraire ?

– Ils font confiance à l'enseigne fixée sur le bâtiment. Aux rangées de certificats accrochés au mur. À la réputation bâtie en cinquante années d'expérience. Ils ignorent tout de la femme qui les accueille en combinaison de parachutiste.

Elle a l'air paumée, le regard affolé, son langage corporel indéchiffrable sinon qu'elle est effondrée, et que je déteste la voir dans cet état.

– Ça va aller, Em. Nous trouverons une solution. Tout va s'arranger.

Elle se lève mollement du canapé, agitée et tourmentée.

– Ça ne s'arrangera pas, Grant. Ça n'ira jamais et ça ne partira jamais. Bordel de merde, j'ai tenu douze ans sans flancher, et maintenant que ça me reprend, qu'est-ce que ça dit de moi ? Que ma force s'étiole ? Que je n'assure plus ? Que je suis aussi détraquée que tout le monde le pense ?

Je ne la suis plus. J'ignore à quoi ses hurlements font référence.

– Douze ans ?

– Ça ! vocifère-t-elle en tendant violemment les bras, révélant les marques rouge vif à l'intérieur de son bras droit. Ça, Grant. Pendant des années, je me suis coupée pour tenir bon. Des années d'automutilation parce que la douleur que je m'infligeais éclipsait celle qu'il m'a causée. Cela me donnait l'impression de contrôler quelque chose. Je devenais l'unique responsable. Celle qui savait que la laideur extérieure reflétait la laideur intérieure.

Sa voix se brise derechef et, ce faisant, me fracasse le cœur.

D'un bond, je me lève et accours auprès d'elle.

– Em.

Je ne reconnais même pas la tristesse dans ma propre voix.

– Un jour, tu m'as demandé comment j'avais tenu le coup. Voilà ta réponse, Grant. C'est comme ça que j'ai résisté.

– Emerson.

Mon Dieu. Comment ai-je pu passer à côté ? Je m'attends à ce qu'elle me repousse quand je l'étreins. Je présume qu'elle résistera, mais elle n'en fait rien. Ses bras se glissent autour de ma taille, sa tête se blottit contre mon torse. Accrochés l'un à l'autre, nous affrontons le torrent d'émotions qui se déverse en nous.

– Emerson.

Je répète son nom, pétri du besoin de voir ses yeux, de savoir qu'elle va bien. Une fois rassuré, peut-être me sentirais-je mieux. Qu'en sais-je ? Elle redresse le menton et pose sur moi ses yeux rougis, emplis de honte et de tristesse, avant de presser ses lèvres sur les miennes. Je m'attendais à tout sauf à ça. Mais notre baiser est lent et hésitant, une femme cherchant son chemin dans la tempête déchaînée qui la secoue.

Je l'embrasse en retour. Doucement et tendrement. Lui donne tout ce qu'elle veut de moi, promettant que je la soutiendrai de mon mieux.

Ses larmes salées imbibent nos lèvres.

Son besoin désespéré de se perdre est palpable.

Il y a définitivement du plaisir dans notre baiser, et plus encore. Son bien-être. Ma raison. Notre conviction que nous verrons le bout du tunnel.

Emerson est aux antipodes de la fille sûre d'elle que je connais. Elle est timide, hésitante. Elle a peut-être initié ces baisers, mais en vérité, elle essaie de se perdre dans le contact charnel, comme toujours. Elle tente d'oublier la laideur en elle.

Et cela me tue.

Pour un homme qui se targue de savoir gérer n'importe quelle situation – avec ou sans femme – je suis totalement démuni.

C'est clair que je la désire. En particulier quand elle passe ses ongles sur mes abdos, sous mon tee-shirt, puis l'enlève. La saveur sur ma langue. La senteur de sa peau. Les sensations familières lorsque je m'engouffre en elle. Elles se percutent, rivalisent pour accaparer mon attention.

Bien que d'ordinaire, je ne sois pas le dernier à répondre à l'appel du sexe, quelque chose me retient de lui arracher ses vêtements pour lui offrir l'ardeur physique dont elle a follement besoin.

Elle a besoin de voir la beauté dans la laideur.

Mes pensées sont voilées par le désir, dissipées dans son brouillard, mais quand elle saisit les boutons de mon jean, j'attrape ses poignets.

– Em, je pantelle, mon érection me suppliant de la laisser me caresser.

– Non. (Elle s'évertue à repousser mes mains qui la menottent tandis que je l'entraîne dans ma chambre.) Pas ça... arrête... j'ai besoin... susurre-t-elle entre deux baisers, mais ses lèvres rencontrent les miennes à chaque mot dans un regain d'urgence.

Je la pousse sur le lit. Tandis que ses longues jambes la remontent vers la tête de lit, je rampe sur elle. Elle me contemple avec une intensité qui altère mon jugement. Dérobe mes mots. Ma respiration.

Ses lèvres tremblotent.

Ses yeux se mouillent de larmes.

Sa respiration s'accélère sitôt que je plaque ses bras derrière sa tête, les paumes de ses mains vers le plafond. Mes yeux plantés dans les siens, je rapproche mes lèvres au ralenti et les presse légèrement sur la fraîche cicatrice écarlate qui barre l'intérieur de son biceps. Elle se fige, et je sais qu'elle prend sur elle pour ne pas retirer son bras. Si elle le replie, je la laisserai faire. Sinon, je saurai qu'elle me fait confiance, ne serait-ce qu'un peu. Un peu, c'est suffisant pour l'instant.

Guettant sa décision, je décèle la honte dans ses yeux, son embarras que je sache, son combat pour me laisser entrer. Son inspiration se fait tremblante, mais elle ne bouge pas.

Elle a confiance en moi.

Je parsème de baisers les cicatrices de son bras droit, le cœur serré et la colère grondant alors que mes lèvres survolent les aspérités qui attestent de sa douleur. Elles abondent, si bien que je ne pense plus qu'au nombre de fois où elle a éprouvé le besoin de se blesser pour supporter ce que ce salaud lui a infligé.

Dans quels abîmes de souffrance a-t-elle sombré pour qu'elle en vienne à se mutiler ? À graver des cicatrices permanentes pour remédier à ses crises ? Mes lèvres sur sa peau et son parfum dans mes narines, je l'imagine recroquevillée dans un coin, une lame appuyée sur son bras. Encore et encore. Des larmes mêlées aux gouttes de sang. Seule et isolée du monde, sans personne pour la secourir.

Soudain, je réalise que ce n'est pas terminé. Il ne s'agit pas de mesurer un châtiment passé, étant donné qu'elle s'est récemment coupée. La douleur persiste. Omniprésente. Elle continue de hanter cette femme épatante.

Je dois lui prouver qu'elle n'est pas seule, qu'elle est belle intérieurement et extérieurement.

C'est pourquoi je fais assaut de baisers respectueux pour révérer ses cicatrices. Le côté droit adoré, le besoin de calmer mon courroux me conduit à retourner vers ses lèvres. De déguster, apaiser et savoir qu'elle va bien avant de m'écarter, la regardant dans les yeux pour l'informer de ce que je projette de faire. Ensuite je presse mes lèvres sur les nervures de son bras gauche.

Appelez ça mon complexe du héros. Arguez que mon tout premier amour m'autorise désormais à l'aimer. Traitez-moi de mauviette. Je n'en ai cure... parce que, bon sang, n'importe quel homme dans ma situation, avec une femme peu encline à lui vouer une confiance aveugle dans ses moments d'extrême vulnérabilité, en sortirait changé.

Et changez-le d'une manière qu'il n'aurait jamais crue possible.

Alors que mes lèvres parcourent son bras, je remonte son débardeur pour exposer sa peau ferme et semer des baisers passionnés sur son ventre, et je sais que je suis différent. Je sais que sa saveur, ses petits bruits, les sensations sous mes mains resteront gravés à tout jamais dans ma mémoire.

Je lui ai dit que nous provoquerions l'instant, pas les souvenirs.

Que nous profiterions du présent.

C'est pourquoi je m'y emploie. Fort de la confiance d'Emerson, je remonte ma main à l'intérieur de sa cuisse, sa jupe courte se plissant dans le mouvement. Je lèche sa petite culotte en coton, l'incitant à écarter les jambes pour moi. J'aspire son clito, et en réaction à la sensation atténuée par le tissu, combinée à l'exaltation, sa main cramponne les draps et ses hanches se soulèvent à ma rencontre.

D'un doigt, j'écarte son sous-vêtement et longe son sexe avec ma langue, l'enroule autour de son clitoris et redescends jusqu'à l'insinuer en elle. Le souffle entrecoupé, ses doigts lâchent le drap et s'enfoncent dans mes cheveux.

Elle a un goût exquis, la somme de mon envie, de mon besoin et de mon désir. Son suc nappe mes lèvres. Le nez plongé en elle, je lèche, lui donne du plaisir et l'aguiche dans un tourbillon de sensations.

Je la laisse s'abandonner. Je la fais ressentir. L'aide à oublier.

Je l'embrasse pour chasser sa peine mais, en plus, je veux lui communiquer la force de mon désir pour elle. Elle tout entière. Ses cicatrices. Sa beauté. Ses souffrances. Son passé. Son futur.

Le miaulement dans sa gorge, mon nom grommelé, ses suppliques désespérées pour en réclamer davantage, alors que ma langue et mes doigts s'affairent pour l'échauffer, sont en soi une séduction orale. Quand elle halète, alors que je l'entraîne dans l'abîme où le désir devient extase, j'attends fébrilement qu'elle jouisse pour m'introduire en elle et la rejoindre.

– Grant, souffle-t-elle, haletante, le corps traversé de spasmes, se tortillant sous la pression de l'orgasme qui la cueille.

Son minou pulse autour de mes doigts et contre ma langue. J'aspire son clitoris avec force et douceur, prolongeant son plaisir au maximum... et putain, je donnerais tout pour me relever, écarter vigoureusement ses jambes et la pilonner jusqu'à l'inconscience.

Seulement je ne peux pas.

Impossible, considérant l'état dans lequel elle est venue me trouver.

Considérant que c'est moi qui ai semé la zizanie dans sa tête.

Et qu'elle a foi en moi alors qu'elle s'interdit de faire confiance à qui que ce soit.

Voilà pourquoi, pour autant que mon érection m'implore de plonger entre ses cuisses, je garde mon boxer. Le besoin de la pénétrer rend mon érection douloureuse et mes testicules brûlent de se soulager, ça oui, mais c'est secondaire. Je me le reprocherai plus tard, lorsque je m'emparerai du lubrifiant et me caresserai, mais dans l'immédiat, c'est la meilleure chose à faire.

Son goût addictif sur ma langue, je pose un baiser sur l'intérieur de ses cuisses puis me hisse pour tracer des cercles autour de son nombril. Une vraie torture, centimètre par centimètre, je remonte le long de son corps. Chaque fois que mon érection effleure le lit ou sa jambe, je suis sur le point de jouir comme un ado.

– Splendide, je murmure, la couvrant d'éloges entre chaque baiser.

Je longe les côtés de son buste. Survole les pointes de ses seins. Puis je reporte mes lèvres sur les cicatrices de ses bras pour lui faire savoir que même ces parties sont magnifiques.

Je m'aventure sur son épaule, suis le contour de sa mâchoire. Ses soupirs me stimulent. Sa tension soudaine, sitôt qu'elle devine où mes lèvres se poseront ensuite, puis elle se détend alors qu'elle se rappelle qu'elle peut me faire confiance.

Au moment où je retrouve ses lèvres, je sais qu'elle a recouvré un semblant de calme. Ses baisers, incertains un peu plus tôt, se nuancent de tendresse et de satisfaction. Ils ne sont pas totalement tels que j'ai appris à les connaître, mais cela suffira pour l'instant. Ils indiquent un réel progrès.

– Grant.

Elle murmure mon nom contre mes lèvres, et quand je me recule pour la regarder, une larme glisse du coin de son œil à sa tempe, et sur l'oreiller.

– Chut, fais-je, le front appuyé contre le sien.

– Personne ne m'a jamais traitée avec autant d'égard, chuchote-t-elle peu après, sa main sur mon cœur.

Bien plus tard, alors qu'elle dort entre mes bras, ses mots percutent réellement. Savoir que j'ai suscité ce sentiment m'emplit de fierté.

Si pour sa part, elle n'a jamais fait l'objet d'autant de délicatesse, pour ma part, je n'ai jamais été aussi attentionné avec aucune autre femme.

Cela dit, les autres femmes n'étaient pas Emerson.

44

EMERSON

Le rêve me tire subitement du sommeil.

Sous le choc, je ne parviens pas à m'en souvenir, mais les sensations planent dans mon esprit. L'obscurité de la chambre. Son musc. Ses petits bruits.

Les premières secondes, je suis dévorée par la peur.

Puis je réalise que c'est le bras de Grant qui m'étreint. C'est la chaleur de son corps qui est nichée entre nous. C'est sa respiration régulière qui se mêle à l'immobilité de l'air de la nuit dans sa chambre.

Mais c'est sans importance. Un autre rêve fait encore tambouriner mon cœur. Une autre tranche de mon passé dévoilé. Un autre lambeau se détache.

Je me décale pour creuser une distance nécessaire entre lui et moi.

Comme si l'espace pouvait m'aider à déchiffrer les rêves que je fais constamment. À surmonter la peur qui accompagne chacun d'eux. À démêler les cauchemars dans lesquels je suis Keeky, ou elle est moi, et que mon père approche dans le couloir. Des choses, de menus détails que j'avais occultés, mais qui sont désormais si vifs et terrifiants qu'ils me coupent la respiration.

Mais la peur domine. Elle m'imprègne en permanence ces derniers jours, et elle a de lourdes conséquences sur mon quotidien. Je me suis emmêlée dans les chiffres en remplissant ma demande de prêt, dans les instructions fournies à mes élèves durant un cours, et je me déconcentre pendant les sauts.

Pourtant, malgré toute la détresse et les souvenirs, celui que je redoute le plus de déterrer reste silencieux. Les espaces vides de ma mémoire qui les dissimulent me narguent et promettent de tout révéler, me détruisant au passage.

C'est pourquoi je ne me fais pas confiance.

C'est pourquoi, quand je regarde Grant, je sais que j'ai besoin d'espace, bien plus que la trentaine de centimètres de draps tièdes que j'ai placés entre nous. Aussi de temps pour penser. Quelques jours pour me clarifier les idées et décider quoi faire ensuite.

Je me glisse hors du lit et me tiens debout à côté de lui, allongé dans les draps. Le clair de lune perce la fenêtre, diffusant son halo sur son ventre, son visage restant enveloppé d'obscurité. J'admire sa beauté, sa douceur, et je sais sans l'ombre d'un doute que je ne le mérite pas ou, du moins, pas la patience qu'il manifeste à mon endroit.

Mon cœur se serre douloureusement.

Pour quantité de raisons. Pour cette raison, lorsque je me penche pour poser un doux baiser sur sa joue drue, une larme s'échappe et coule sur ma joue.

Il trouve de la beauté dans ma laideur.

Ça m'échappe totalement. Je ne saisis pas comment quelqu'un pourrait discerner de la beauté en moi alors qu'elle est assombrie par tant de souffrance. Quand, sous la surface, je suis une catastrophe sur le point d'imploser. Ce concept même me laisse perplexe. Cette prise de conscience me convainc que j'ai besoin d'une pause salutaire.

De relativiser.

De comprendre si Grant est le remède ou la cause de ma constante agitation.

– Au revoir, Grant. Et merci, je murmure.

La porte se referme dans un clic et les larmes continuent de couler. Je ne saurais dire si je me sens vulnérable parce que j'ai enfin ouvert les vannes, ou parce que j'ai peur de devoir tirer ma révérence.

45

GRANT

– Salut, Grant. Tu t'es enfin décidé à te lancer ?

Adossé dans son fauteuil derrière le bureau, le sourire entendu de Leo semble défier ma virilité à sauter. Si ça l'amuse, pourquoi pas.

– Pas question. Les poules n'ont pas encore de dents, me semble-t-il ? je ris, à l'affût d'un signe de la présence d'Emerson dans ce lieu dont elle s'éloigne rarement. Em est dans le coin ?

Sur le bureau qui nous sépare, le téléphone retentit. D'un geste, je l'invite à répondre.

Leo vérifie le nom de l'appelant et lève les yeux au ciel.

– Encore cet emmerdeur. Il attendra. Et pour répondre à ta question, elle n'est pas là. Elle a pris un congé.

Avant que j'aie pu m'enquérir de l'endroit où elle est allée, la messagerie se déclenche et la voix rauque d'Emerson remplit l'espace autour de nous. « Merci d'avoir contacté *Blue Skies*. Nous sommes actuellement sortis sauter en parachute. Nous ne pouvons pas prendre votre appel, mais laissez un message. Nous vous rappellerons dès que possible. Tête haute. Ailes déployées. »

– Désolé, le bouton du volume est cassé, je ne peux pas le baisser, s'excuse Leo alors qu'un bip signale le début de l'enregistrement.

« Emerson, vous ne m'avez pas rappelé. Il reste deux ou trois choses à revoir concernant la demande de crédit. Il est impératif que vous me retrouviez pour dîner en fin de soirée. Rien de mieux qu'un verre de vin pour ouvrir la voie à la réussite. Si je n'ai pas de nouvelles dans l'heure, votre paperasse pourrait bien se perdre dans la mêlée, si vous voyez ce que je veux dire. Une heure, Emerson. Je n'aime pas poireauter. »

Qui que soit ce type, sa voix me fait bouillonner de rage. Enfin bon, je sais que c'est le chargé de crédit, mais ce qu'il espère obtenir en échange de l'approbation du dossier me paraît clair. Seulement, il abuse de sa position pour essayer de profiter d'Emerson, et son aplomb laisse entendre qu'elle n'est pas la première qu'il fait chanter.

– Espèce de fumier ! grommelle Leo.

Son expression égale mon courroux.

– C'est déjà arrivé ?

– Qu'il prenne ce ton obséquieux ? Tout le temps. Ce mec est un enfoiré de première catégorie.

– Qui est-ce ?

Leo me dévisage un instant, et je vois qu'il tergiverse.

– Emerson sait le tenir à distance, répond-il finalement, sans me donner la réponse escomptée. Si elle a besoin d'aide, elle ne manquera pas de te le faire savoir.

Je lui assène mon regard de flic démoralisé, mais il reste de marbre. D'un côté, j'aime savoir qu'il garde un œil sur elle, mais de l'autre, je regrette qu'il ne soit pas plus investi, sans quoi il me répondrait et je pourrais intervenir.

– Donc elle a posé sa journée ?

– Plusieurs jours.

– Où est-elle allée ? je demande, détestant la sensation que j'ai ressentie au tréfonds de mes tripes en me réveillant dans une maison de nouveau vide.

– Elle a dit qu'elle avait besoin de se tirer. Probablement pour essayer un nouveau spot de parachutisme. D'après Desi, elle aime bourlinguer quand elle a besoin d'y voir clair. Pour tout te dire, ça me surprend qu'il lui ait fallu aussi longtemps. Entre la pression que lui mettent les propriétaires de *Blue Skies* pour qu'elle accélère l'étude de son dossier et ce salopard qui s'en sert de rançon, elle a certainement besoin de répit.

Cela n'explique pas pourquoi mes messages restent lettre morte.

– Ah ? J'aurais cru qu'elle ne laissait jamais cet endroit.

– C'est rare, mais pas exceptionnel.

– Merci. Si elle téléphone, pourrais-tu l'informer que je la cherche ?

– Sans problème. Mais ça m'étonnerait qu'elle donne signe de vie. Quand elle se volatilise... elle est injoignable.

Formidable...

Dehors, les mains sur les hanches, je regarde sa place de parking vide.

Je dois préparer mon entretien et examiner des affaires classées sans suite.

J'ai ma vie.

Alors pourquoi suis-je sur ce terrain d'aviation, en train de me demander où diable elle se trouve et pourquoi elle est partie ? Je n'ai aucune idée de l'endroit où elle peut être, mais si j'étais joueur, je parierais que son départ est lié à la nuit dernière.

Ça craint de se réveiller seul dans un lit.

Encore plus déplaisant, l'inquiétude qui bourgeonne depuis ce matin.

46

EMERSON

– J'ai rencontré un type, enfin pas vraiment *rencontré*. Disons que je l'ai revu. Je pense que tu l'approuverais. Tu aurais toutes les raisons de l'apprécier, sinon qu'il joue avec mes nerfs. Je ne sais pas quoi faire.

Ma voix est emportée par le vent qui me fouette les cheveux. Je tends mon visage vers le soleil, les yeux fermés, et m'efforce de ressentir sa présence à mes côtés. Une main sur sa pierre tombale et l'autre jouant avec l'une des pâquerettes qui parsèment son caveau.

– C'est Grant Malone. (Je souris.) Oui, je sais. Tu as toujours eu de l'affection pour lui, même si chaque fois que tu évoquais les Malone, je ne manifestais aucune réaction. Mais j'ai recroisé son chemin, maman, et je patauge comme jamais.

J'observe un aigle qui s'élève dans le ciel bleu au-dessus de la colline qui surplombe Miltonville, la ville natale de ma mère. Elle a élu ce lieu comme sa dernière demeure parce que, selon elle, du sommet, elle peut veiller sur moi, quelle que soit la direction que je décide d'emprunter.

– Des souvenirs que j'avais oubliés refont surface. De bons souvenirs. Tu étais tellement fière de ma volonté, mais j'ai perdu cette force, maman. J'ai l'impression de perdre prise sur la réalité. Un jour, je fais tout mon possible pour acquérir *Blue Skies*, obtenir un crédit, rester à jour dans les travaux que j'effectue pour Travis, et le suivant, Grant Malone ressurgit dans ma vie, et c'est comme si plus rien ne comptait.

En quoi est-ce grave? je l'entends me demander, comme autrefois. Le refrain coutumier me tord le cœur parce qu'elle me manque à en crever.

– C'est grave, parce que j'ai besoin de règles strictes, d'ordre, de contrôle, mais tout vole en éclats quand il s'agit de lui. Ce n'est pas tolérable. Sans mes règles, mon esprit s'égare, et je ne peux pas me le permettre. Je ne tolérerais pas de retrouver de nouveaux souvenirs. C'est juste... au-delà de mes forces.

Si je ferme les yeux, je parviens à voir son sourire lorsqu'elle murmure *Mais pourquoi?* en me regardant au-dessus de sa précieuse tasse de thé. Si je retiens l'image assez longtemps, je peux même entrevoir les volutes de vapeur autour d'elle et ses yeux noisette se plisser un tout petit peu, comme si elle me soufflait la bonne réponse.

– Je ne peux pas avoir besoin de quelqu'un. Je ne fais confiance à personne. Tu n'es pas sans le savoir. Hormis en toi et en Desi. Maintenant, il n'y a plus que Desi.

J'inspire à pleins poumons, puis expire lentement pour me galvaniser.

– J'ai peur. Je suis effrayée parce que je ne sais pas combien de temps je pourrai maintenir cette façade normale et solide alors que, dernièrement, je me sens comme la petite fille d'autrefois. Celle qui s'écroulait chaque fois qu'un inconnu la regardait avec trop d'insistance et attendait le moment de s'entailler les bras pour prouver qu'elle avait grandi dans la souffrance... et ne connaîtrait jamais rien d'autre.

Aux prises avec ce mensonge, je triture la fleur, tête baissée. J'ai prétendu que m'inciser la peau relevait davantage d'un besoin passé que d'un fait d'actualité... puis je comprends qu'elle le sait déjà. Ses ailes m'enveloppaient ce matin-là. C'est grâce à elle que j'ai contrecarré le besoin de me mutiler une seconde fois.

Lâchant la pâquerette, je retrace chaque lettre de son nom gravé dans la pierre et je sais que si ma mère était encore de ce monde, elle me dirait que je ne pense rien de tout ça. Que dans le fond, je suis forte, tenace et belle, et que contrairement à moi, il a perçu toutes mes qualités. Que c'est pour cela que je suis effrayée, et que ce n'est pas catastrophique que je me souvienne partiellement de mon passé parce que nous avons toujours su que c'était une possibilité.

Elle poserait sa tasse de thé, me presserait la main puis me dirait que si je commence à recouvrer la mémoire, c'est parce que j'ai enfin trouvé quelqu'un de suffisamment robuste pour rester à mes côtés et m'épauler dans cette expérience.

Les mots que je l'imagine prononcer survolent mes oreilles sans s'infiltrer dans mes réflexions. Ils sont angoissants, indésirables et vont à l'encontre de ce que je n'aurais jamais pensé m'autoriser un jour.

Ouvrir mon cœur à quelqu'un.

Partager ce chapitre de mon histoire.

L'une des dernières choses qu'elle m'ait dites fait écho en moi.

Me serinerait-elle que lui faire une place dans ma vie ne signifie pas que je dois cesser d'être solide et forte ?

Je souris, parce que c'est clair que oui.

– Tu me manques, maman. Tu n'imagines pas à quel point.

En larmes, je m'allonge de tout mon long sur sa tombe et repense aux nuits blotties dans notre camionnette, entre deux destinations. Les vagabondes en quête d'aventures.

Je reste étendue ainsi un long moment, le ciel bleu au-dessus de moi, baignée dans le réconfort de ma mère, une carte de sites de sauts entourés au feutre violet à côté de moi, focalisée sur le passé et les deux hommes qui ont fait partie intégrante de mon enfance.

47

EMERSON

– Emmy, arrête de pleurer !

Mécontent, il lance des coups d'œil répétés à la pendule murale, mais pas à moi.

– Je veux maman.

Mes mains tremblent et mon corps me fait souffrir, en plus j'ai peur et je veux juste ma maman.

– Ça suffit maintenant ! Tu n'as rien. Sèche tes larmes et retourne te coucher.

– Tu m'as fait mal.

Je le regarde fixement et observe l'étrange bosse sur le côté de sa mâchoire qui gonfle quand il grince des dents.

– C'est absurde.

On dirait que mon cœur remonte dans ma gorge. Comme avant que je vomisse et me fasse pipi dessus. Il ne faut pas que je recommence. Je repense au bain qu'il m'a préparé après. L'eau chaude. Sa façon bizarre de laver mes parties intimes avec le gant au lieu de me laisser me débrouiller seule.

J'ai l'impression que je ne peux plus respirer.

– Si, c'est vrai. Maman serait très fâchée contre toi si elle savait.

– Détrompe-toi. C'est toi qui vas avoir des ennuis. Ne m'oblige pas à répéter à maman que madame Gellar a téléphoné aujourd'hui pour se plaindre que tu fais des tiennes en classe. Tu sais qu'elle ne tolère pas que tu fasses l'idiote.

– Madame Gellar a téléphoné ?

– Bien sûr. Toi et Grant ne m'avez pas écouté, une fois de plus. Suis-je forcé de te punir pour que tu comprennes que tu ne dois plus le voir ? A-t-il une mauvaise influence sur toi en grandissant ?

Je panique. Il m'interdit de voir Grant ? Il est mon seul ami. Et… je ne comprends pas, je n'ai pas fait d'histoire aujourd'hui. J'ai été sage. Je suis toujours sage.

– Papa, je n'ai pas eu de problèmes aujourd'hui à l'école, dis-je d'une petite voix.

– Bien, et ce soir, je ne t'ai pas fait mal. Nous sommes d'accord ?

– Mais tu…

– Tu as rêvé, Emmy.

Il me regarde pour la première fois. Ses yeux me paraissent noirs. Noirs comme le fantôme dans le livre d'Halloween que Grant m'a prêté et qui m'a filé des cauchemars toute la semaine.

Ai-je vraiment rêvé ?

– Je ne crois pas que…

– Tu braillais. Tu as fait un cauchemar. Tu te débattais contre moi quand je t'ai réveillée parce que je t'enlaçais pour te rassurer. Ensuite, tu as fait pipi au lit comme un bébé. Encore.

Je cligne des yeux, consciente qu'il ment. Mais je ne me souviens pas de tout. Je n'arrive pas à me rappeler…

– Tu t'es endormie sur le canapé pendant que je regardais la télévision. J'aurais dû te porter dans ton lit, mais comme je pensais que tu dormais, je n'ai pas… le cauchemar que tu as décrit était exactement comme une scène qui est passée à la télé. Tu l'as sûrement entendue dans ton sommeil et tu l'as intégrée à ton rêve.

Sa voix vibre de colère comme chaque fois que je fais quelque chose de mal.

Je secoue la tête. Je me suis endormie dans mon lit. Avec ma poupée Strawberry Shortcake sous le bras et ma veilleuse qui projette un arc-en-ciel au plafond au-dessus de mon lit. Je ne m'endors jamais sur le canapé.

Mais ma couverture est ici. À côté de lui. Je l'ai traînée jusqu'ici ?

– Maman me gronderait si elle savait que je regardais la télé avec toi alors que tu aurais dû être au lit. Elle va rentrer d'une minute à l'autre, et tu sais qu'elle crie très fort quand tu te couches tard la veille d'un jour d'école. Tu veux que je te porte dans ton lit ?

– Non.

J'arrive tout juste à répondre. Je ne veux pas de lui dans ma chambre.

– D'accord. Viens me faire un bisou.

Je le regarde, mes pieds pèsent plus lourd que des pattes d'éléphant. Il tend le bras, m'attire vers lui et presse ses lèvres sur les miennes. Mon ventre me brûle comme si j'allais être malade. La sensation de ses moustaches me rappelle le même contact un peu plus tôt dans la soirée.

Pas dans un rêve.

– Dors bien, ma princesse. Tu m'aimes, Emmy ?

– Oui, papa.

– Dis-le.

– Je t'aime.

– Fort comment ?

– De tout mon cœur.

Son sourire me donne l'impression que des fourmis rampent sur moi.

– Retourne te coucher à présent.

Je cours jusqu'à ma chambre et ferme la porte. Puis je la rouvre parce que le noir attire les monstres.

Sauf que le monstre se trouve au rez-de-chaussée...

Couchée dans mon lit, les couvertures resserrées autour de moi, j'ai du mal à respirer. Le cadre étranger de la chambre d'hôtel dans laquelle je loge alimente mon trouble.

Dans la mesure du possible, je me repasse le rêve dans ma tête et un détail ressort du lot.

De tout mon cœur.

Comment ai-je pu dire à quelqu'un qui vient de me violer que je l'aime ?

Comment ai-je pu me mutiler les bras pendant des années pour supporter la douleur infligée par un homme censé me vouer un amour inconditionnel ?

Tout tourne autour de la confiance.

Les bohémiennes.

Je repense au fait que, en voyage, ma mère se méfiait de tout le monde. Si quelqu'un me témoignait le plus petit intérêt – même le plus bénin qui soit – nous reprenions la route. Partions pour la prochaine aventure. Un autre endroit où personne ne nous remarquerait dans un premier temps.

J'en reviens toujours à la confiance.

Me concernant, elle n'avait confiance en personne.

Et maintenant ? Je me méfie de moi-même.

48

GRANT

– Vous négligez votre travail, Agent Sexy.

La voix légère de Desi retentit fortement dans le combiné. Je me redresse sur mon siège, reprenant du poil de la bête à la fin d'une journée monotone de gueule de bois carabinée. Hier soir, j'ai forcé sur la bière avec mes frères.

– Ce ne serait pas ma petite curieuse préférée ?

Je ris, mais je suis soulagé d'avoir de ses nouvelles. Peut-être qu'Emerson l'a contactée, étant donné qu'elle ignore littéralement mes messages.

– Je suis démasquée. Curieuse, c'est toujours mieux qu'inexistante. As-tu parlé à notre amie dernièrement ? demande-t-elle, orientant la conversation vers la raison de ma cuite de la veille.

L'inquiétude pousse aux excès.

– Pas depuis trois jours. (Précisément soixante-dix-huit heures, je rectifie mentalement après vérification de l'horloge.) Mais elle est comme ça... quand elle se sent trop proche de moi, elle prend un peu de distance.

– Ah oui ? C'est pour ça ? Enfin quoi, elle a pris ses jambes à son cou il y a trois jours, devrais-je m'inquiéter que tu lui aies fait quelque chose qui m'obligerait à serrer tes testicules dans un étau jusqu'à ce que tu implores mon pardon ?

– Aïe.

Je remue dans mon fauteuil et note de ne jamais contrarier Desi.

– Alors ?

– Non. Je ne l'ai pas fait fuir. Elle est venue chez moi un soir, bouleversée à cause... de certaines choses, et le lendemain matin, quand je me suis réveillé, elle avait décampé.

Je marche sur des œufs, ne sachant pas ce que Desi connaît du passé d'Emerson. Si elle ignore tout, il n'est pas question que je divulgue son histoire.

– Et toi, tu l'as laissée partir ?

– Je dormais... je ne l'ai pas vue partir.

– Au risque d'être indiscrète, j'aimerais connaître tes intentions à son sujet.

– Elle a été toujours la seule pour moi.

Ma réponse me stupéfie. Elle me vient spontanément et avant même qu'elle n'ait franchi mes lèvres, je sais que c'est la pure vérité.

Ça a toujours été Emerson. Toutes les femmes étaient des substituts, des passe-temps parce qu'en mon for intérieur, je savais que nous nous retrouverions.

Mon Dieu, elle a disparu depuis trois jours et je suis devenu un pauvre sentimental.

Le silence s'étire, et je ne saurais dire si Desi me laisse digérer ma propre révélation ou si elle est aussi abasourdie que moi.

– Eh bien, il était temps que tu t'en rendes compte. Votre manège commençait à dater. Alors, maintenant que tu as ouvert les yeux, qu'envisages-tu de faire ?

– Je suis capable de gérer ma vie sentimentale. Au revoir, Desi.

Je ris en coupant la communication et secoue la tête. J'adore cette fille, mais elle me casse les pieds.

Comme de bien entendu, elle rappelle dans la foulée. J'hésite à répondre, puis réalise que je n'ai pas eu l'occasion d'apprendre si elle avait reçu des nouvelles d'Emerson.

– Je sais que tu es assez grand pour te débrouiller seul, imbécile. Mais j'ai parlé à Emerson, et quelque chose cloche.

– C'est-à-dire ?

Je me penche en avant, à la fois soucieux et soulagé.

– Elle m'a téléphoné hier soir. Elle divaguait alors qu'en temps normal...

– Elle a la tête sur les épaules.

Mon esprit s'échappe vers ses cicatrices irritées sur ses bras, et je déteste me demander si la prochaine fois que je la reverrai, il y en aura de nouvelles. Si cette parenthèse l'aidera à s'en sortir ou l'enfoncera davantage. L'égoïste en moi souhaite qu'elle réalise que c'est plus facile quand elle est avec moi. Qu'elle n'a pas de raison de s'enfuir parce que je suis là pour elle. Pour l'épauler. L'enlacer.

– Exactement.

– Qu'a-t-elle dit ?

– Elle était confuse. Elle élucubrait sur le doute et la confiance et je ne sais pas quoi d'autre... tout dans cette conversation m'alarme. Qu'est-ce qui la perturbait le soir où elle est venue chez toi ?

Merde. Je soupire. C'est entièrement de ma faute. J'ai déclenché son agitation.

– Je l'ai emmenée sur une intervention. Elle n'a pas vu grand-chose, mais le scénario global l'a probablement affectée et... bordel.

– Elle est rentrée, murmure-t-elle, me fournissant l'information tant attendue.

– Je fonce la rejoindre, dis-je en me levant, mes clés en main.

– Grant, si tu lui brises le cœur, tu lui casseras le moral.

– Personne n'a parlé de cœur.

49

GRANT

– Em ?

Emerson se tourne vers moi. Son visage accuse le choc, ses cheveux sont attachés en chignon, ses yeux cernés. Sitôt qu'elle me voit, elle s'éloigne dans la direction opposée.

– Emerson, je crie en m'élançant à sa poursuite.

– Je n'ai pas de temps pour toi, riposte-t-elle et, secouant la tête, elle hâte le pas. Je me suis absentée plusieurs jours, je dois rattraper le temps perdu auprès des propriétaires. L'agence doit être en ordre au cas où des acheteurs se présenteraient.

– Pardon ? (Mon ventre se noue.) Tu n'as pas obtenu les fonds ?

Quel con ! Je pensais être la source de ses problèmes alors qu'en vérité, son crédit a été refusé. La vraie raison, c'est que son rêve est anéanti.

– Je ne sais pas. Peu importe. J'annule la demande.

C'est quoi, ce bordel ?

– Qu'est-ce que tu racontes ?

Elle s'arrête de marcher pour la première fois et pivote vers moi.

– Je suis une bohémienne, Grant. Je ne reste jamais longtemps au même endroit. Ça me rend nerveuse, j'ai besoin de bouger. Manifestement, je ne peux plus me fier à mon jugement... enfin quoi, regarde-moi... (Elle rit.) Une fille de vingt-huit ans qui essaie de racheter une école de parachutisme avec de l'argent qu'elle ne possède pas. J'impose des règles que je ne respecte pas. Je couche avec toi, et après je détale. Je me suis mutilé les bras alors que je me suis promis de ne plus recommencer. Qui pourrait me faire confiance pour enseigner le parachutisme, rembourser un crédit ou mener une vie normale alors que j'ai perdu toute confiance en moi ?

L'hystérie perce dans sa voix et sa résignation se reflète dans ses yeux tristes.

– Je dois reprendre le travail.

Sur ces mots, elle fait volte-face et part à grands pas vers le bureau et le confort de l'agence pour m'empêcher de faire une scène.

La panique me frappe comme un bélier.

Elle ne peut pas me quitter.

Elle délire si elle croit que je la laisserai sortir de ma vie sans me battre.

Le moment est venu de faire une scène, je suppose.

– Hé, Reeves, je lance au moment où elle pousse la porte.

Je m'engouffre derrière elle. Leo lève les yeux du bureau, son regard va d'Em à moi. Carré dans son fauteuil, il se prépare au spectacle.

– Emmène-moi là-haut.

Au prix d'un effort extraordinaire, je ne m'étrangle pas, mais je sais que la peur qui court dans mes veines est sans commune mesure avec ce que je ressentirais si je la perdais une seconde fois.

– Comment ? dit-elle en se retournant à deux à l'heure, sourcils froncés, la confusion cédant le pas à la surprise. Tu peux répéter ?

– Je compte profiter de mon bon-cadeau. Emmène-moi sauter en parachute.

– Mais tu as le vertige.

Elle avance d'un pas, comme si elle n'en croyait pas un mot. Honnêtement, moi non plus.

– Tout le monde doit affronter ses peurs un jour ou l'autre, n'est-ce pas ? (Je hausse les épaules, tandis qu'immobile, elle me dévisage.) Un jour, quelqu'un m'a dit qu'il fallait vivre dangereusement... je ne veux pas vivre dans le danger. Je veux juste être avec toi.

Le souffle court, elle acquiesce de la tête. Ses yeux disent son envie de me croire, contrairement à son corps qui exprime de l'incertitude.

J'esquisse un pas, le cœur affolé et l'esprit luttant pour assimiler ma requête.

– Em, tu es la seule en qui j'aurais confiance pour me ramener sain et sauf sur le plancher des vaches.

Mon coup de grâce. Il est impératif qu'elle se fasse à cette idée.

– Pas d'accord.

Un ton peu enthousiaste, rempli d'incrédulité mais voilé d'espoir.

– Tu ne peux pas refuser.

Je souris, voyant Leo rire du coin de l'œil.

– Je possède un bon-cadeau payé d'avance, et c'est mon droit d'en profiter quand bon me semble. Tout de suite.

– C'est non.

– Le client est roi.

– Une fois que tu t'es engagé à sauter, tu ne peux plus te désister, me défie-t-elle, les sourcils arqués et le dos droit.

Précisément. *Une fois que tu t'es engagé à sauter, tu ne peux plus te désister.* J'espère qu'elle réalise que cela s'applique à nous.

– Je ne me désisterai pas, dis-je en ignorant mes pieds qui tentent désespérément de m'orienter vers la sortie...

Mais son changement d'attitude me retient. Ses épaules redressées. Ses lèvres frémissantes. Ses mains sur ses hanches.

La revoilà dans son élément. Plutôt crever que de ne pas l'aider à demeurer là... quand bien même cela me tuerait.

Littéralement.

Le moteur de l'avion vrombit dans mes oreilles et vibre sous mes fesses, mais ce n'est rien à côté de la terreur monumentale qui met mes nerfs à rude épreuve. D'accord, je suis une mauviette.

Mais c'est un avion.

Et un parachute en nylon sera très prochainement responsable de m'empêcher de me précipiter vers ma mort.

Et putain... je m'apprête à m'élancer délibérément par la porte d'un avion.

Tout ce tralala pour une femme.

Pour Emerson.

Pour lui prouver qu'elle est plus forte qu'elle ne le pense. Aussi forte que je le crois. Que tout son entourage le croit.

La confiance est une chose cruciale... et je vais bientôt remettre l'intégralité de la mienne directement entre ses mains.

Un bel abruti, voilà ce que je suis.

Je vais pour me passer la main dans les cheveux, puis me souviens que je porte un casque. Je fais sautiller mon genou, ferme les yeux et me tance d'avoir omis de téléphoner à ma mère pour lui dire adieu et que je l'aime.

Tous les conseils prodigués par Emerson dans la salle du sous-sol se rejouent inlassablement dans ma tête. Saut initial à treize mille pieds. Descente à plat ventre à une vitesse moyenne de cent quatre-vingt-cinq kilomètres à l'heure. Soixante longues secondes de chute libre. Me cambrer. Tirer sur la poignée de libération à deux mille cinq cents pieds du sol. Ensuite, bien sûr, le refrain rassurant d'Emerson: en cas de doute, tire d'un coup sec. Le parachute de réserve s'ouvrira au cas où la voile principale ne se déploierait pas.

J'ai sérieusement pété les plombs.

Mes oreilles se bouchent, et je remue la mâchoire comme elle me l'a indiqué pour régulariser la pression, mais nom d'un chien, je suis nerveux.

Je n'arrive pas à entendre ce qu'elle dit, mais elle plaisante, rit avec le pilote comme si elle allait promener le chien au parc. Comme si elle ne se posait pas de questions.

Je m'efforce de rester aussi calme qu'elle –une mission carrément impossible. Puis je me rappelle les raisons précises qui m'ont conduit à sauter. Pour elle. J'ai pris l'unique élément qu'elle sait que j'ai peur de perdre – la vie – et l'ai remis entre ses mains, lui confiant implicitement ma sécurité.

Mais le doute s'accroche dans mon esprit. Les compétences sont une chose. Les problèmes techniques, c'en est une autre.

Je sens un petit coup de coude dans mon bras. Me retournant, je me retrouve à plonger dans ses yeux. Pétillants de vie. Alors, je réalise qu'elle a besoin du parachutisme comme j'ai besoin de mon métier. Elle a besoin du shoot d'adrénaline procuré par les sauts exactement comme j'ai besoin d'agir en héros.

Autrement dit, nous nous épanouissons dans l'endorphine et l'adrénaline, mais les obtenons de manières extrêmement différentes.

–Prêt ? articule-t-elle avec un immense sourire, le regard animé, alors qu'elle s'oriente de manière que Leo, derrière elle, puisse nous attacher ensemble.

Prêt ?

Sûrement pas.

La gorge nouée par la peur, je déglutis et me force à sourire. Mes jambes vacillent sous moi, le trajet en avion est plus éprouvant que ce à quoi je m'attendais. Cela dit, ça s'explique potentiellement par le fait que la porte est ouverte et que le vent s'engouffre dans la cabine comme dans un sas.

Les secondes suivantes sont floues. Mes doigts cramponnent fermement les cordes fixées au toit pour me stabiliser. Le corps d'Emerson pressé contre moi alors que Leo arrime nos harnais pour notre saut en tandem. Le tremblement de mes mains alors que l'altimètre à mon poignet indique que nous avons presque atteint le point de non-retour. Mon estomac est retourné par l'envie de vomir, bien que je sache que si j'étais malade, je n'aurais aucun moyen de sauver mon honneur ou ma virilité.

Malgré ma position précaire, ses mains trouvent les miennes. Elle entrelace nos doigts et les presse pour me rassurer en silence. Un geste simple, mais c'est la bouée de sauvetage dont j'ai besoin pour exécuter les quelques pas vers la porte ouverte.

Putain de merde.

Je vais le faire.

Je vais sauter de l'avion.

Nous nous avançons dans l'ouverture et Emerson ôte mon bouchon d'oreille :

– Prépare-toi à jouir de l'instant présent, Malone.

Son rire englobe tout. Son insouciance. La liberté. L'aisance et la confiance en elle.

– Tête haute. Ailes déployées, crie-t-elle.

Puis elle tapote mon buste, un signal que nous avons répété quand nos pieds étaient fermement ancrés dans le sol pour m'aviser du moment crucial.

Elle nous retourne, nos pieds au bord, ses mains à côté des miennes dans l'encadrement, et avant que j'aie eu le temps de dire ouf, elle lâche tout.

Tête haute. Ailes déployées.

Bordel de merde, c'est de la folie pure !

En dépit de l'impression de chuter au ralenti, mon cerveau enregistre tout : la peur, l'euphorie, *ma* mort probable, l'adrénaline. Des instantanés temporels.

La pression de l'air exercée sur mon corps. Son flot dans mes oreilles. Mon souffle entrecoupé en début de descente. L'absence de la sensation d'avoir l'estomac dans la gorge que j'exècre, et qu'elle a promis que je ne ressentirais pas. L'impression d'échapper à tout contrôle jusqu'à ce que nous trouvions la bonne cambrure. La présence tranquillisante d'Emerson dans mon dos, ses bras guidant le positionnement des miens. Sa confiance en elle plus forte que mon incertitude.

C'est alors que j'expérimente un court instant de paix absolue.

Bien sûr, le bruit du vent rugit dans mes oreilles, mais tout ce que je vois, c'est la vallée entière étalée sous mes pieds, ses nuances de verts et de bruns fusionnant avec le bleu de l'océan non loin de là. C'est stupéfiant et magique, tellement serein que j'oublie que je dégringole à plus de cent soixante kilomètres à l'heure.

Subitement, nous sommes violemment happés vers le haut quand la voilure se déplie. Le choc me prive momentanément de ma respiration, et j'ai à peine le temps de m'interroger que la sensation de flotter me submerge.

Le rire d'Emerson tinte dans mes oreilles. Je suis la direction de son doigt tendu vers des points précis. Et je regarde, mais mon corps accuse un tel pic d'adrénaline, mélangé à de la nervosité et de l'incrédulité d'avoir bondi d'un avion, que c'est une gageure de me concentrer sur autre chose. Sur l'instant. Sur le fait que je trompe la mort.

Pour seule pensée, alors que nous glissons vers les grosses croix orange délimitant la zone d'atterrissage, je ne cesse de songer que *maintenant, j'ai pigé*. L'addiction d'Emerson à cette exaltation. Son besoin de le revivre. Pourquoi elle l'utilise pour se couper du passé qui la rattrape.

Tout à coup, elle crie des instructions dans mon oreille. Actionne la poignée pour nous orienter à gauche. Un peu plus à droite. Les pieds relevés pour contrôler l'arrivée. Se préparer à atterrir.

L'instant d'excitation suivi par les soubresauts de ses pieds qui courent sur le sol et absorbent l'impact. En position assise, mes fesses entre ses cuisses, nous glissons brièvement sur le sol, puis le parachute s'affaisse.

Alors, le silence nous enveloppe. Ma tête hurle quantité de messages, mais je suis sur la terre ferme. Vivant. Entier. Et c'est Emerson qui m'a reconduit là.

Elle s'esclaffe alors que j'essaie de me retourner vers elle malgré les harnais qui nous unissent, puis elle s'empresse de nous détacher. Avant que j'aie pu absorber l'expérience que nous venons de partager, je me retourne sur mes genoux et l'embrasse fougueusement.

Je plane comme jamais. Je me sens plus puissant que la mort. Je lui ai prouvé que j'ai confiance en elle. J'ai vaincu ma peur. Tout. Et je ne pense à rien d'autre qu'à revendiquer mon trophée, Emerson Reeves, parce que l'adrénaline me fouette le sang et exalte mon besoin de la posséder.

50

EMERSON

J'embrasse Grant en retour plus éperdument que jamais. Dans la zone d'atterrissage, je l'embrasse plus profondément, mes mains agrippées aux revers de sa combinaison de saut, et j'absorbe dans ce baiser tout ce dont j'ai besoin.

Non loin, Leo glousse en rassemblant les parachutes, mais je m'en balance. Il comprend. Après un saut, le sexe dépasse toutes les extases. Dans le milieu, conjuguer le pic d'adrénaline à l'orgasme est une sorte de blague d'initiés.

Par-dessus tout, en cet instant précis, j'ai besoin de Grant.

En arrivant, il a trouvé une femme brisée prête à baisser les bras. Puis, d'une simple requête, il a rebâti les fondations pour me rappeler à ma force. Bien sûr, le doute persiste, et il sera toujours là. Mais il a deviné ce qu'il me fallait: me renvoyer dans ma zone de confort pour que reprenne confiance en moi. Pour que j'évince mon scepticisme.

Grant s'écarte, les flocons dorés de ses iris luisent d'excitation et de désir charnel, et je sais qu'il ressent la même chose que moi. Nous avons partagé quelque chose là-haut. J'ai sauté quantité de fois, et bénéficié de la confiance de tous les sauteurs mais, cette fois, c'est différent. Chacun a pris ce que l'autre offrait et s'en est servi pour vaincre une peur.

Je décroche le harnais et les conteneurs de mon dos, laissant le parachute onduler dans le vent, et indifférente au regard des autres, je saute au cou de Grant et enroule mes jambes autour de sa taille.

Entre des éclats de rire, nos lèvres se trouvent. C'est le pied de rire avec lui et de l'embrasser. C'est si bon de savoir que ma mère nous regarde de là-haut et cautionne le fait que je saisisse ma chance. Ça me fait tout drôle de consentir à ce qu'il me sauve.

– J'ai besoin de toi, je murmure au bord des lèvres, mes mains dans ses cheveux et la chaleur du soleil rivalisant modestement avec le feu qui brûle en moi.

– Mon érection a pris de l'avance sur toi.

Avec un petit rire, il commence à traverser le terrain, les bras noués autour de moi comme un singe.

Par-dessus l'épaule de Grant, j'adresse un signe à Leo. Ce dernier secoue la tête et lève les yeux au ciel. Je pense qu'il marmonne une remarque ironique du genre « Te gêne pas, je rangerai ton bazar pendant que tu baises », mais je m'en moque. Je n'éprouve aucune honte, ce n'est pas comme s'il n'avait jamais vécu ça.

– Dépêche-toi, je chuchote en mordillant le lobe de son oreille.

– Où? Clés ?

Son érection pressée contre moi à chaque pas fait de la traversée de la piste une torture.

– Zut. Mes clés sont restées au bureau, je ris en cherchant une solution. Prends à gauche. Le hangar rouge. Tout au bout.

– Bon sang. Ici? bredouille-t-il, chaque friction de son membre suscitant un petit grognement.

– Moui. La porte coulisse, dis-je, alors qu'il pousse déjà la lourde porte de l'entrepôt.

Nous nous engouffrons dans l'obscurité. Il referme la porte d'un coup sec puis me plaque dos au montant. Ses lèvres s'unissent fougueusement aux miennes, un cocktail d'avidité, de besoin et des sept péchés capitaux.

Il n'y a pas de place pour la délicatesse. Ni pour les préliminaires. Notre unique objectif est de nous libérer de nos harnais pour ressentir et nous repaître de notre nudité.

– Mon Dieu, Em.

– Je sais. Magne-toi. (Un rire franchit mes lèvres.) Le sexe après un saut est le meilleur du monde.

– Vraiment ? fait-il en croisant mon regard.

Le désir et la suggestion assombrissent son regard.

– Mmm.

– Tu me résistais pourtant.

Ses lèvres effleurent les miennes. De sa main, il saisit mes fesses et m'attire contre son sexe ferme.

– On ne peut pas repousser quelqu'un qui se refuse à nous.

Mon petit sourire fond aussitôt qu'il ouvre ma combinaison et abaisse mon débardeur pour aspirer mon mamelon.

– Je ne te repousse pas là, si ?

– Je ne te laisserais pas faire, dis-je d'un ton de défi.

Un court instant, nos regards s'accrochent et nos corps frémissent de notre connexion, mentale, physique, émotionnelle. Bien vite, la frénésie reprend le dessus. Les fermetures de nos combinaisons cliquettent. Les vêtements abaissés bruissent. Les chaussures chuintent sur le béton. L'appel implorant de l'impatience. Plus vite. Je n'en peux plus.

Puis, alors que nous sommes debout, entièrement nus dans cet immense hangar, son corps sublime attisant mon urgence, je réalise qu'il n'y a pas de coin propice au sexe dans cet entrepôt, hormis le sol bétonné. Des rayonnages industriels sont alignés le long des murs. Les tables sont encombrées de pièces d'avion.

– Où allons-nous... Mince.

Il examine l'espace vacant seulement occupé par un Cessna dans un coin et un Piper dans l'autre. Après quoi, il reporte son regard enfiévré sur moi.

– Quoi ? je demande.

– Profitons-en pour découvrir les joies de l'aviation, d'accord ?

Avant que j'aie capté le sens de sa proposition, il pousse un petit cri, enroule les bras autour de mes cuisses et me soulève, nue comme un ver, sur son épaule.

– Rouge ou bleu ?

Je présume qu'il me demande de choisir un avion.

Je n'ai pas le cœur de demander comment il compte s'y prendre alors qu'il n'y a pas la place dans ces appareils pour deux corps enfiévrés.

– Décide-toi, insiste-t-il.

– Bleu, dis-je, puis je crie de surprise quand ses mains me frappent les fesses, alors qu'il bifurque vers le Piper. Grant, qu'est-ce que...

– Pas un mot.

Il me repose doucement, me laissant glisser le long de son corps. Stimulée par la friction de ma lente descente, mes seins se contractent douloureusement, mais ce n'est rien comparé à la pulsation lancinante qui se diffuse entre mes cuisses.

– Nous saisissons l'instant, dit-il avec un bref sourire juste avant que ses lèvres capturent les miennes.

Mon dos rencontre le bord de fuite de l'aile. Il presse mes fesses contre le métal, nos langues et nos gémissements pour seul langage.

L'adrénaline fait planer, mais pas autant que la saveur de Grant Malone. Et bon sang, j'en veux davantage de lui.

Nos mains sont partout, nous explorent inlassablement. Ses doigts s'aventurent entre mes cuisses, et il gémit quand ils me trouvent humide, prête. L'urgence à son comble, je pourrais jouir.

Mais ce serait de la triche.

S'il veut me faire jouir, il doit le mériter.

– Retourne-toi, m'exhorte-t-il.

– Dois-je prendre la position ?

Mes yeux levés vers les siens, ma lèvre inférieure entre mes dents, je me retourne langoureusement. J'appuie mon buste et mes seins sur l'aile, et remue les fesses pour l'aguicher, sifflant au contact du métal froid sur ma peau nue.

– Bon sang, Em.

– Allez-vous me fouiller, Agent Malone ? dis-je de ma voix la plus aguichante.

Son rire bourdonne dans le hangar tandis que je l'attends. Le son de sa main caressant sa queue est atténué par son râle admiratif, et le simple fait de savoir qu'il apprécie la pose embrase mon sang.

– La fouille au corps ne m'a jamais autant tenté. (Ses pieds écartent les miens, puis il se penche sur moi.) Plus écartés, ordonne-t-il à mon oreille, le frottement de son menton sur mon épaule, alors qu'il recule, me faisant frissonner.

Dans un silence électrisé par l'impatience, il se tient derrière et je patiente. L'adrénaline m'implore d'agir rapidement, mon besoin prépondérant, mais quelque chose d'excitant dans cette attente m'incite à me mordre la lèvre, alors que je me tiens nue devant lui, désirant ardemment qu'il me satisfasse.

Je sursaute alors que ses mains enserrent ma cheville droite et remontent lentement sur ma jambe. Parvenu en haut de ma cuisse, il promène son pouce le long de mes lèvres, puis l'introduit. Seuls résonnent dans le hangar mon souffle entrecoupé, ses gémissements accélérés et son pouce s'affairant à un rythme paisible. Et une fois que mon désir atteint le point où je recherche son contact, il s'arrête, repositionne ses mains et explore ma jambe gauche. Cette fois, quand il atteint mon entrejambe, il enlève son pouce sans me caresser. Je grogne.

Puis sa langue me fouille et je halète.

Sa langue est chaude, je suis mouillée et... bon sang. Mes yeux se ferment doucement sous la sensation. L'attrait de ce qui est sur le point de se produire. Le besoin désespéré de le sentir entièrement.

Je me tortille sous ses caresses et les recherche quand elles cessent. Sa langue me lèche une ultime fois dans un râle indécent puis il recule, laissant pour unique connexion sa main qui retrace le galbe de mes fesses.

Chaque parcelle de mon être le désire.

– Un problème, Monsieur l'agent ? fais-je avec une fausse pudeur, vivement consciente qu'il m'autorise à poursuivre le numéro de la course au contrôle qu'il a entamée quelques heures plus tôt.

Je ne pense pas qu'il réalise que, présentement, il pourrait me demander n'importe quoi, je le lui donnerais.

Quelque chose a changé entre nous aujourd'hui. Un revirement. La peur qu'il m'inspirait s'est volatilisée. Je dois juste l'accepter. Tout en moi murmure que la violence d'un orgasme succédant au saut procuré par son merveilleux pénis résoudrait tout.

– J'ai peur d'avoir oublié mes menottes.

Dans un rire, il m'assène une tape sur les fesses.

– Suis-je en état d'arrestation ?

– Définitivement.

La paume de sa main longe mon dos.

– Quels sont les chefs d'accusation ?

– Susciter mon désir. Chaque minute de chaque journée.

Ses mains écartent mes cuisses, puis il souffle légèrement sur mon intimité.

– Et quelle peine j'encours ?

Je suis essoufflée, épuisée avant même d'avoir commencé.

– Je vais te baiser. À satiété. Comme il faut. Et, si possible, lentement...

Ses mots me séduisent, mais son érection me pénétrant au ralenti me consume. C'est la sensation de ses pouces caressant mes fesses, la pression inattendue de son doigt sur les muscles contractés qui m'excite sans commune mesure. Je gémis, remue à la recherche de son pouce pour lui faire sentir mon désir.

– Mais, étant donné les circonstances, je ne promets pas de faire doucement.

Je resserre délibérément mes muscles autour de son érection, les sensations me faisant gémir.

– Aucune femme ne se plaindrait de se faire baiser à satiété, je murmure.

L'aile est froide sous moi, mais la chaleur de la friction de son membre détourne mon attention.

– Bien, dit-il, une main s'enroulant autour de ma queue-de-cheval et tirant ma tête en arrière pour me maintenir immobile pendant qu'il s'engouffre plus brutalement.

– Oui...

Mon acquiescement se dissout dans un soupir. Chaque poussée provoque une nouvelle vague de plaisir, une nouvelle manière d'alimenter l'adrénaline du saut.

– Tu aimes ça ?

Il grogne, son pouce me pétrit en petits cercles pour stimuler la zone érogène de mes fesses pendant que son gland besogne habilement, aguiche les profondeurs de mon intimité. À chaque contact, chaque frottement, il me repousse vers le précipice opportun qui sépare le plaisir de la douleur.

– Vas-y, j'implore pour faire bonne mesure.

De fait, il est aussi enflammé et désespéré que moi, fin prêt à s'élancer.

Encore.

– Heureusement que tout le monde était parti, ça nous a évité une marche de la honte, murmure-t-il dans mes cheveux.

Il est assis dans mon lit, ma tête blottie sur son torse. Je me sens bien, plus paisible que je ne l'ai été depuis des jours... et c'est grâce à lui.

– Tu raccompagnes tous tes suspects chez eux après une fouille en règle ? je murmure.

– Pas systématiquement mais si j'ai bien compris, c'est la tradition après un saut en parachute.

Son petit rire vibre sous ma poitrine.

– C'est le contrecoup de l'adrénaline, on a besoin de l'évacuer.

– Devrais-je m'inquiéter de cet effet secondaire ?

– Sûrement pas. (Après une pause, je précise.) Mais je ne te cache pas que dans l'équipe, tout le monde a connu son petit plaisir à un moment ou à un autre.

– Je comprends mieux pourquoi Leo se moquait de nous.

– Au moins, nous n'avons pas filé en catimini, dis-je en riant, repensant à Leo et à une jolie fille qu'il a pratiquement empalée contre le mur de l'appentis de *Blue Skies* après un saut particulièrement stimulant.

– Je ne tiens pas à tout savoir.

– Tu fais bien.

Je peux encore entendre les autres sauteurs siffler et brailler qu'ils se prennent une chambre, mais la charmante jeune femme était tellement excitée d'emballer Leo qu'elle s'est enhardie.

Dans le silence qui se prolonge, ses doigts sillonnent paresseusement mon dos, repoussent la serviette de bain, encore mouillée de notre douche, descendant un peu plus à chaque passage. Sous sa caresse, je rembobine la journée. De l'instant où je suis rentrée, déterminée à préparer mes cartons en vue de reprendre ma vie nomade pour fuir les sentiments et les souvenirs qui ressurgissent à mon insu. Le revirement soudain, quand il m'a fait entière confiance. Il m'a confié sa plus grande peur et, contrairement à mes habitudes, je ne me suis pas débinée.

Désormais, ne devrais-je pas, à mon tour, être à même d'affronter ma plus grande peur ?

– Merci de m'avoir ramené à bon port, murmure-t-il comme s'il lisait dans mes pensées.

– Merci de m'avoir confié ta vie pendant la descente.

– Tu avais besoin d'un élan de foi. Que quelqu'un te montre qu'il te fait confiance et qu'en retour, tu dois croire en toi.

– Il y a tellement de choses que tu ignores... des choses que j'aimerais tellement comprendre...

Mes doigts se promènent machinalement sur son torse, autour de son cœur.

– Ça ne fait rien. Je n'ai pas besoin de savoir.

– Simplement, je ne suis pas prête à expliquer...

– Ce n'est pas nécessaire. Je t'ai fait assez de mal. Je t'ai involontairement forcé la main. Tout ce que je veux, c'est que tu saches que je suis là pour toi. Que je tiens à toi. Que je tâcherai de te donner tout ce dont tu as besoin, pour peu que tu m'en parles. Je ne lis pas dans tes pensées.

J'inspire à pleins poumons, comme pour digérer sa mise au point et croire en ce qu'il me dit. Comme si je m'exhortais à lui porter une confiance sans réserve.

– Ce n'est pas simple pour moi de faire confiance, je chuchote, avec l'impression d'exposer mon âme à nu.

En réalité, ma révélation n'a rien de nouveau, mais l'admettre est un grand pas pour moi.

– C'est compréhensible.

Une autre profonde respiration. Une autre confession qui doit être exprimée bien qu'elle soit infondée.

– Je t'ai longtemps tenu pour responsable.

– Responsable de quoi ? demande-t-il, essayant de préciser de quoi je l'accuse parmi les innombrables reproches possibles.

– Mon problème de confiance.

Ses doigts se figent un court instant, puis saisissent mon menton pour orienter mon regard vers lui. Ses yeux me questionnent, mais ses lèvres restent muettes.

– C'était tellement plus facile de t'accuser de tous les torts plutôt que l'homme censé m'aimer.

Il hoche à peine la tête. La compassion dans ses yeux me bouleverse profondément.

– Je ne peux pas prétendre que je comprends parce que je n'étais pas à ta place, mais sache que je respecte ton point de vue. Je t'entends. Je te prouverai que je suis digne de ta confiance.

Je me sens idiote d'avoir besoin qu'il l'énonce à haute voix, mais cela fait, un poids se soulève de ma poitrine.

– Que devenons-nous maintenant ?

– Comment ça ?

– Je veux dire... (Je cherche une formulation appropriée.) Laisse tomber.

Il me serre contre son torse.

– Que devenons-nous, Emerson ? Pour commencer, tu ne disparais plus. J'aime que tu aies l'esprit bohème, ton côté électron libre. Je ne changerais ça à aucun prix. Je ne t'enlèverais jamais ça. Néanmoins, j'apprécierais que tu disparaisses le moins possible sans prévenir personne. Cela incite le flic en moi à te traquer pour m'assurer que tu es l'abri du danger.

– Tu ne...

– Ne me provoque pas, taquine-t-il non sans une pointe de nervosité qui me dit que le cas échéant, il n'hésiterait pas.

– Je m'en garderais bien. N'oublie pas que nous travaillons la confiance, dis-je sèchement.

– J'en ai conscience. (Il pose un baiser bruyant sur mon front.) Puisque tu restes ici, nous continuons comme avant. Tu obtiens le crédit en dépit de mon indicible envie de frapper ce type répugnant. Je décroche ma promotion malgré l'enfoiré qui essaie de me la piquer... et nous... allons de l'avant. Ensemble.

– C'est un changement conséquent pour moi.

J'essaie de me faire à l'idée que deux mois plus tôt, je rêvassais au prochain amant du mois et qu'à présent, j'évoque l'avenir avec Grant.

– Quoi, exactement ? Avoir quelqu'un qui se soucie pour toi ou te sentir enracinée quelque part ?

– Les deux. Rien. L'ensemble.

Je ris, ramenant mes jambes sur les siennes. Je plonge les yeux dans les siens, me surprenant à lui confier des choses que je n'ai pas encore digérées.

– J'ai survécu jusqu'à maintenant en me barricadant, sans m'autoriser le moindre sentiment... Puis tu es entré dans ma vie, sirènes hurlantes, et c'est comme si tu m'avais menottée et que je ne pouvais plus me dérober. Si bien que je suis confrontée à mes émotions. Je dois penser en termes de velléités et de besoins. Me demander comment j'ai pu vivre sans cela. J'adore. Et je déteste. C'est troublant et juste...

– Tu devrais t'y habituer parce que je n'irai nulle part et toi non plus, même si pour cela, je dois t'attacher et bâillonner tes instincts de bohémienne.

L'humour perce dans sa voix, mais sa franchise me va droit au cœur. Je n'en suis que plus reconnaissante qu'il se soit imposé aujourd'hui.

– Tu as intérêt à les prendre avec toi, le prochain coup, je plaisante, mon corps frémissant au souvenir de notre interlude dans le hangar.

– Je rangerai sans faute une paire de secours dans ma table de chevet.

– Promis ?

Il se penche et embrasse mes lèvres avec une infinie tendresse.

– Promis.

Nous nous regardons un instant dans les yeux.

– Tu as littéralement aboli mes règles. Tu le sais, non ?

Il émet un son évasif.

– Je me demandais combien de temps il te faudrait pour t'en rendre compte.

Je hausse les épaules.

– J'ai une mémoire sélective.

– C'est le nom qu'on donne à ça de nos jours ?

À son intonation, je prends une conscience aiguë de la finesse des serviettes qui nous enveloppent et que nous pourrions enlever en un claquement de doigts. Il m'embrasse alors que mes doigts saisissent la serviette au niveau de sa taille.

– Il y a une chose que j'ai omis de faire tout à l'heure. Tu sais, par respect envers le protocole de la police.

– Faillir à la tâche ?

Il a un petit rire contre mes lèvres.

– Seulement si je défaille sur toi.

– Joli, dis-je puis je soupire tandis que ses doigts s'insinuent entre mes cuisses. Nous parlions de respecter le protocole de la police.

J'ai quelque difficulté à suivre le fil de la conversation.

–Eh bien, le moment est venu de passer à la fouille corporelle approfondie, dit-il avant que nos lèvres s'unissent.

Aussi facilement que ça, nous tournons le dos à mes règles.

Le changement devrait me terrifier, surtout après la semaine écoulée, pleine de doutes et de questionnements, mais il y a quelque chose de réconfortant dans ce moment.

Dans le fait d'être avec quelqu'un qui, connaissant mes cicatrices, continue de me trouver belle.

51

EMERSON

« Lève les yeux au ciel autant que tu veux, j'enfreins une nouvelle règle. Bonne journée. Grant »

Je considère la carte dans ma main, puis reporte mon regard sur le bouquet de dahlias récemment livré à *Blue Skies*. C'est étrange, charmant et fou qu'il m'envoie des fleurs le jour de son entretien. Ce ne serait pas plutôt à moi de le couvrir d'attentions ?

Je les hume de nouveau. J'aimerais m'agacer, les trouver ridicules, mais il m'est difficile d'arrêter de les admirer. J'ai mal aux joues tellement je souris. D'après ses regards furtifs, cela n'a pas échappé à Leo.

– Quelqu'un est mort ?

Tournant la tête, je m'aperçois que Travis se tient sur le seuil, sa casquette de base-ball à la main, et l'œil curieux.

– Dis plutôt que quelqu'un en pince pour Em, réplique Leo.

– Pfff.

Travis regarde le bouquet, puis la carte dans ma main, et m'examine avec une curiosité manifeste.

– Quand tu auras mon âge, tu considéreras chaque fleur comme une décoration potentielle de ton cercueil... alors garde les fleurs hors de ma vue si tu ne veux pas me porter la poisse.

Je ris.

– Sans faute.

– Bon, profite de ton bouquet.

Avec un petit sourire, il hoche la tête et quitte le bureau.

Nous le regardons s'éloigner sur la piste menant au hangar de *Blue Skies*. À la vitesse où il va, cela prend un certain temps.

– Que se passe-t-il avec le prêt et l'enfoiré ? s'enquiert Leo en se frottant les mains avec une impatience surfaite quant au moment où je deviendrai propriétaire. Ça s'éternise. Quand recevras-tu une réponse ferme ?

Je souffle pour repousser les cheveux échappés de ma queue-de-cheval qui retombent sur mon visage, et hausse les épaules.

– Dans deux ou trois semaines? Je n'en sais pas plus que toi. Nous avons dû requérir une prorogation et pour cela obtenir l'accord de la famille Skies, parce que certains documents devaient être soumis à une étude complémentaire ou je ne sais quoi. Franchement, j'ai un mauvais pressentiment. Il fait traîner la procédure. Il s'imagine que plus je serai désespérée d'en finir, plus je serai disposée à coucher avec lui. (Je fais rouler mes épaules.) Je ne serai jamais désespérée à ce point, dis-je en riant avant de reporter mon regard sur la carte. Merci encore de ne pas avoir donné le nom de la société de crédit à Grant.

– Ce n'est pas à moi de le faire. (Il hausse les épaules.) Pourtant, je me réjouirais qu'il montre à ce salopard quel flic coriace il est, ne serait-ce que pour l'empêcher de profiter de quelqu'un d'autre. Je sais que tu es capable de te défendre, tu es toi-même une dure à cuire.

Je le regarde un instant, frappée par ses mots. Je vis avec un constant mélange d'incertitude sous la surface, et pourtant, Leo me voit autrement.

Je souris à l'idée que ma mère aurait pu tenir le même discours.

– Tu sais quoi, Leo ? fais-je en retournant la carte dans ma main.

– Dis-moi ?

Il me répond sans même détourner son attention de l'ordinateur portable.

– Tu peux assurer mes cours à ma place aujourd'hui ?

– Sans problème. Tout va bien ?

– Impec. (Mon sourire s'élargit.) Je prends ma journée.

– Répète un peu !

À son expression, on dirait que je l'ai frappé.

– Je prends ma journée, dis-je en récupérant mes clés dans le tiroir du bureau.

– Juste la journée ? demande-t-il, considérant que je reviens tout juste d'une fugue de trois jours.

– Seulement l'après-midi. La vie est trop courte. Je le mérite.

– C'est clair.

Son rire me suit jusqu'à l'escalier de mon appartement.

Je compose le numéro avant même de poser le pied sur la première marche.

– Em ?

– Des, tu fais l'école buissonnière avec moi cet après-midi ? J'ai besoin de ton aide.

Un chorus d'aboiements résonne derrière elle alors qu'elle bredouille.

– Où est mon amie et qu'avez-vous fait d'elle ?

* * *

– Donc, il y a une semaine, tu étais au bout du rouleau et, maintenant, tu es un véritable rayon de soleil. Laisse-moi deviner... tu t'es offert un sex-toy d'enfer qui a changé ta vie et tu as omis de m'en parler ? J'ai trouvé ? Ou devrais-je hasarder que son nom commence par un G et se termine par un T avec plein de charme au milieu ?

– Arrête, dis-je en riant.

Je baisse la tête alors qu'une femme d'âge mûr, dans l'allée des pâtes, nous fusille du regard.

– Elle s'en remettra. (Desi remue la main dans sa direction.) Alors ? J'attends.

– Et s'il s'agissait d'une seule et même chose ?

– Nom d'un petit bonhomme ! s'écrie-t-elle en levant les bras dans un geste de victoire, tandis que nous poussons le chariot vers l'extrémité de l'allée. Je savais qu'il assurait. Il assure, n'est-ce pas ?

– Espèce de perverse !

– Et alors ?

– Tu es supposée m'aider à acheter à manger, pas à me faire éjecter d'une épicerie pour offense à la clientèle.

– Désolée. Ou pas. (Décomplexée, elle hausse les épaules.) Attrape le consommé de bœuf. Pour assaisonner le rôti.

Je suis son doigt tendu et dépose la boîte de conserve dans le chariot.

– Tu es sûre que je saurai cuisiner ça toute seule ?

Elle me considère d'un air maternel.

– Est-ce ta manière de me demander de venir cuisiner pour toi, puis de m'éclipser pour que tu t'attribues tous les mérites ?

– L'idée m'a peut-être effleuré l'esprit, mais non. Je veux cuisiner pour Grant.

– D'accord. Maintenant, nous avons besoin de légumes. (Je fronce le nez de dégoût.) Ils rehaussent la saveur. Tu les détestes peut-être, mais probablement pas lui. Il n'aurait pas tous ces muscles saillants s'il se nourrissait uniquement de malbouffe.

Elle détache un sac en plastique et le remplit de pommes de terre.

– Vas-tu m'expliquer la raison de ce soudain revirement ? Tu es passée de la dérobade à la lutte pour reprendre le contrôle, après quoi tu as sombré au fond du trou la semaine dernière et maintenant tu es guillerette alors que ce n'est pas ton genre. Tu me donnes le tournis... Mais bon, ça me va.

J'aimerais protester, contester l'hypothèse du revirement, mais je réalise qu'elle a raison. Je suis effectivement passée par ces différentes étapes.

–Ça ne me ressemble guère, hein ? fais-je en sachant néanmoins que je recommencerais sans hésiter, car ces étapes s'avèrent libératrices.

–Vraiment pas.

Elle brandit un long concombre et, gloussant comme une collégienne, elle le serre dans sa main et le caresse.

–Repose ça !

Je jette des regards autour de moi, mortifiée à l'idée que quelqu'un la voie.

–Tu ne peux pas me reprocher d'apprécier la circonférence. (Elle le repose.) Cela dit, j'aime cette nouvelle toi. J'aime ce sourire permanent sur ton visage. J'aime t'entendre rire. J'aime l'assurance qui revient en force, mais n'en est pas moins autre. Ça t'ennuierait de m'éclairer ?

–J'ai juste l'impression que les pièces du puzzle se mettent en place, dis-je par-dessus une montagne de pommes.

–D'accord.

Elle étire chaque syllabe pour signifier qu'elle ne me suit pas.

–Je suis confiante concernant la demande de prêt. J'ai passé du temps avec ma mère quand je cafardais, ça m'a clarifié l'esprit et permis de me recentrer. J'ai laissé Grant piétiner toutes mes règles et...

–Toutes ? s'étonne-t-elle, les yeux écarquillés.

–Ouaip.

Je décoche un immense sourire.

–En quel honneur ?

Je réfléchis à la meilleure réponse. Si elle sait que j'ai eu une enfance perturbée, elle ignore les tenants et les aboutissants. Je n'ai pas contredit ses suppositions pour éviter qu'elle me colle une étiquette comme tous ceux qui ont eu vent des détails. C'est pourquoi, sans exposer le contexte exact, je ne peux lui fournir qu'une seule explication qui soit acceptable à ses yeux.

–Tu avais raison.

Elle fait accidentellement tomber un oignon sur le sol.

– Pardon ? Ai-je bien entendu ?

Je hoche la tête et la laisse savourer son instant de gloire.

– Je lui ai ouvert mon cœur, Desi. Au lieu de le repousser, je lui ai fait une place.

– Tu as confiance en lui, chuchote-t-elle comme si elle venait de déterrer la pierre de Rosette.

Elle comprend que ce n'est pas une mince affaire pour moi.

– Exactement.

C'est si bon de le dire. Encore meilleur de repenser aux deux dernières semaines et de me remémorer les éclats de rire partagés avec Grant. Que ce soit le jour où il a emmené son neveu à un match amical de base-ball opposant les Giants de San Francisco aux Aces d'Austin, ou en nous baladant main dans la main au centre commercial en dégustant une glace, ou en me lovant contre lui pendant qu'il bûchait son examen oral et que je décortiquais les finances de *Blue Skies* pour réduire certaines dépenses dans le but de me développer une fois que j'aurai racheté l'agence. Oserais-je dire que nous menons une vie normale ?

Et en conséquence de cette normalité, les souvenirs ont cessé de ressurgir. C'est presque comme, si plus je les bloquais, plus ils s'acharnaient à se manifester. Ensuite, dès que j'ai décidé de les laisser venir, ils ont disparu.

– Y'a quelqu'un ? dit-elle, coupant court à ma prise de conscience. Tu disais avant de rêvasser de Grant et de ses prouesses...

Je cherche à me souvenir précisément ce que je disais.

– Je me suis donné un mal fou à cacher qui j'étais, et Grant ne l'a pas permis. Il s'est imposé et m'a dit que peu importe qui je suis, ou ce qui a fait de moi celle que je suis, c'est moi qui compte. L'instant présent est primordial. Pas le passé. (Je grogne et lève les yeux au ciel.) Pas exactement... mais c'est difficile à expliquer.

– Je pense que j'ai pigé. (Elle hausse les épaules en riant.) Grosso modo, Grant est moi, mais avec un pénis.

Je me gondole de rire au point de pousser des grognements.

– Pourrions-nous effacer cette image à la Javel et terminer de rassembler les ingrédients dont j'ai besoin ? (Je vérifie l'heure sur mon téléphone.) Je dois garder une marge de sécurité au cas où je louperais le repas.

52

EMERSON

– Merci. J'apprécie ton aide.

– Tu as besoin d'autre chose ? demande Grady, dressé dans l'entrée de Grant.

– Ça va. Il n'y a plus qu'à espérer que je n'incendie pas la maison.

Je ris, sachant que mes essais en cuisine pourraient se solder par une catastrophe.

– Au moins, tu connais un pompier à contacter, dit-il avant de faire un clin d'œil.

– C'est l'avantage.

– Bon, je dois filer.

– D'accord.

Il se tourne vers la porte.

– Euh, Em ?

– Oui ?

Je lève les yeux des sacs de course que je décharge sur le plan de travail de Grant, espérant avoir l'air un tant soit peu compétente.

– C'est super-sympa ce que tu fais.

– C'est encore un peu tôt pour le dire. Je n'ai pas encore commencé à préparer le dîner de célébration de son oral, alors ne me porte pas malheur. Cuisiner n'est pas mon fort.

– Non, vraiment, dit-il en lançant un regard dehors, puis à moi. Il tient énormément à toi... et c'est plutôt chouette que tu prennes le temps de lui préparer un repas.

Je souris alors qu'il hoche la tête une dernière fois, puis referme la porte derrière lui, me laissant livrée à moi-même.

En quelque sorte.

À peine la voiture de Grady s'éloigne-t-elle que je me connecte en FaceTime avec Desi.

– Tu veux que je vienne te prêter main-forte ? m'accueille-t-elle.

– Pas question. Je suis capable et compétente.

Il y a un enthousiasme dans ma voix que je ne ressens pas. Je regrette secrètement qu'elle ne soit pas là. Elle a beau avoir noté des instructions détaillées, étape par étape, elles ne sont pas infaillibles de mon point de vue.

– Il a intérêt à apprécier que tu mettes ta vie en péril pour lui préparer une surprise.

– C'est de la cuisine, Desi.

– Précisément. Pour toi, c'est comme risquer ta vie.

– Même pas mal !

* * *

Curieusement, une odeur délicieuse embaume la maison. Pas celle de la bougie parfumée à la cannelle que j'ai allumée pour faire croire que j'ai fait de la pâtisserie, mais l'authentique fumet d'un plat de viande et de pommes de terre.

En dépit de l'arôme exquis, je me sens soudain nerveuse. Ça semble ridicule que je laisse Grant me voir nue, me dévêtir entièrement, mais que la perspective qu'il goûte ma cuisine me rende anxieuse. Nul doute que je m'attends plus ou moins à ce qu'il s'évanouisse et périsse à cause de mes défaillances en gastronomie.

Alors, je tue le temps, redresse la pile de dossiers sur la table basse. Puis je tourne la plante devant la fenêtre pour exposer l'autre côté à la lumière. Je brique les surfaces de travail pour la énième fois. Je bidouille les sets de table et me demande si je n'ai pas eu la main lourde sur la décoration, mais décrète que la bougie centrale équilibre l'ensemble.

Je fais les cent pas, puis entreprends de retaper les coussins du canapé, alors que je ne tapote jamais les miens. Les coussins arrangés, je replie un plaid quand le vert d'une pochette m'attire l'œil. Je souris. Considérant qu'il n'est pas rare qu'il pique du nez dans ces innombrables dossiers, je ne suis pas surprise qu'un document ait été englouti par les coussins.

Je le déloge et m'apprête à le ranger sur les autres piles quand mon cœur se paralyse. Je secoue la tête pour rejeter ce que je vois.

Il ne peut pas s'agir...

Mon cœur s'emballe et mon esprit essaie d'assimiler ce que je lis.

Affaire classée #713920: Emerson Reeves - Violence sexuelle – 23/10/1997

Mais je sais ce que c'est.

C'est moi. *L'ancien moi.* La petite fille d'autrefois que je ne veux plus être. Le passé que je ne veux pas me remémorer. Et pourtant, mon dossier se trouve là, dans le salon de Grant, bien caché.

Il contient les réponses susceptibles d'apaiser le doute qui m'accable et simultanément, pourraient me propulser au fond du trou, si bas que je ne reverrais jamais le jour.

Reprendre possession d'hypothétiques souvenirs, ce n'est pas suffisant. Ça, ce sont des preuves. Des preuves qui échappent à mon entendement. Il n'est plus question de me les approprier. Je ne peux que redevenir une victime de ces actes, alors que je ne veux plus de ce rôle de victime et... oh mon Dieu.

Le choc cède le pas à la colère. Elle éclate si subitement qu'elle m'enflamme.

Les mains tremblantes, je lance le dossier sur la table comme s'il me brûlait les mains. Il atterrit sur le coin en bois et retombe sur le sol, quelques feuilles s'éparpillent tout autour.

Toutes les fibres de mon corps me hurlent de décamper, mais mes pieds restent figés. Une petite voix intérieure me pousse à les regarder.

L'appréhension courant dans mes veines, je relève le défi, me penche et ramasse le document qui me nargue.

Que suis-je en train de faire ?

Je le retourne, et il me faut une poignée de secondes pour trouver le courage d'ouvrir les yeux. Ce que je vois fait jaillir un sanglot de ma bouche, et je m'effondre sur le sol.

Il est titré « Évaluation de l'enfant Emerson Reeves – 8 ans ». Des images de ce moment hantent mon esprit : la salle bleu clair, froide, la gentille dame à la douce voix qui me demande de faire un dessin pour lui montrer ce qui s'est passé, les larmes brûlantes sur mes joues, pendant que je cherche ma mère des yeux.

Le dessin dépeint ce que mes yeux innocents ont vu. Maintenant, je le regarde avec la maturité d'une adulte. Les larmes aux yeux, je l'examine. Sur un lit, deux personnages sont couchés, le plus grand, un adulte brun aux cheveux courts et un plus petit aux cheveux roux. Le personnage rouquin a des points bleus qui tombent des yeux et forment une flaque sur le sol. L'homme brun, mon père, pose la main sur le point de rencontre de mes jambes. Au-dessus du lit, un dessin en L représente un pistolet, et des mots sont inscrits sur le côté gauche de la page : *non, arrête, mal, de tout mon cœur, je t'aime, papa.*

C'est horriblement douloureux. *Cela* me procure une douleur immense.

J'ai envie de me couvrir les oreilles, de presser mes paupières closes et de tout rejeter pour oublier le souvenir de ce jour.

Précipitamment, l'esprit confus mais, déterminée à cacher cette image de ma vue, je glisse la feuille sous la couverture du dossier, sur le sol. Je rassemble les pages et le pose sur la table. Ce faisant, j'aperçois le Polaroid en dessous.

J'oublie mes résolutions devant cette photo de moi en chemise d'hôpital. Pas de sourire sur mes lèvres. Aucune trace de la joie typique d'un enfant de huit ans. Tout en moi – ma posture, mon visage, mes yeux – exprime l'accablement et la frayeur.

J'observe la fillette de la photo et me dis que je ne suis plus elle. Je ne le serai plus jamais. Mais, en cet instant, je me sens en tout point comme elle. Paumée. Renfermée. Pétrifiée.

Trahie.

Une larme tombe sur la photo, et je réalise pour la première fois que je pleure. Les larmes inondent mes joues, alors que des parties de moi que je pensais ressoudées s'effondrent l'une après l'autre.

Je m'exhorte à refermer la pochette, je n'ai pas besoin de voir ça. Je n'ai pas besoin de détails supplémentaires. Ne sont-ils pas déjà présents dans quelque recoin de mon esprit ?

53

GRANT

Les bonnes nouvelles se succèdent aujourd'hui. J'ai fait des étincelles à mon examen oral, et quand j'arrive chez moi, la voiture d'Emerson est garée devant ma maison et la musique s'échappe par les fenêtres.

Je comprends mieux le mystérieux sms de Grady :

Je lui ai ouvert la porte.

La soirée s'annonce plus réjouissante que la journée.

Qu'ai-je fait pour mériter cela ?

– Emerson ? je crie en poussant la porte.

À peine m'a voix a-t-elle traversé le salon que je l'aperçois.

Elle est assise par terre derrière la table basse, son corps se crispe au son de ma voix. Sa tête se redresse lentement, et devant l'expression de ses yeux – un mélange de dévastation et de colère – mes cheveux se dressent dans ma nuque.

– Em ?

– Alors, c'est comme ça ? Comme je n'ai pas satisfait ta curiosité, tu t'es dit que ma vie privée, on s'en contrefiche. Quelle importance que j'aie besoin d'apaisement, de gérer mes problèmes personnels à ma manière... tu as décidé de découvrir les réponses par toi-même.

Sa voix dérape dans les aigus à chaque mot et m'avertit de faire preuve de prudence.

– De quoi parles-tu ?

– *Je t'ai fait confiance !* hurle-t-elle à tue-tête.

Ce n'est pas la sonorité de son désespoir qui me ravage. Plutôt la profondeur du chagrin dans ses yeux.

– Je ne...

J'entre et commence à dénouer ma cravate. J'étouffe tout à coup et j'ignore pourquoi l'oxygène manque dans cette pièce.

– Je ne te suis pas.

– C'est clair. Tu n'as rien compris, s'écrie-t-elle alors que je contourne le canapé et le vois. Tu n'as rien pigé, alors tu as fouiné dans mon vieux dossier pour éclairer ta lanterne.

Oh merde !

Le dossier vert – son affaire – repose proprement sur ses genoux. L'effroi s'abat sur moi comme une chape de plomb.

– Il a fallu que tu ailles le repêcher je ne sais où pour en soutirer chaque foutu détail à mon sujet. *Sur ce qu'il m'a fait subir.* Tout est bon pour assouvir ton complexe du héros et voler à mon secours avec ta cape.

Elle se relève et lâche bruyamment le dossier sur la table, le claquement sec faisant écho à mes émotions.

– Va te faire foutre, Grant Malone ! Va au diable ! Si lui m'a violée, comment qualifies-tu ce que tu m'as fait ?

Pour la première fois de ma vie, je reste sans voix. Toutefois, je dois absolument trouver les mots justes.

– C'était une erreur...

– Tu es une erreur, rétorque-t-elle d'une voix glaciale.

– Ce n'est pas ce que tu crois. (Je patauge, désespéré de m'expliquer.) Le dossier. Il m'est parvenu par erreur. J'avais dressé une liste d'anciens dossiers à examiner pour Ramos. Et je pensais à toi. J'ai griffonné ton nom...

– Et après ? Tu as reçu le dossier et tu l'as conservé ? Je t'ai souvent vu expédier ou recevoir des cartons... mais tu as gardé le mien. Pourquoi, Grant ? Voyons les choses en face, tu ne tolérais pas que je ne te dise pas tout ce que tu voulais savoir.

Elle arpente le salon comme un animal en cage qui brûle de s'échapper ou d'attaquer. Je lui barre le passage, disposé à recevoir toutes ses attaques pour peu que j'aie une chance de m'expliquer.

– Au début, oui.

Ma confession est à peine audible.

– Je te hais.

Ses larmes et la peine non contenue dans sa voix m'anéantissent.

– Non, Em. Non. Ça ne s'est pas passé de cette façon. Je voulais savoir. Ensuite j'ai réalisé que...

– Tu ne captes donc rien ? vocifère-t-elle, en proie à une agitation qui ressort dans ses gestes désordonnés et ses bras qui battent l'air. *Je ne veux pas savoir.* Je ne veux pas connaître tous les détails. Je ne veux pas vivre dans la haine comme naguère. Le soir, dans mon lit, je ne veux pas guetter le moindre bruit, de peur qu'il approche dans le couloir pour « m'aimer » encore. Je ne veux pas me rappeler la sensation de ses jambes velues irritant mes fesses nues quand il m'asseyait sur ses genoux.

Elle plaque ses mains sur ses oreilles et émet le son le plus déchirant de tous.

En partie un sanglot, en partie un hurlement, en partie une protestation. Je donnerais tout pour ne plus jamais l'entendre. Il me laisse démuni.

– Je me portais comme un charme avant toi, Grant. J'avais les souvenirs qui étaient les miens, et ils s'exprimaient par des cauchemars, assez pour toute une vie. Mais ça ne te suffisait pas, hein ? Je ne te fournissais pas suffisamment de réponses ?

– Em...

– Tu ne comprends donc pas ? Je ne veux pas me rappeler ce qui s'est passé après la sensation de ses poils irritant ma peau. C'était manifestement tellement traumatisant que mon esprit inhibe les souvenirs, les réprime pour *me protéger*... pourtant, *tu sais*. Moi pas, mais toi, tu sais.

Un sanglot déchirant jaillit de sa poitrine.

Je cherche désespérément mes mots, un moyen de l'amener à voir que je n'ai pas ouvert son dossier. Mais la vérité qu'elle vient de révéler est plus sidérante que ça.

Elle n'a pas seulement oublié l'histoire des galets.

Elle ne se rappelle *rien*. Rien du tout.

Comment ai-je pu être assez stupide pour ne pas le deviner ?

– C'est faux, Emmy.

– Ne m'appelle pas comme ça ! Jamais. (Elle recule à mesure que j'avance vers elle.) Ne fais pas ça.

Les larmes baignent ses joues, le mascara y peint des dégoulinures. C'est une femme brisée, et c'est de ma faute.

– Savoir n'est pas une force, dans ce cas précis. Tu ne peux pas t'en servir à ton avantage pour me sauver du passé.

– Tu veux bien m'écouter une seconde ? Je ne l'ai *pas* regardé.

– Je ne te crois pas !

– Bon sang.

Je pousse un soupir et me passe la main dans les cheveux pour refréner mon envie de la toucher.

– Cesse un instant de t'entêter et écoute-moi. Je n'ai pas...

– Comment pourrais-je te laisser me regarder sans penser que tu sais des choses sur moi que j'ignore ? Comment pourrais-je sortir avec toi sachant que tu fais passer tes pulsions héroïques avant les sentiments que cela réveille en moi ?

Ses mots traversent la pièce et se plantent comme un poignard dans mon cœur.

– Je t'ai fait confiance, Grant. Tu as promis-juré, dit-elle. (Ses mots sont suivis d'un sanglot hoquetant.) Et tu n'as pas tenu ta promesse. Une fois de plus.

Sur ces mots, elle passe devant moi et sort précipitamment.

– Em, attends !

Je m'élance dans l'allée à sa poursuite.

– Je te hais. Je ne veux plus jamais te revoir.

Ces mots, répétés à vingt ans d'intervalle, font mouche. Je n'ai pas le cœur de la retenir... parce qu'elle a raison.

Hagard, je la regarde monter en voiture et s'éloigner sans un regard. Je continue de fixer la rue déserte bien après que ses phares se sont dissipés dans la nuit et que les grillons se sont installés pour la nuit.

Finalement, je rentre chez moi, éteins le four et souffle la bougie avec des gestes mécaniques. Mes yeux picotent. Mon ventre est noué. La pression dans ma poitrine entrave ma respiration.

Parce qu'elle a raison.

J'ai inscrit son nom. Peut-être n'était-ce qu'un gribouillage, mais son nom apparaissait en tête de liste.

J'ai conservé le dossier en connaissance de cause. Si tant est que mes premières intentions fussent pures – apprendre précisément ce qu'elle avait vécu pour pouvoir... me comporter en héros.

Putain.

Je suis un sale con.

Je tenais à ne pas tout faire foirer et qu'ai-je accompli ?

Faire confiance est un défi pour elle.

Et j'ai tout bousillé.

Les poings serrés, je crève d'envie de frapper quelque chose.

Seul problème, la seule cible digne d'un bon coup de poing, c'est moi-même.

54

EMERSON

Je roule.

J'écrase l'accélérateur à la limite des capacités du moteur, avalant le chemin de campagne. Je laisse le courant d'air qui afflue par les vitres ouvertes remplir mes oreilles et étouffer mes pensées. Et sécher mes larmes.

Je ne sais pas où je vais.

Je n'en ai pas la moindre idée.

Tout ce que je sais, c'est que j'ai besoin d'espace, de liberté, et de m'imprégner d'un air autre que celui que Grant Malone respire.

Tout ce que je veux, c'est me perdre dans quelque chose – *possiblement dans quelqu'un* – pour me rappeler pourquoi je ne baisse jamais la garde.

Tout ce dont j'ai besoin, c'est de réinstaurer mes règles.

Tout ce que je demande, c'est ne plus avoir mal dans la poitrine et retrouver mon cœur.

J'ai conscience que, nonobstant ma réticence à ouvrir mon cœur, je l'ai laissé chez Grant.

Je lui ai donné mon cœur ainsi que ma confiance.

Et il a piétiné les deux.

55

GRANT

– Pourquoi tu te défoules sur ce gros sac ? Il t'a fait quelque chose ?

Je n'ai pas de temps pour Grayson et ses idioties.

– Tu préfères que je te frappe à la place ?

Dans un grognement, j'enfonce de nouveau le poing dans le punching-ball. L'onde de choc qui irradie de mon poing à mon bras et me secoue entièrement est négligeable, comparé à ce que je mérite.

– Qui t'a mis en rogne à ce point ?

– Personne.

Un autre grognement. Un autre coup insatisfaisant dans le sac.

– Donc, tu te prends la tête tout seul. (Je le laisse ricaner sans répliquer.) Oh merde, désolé, mec, souffle-t-il soudain comme si ses poumons se vidaient jusqu'à la dernière particule d'air.

C'est assez pour qu'il gagne mon attention.

– Quoi ?

– Tu t'es planté à l'entretien ?

– Non. (J'enfonce le poing dans le sac.) J'ai déchiré à l'oral.

–Alors, quelle mouche t'a piqué ? (Puis, après quelques secondes.) Oh...

–Voilà.

Jab, suivi d'un crochet.

–Comment tu t'es débrouillé pour merder ?

J'apprécie d'avoir des frères qui comprennent ce qui se passe sans que j'aie besoin de prononcer un mot, mais en même temps, ils sont agaçants au possible quand j'ai envie qu'on me laisse tranquille. Une bénédiction autant qu'un fléau.

Jab-jab croisé. Un uppercut, envoyé en imaginant que je frappe Grayson s'il ne me fiche pas la paix.

–Je suis un abruti, voilà comment.

–Dis-moi quelque chose que j'ignore, ironise Grayson en esquivant à gauche, alors que je manque volontairement le punching-ball et cogne un point dangereusement proche de son menton.

Mes bras sont engourdis, mais je ne peux rien faire de plus que m'enfoncer dans la culpabilité.

–Alors ? Raconte ce que tu as fait.

Sa question me prive de mon air. J'assène un ultime coup, puis laisse mes bras retomber et, la tête appuyée contre le punching-ball, je reprends mon souffle.

–J'ai trahi sa confiance, je murmure, pas certain de vouloir me confier.

Comment ai-je pu être aussi bête ?

–Tu *es* un vrai con.

Il abat la main sur mon dos et, d'un geste sec, j'écarte mes épaules à distance de lui.

–Sur ce point, nous sommes d'accord.

Je m'éloigne du sac, récupère ma bouteille d'eau sur le banc, serrant les dents en constatant qu'il me suit.

–Étant donné que tu es ici pour te défouler sur un punching-ball au lieu de chercher un moyen de réparer tes torts, ça ne fait pas un pli.

–Dégage, Gray. Je sais régler mes problèmes sans toi.

–Tu es sûr ? (Plus tellement.) Peut-être que je ne sais pas ce que tu as fait, mais mon grand frère se bat toujours jusqu'au bout. Tu es un héros. Celui qui sauve le monde... Alors, va faire justice.

Je le fustige du regard.

– J'ai raccroché ma cape de héros.

– Laisse-moi rire.

* * *

– Em, ouvre-moi !

Je tambourine à sa porte. Nouveau coup de poing. Le énième en dix minutes.

– Visiblement, elle n'a pas envie de parler.

Surpris, je pivote vers Leo. Il est appuyé contre le mur du hangar, bras croisés, les yeux cachés par l'ombre de la visière de sa casquette, le corps tendu par l'irritation.

– Merci, mais ce n'est pas ton problème, dis-je en me retournant face à la porte.

– En fait, si.

Je n'ai pas le cœur à ces foutaises. Je descends quelques marches.

– Écoute, j'aime que tu veilles sur Em. Vraiment... j'aime savoir que lorsqu'elle est seule ici, tu gardes un œil sur elle... mais je ne suis pas l'enflure de l'agence de crédit qui en veut à son corps. J'apprécie ton attitude de grand frère, mais ce n'est pas nécessaire avec moi. Maintenant, si tu veux bien ?

Leo se redresse pleinement et fait quelques pas dans ma direction. Bon sang, il me sort la carte du macho.

– Réfléchis bien, dis-je en haussant les sourcils.

Je ne suis peut-être pas d'humeur à me battre après avoir cogné dans un punching-ball pendant plus d'une heure, mais envoyer mon poing sur une personne vivante me satisferait davantage.

Nous nous mesurons du regard, puis il hoche lentement la tête.

– Elle est sortie.

– Où est-elle ?

Il hausse les épaules.

– Sais pas. *Il le sait pertinemment.* Elle a filé comme si elle avait le feu aux trousses.

– Putain.

La bohémienne a tracé la route, et je ne peux en vouloir qu'à moi-même.

– Tu es un type bien, Malone. Mais flic ou pas, tu l'as blessée et défendre physiquement son honneur ne me pose aucun problème.

– Elle-même n'hésiterait pas à m'en coller une.

* * *

Je ressasse ma journée. Inlassablement.

Briller à l'entretien. J'ai répondu haut la main à toutes les questions, avec une telle précision qu'en quittant la salle d'examen, je ne doutais pas d'obtenir la promotion.

L'apogée de ma journée.

À mon retour chez moi, trouver la perfection : la voiture d'Emerson dans l'allée, elle m'attendant à la maison. Ensuite, tout est parti de travers.

L'expression d'Em. Ses accusations. Tout le mal que je lui ai fait parce que j'ai gardé le dossier. Si ce n'était pas pour le consulter, pourquoi ne l'ai-je pas renvoyé ?

Le nadir de ma journée.

Le reste de la soirée s'écoule dans le brouillard. La salle de sport. La confrontation avec Leo. Rentrer chez moi, le dossier sur la table me rappelant que je suis le seul à blâmer, mais sans que je sache comment arranger les choses.

Si elle pense que j'ai trahi sa confiance il y a vingt ans, et qu'elle a eu du mal à passer l'éponge, c'est clair que cette fois, elle ne s'en remettra pas.

Mais ce qui me tue par-dessus tout, c'est ce qui s'est passé cet après-midi quand j'ai rangé son dossier dans le carton. La photo qui s'en est échappée et est retombée sur le sol. Celle d'Emmy Reeves à huit ans, fixant l'objectif, le regard hanté, blanche comme un linge, renfermée dans sa coquille, paralysée par la peur.

Cette image me stupéfie. Ma mémoire se souvient peut-être d'une fillette dynamique, avec des tresses, des taches de rousseur et un sourire aux dents manquantes, un rire qui venait du ventre, mais c'était juste la réalité perceptible par un petit garçon naïf. En vérité, cette fillette était tellement pétrifiée qu'elle se serait brisée d'une légère pression sur l'épaule.

Même deux heures plus tard, je ne parviens pas à me défaire de cette image parce qu'aujourd'hui elle affichait la même expression hantée que sur la photo, juste avant de s'en aller.

– Grant, tu es avec moi ? m'interpelle Grayson en me lançant un bretzel.

Je ne réagis pas.

Laisse-moi seul. Je le répète en silence pour la centième fois, mais pas à haute voix. Je veux m'apitoyer sur mon sort. Je ne le mérite pas, mais je le ferai néanmoins.

– C'est du sérieux, commente Grady.

– Tu penses qu'il l'a trompée ? demande Gray.

– Je suis là, les deux imbéciles. Je vous entends discuter, alors posez-moi directement la question, dis-je, même si je ne veux pas qu'ils me questionnent.

Je veux qu'ils la ferment. Je m'enfonce davantage dans mon fauteuil de jardin et fixe le ciel étoilé.

– Nous sommes venus te remonter le moral, en vain... (Il hausse les épaules.) Nous émettrons des suppositions jusqu'à ce que tu te décides à parler. Tu sais pertinemment que ça t'aiderait à te sentir mieux.

– Je ne l'ai pas trompée, je grommelle, les reproches d'Emerson résonnant dans mes oreilles.

– Tant mieux. Autrement je n'aurais jamais réussi à éteindre ses foudres, dit Grady. (Comme je reste sans réaction, il se tourne vers moi.) Bah quoi ? Mon jeu de mots est plutôt réussi, non ? Juste un peu, renchérit-il en mimant un espace de deux bons centimètres entre son pouce et son index.

– Merde. Il fait des blagues à la Chris Rock[4] maintenant, ironise Grayson en décapsulant bruyamment une bière.

– Merci pour la visite de courtoisie, mais vous pouvez me laisser maintenant.

Je n'ai pas la force d'endurer leurs plaisanteries, mais évidemment, ils font la sourde oreille. Ils ne bougent pas.

– Très bien. Je vais faire comme si vous n'étiez pas là.

Grayson lance un juron quand je tends le bras et lui arrache sa bière fraîche des mains. Je bois une bonne rasade, rallonge la tête sur le dossier, ferme les yeux et me déconnecte.

Et je pense à Emerson.

Ça fonctionne temporairement, jusqu'à ce que la voix de Grady s'infiltre dans mes réflexions et capte mon attention. S'il tente délibérément de me faire parler, ça marche.

– Je te parie ce que tu veux que c'était trop pour lui, observe Grady.

– Qu'est-ce qui était trop pour moi ? je demande en soulevant une paupière.

– Tu crois ? riposte Grayson comme si je n'existais pas.

– Sûrement.

– De quoi parlez-vous, bon sang ? je peste.

Je suis fatigué. Ivre. Et bordel, Emerson me manque et à plus d'un titre. La culpabilité et le regret me rongent de l'intérieur.

– Tu as enquêté sur elle, n'est-ce pas ? commente Grady, m'incitant à refermer les yeux et à souffler. La curiosité a pris le dessus et tu as eu besoin de savoir. Tu as réclamé son dossier ou utilisé tes techniques de flic pour savoir à quoi tu avais affaire.

Ignore-le. Il essaie juste de te délier la langue.

– Ça ressemble bien à notre Grant. Il a besoin d'avoir toutes les cartes en main, comme ça, il sait exactement comment remédier à une situation de crise, en particulier quand ladite situation implique une fille séduisante au

4. Humoriste qui exerce son art aussi bien sur scène que sur le grand écran.

caractère bien trempé qui ne lui tombe pas dans les bras comme toutes les autres, renchérit Grayson avec un petit rire qui joue avec mes nerfs.

– Dommage qu'une personne ne se gère pas comme une situation d'urgence, temporise Grady en mettant dans le mille.

Heureusement que l'alcool m'adoucit, sans quoi il aurait hérité du coup de poing qui me démangeait hier.

Ne mords pas à l'hameçon.

– Judicieux, médite Grayson. Je n'emploierais pas nécessairement sa méthode, mais comment le lui reprocher ?

– Comment ça ?

– C'est naturel, le besoin de connaître ce qu'on affronte. Enfin... nous savons tous qu'Emerson a vécu l'enfer... Peut-être que Grant, par pure gentillesse, a cherché à en connaître les raisons pour éviter de la froisser ou pour un autre motif tout aussi bienveillant.

– Tu le surestimes, réfute Grady.

Je serre les dents. Peut-être sont-ils pertinents, mais ce n'est pas pour autant que je dois encourager leurs attaques.

– Tu connais *notre Grant.* Toujours prêt à voler au secours de son prochain ! reprend mon frère.

Une autre pique. Une idiotie de plus.

– Remarque, il nous a sauvé la mise à plus d'une reprise, tempère Grayson.

– Mais là, c'est différent.

– Très différent. C'est Emmy. Et Grant est amoureux d'elle.

Grady ricane.

– Ne l'est-il pas depuis toujours ?

Je perds patience. Ils titillent mes points sensibles.

– Fermez-la, tous les deux. J'ai compris votre point de vue même si vous ignorez tout de ce qui se passe.

Je mens parce qu'ils ont visé juste, ce qui aggrave mon cas. Je suis à ce point transparent et prévisible ? Je bondis du fauteuil pour marcher de long en large, mais il me faut quelques secondes pour retrouver l'équilibre. La bière me monte à la tête, mais j'ai besoin qu'elle m'assomme plus sûrement.

Parce qu'ils ont raison.

Je suis amoureux d'elle.

Bon sang, depuis quand ?

Probablement depuis le CE1.

56

EMERSON

Je regarde la liste de sms sur mon téléphone.

Grant et ses excuses, ses explications et sa tristesse, je refuse de m'en occuper.

Christopher et ses promesses que le crédit sera approuvé dans une semaine ou deux, et qu'il me facture un tarif inférieur à la normale. D'ailleurs, je pourrais le remercier en prenant quelques verres avec lui. Quand finira-t-il par comprendre que ce n'est pas demain la veille ?

Desi et ses messages inquiets quotidiens, vérifiant que je n'ai pas disparu de la surface de la terre.

Leo et ses questions sur les cours des prochains jours et la gestion du planning dont je me charge d'ordinaire.

Je les survole une seconde fois, puis lance mon téléphone au pied du lit avant de m'enfoncer sous le duvet. Il porte l'odeur de Grant, aussi fais-je semblant que le monde extérieur et tout ce qui s'est passé n'existent pas.

Je sais qu'ils se figurent tous que je suis partie sauter en parachute. Que j'ai fermé les yeux, posé le doigt au hasard sur la carte et roulé vers cette destination. Que je me laisse porter par le vent comme la bohémienne que je suis généralement.

Pas cette fois.

Ma voiture est dans le hangar rouge, où personne ne la verra.

Et je me terre dans mon studio. *Seule.*

La personne que je suis devenue domine l'envie de s'automutiler, tandis que la petite fille en dessous réclame à cor et à cri une douleur familière. La souffrance qu'elle a besoin de revivre pour savoir qu'elle est vivante.

Mais je ne me suis pas coupée.

Et je ne le ferai pas.

Si je ne dois remporter qu'un combat dans toute cette histoire, ce sera celui-là.

Je n'éprouve même pas l'envie de sauter.

Grant me l'a volée.

De la même façon qu'il a dérobé mon cœur.

Ma confiance.

Mais l'un comme l'autre ont été brisés par le passé. Tous deux ont engendré des souffrances, et j'ai survécu.

Désormais, la seule différence est ma capacité à éprouver des émotions.

En cet instant précis, je ressens *tout.*

Au point que c'en est douloureux.

Ça m'enrage plus que tout le reste, parce que je ne peux pas me dérober aux émotions. Il m'est impossible de les fuir alors que c'est l'unique réaction que je connaisse.

57

GRANT

– Tu es nerveux.

– Sans blague.

Je lance un regard vers Nate, qui m'autorise à opérer un détour par l'aérodrome sans autre motif que vérifier si Emerson est rentrée.

– Va lui parler.

– J'ai essayé.

– Essaie encore. Ce n'est pas comme si elle n'allait pas remarquer les passages répétés de la voiture de patrouille cette semaine.

– Je sais. C'est juste...

– Je sais, je sais. Il y a quelque chose que je ne comprends pas, en plus du fait que tu as merdé dans les grandes largeurs... commente Nate en secouant la tête.

– Merci papa.

Je lève les yeux au ciel et reporte mon attention sur la route.

– Lui as-tu téléphoné ?

– Elle ne décroche pas.

– Envoyé un sms ?

– Elle ne répond pas.

– As-tu tambouriné à sa porte pendant des heures ?

L'image de Leo bombant le torse me traverse l'esprit.

– En quelque sorte.

– Lui as-tu envoyé des fleurs ? Les nanas adorent les fleurs.

– Pas elle, je murmure, pensant que je ne tenterai pas le diable avec un second bouquet.

– Alors, qu'est-ce qu'elle aime ? Qu'est-ce qui vous est spécifique, à vous deux ? Sers-t'en à ton avantage. Les filles aiment se sentir uniques.

– À t'entendre, les filles aiment tout et n'importe quoi.

– Fais preuve d'originalité, insiste-t-il.

Et je ris. Mais alors que j'accorde un ultime regard à l'enseigne *Blue Skies* avant de faire demi-tour, une idée bourgeonne dans ma tête à l'instant où la radio transmet un appel.

58

GRANT

– Grant ?

– Mmm.

– Tu ne vas pas jouer dehors ?

– Pas envie.

La porte moustiquaire grince. Le plancher en bois de la véranda s'enfonce sous ses pas. Son parfum emplit mes narines quand elle s'assoit à côté de moi.

– Elle te manque, hein ?

Pour toute réponse, j'acquiesce de la tête, la gorge irritée par les larmes que je retiens. Les garçons ne pleurent pas pour les filles, mais elle est partie et tout ce que je veux, c'est sangloter tellement elle me manque.

Ma mère glisse son bras autour de moi et me serre contre elle. Je me focalise sur mon doigt qui repousse les cailloux sur le plancher au lieu de pleurer.

– Pourquoi est-ce qu'elle a dû partir ?

C'est à cause de moi qu'elle a déménagé.

Elle m'a fait promettre, et j'ai cafté.

J'ai provoqué son départ.

– Elle reviendra bientôt. Elle et sa mère sont à l'hôpital pour...

– Elle est malade ?

– Non. (Ce mot est empli de tristesse dans la bouche de ma mère.) Elle ne se sent pas très bien.

– Mais pourquoi...

– Quand elles sortiront, elles partiront pour une longue aventure, dit-elle de cette drôle de voix qu'elle prend pour nous faire croire qu'une visite chez le dentiste est divertissante. Comme si j'étais supposé la croire quand elle ne dit pas la vérité !

– Où ça ? je demande, reprenant espoir à la perspective qu'elle m'envoie des cartes postales.

– Je ne sais pas, murmure-t-elle, puis elle renifle comme si elle pleurait, mais quand je la regarde, elle se détourne brusquement de sorte que je ne vois pas son visage. Ce sont les galets que tu as peints ?

Revoilà sa voix du dentiste.

– Je les ai peints pour Emmy.

– C'est gentil de ta part.

– Elle aime les galets. Même les moches avec des zombies. Elle était très triste, alors je les peignais et je les plaçais dans ses fleurs. Elle a dit qu'ils la faisaient sourire. (Je triture les galets.) Elle n'aura plus de galets, maman. Qu'est-ce qui la fera sourire maintenant ?

– Oh, Grant.

Ma mère hoquette lourdement, comme si elle fondait en larmes. Sans que j'aie pu vérifier, elle m'enlace si fort que je ne peux plus respirer.

Mais je pleure aussi.

Ma meilleure amie me manque.

Elle et son sac à dos violet moche, ses Barbie et tout son foutoir de fille que je déteste, mais je jouerais avec elle à tous ces jeux autant qu'elle voudrait si seulement elle revenait.

Au revoir, Emmy.

Je suis désolé d'avoir répété ton secret et que ça t'ait fait partir.

Si j'avais respecté mon serment croix de bois-croix de fer, tu serais toujours là.

Je suis désolé. Me pardonneras-tu un jour ?

59

EMERSON

Je sursaute en entendant frapper à la porte de mon bureau. La personne qui se dessine dans l'encadrement me surprend encore davantage.

J'ai une sale gueule.

C'est la première pensée qui me traverse l'esprit face à la mère de Grant. La seconde, c'est son fils qui m'a mise dans cet état.

– Betsy.

Est-ce mal que la voir – ma seconde mère – me donne envie de sangloter dans la chaleur de ses bras ? Je repousse les larmes qui irritent mes yeux. Je ne m'effondrerai pas. Pas dans le bureau. Ni chez moi. Plus jamais.

– Em ? Ça va, trésor ?

Elle entre dans mon bureau.

– Ça peut aller. Enfin... ça passera.

Un instant, elle m'examine comme si elle hésitait à me croire.

– Je suis confuse de passer à l'improviste, mais j'ai téléphoné et je suis tombée sur la messagerie. J'espère que je ne te dérange pas trop.

– Bien sûr que non. Entre, assieds-toi, dis-je en me levant pour refermer la porte.

La dernière chose dont j'ai besoin, c'est que mes collègues entendent ne serait-ce que des bribes de notre conversation. Sans doute se demandent-ils déjà ce qui cloche chez moi, étant donné que je parle sèchement à tout le monde. Une fois qu'elle est installée, je prends place dans le fauteuil de bureau à côté d'elle.

– C'est charmant ici, dit-elle avec une authentique sincérité. J'ai hâte de voir comment tu arrangeras cet endroit quand tu l'auras racheté. Je ne te retiendrai pas longtemps. Je voudrais juste...

– Qu'y a-t-il ?

– Grant serait fâché que je m'interpose, mais je ne pouvais pas continuer de me taire. (Je réprime un soupir en réalisant la raison de sa visite.) Il m'a appris que tu retrouvais certains souvenirs.

Je pensais qu'elle entamerait la conversation par le dossier ou un long discours sur la nécessité d'accorder une seconde chance à Grant. Le même laïus que Desi. Aussi suis-je prise de court. Avec n'importe qui d'autre, je serais sur la défensive mais curieusement, j'ai besoin de parler à quelqu'un.

– C'est vrai. Depuis que j'ai revu Grant le 4-juillet.

– Et tu en déduis que c'est à cause de lui ?

Je hoche la tête, intriguée mais peu sûre du tournant que prend cette conversation.

– Ce n'est pas une coïncidence.

– Tu sais, il arrive que des souvenirs ressurgissent sans que rien de particulier ne les déclenche. L'esprit sait à quel moment il est capable de les affronter. Il sait que tu as trouvé les bonnes personnes, le soutien approprié qui te protégera des répercussions du souvenir, et ton subconscient veut juste évacuer tout ça pour repartir de zéro. Bien sûr, le souvenir provoque des bouleversements. Le diable se cache dans les détails, comme on dit... mais quelquefois, ce qu'on imagine qu'il s'est passé est pire parce que l'imagination amplifie la portée des événements. (Elle secoue la tête et rectifie.) Je me suis mal exprimée.

Ce qui t'est arrivé était atroce. Je veux dire que peut-être que si tu connaissais la vérité, tu n'éprouverais plus le besoin de fuir ce que tu ne connais pas et ce qui te taraude probablement en permanence. Je ne veux plus que tu t'enfuies. Tu es la fille que je n'ai jamais eue. Ton départ a laissé un grand vide dans notre famille, c'est pourquoi nous ne tenons pas à ce que tu t'évapores une seconde fois.

J'ai l'impression de m'effondrer intérieurement. Après notre déménagement, Grant et sa famille m'ont manqué pendant de longs mois. Ils étaient la seule normalité sur laquelle je pouvais compter, et j'ai été privée d'eux au moment où j'avais le plus besoin de leur présence. Elle ne peut pas imaginer combien je ne me suis pas sentie à ma place depuis une éternité ni combien ses mots sont comme un baume sur une plaie béante. À eux seuls, ils ne peuvent pas me guérir, mais ils m'apaisent.

– Moi non plus, je ne veux plus m'en aller, dis-je à mon corps défendant.

La vérité derrière l'importance qu'obtenir ce crédit revêt pour moi.

– Tant qu'à mettre les pieds dans le plat, je vide mon sac. Tu ne peux pas quitter Sunnyville. C'est aussi simple que ça. Grant est ta moitié, Emerson. Depuis toujours. (Son menton relevé avec obstination me fait tellement penser à Grant que je souris.) Il est patient et déterminé, et il remet facilement les gens à leur place au besoin, mais il sera aussi le premier à te serrer contre son cœur pour chasser tes démons. Je sais que tu le mets sur des charbons ardents et le pousse à multiplier les efforts pour s'améliorer parce qu'il pense que tu le mérites... mais qu'en sais-je? dit-elle avec un geste dédaigneux. Je ne suis que sa mère.

– J'aimerais que ce soit aussi facile. Grant est un homme épatant... mais avant tout, je dois débroussailler certaines choses. Surmonter des blocages. Je dois être à même de lui faire confiance et...

Je secoue la tête et soupire, cherchant comment expliquer tout cela à sa mère.

–Emerson, je connais mon fils. S'il avait ouvert ce dossier, ce qu'il aurait découvert le rongerait, dit-elle d'un ton neutre, si bien qu'il me faut un instant pour assimiler le fait qu'il en a parlé à sa mère.

–Tu es au courant ? je fais d'un filet de voix.

–Naturellement, répond-elle sans détourner les yeux des miens. Tu étais comme ma fille, Em. Ta mère et moi avons passé d'innombrables nuits au téléphone, sanglotant une minute, hurlant la suivante, laissant passer le silence pour que l'autre ne soit pas seule.

Je cille rapidement pour faire barrage aux larmes, tandis que mon esprit procède à des recoupements. Avec l'élément de vérité qu'elle vient de me livrer.

Je me souviens.

Les conversations chuchotées à l'arrière de la fourgonnette, quand ma mère me croyait endormie. À huit ans, je supposais qu'elle devisait avec mon père, se répandait en excuses parce que je n'avais pas été sage. Mais elle téléphonait à Betsy.

–Je ne savais pas.

–Nous culpabilisions toutes les deux. Comment est-il possible qu'à nous deux, deux femmes intelligentes et cultivées, nous n'ayons pas vu les signes étalés sous nos yeux ? Comment avons-nous pu être absorbées par notre quotidien au point de te délaisser ?

–Tu n'y es pour rien, dis-je.

Mon besoin d'apaiser la tristesse dans sa voix me dévore.

–Tu as raison. Je ne suis pas responsable. Pas plus que toi ou Grant. Même si, à ce jour, il continue de se reprocher de ne pas t'avoir sauvée plus tôt.

Pourquoi Grant se blâmerait-il ?

L'idée me stupéfie et, la tête emplie de ce flot de révélations, je ne peux rien faire de plus que continuer à l'écouter.

–C'était la faute de ton père. Ce monstre. Pour qu'il t'ait fait te sentir responsable ? Pour qu'il t'ait convaincue que ce n'était que des rêves ? Il était pourri jusqu'à l'os.

Mon cœur s'affaisse. Comment sait-elle cela ? Comment connaît-elle mes doutes et le peu de crédit que j'accorde à ma propre mémoire ?

– Tu savais ? je murmure.

– Qui tenait compagnie à ta mère, lui donnait la main derrière la vitre sans tain de l'hôpital pour enfants pendant que l'inspecteur et le psychologue te questionnaient ? Moi, ma chérie. Je sais qu'il t'a manipulée. Je sais qu'à l'époque, et peut-être encore aujourd'hui, tu étais tiraillée entre ta position de victime ou de coupable. Après toutes les ruses qu'il a employées pour semer le doute dans ton esprit, c'est largement compréhensible. Permets-moi de te dire que tu n'étais pas responsable.

– Je n'avais pas réalisé que tu étais là après...

– Tu crois que je vous aurais abandonnées, ta mère et toi, quand vous aviez le plus besoin de moi ? (Ce souvenir dessine un sourire triste sur ses lèvres.) Je suis désolée de ce qui t'est arrivé. Je suis désolée que tu t'en souviennes partiellement. D'autres souvenirs reviendront-ils ? Je ne saurais dire. Ton esprit pourrait continuer de se protéger du traumatisme... ou pas. Sache juste que nous sommes là pour toi si tu as besoin. Tu peux me téléphoner à toute heure, jour et nuit, j'accourrai, ne serait-ce que pour rester à côté de toi dans le noir, pour que tu saches que tu n'es pas seule avec un nouveau souvenir qui sème la zizanie dans ta tête. Tu n'es plus seule, Emerson. Tu ne l'as jamais été.

– Betsy, je ne sais pas quoi dire...

– Ne dis rien, répond-elle en me pressant le genou. Bien entendu, si tu restes et que tu souhaites faire partie de notre famille, avec toute sa fantaisie et son sens de l'humour peu ordinaire, ce sera selon tes propres termes, quand tu seras prête. Et la proposition vaut, que tu sortes avec mon fils ou pas. (Elle se lève.) Il faut que tu saches que c'est une vraie loque en ce moment. Je gage que tu lui manques.

60

EMERSON

Tu n'es plus seule, Emerson. Tu ne l'as jamais été.

Les paroles de Betsy flottent dans mon esprit quand Desi apparaît deux heures plus tard.

– Tu as une mine effroyable.

– Merci, dis-je avec un sourire forcé, passant devant elle sans rien dire de plus.

– Tu lui as parlé ?

Bon sang. La brigade Sauver Grant est de sortie ? D'abord Betsy. Maintenant Desi. Si Leo se joint au mouvement, il se pourrait bien que je prenne mes jambes à mon cou, après tout. C'est vraiment difficile de ne pas penser à quelqu'un avec eux qui ne cessent de le mentionner.

– Je suis débordée. J'attends un groupe de parachutistes. J'ai... des trucs à faire.

– C'est vraiment une bonne idée, Em ?

– Quoi donc ?

Je m'affaire avec des formulaires pour éviter son regard.

– Sauter. *D'un avion.* Tu sais, à des kilomètres du sol. C'est clair que je ne me reposerais pas sur toi, vu ton état. Je le redis, tu as une sale tête. Et l'air distraite. Lessivée. Et pour être tout à fait honnête...

– Ne me ménage surtout pas.

– Pas nette.

– Pas nette ?

– C'est ça, renchérit-elle, laissant passer un silence jusqu'à ce que je me décide à rencontrer son regard.

Comme quelqu'un qui ne pourrait pas accomplir deux tâches à la fois si sa vie en dépendait...

– C'est parce que j'essaie d'échapper à cette discussion.

– Au moins, tu fais preuve de franchise.

Je cesse de m'activer et soupire. Elle a raison, mais je ne l'admettrai pas.

– Écoute, Des. J'ai du pain sur la planche ces temps-ci. J'apprécie que tu prennes de mes nouvelles, mais rien n'a changé. Rien ne changera.

– Donc, tu vas m'ignorer comme tu le fais avec lui ? demande-t-elle, les mains sur les hanches, sourcils froncés.

– Comment sais-tu que je l'ignore ? Lui aurais-tu parlé ?

Ma voix grimpe dans les aigus, et quand Leo entre et assiste à notre match nul silencieux, il se retire à reculons sans piper mot.

– Je n'ai jamais dit que je lui avais parlé.

Juste sous-entendu.

– Je sais. Je...

Je regarde vers la fenêtre, en direction du chemin sur lequel j'ai vu passer une voiture de patrouille plusieurs fois cette semaine, et je déteste le fait que j'espère l'apercevoir.

– Rectification. Tu ne m'évites pas. Tu laisses couler, voilà ce que tu fais. Dans ta petite tête, tu cherches un moyen de tirer ton épingle du jeu sans ruiner la vie pour laquelle tu trimes. Le prêt. *Blue Skies.* Moi, ta seule famille. (Sa voix s'adoucit.) Je ne te laisserai pas filer, Em.

Je maudis les larmes qui me piquent les yeux. Hais mon manque d'intérêt pour le gâteau au chocolat qu'elle m'a apporté. Je déteste que, si tant est que je haïsse Grant ces jours-ci, tout en lui me manque.

– Il m'a fait du mal, je chuchote, presque inaudible, comme si l'admettre m'affligeait.

– Je sais. Et je suis désolée. Je suis navrée qu'il t'ait blessée, mais tu sais, ça arrive à tous les couples. (Je commence à rejeter la notion de couple, mais d'un geste, elle tue mes protestations dans l'œuf.) As-tu songé à lui accorder le bénéfice du doute ?

– Qu'a-t-il fait pour le mériter ?

– À toi de voir, mais dans l'intervalle tu es au trente-sixième dessous, tu fais peur à voir et, tout bien pesé, c'est à toi que tu fais du mal en ne l'écoutant pas. L'idée que tu puisses te tromper ne t'a pas effleuré l'esprit ? Peut-être que Grant dit vrai, qu'il a reçu ce dossier accidentellement et ne l'a jamais ouvert ?

Je secoue la tête, refusant d'entendre son raisonnement. Plus que nul autre, elle devrait me soutenir. Elle devrait cautionner ma vision des choses et me conseiller de le larguer.

Mais elle s'acharne à me contredire.

– Je n'ai pas tort, dis-je, alimentant mon déni avec ma colère.

– Peut-être que si.

Elle hausse les épaules, me défie du regard.

– Peut-être es-tu disposée à croire qu'il t'a blessée parce que c'est tellement plus facile pour toi d'enrager, de repousser les gens, que de les croire. Parce que croire en lui implique de te mettre, et de mettre *ton cœur*, en danger.

– J'ai des règles, Desi.

Elle se méprend. Forcément.

Elle rit avec une condescendance détestable.

– Et regarde ce qui est arrivé quand tu les as laissées tomber. Tu as pris vie, Emerson. Il t'a fait te sentir vivante. Quiconque accomplit cela ne devrait pas être limité par tes règles autoprotectrices. Cette personne mérite le bénéfice du doute. Elle mérite une seconde chance.

– J'ai du boulot.

– Ne saute pas aujourd'hui.

– Tête haute. Ailes déployées, dis-je en prenant la direction de la salle de réunion, loin de ses quatre vérités que je ne suis guère disposée à entendre.

Immédiatement, je me cogne contre Christopher.

Surprise, je saute en arrière, mais sa main reste accrochée à mon bras.

– Comment êtes-vous entré ? je demande, atrocement gênée, en retirant mon bras.

– La porte latérale était ouverte. Je ne voulais pas interrompre votre tête-à-tête entre copines.

Savoir qu'il nous a épiées me glace les sangs.

– La prochaine fois, passez par l'entrée principale.

– Ou répondez au téléphone. À moins que coucher avec les frères Malone vous prenne tout votre temps ? (D'un claquement de langue, il manifeste son mécontentement.) Grossière erreur de votre part.

– Erreur ou pas, ce ne sont pas vos affaires.

Je serre les dents pour la énième fois. Patience.

Dans quelques jours, je n'aurai plus jamais à supporter ce salopard libidineux.

Sa main rattrape subitement mon bras.

– Apparemment, vous ne tenez pas tellement à votre emprunt, Mademoiselle Reeves ? dit-il sur un ton mielleux qui me retourne l'estomac.

– Mon prêt n'est pas subordonné à votre invitation à dîner.

– Au contraire. Ils sont intimement liés.

– Pardon ? En signant la demande de crédit, je n'avais pas conscience que la prostitution faisait partie de la procédure.

Son doigt s'attarde le long de mon bras, et j'ai envie de repousser sa main d'une tape.

– *Vous* êtes intimement liée à la procédure. N'oubliez pas que je suis le seul qui soit prêt à miser sur vous, Emerson. Je suis le seul prêteur un tant soit peu enclin à vous accorder un crédit, connaissant votre historique bancaire... C'est pourquoi *vous* devriez vous soumettre.

– Hors de question. Je ne me soumets à personne. Ce n'est pas plus compliqué que ça.

– Ah non ?

– Vous m'avez entendue, Chris. Le harcèlement sexuel ne prend pas avec moi, et j'en ai ma claque de subir ça. Je ne doute pas que la commission d'éthique le désapprouverait également, dis-je sans même savoir si une commission d'éthique veille aux bonnes pratiques bancaires. Faites valider ma demande. Transférez l'argent aux propriétaires. Clôturez le dossier. Faites votre travail.

Son petit rire me hérisse comme le crissement des ongles sur un tableau noir.

– Votre demande a été rejetée ce matin.

– Comment ? (Si le changement de sujet pouvait provoquer un coup du lapin, j'aurais les cervicales en bouillie.) Répétez ça ?

Il se fout de moi ?

– Eh oui. Elle a été rejetée aujourd'hui. Si vous aviez répondu à mes appels ou écouté mes messages, vous le sauriez... (Il croise les bras sur son torse et appuie une épaule contre le mur.) Mais ne vous tracassez pas. Une fois la notification envoyée, le courtier de Skies affirme qu'ils accepteront la seconde offre. Si vous demandez gentiment, il glissera un mot en votre faveur auprès des nouveaux acquéreurs. Peut-être qu'ils vous proposeront un poste.

– Comment est-ce possible ? je crie, bouillant de rage et tombant des nues en même temps.

– Eh bien, quand on se fait prier et qu'on ne fournit pas à son agent de crédit ce qu'il réclame, ça arrive très facilement.

Son sourire suffisant et obséquieux est assorti au ton de sa voix.

– Espèce de salaud !

– C'est vous qui le dites.

– Vous saviez que ma demande avait été refusée et vous me l'avez caché pour coucher avec moi.

Mes poings se serrent et mon corps frémit de colère.

– Tirez-vous !

– Dommage, cet endroit aurait pu devenir le vôtre. (Il écarte les bras d'un geste d'impuissance et me fait un clin d'œil.) Bonne chance pour trouver quelqu'un qui vous prêtera de l'argent... Cela dit, ce n'est pas si grave. Votre rêve est en passe d'être vendu à quelqu'un d'autre.

Sur ce, il claque la porte latérale, me laissant dans le couloir, fixant l'endroit où il se trouvait un instant plus tôt.

À chaque respiration, chaque battement de mon cœur, chaque tremblement de mes mains, mon courroux se pare d'incrédulité.

Puis l'incrédulité cède le pas au choc.

Le choc à la dévastation.

– Em, ça va ? J'ai entendu du bruit, s'inquiète Leo en passant la tête à l'extérieur tout en regardant autour de lui avec énergie.

Il s'immobilise sitôt qu'il me voit.

– Emerson ?

Mon prêt est tombé à l'eau.

– Très bien. J'ai juste...

Je viens de dire adieu à mon nouveau départ.

– J'ai besoin de sortir un instant. Peux-tu me remplacer ?

– Sans problème. Tu es sûre que ça va ? s'inquiète-t-il.

– Certaine.

J'ai perdu mon rêve.

61

GRANT

– Combien de temps vas-tu continuer à faire ça ?

– Faire quoi ? je demande en bifurquant en direction de Serenity Court.

– Tu t'impliques trop sur cette affaire, dit Nate alors que je me gare le long du trottoir.

Des voitures sont rangées dans l'allée, la porte du garage est fermée et la lumière est allumée à l'intérieur.

– Comment expliquerais-tu ta présence dans le jardin si Davis sortait subitement de chez lui ? Tu serais dans de beaux draps. Imagine qu'il les maltraite, en les épiant constamment, tu lui donnes toutes les raisons de t'accuser d'ingérence policière, avec falsification de preuves, discrimination. Bon sang, le parfait exemple des débordements qu'on reproche aux flics de nos jours.

Je laisse pendre ma tête sur ma poitrine et pianote sur le volant, sachant qu'il a entièrement raison.

– Nate, je lui ai donné ma parole.

C'est la seule explication que je puisse fournir avant de descendre de voiture et de m'empresser de traverser la rue jusqu'à l'allée.

C'est la dernière fois.

Nate a raison.

Résolu, j'oblique dans l'allée et me fige. Dans le jardin rocailleux, où aucun galet n'a été ajouté en trois semaines, je remarque un caillou fraîchement peint.

Rouge avec des points noirs.

Eh merde.

Il est posé en évidence sur les autres.

J'ai l'impression d'enregistrer lentement ce que je vois. Pourtant, j'interprète d'emblée le message car mon poing martèle spontanément la porte.

– Police de Sunnyville. Ouvrez.

Bang, bang, bang.

– Ouvrez cette foutue porte.

Bang, bang, bang.

– Qu'est-ce qui te prend, Grant ? s'inquiète Nate, essoufflé, en me rattrapant.

Le cliquètement des verrous me surprend, même si cela répond exactement à mes attentes. Ma main saisit la crosse de mon pistolet tandis qu'une poussée d'adrénaline alimente ma colère et fait trembler ma main.

– Keely, n'ouvre pas la porte... crie Davis à l'intérieur.

Sa voix se dissipe comme un bruit blanc quand, baissant les yeux, je vois Keely.

Sa pommette meurtrie.

Sa lèvre inférieure fendue, une traînée de sang séché au coin de sa bouche.

Pire que tout, sa manière de me regarder.

Son expression hantée.

Comme si je l'avais déçue.

Renfermée.

Comme si j'étais arrivé trop tard.

Pétrifiée.

Comme si je ne l'avais pas sauvée.

Un court instant, le portrait d'Emerson échappé de son dossier surgit dans mon esprit, les deux fillettes se confondant.

Emmy et Keely.

Keely et Emmy.

Comme une seule et unique personne.

– Ne fais pas ça, Grant, avertit Nate, me tirant le bras en arrière. Ne fais pas ça.

– Avez-vous un mandat ? s'enquiert Davis en avançant dans l'entrée avec un sourire suffisant.

– J'ai une raison valable, dis-je en indiquant sa fille du menton.

– Vous n'avez rien, raille-t-il. Elle est tombée en courant dans l'escalier. Elle s'est sérieusement cognée, mais tout s'est arrangé avec un bisou. Rien ne justifie votre présence. (Il réduit la distance jusqu'à la porte.) Bonne journée.

Je m'empresse de retenir le montant ouvert. Sous la violence de mon geste, Keely se ratatine et Davis profère un juron.

– Grant, prévient Nate...

Mais je ne pense à rien d'autre qu'à faire mon possible pour que cette gamine ne se retrouve pas enfermée chez elle.

J'ai son sang sur les mains.

Keely n'est pas Emmy.

Je n'ai pas de raison valable.

Elle a demandé de l'aide.

Emmy n'est pas Keely.

Je n'ai pas de preuve, hormis la pastèque peinte sur le galet.

– Retourne à l'intérieur tout de suite, Keely, ordonne-t-il sans la regarder.

Dans une tension croissante, nous nous regardons fixement, chacune de mes pensées présageant d'un tour différent à donner à cette entrevue.

– Non.

La main sur son épaule, je la retiens, mais ses grands yeux bleus vont de son père à moi, alors que nos intentions respectives s'affrontent : je veux la protéger, il veut camoufler ses actes de violence.

– Mec, nous n'avons pas l'autorisation...

– Je me contrefiche de l'autorité parentale.

– Rentre dans la maison, gronde Davis.

Je regarde Nate puis Keely. Je me fiche royalement de son ordure de père, mais je sais ce que j'ai à faire, et Nate va me tuer pour ça.

Sans prévenir, je me baisse et soulève Keely.

– Elle ne retournera pas dans cette baraque.

Je descends l'allée en m'attendant à moitié à ce qu'il m'attaque par l'arrière. Je m'y prépare, mais personne ne m'arrête. Cela étant, Nate jure et Davis hurle.

Ou, possiblement, Nate retient Davis pendant que je m'éloigne au pas de charge avec sa fille.

Avec la preuve.

Je n'ai pas de plan. Je n'ai pas réfléchi. Je sais juste qu'il est hors de question que je la laisse retourner chez elle avec cette enflure et sa mère soumise. Les petites mains de Keely agrippent mon cou et ses reniflements emplissent mes oreilles.

Je ne peux rien dire de plus que :

– Je suis là, ma puce. Tu es avec moi.

Les mains grandes ouvertes, je presse son dos pour qu'elle se sente en sécurité, mais j'ai peur qu'elles ne suffisent pas à la protéger.

Le système échoue.

Regardez Emerson.

L'appel aux renforts lancé par Nate sur sa radio d'épaule se mêle aux vociférations de Davis dans la paisible voie sans issue.

Le temps que j'atteigne la voiture, mes mains tremblent. J'ai conscience de mon erreur, mais c'est le cadet de mes soucis.

– Qu'est-ce que tu fais ? me harponne Nate en courant dans l'allée, essoufflé et salement énervé.

– Où est la mère ? je réponds, soucieux de ce que nous trouverions d'autre à l'intérieur.

– Pas chez elle.

– Foutaises ! Fouille la maison. Assure-toi qu'elle est saine et sauve.

– Avec quelle autorisation ? Tu sais que nous n'avons pas le droit.

Nate expire lourdement, les voisins intrigués affluent sur le trottoir alors que les gyrophares percent la nuit comme un manège de foire.

– Sur quel postulat ?

– Simple contrôle.

Keely se cramponne à moi, ses geignements en réaction aux invectives de son père me procurent l'assurance que je fais ce qu'il faut.

– Hé, trésor, ta maman est à la maison ?

– Elle est sous la douche, chuchote-t-elle d'un filet de voix.

Je lance un regard noir à Nate, alors qu'une voiture de patrouille remonte la rue à tombeau ouvert et pile à côté de nous.

– Keely ?

– Oui.

– Je sais que ces cris et ces lumières te terrifient. Et je sais que tu es déroutée, mais tu dois me faire confiance, lui dis-je à l'oreille alors que Nate expose la situation aux agents nouvellement arrivés. Tu aimerais voir l'intérieur d'une voiture de police ? (Elle hoche à peine la tête, sans soulever la joue de mon épaule.) C'est super-cool. Je peux te montrer la mienne ?

Un autre hochement de tête. J'ouvre la portière arrière et me glisse avec elle, ancrée à moi, sur la banquette. Pendant que nous prenons une position confortable, ses doigts ne relâchent pas une seconde leur emprise.

Pour une petite fille habituée au pire de la part de ses proches, elle est bigrement confiante. Son innocence a été entachée. Sa capacité à croire aux dénouements heureux, faussée.

– Tu vois ? C'est spacieux et douillet.

Par la portière ouverte, je vois l'agent Lou s'entretenir avec Davis sur le trottoir et je présume qu'à l'intérieur, Amelia converse avec le partenaire de Lou. Retiré derrière leur voiture, Nate parle au téléphone. Probablement avec le service de protection de l'enfance.

– Quand tu seras un peu plus rassurée, je te laisserai mettre les gyrophares et la sirène en marche. (Pas de réaction.) Je peux te poser une question ? je fais en caressant ses cheveux. Comment tu t'es fait ce bleu sur ta joue ?

Sa poitrine frémit contre moi, et ses doigts se déplient lentement autour de mon cou. Elle s'écarte volontairement de mes genoux et s'assoit à côté de moi. Elle regarde un long moment ses doigts avant de parler.

– Je suis tombée dans l'escalier et je me suis cogné la figure, murmure-t-elle.

– Une sacrée chute. As-tu pleuré ?

Elle hoche la tête, mais esquive mon regard.

– Si tu n'étais pas tombée dans l'escalier… tu sais, si tu t'étais blessée d'une autre manière, tu pourrais me le dire, je ne serais pas fâché.

– D'accord.

Le silence retombant, je réfléchis à un moyen de l'amener à révéler la vérité. Si elle reste muette et que sa mère couvre son père, nous n'avons aucun motif pour la garder hors de son foyer. Pendant que le silence envahit l'habitacle, les curieux s'attroupent à l'extérieur.

– Keely ?

– Mmm ?

– Pourquoi as-tu utilisé notre code secret ?

Elle hausse les épaules mais sa lèvre inférieure tremble.

– S'est-il passé quelque chose qui t'a fait penser que tu avais besoin d'aide ?

Nouveau haussement d'épaules.

Une tactique de plus qui échoue.

– Mon papa a des ennuis ? chuchote-t-elle.

Je peine à trouver une réponse appropriée.

– S'il t'a fait du mal, sûrement. Comme à l'école, quand on embête quelqu'un, on est puni. C'est la règle. (Elle hoche la tête.) Est-ce qu'il t'a fait du mal, Keely ?

Elle me regarde pour la première fois depuis que je l'ai emmenée. Elle m'examine avec de la sagesse dans le regard, derrière ses larmes qui s'accumulent et qu'elle libère en cillant.

Dis-moi, s'il te plaît.

Des portières claquent autour de nous. Nate crie quelque chose à Lou. Mais je reste sur la banquette de la voiture avec cette fillette, priant pour qu'elle me laisse la protéger.

La sauver.

Réussir ce que je n'ai pas pu faire pour Emerson.

Un instant plus tard, elle replie ses genoux contre sa poitrine, roulée en boule, et regarde par la vitre. Elle glisse sa main dans la mienne.

Si je croyais mon cœur brisé, cette fois, elle le fait éclater.

62

EMERSON

J'ai besoin d'espace à perte de vue.

De vent dans mes cheveux, de rugissements dans mes oreilles pour noyer la dévastation qui détient mon âme.

Je n'ai pas obtenu le prêt.

Je ne posséderai jamais *Blue Skies.*

J'ai essayé de recommencer à zéro. De construire ma vie. De m'installer. De faire confiance à quelqu'un.

Mais il semblerait que ce ne soit pas mon destin.

Tout ce dur labeur. Je me suis donnée à fond, sans autre résultat qu'un plausible licenciement et la perte de mon logement.

Accablée, j'appuie plus fort sur l'accélérateur.

N'importe quoi pour calmer mes pensées, mais ça ne marche pas.

Rien ne parvient à me galvaniser.

Moi. Grant. *Blue Skies.* Mes efforts pour tenter de construire ma vie. Peut-être n'est-ce pas ma voie. Peut-être me suis-je fourvoyée dans tous les domaines.

Alors je roule. Bafoue les limites du raisonnable avec une pédale et un réservoir plein d'essence, me demandant quoi faire ensuite.

Des sirènes s'imposent dans mes pensées, des gyrophares rouges et bleus éclairent la nuit noire.

– Bordel de merde ! je peste en frappant le volant du plat de la main.

Un court instant, j'envisage de mettre la gomme pour leur échapper.

Il m'attendait, planqué dans un coin ?

Abus de pouvoir. Pourquoi se gêner ?

Je parie que c'est Grant qui va frapper à mon carreau et exiger mon permis de conduire et les papiers du véhicule. C'est Grant qui va me ramener, alors que tout ce que je veux, c'est me faire la malle.

Alors que j'oblique vers le bas-côté et actionne mes feux de détresse, je me force à admettre qu'une infime partie de moi se languit de le voir. Après la visite de sa mère et les doutes que Desi a plantés dans mon esprit, je me sens prête à l'affronter. Le chagrin persiste, toujours aussi vif, mais si je me trompais ?

Renfoncée dans mon siège, je suis les oscillations du faisceau lumineux de la lampe torche qui s'approche, curieuse de voir comment il va s'y prendre. Nous avons beaucoup à nous dire, et le bord de la route n'est pas l'endroit idéal pour se livrer.

Cela dit, c'est lui qui m'a interceptée.

La lampe braquée sur mon visage me fait plisser les yeux.

– Permis de conduire et carte... Tiens, comme on se retrouve, entonne le policier à mon grand étonnement.

Le même agent qui m'a alpaguée la première fois. Celui qui a déclenché l'aventure Tampax.

– Bonsoir, Monsieur l'agent.

– Portez-vous des chaussures à semelle de plomb, Mademoiselle...

– Reeves. Emerson Reeves.

– Ah oui ! Emerson. Quelle est l'urgence, ce soir ?

Je le regarde un instant, prête à mentir pour m'en sortir. Mais je me ravise.

– En fait, j'ai eu une journée catastrophique. C'est tout. Pas d'excuse. Quelquefois, il n'y a rien de mieux qu'une route dégagée et les vitres baissées.

Il rit doucement.

– Franchement, j'aime bien moi aussi. (Il hoche la tête, pose son avant-bras sur le haut de la vitre.) Bon, que suis-je censé faire de vous...

– Agent Roberts, votre localisation ? interrompt la radio.

– Je me trouve sur l'A43.

– Une intervention nécessite des renforts au 12662 Serenity Court.

Cette adresse...

D'où je la connais ?

– Qui sont les officiers présents ?

Il s'éloigne vers l'avant de ma voiture de façon à me surveiller sans que je l'entende.

– Malone et Nunez sont sur place. La situation s'envenime.

À l'instant où j'entends le nom de Malone, mon cœur bondit dans ma gorge. *Grant.* Je ne saurais dire si je prononce son prénom à haute voix, car tout ce que j'entends, c'est « situation s'envenime » et l'effroi m'écrase lourdement.

– Message reçu. En route.

Est-il indemne ?

– Dans combien de temps serez-vous sur place ?

Qu'entendent-ils par « s'envenime » ?

– Cinq minutes.

Faites qu'il n'ait rien.

L'agent Roberts reparaît devant ma vitre.

– C'est votre jour de chance. Tâchez de respecter la limite autorisée.

Je regarde le faisceau de sa lampe tressauter alors qu'il se précipite vers sa voiture. Les sirènes s'unissant aux lumières, il rejoint la route principale dans un crissement de pneus.

Grant.

63

EMERSON

Mes mains tremblent sur le volant quand j'arrive dans Serenity Court, inondée par l'explosion étourdissante de gyrophares bleus et rouges. Ils projettent des mouvements colorés sur les maisons, les voitures et les badauds regroupés pour observer l'activité en bout de rue.

Ça fait neuf minutes.

Neuf minutes pendant lesquelles je ne me souviens pas d'avoir sciemment pris cette direction.

Neuf minutes à ressasser tous les scénarios les plus sombres. Dans chacun d'eux, Grant était blessé et je ne pouvais que regretter de ne pas lui avoir parlé par entêtement. Je n'ai pas arrangé les choses.

Je ne lui ai pas dit que je veux tenter le coup.

Curieusement, je ne me l'avoue que maintenant.

Les yeux embrouillés de larmes, je réalise qu'il s'agit de sa réalité. Son quotidien. Sa manière d'employer son héroïsme. Je bondis de la voiture et me rue vers la foule de curieux. La gorge nouée, l'espoir à ma portée.

– Allons, Malone. Passe la main aux services sociaux.

– Les services sociaux ? Sérieusement, Nate ?

Le rire de Grant se réverbère entre les pavillons alors qu'une camionnette fend la foule. Je ne sais pas trop à quoi m'attendre : un affrontement, une levée des armes ? À tout, mais pas à ça. Grant se tient à l'avant de sa voiture de patrouille, bras croisés et le corps crispé, alors que Nate, l'agent qui l'accompagnait le soir de la fête nationale, et une collègue lui font face. La tension dans le trio est tellement palpable que si je ne le connaissais pas, je penserais que Grant retient quelqu'un en otage. Des murmures parcourent la foule concernant une fillette enfermée dans la voiture, la possibilité que Grant « le fasse », quel que soit l'acte en question.

– Les services sociaux ? répète-t-il, ponctuant sa perplexité d'un mouvement de tête.

Le souffle court, je réalise qu'il retient effectivement quelqu'un en otage, en un sens. Mais seulement pour la protéger. *Pour aider Keely.*

– Les services sociaux ont décidé de la ramener chez elle et d'évaluer la situation ultérieurement, faute de danger imminent. Dis-moi que ce n'est pas une plaisanterie.

Nate fait rouler ses épaules avec une frustration évidente.

– Je sais, Grant, mais nous ne pouvons rien faire. Nous manquons de preuves et tant qu'elle ne dit pas qu'il l'a fait...

– Des preuves ? Tu veux des preuves ? crie Grant. Regarde sa joue et sa lèvre. Nous avons toutes les preuves nécessaires.

– Nous avons besoin de l'entendre de sa bouche. Nous ne pouvons pas l'emmener. Et lui, nous ne pouvons pas l'arrêter. Techniquement, nous n'avons même pas le droit d'être ici, étant donné qu'il n'y a pas eu d'appel au secours ! Aucune charge dont nous l'accusons ne serait retenue.

– Rien à battre. Quand je m'en irai d'ici, soit elle viendra avec moi, soit elle partira avec les services de protection de l'enfance. Elle ne retournera pas dans cette maison.

Sa posture exsude la même détermination que le ton de sa voix. La petite fille en moi le soutient. La femme en moi ne parvient pas à détacher ses yeux de lui.

– Tu es trop impliqué, Malone.

– As-tu vu son visage, Nate ? Elle ne s'est pas fait ça dans l'escalier. Ni en tombant. Elle est effrayée. Évidemment qu'elle ne dénoncera pas son père. *C'est son père !* (Il se passe la main dans les cheveux.) Elle l'aime, même si c'est un tas de merde. N'oublie pas que la mère laisse faire sans broncher. Elle a cinq ans. Cinq ans. Quelqu'un doit la défendre et personne ne m'en empêchera.

– Allons, intervient leur collègue en avançant d'un pas. Tout ce que tu fais, c'est aggraver une situation déjà tendue. Nous pouvons passer la nuit ici, mais le résultat serait le même. Elle retournerait avec ses parents. Autorité parentale oblige.

– Déverrouille les portières pour qu'elle puisse sortir, ordonne Nate.

Il tente d'attraper le bras de Grant qui se dégage sèchement.

– Ne me touche pas.

Les deux hommes s'affrontent, nez à nez, le devoir s'opposant au sens moral.

– Grant, réfléchis à ce que tu fais, avertit la collègue pour calmer la tension.

– Je sais parfaitement ce que je fais. Je protège et je sers. Je respecte mon serment. Je pense que ce serait plutôt à vous de vous interroger. (Grant tourne la tête vers la voiture et secoue la tête avec perplexité.) Laissez-moi juste l'emmener au commissariat. Je resterai avec elle jusqu'à ce que les services sociaux lui libèrent un créneau demain. Tout ce qu'il faudra. Tout est préférable à la laisser ici.

Le désespoir dans sa voix m'émeut aux larmes.

L'homme qui s'accuse de ne pas m'avoir sauvée fait son possible pour la secourir.

– Ses parents se trouvent à trente mètres de nous.

– Et ils aiment frapper leur petite fille, rétorque-t-il.

– Ils menacent de porter plainte pour enlèvement. Sérieusement, Grant ? Ça en vaut la peine ? Ta carrière en vaut la peine ?

– Oui.

Sa réponse est instantanée et inébranlable.

Les épaules de Nate s'affaissent alors qu'il se pince l'arête du nez avant de dire quelque chose que je n'entends pas au troisième agent en s'écartant de quelques pas. Grant avance vers Nate, puis se ravise, préférant ne pas s'éloigner de la voiture.

– La seule manière de m'obliger à la laisser est de m'arrêter.

Les minutes passent, Grant campe sur ses positions. Il jette un œil dans la voiture et mime des signaux amusants. Ce faisant, son visage paraît parfaitement calme alors que je sais qu'il cache son jeu.

Les badauds s'animent, devisant sur l'affrontement entre les policiers. Les opinions fusent librement. Des paris sont engagés. Des commentaires sur la tristesse constante de l'enfant.

Mais c'est Grant que j'observe. Je veux qu'il regarde dans ma direction. Je veux qu'il sache que je suis de son côté.

Des souvenirs de la police m'emmenant pour une évaluation traverse mes pensées. Les chaises dures. Les murs blancs. Les revolvers angoissants à leur ceinturon que je ne pouvais plus m'arrêter de fixer. Les crayons de couleur impeccablement aiguisés avec lesquels ils m'ont demandé de dessiner. La peur lancinante que ma mère m'abandonne là. Seule. Sa promesse de ne pas me laisser.

Keely est-elle pareillement apeurée ou simplement confuse ?

– Je suis désolé, Grant, mais je n'ai pas le choix.

La voix de Nate m'arrache au souvenir fortuit qui me fait frissonner et enrouler mes bras autour de mon buste. Il marche vers Grant, ses mains saisissant les menottes à sa ceinture.

– Ne fais pas ça, Nate.

Grant secoue la tête.

– Tu ne me laisses pas le choix. Ordre du chef.

Grant examine son partenaire puis se retourne à contrecœur, les mains derrière le dos. Les menottes cliquettent à son premier poignet et c'est alors que Grant lève les yeux.

Comme s'il savait que j'étais là, il me regarde directement. Nos regards se rencontrent, et je vois son combat dans son regard. Le mépris. Son désir d'être un héros pour cette enfant, et comme j'aimerais qu'il la sauve. J'aimerais fendre les flots d'émotions qui tanguent entre nous et lui assurer qu'il lutte pour une cause juste.

Les menottes se referment autour de son second poignet.

– Je suis désolé, articule-t-il pour moi, et je ne sais pas s'il s'excuse pour le passé ou pour le présent, mais c'est sans importance. De toute manière, il n'a pas à s'excuser.

Nate retourne Grant dos à moi, et confisque son arme glissée dans son étui.

– Tu auras son sang sur les mains, assène Grant.

Nate chancelle. La diatribe de Grant lui rend la tâche autrement plus difficile.

Nate prend les clés dans la poche de Grant et déverrouille la voiture, laissant la policière ouvrir la portière. La scène entière est difficile à regarder, mais l'expression de Grant lorsqu'il se retourne me brise le cœur.

Compassion. Chagrin. Colère. Perplexité. Quatre émotions naviguent sur son visage quand Keely émerge de la voiture. Elle porte une chemise de nuit rose avec une licorne sur le devant. Ses cheveux emmêlés, elle regarde autour d'elle, traumatisée par la foule d'inconnus qui l'observent. Bien que la policière lui tienne la main, ses grands yeux alarmés cherchent un visage familier.

Je peux sentir sa peur. Sa confusion. Son incertitude. Et curieusement, je me rappelle m'être sentie perdue dans un rassemblement de gens quand je ne voulais rien d'autre qu'être chez moi, recroquevillée sur mon lit.

Ses sanglots terrifiés éclatent dans l'air, alors que voyant Grant, elle court vers lui, ses bras s'agrippant à sa cuisse comme à une bouée de sauvetage.

– Grant, je crie, le cœur explosant en une kyrielle de petits morceaux alors qu'elle s'accroche à lui.

Une fraction de seconde, il croise mon regard. Ce court échange imprègne mon âme meurtrie et la prévient qu'il l'aidera à guérir. La brève connexion s'achève quand il s'agenouille et lui parle à l'oreille.

La rassure.

Lui garantit que tout ira bien, alors que non.

La vie de cette enfant est changée à tout jamais.

Je me souviens que ma mère m'a promis un séjour à Disneyland pour dissiper le chambardement dans ma vie. Tous les enfants aiment Disney, je ne remets pas ma mère en cause pour ce bobard, mais je sais que sur le moment, je me moquais de là où nous irions tant qu'elle restait avec moi. Tant que mon père ne nous suivait pas.

Bousculée par la personne derrière moi, je m'extrais du souvenir juste à temps pour voir Nate prendre Grant par le coude pour qu'il se relève. La policière a la tâche difficile de récupérer une gamine terrorisée et de la raccompagner dans un foyer apparemment rempli d'angoisse plutôt que de bien-être.

Grant la regarde également, suintant la défaite par tous les pores.

Tandis que Nate l'entraîne vers la voiture de patrouille, ouvre la portière et guide prudemment sa tête à l'intérieur, pas un instant Grant ne détourne son attention de Keely.

L'agent Roberts au volant, le véhicule emporte Grant.

Je le regarde fixement jusqu'à ce que je ne puisse plus.

Je n'ai jamais aimé que deux hommes.

Tous deux emmenés menottes aux poings.

Le premier parce qu'il m'a nui.

Le second parce qu'il a essayé de sauver cette enfant.

Et ce faisant, parvient finalement à me sauver.

64

GRANT

Mon père ferme les stores de toutes les fenêtres de la salle de conférences. Chaque fois qu'il tire sur un cordon, les lamelles métalliques s'abaissent dans un claquement sec. Le son de mon sort en passe d'être scellé.

– Tu me soumets à un interrogatoire ? Tu n'as pas pris ta retraite ?

Je fais le malin avec mon sarcasme, mais je suis vanné, et putain, je m'en cogne du commissariat quand « Protéger et Servir » sonne aussi qu'un creux un slogan publicitaire.

– Le chef Ramos me fait une fleur en m'autorisant à exposer à mon fils les raisons pour lesquelles on l'a menotté ce soir. Tu réalises qu'il pourrait te coller un blâme ou t'accuser d'obstruction à la justice ?

Je m'adosse à ma chaise et soupire comme un gamin attendant sa punition.

– Rien que ça ! Continue, lâche-toi.

– Tu préfères que je t'interroge dans la salle commune ? Que je te demande à quoi tu joues au vu et au su de tous ?

– Ça changerait quoi ? Tout le commissariat sait pourquoi tu es ici... alors, interroge-moi.

Je décharge sur mon père toute ma colère concernant la situation. C'est infondé, et il ne le mérite pas, mais la seule chose qui me calmerait serait de savoir que Keely et Emerson se portent bien.

Keely, pour des raisons évidentes et Emerson parce que la dernière fois qu'elle a vu Keely, cela l'a chamboulée. Elle ne mérite pas d'être davantage perturbée.

Le dernier store baissé, il contourne la longue table à pas de tortue, puis s'assoit en face de moi.

– Où diable avais-tu la tête ? demande-t-il, le front plissé et ses yeux exigeant une réponse.

– À mon métier, dis-je incidemment.

– Ton métier ?

– Épargne-moi ton laïus moralisateur. J'ai fait ce que je devais faire, et je recommencerais sans hésiter. Estime-toi heureux que je ne sois pas allé jusqu'au bout, à savoir le tabasser parce que je pense qu'une fois lancé, je n'aurais pas pu m'arrêter. Alors oui, c'est largement mieux que l'autre solution. La soirée a été difficile, alors si tu es venu pour me faire la morale, non merci. Je ne suis pas d'humeur.

Il soupire et s'appuie contre le dossier de sa chaise en secouant la tête.

– Tes agissements sont d'une idiotie sans nom, et profondément valeureux.

Je grogne, me sentant peu valeureux puisque j'ai échoué.

– Ramos ne partage sûrement pas ton opinion.

– Probablement pas. Qu'a-t-il dit ? demande-t-il, sourcils arqués.

Je hausse les épaules, refusant de songer aux conséquences alors que les actions étaient bigrement justifiées.

– Je ne lui ai pas encore parlé directement.

– Tu as été suspendu ?

– Pour commencer.

– Ta promotion ?

Je ris.

– Très probablement oubliée. Insubordination et obstruction, ce n'est pas vu d'un bon œil quand on brigue une promotion.

– Exact.

– Désolé de décevoir les attentes de la famille Malone, dis-je avec une ironie inappropriée.

– Je m'en contrefiche de cette promotion, riposte-t-il, irrité par ma désobligeance. En revanche, je suis sensible au fait que tu défends des principes justes et que tu fasses les bons choix. Il m'importe qu'au bout du compte, tu puisses garder la tête droite. Alors dis-moi, si tu pouvais recommencer, referais-tu la même chose ?

– En un claquement de doigts, dis-je sans hésitation. C'était la meilleure chose à faire.

Je repense à Emerson éclairée par les lumières rouges et bleues. Son expression consolidant le bien-fondé de mes agissements. Sa présence me disant que le temps dont elle avait besoin était écoulé.

Bon sang, je dois rapidement savoir comment elle va. Au lieu de quoi, je suis enfermé dans cette foutue salle.

Mon père continue de m'observer, ressassant des pensées clairement lisibles dans ses yeux.

– C'est sans lien avec Emerson, n'est-ce pas ?

– Mais si, évidemment, dis-je avec un rire incrédule, rongé par la nervosité.

Trop anxieux pour tolérer de rester immobile, je me repousse de ma chaise et arpente la pièce.

– Vaut-elle la peine que tu risques ta carrière ?

Je me retranche dans le silence, connaissant la réponse sans vraiment la connaître. Certitude versus incertitude. Ma routine opposée à son chaos. Solitude contre amour.

– Grant ?

– Je ne l'ai pas sauvée, dis-je en éludant sa question. (Ma voix se brise alors que la vérité qui n'a cessé de me dévorer trouve enfin voix au chapitre.) J'étais son meilleur ami, je savais qu'elle détestait rentrer chez elle… et je ne l'ai pas secourue.

Ma culpabilité est réelle et crue et je sais que chaque fois que j'ai vu Emerson souffrir, c'était parce que je ne l'avais pas aidée à temps. C'est ma faute.

Si seulement je l'avais sauvée plus tôt...

Mon père soupire en approchant derrière moi. Sa main tapote mon épaule puis la presse.

– Tu avais huit ans, fiston. Tu n'étais pas en mesure de savoir.

– N'empêche...

– Si quelqu'un est à blâmer, c'est moi. Elle passait son temps chez nous. J'étais le chef de la police, nom de Dieu, et j'ai loupé les signes parce que le père des amis de mon fils n'était pas supposé être un monstre.

Bien que je ne doute pas de sa sincérité, je me défais difficilement de l'impression d'avoir déçu. Emmy naguère, Keely à présent.

– Ce soir, j'ai vu Emerson à travers Keely, je confie en secouant la tête.

Son expiration longue et régulière dit que je confirme ses suppositions.

– Depuis le début, je voyais Emerson en elle, mais ce soir... elle a ouvert la porte, avec cet hématome sur la joue et du sang sur la lèvre, et j'ai perdu les pédales. Elles avaient le même regard hanté. La même timidité. Tout ce qui les différencie, c'est la couleur de cheveux.

– Pour que tu aboutisses à ces conclusions, dois-je supposer que tu as consulté le dossier d'Emerson ?

Mes pieds s'immobilisent. Les salopards. Gray et Grady m'ont balancé en dépit de leur promesse. Merci la solidarité.

– Tu vas également me sermonner pour ça ?

– Je pose juste une question, répond-il de sa manière calme et insistante qui indique qu'il est loin d'en avoir fini.

Plus il m'étudie, plus ma résistance s'effrite, jusqu'à ce que je cède à la pression.

– Non, papa. Je n'ai même pas ouvert son dossier. J'en avais l'intention au début. Je pensais que savoir ce qu'elle a affronté me permettrait de mieux m'y prendre avec elle.

– Avais-tu le droit de faire ça ? N'aurais-tu pas dû attendre de voir ce qu'elle disait ou taisait ? N'est-ce pas à elle que revient ce choix ?

– Si, bien sûr. (J'enfonce mes doigts dans mes cheveux, détestant ce que je m'apprête à dire bien que ce soit la vérité.) J'avais peur de l'offenser, papa. Nous couchons ensemble. Comment deviner quels gestes risquent de la renvoyer aux sévices que ce salaud lui a infligés ? Des détails innocents mais qui, accomplis fortuitement, pourraient l'affecter ? J'ai rencontré suffisamment de victimes pour savoir que ces gamins sont marqués à vie... alors, reproche-moi autant que tu veux d'avoir voulu la protéger en premier lieu. Éviter de lui nuire. Et puis merde, je souffle en m'asseyant, puis je me relève aussi sec. J'en ai ma claque de me justifier.

L'intensité du regard de mon père reflète mes émotions.

– Je te félicite de te soucier suffisamment d'elle pour penser à l'avenir... mais elle ne dispose d'aucun biais pour fureter dans tes sombres secrets sans ton consentement, alors peux-tu lui reprocher de se sentir violée parce que tu as fouillé dans les siens ?

– C'est le cœur du problème. (Je lève les mains en l'air.) Je ne l'ai pas ouvert. J'ai compris qu'il ne fallait pas, même quand elle a pris ses distances. Je me suis ravisé. J'ai seulement vu la photo parce qu'elle s'est échappée du dossier quand je l'ai rangé dans le carton de réexpédition. Mais elle ne veut rien entendre.

– Peux-tu le lui reprocher ?

Je me frotte le visage et soupire.

– Je ne lui reproche rien, papa. Absolument rien.

– Et t'accuser de tous les torts t'aide à te sentir mieux ?

Il me gratifie du même hochement de tête lent et mesuré que j'ai vu toute ma vie. Celui qui me dit qu'il pense que je suis bouché et qu'il attend que j'ouvre les yeux.

– Mieux ? Tu plaisantes ? Tu crois que ça m'apaise de savoir qu'en dépit de mes efforts, Keely est retournée dans son foyer toxique, et qui sait ce qu'il lui arrive en ce moment même parce que je ne peux pas faire pression auprès des services sociaux pour qu'ils libèrent du temps pour l'aider ? (Je fais les cent pas.) Je suis contraint de rester assis là, sachant que j'ai probablement mis de l'huile sur le feu. S'il lui arrivait malheur, c'est clair que j'en serais responsable. Sans compter que j'ai trimé, fait des heures supplémentaires, investi toute mon énergie dans cette promotion et qu'elle va me passer sous le nez. Comme si ce n'était pas suffisant, j'ai blessé Emerson. J'ai trahi sa confiance, et je ne sais pas comment me racheter cette fois encore... (Je soupire profondément et essaie de réfléchir malgré le chaos dans mon cœur.) Alors oui, je me fais porter le chapeau, mais c'est sans importance puisque je suis incapable d'arranger les choses.

– Pour le problème de Keely, les forces de l'ordre feront le nécessaire. Peut-être pas ce soir, mais tu as fait une scène de tous les diables, avec la presse et tout le tralala. Les services de protection de l'enfance ne négligeront pas son cas, de crainte que ça leur retombe dessus. Tu n'as peut-être pas l'impression d'avoir fait avancer les choses, mais tu as éveillé les consciences, attiré l'attention... alors tu as accompli ton devoir.

– Quoique, pas suffisamment, je grommelle bien qu'une partie de son message me touche profondément. Peut-être ai-je fait la différence.

– Au sujet de la promotion. (Il secoue la tête.) Je ne suis pas le chef Ramos, mais j'ai été confronté à un dilemme similaire une fois ou deux. Techniquement, tu étais dans tes torts, mais si le département est intelligent, ils retourneront l'attention médiatique à leur avantage. Avec toutes les histoires de mauvais flics qui refont constamment surface, ils mettront volontiers en lumière leur agent qui s'est démené pour protéger et servir.

– Je ne veux pas être sous les projecteurs. Je veux juste faire mon travail.

Je soupire.

– Tu ne l'as pas perdu. Accepte d'être suspendu, mets ce temps libre à profit. Je ne serais pas surpris que la promotion te revienne dans six mois ou un an. Sinon, tant pis. Tu continueras de faire ce que tu aimes tous les jours. De nouvelles opportunités se présenteront.

Je murmure mon assentiment, y croyant difficilement, alors que je suis au cœur du chaos.

– Et puis, il y a Emerson. C'est normal qu'elle se sente meurtrie par ce que tu as fait. Les intentions comptent, mais elles ne font pas tout. Tu le sais. Tout ce qu'elle connaît, ce sont tes intentions, même si elle ignore tout de tes véritables motivations. Tu as violé son intimité, Grant. Ça prendra du temps, mais tu te rachèteras.

La voix d'Em quand elle a crié mon nom ce soir retentit dans mes oreilles.

Peut-être me suis-je déjà un peu racheté. Dans ce cas, ce n'était pas intentionnel mais, cela dit, l'aimer non plus.

– N'oublie pas que pour construire une relation, il faut entendre ce que l'autre *ne dit pas*. Ces mots-là sont les plus importants.

Je me remémore le regard qu'elle m'a adressé ce soir. La fierté et la tristesse. L'envie et la volonté. Les excuses et la responsabilité. Tant de non-dits que j'ai clairement entendus.

– Est-ce que tu l'aimes ?

Sa franchise me désarçonne.

Mais pas autant que l'honnêteté de ma réponse.

– Oui, je l'aime.

Je ne sais pas à quelle réaction je m'attends, mais il se contente de hocher la tête, comme si ma réponse ne l'étonnait pas. Puis un sourire attendri se dessine sur ses lèvres.

– Alors, ces petites dérives en valent la peine. Vous surmonterez les répercussions. Elle te pardonnera.

– C'est une gageure de regagner la confiance de quelqu'un.

– Je te le concède. (Il fait un hochement de tête pondéré.) Mais souviens-toi, tu n'as pas besoin de connaître son passé en détail pour aimer son cœur au présent.

En silence, je ressasse ses paroles et sais qu'elles sont plus sensées que je ne peux l'admettre. Je repense à tout ce que j'ai fait jusqu'à présent pour lui prouver que je tiens à ce qu'elle reste, et à tout ce que je n'ai pas encore pu lui montrer.

– Tu aimes cette fille depuis toujours. Tu le lui as dit ? demande-t-il doucement, comme s'il replongeait dans les souvenirs.

J'aimerais faire de même, mais d'innombrables souvenirs me renvoient à l'absence d'Emmy.

– Je ne suis pas sûr qu'elle soit prête à l'entendre.

Ou bien j'ai peur qu'elle détale.

– Tu ne lui accordes pas suffisamment de crédit. Elle est plus coriace que tu ne le penses, et peut-être est-ce là que tu l'as sous-estimée. Soit tu gardes tout pour toi, soit tu donnes tout. L'amour ne tolère pas de demi-mesure.

Ne trouvant rien à redire à cela, je le regarde marcher vers la porte.

– Rien ne vaut l'instant présent, d'autant plus qu'elle patiente dans la salle d'attente depuis des heures.

– Comment ?

– Ramos m'a dit que tu serais libre de partir quand j'en aurais fini avec toi.

65

EMERSON

Grant nous conduit chez lui, le visage zébré par les phares des voitures que nous croisons sur la route. Les lumières composent un tableau vivant des émotions qui flottent sous la surface.

Du moins, à ce que j'en sais.

Parce que, hormis « allons-y », avant de m'attraper la main et de m'entraîner hors du commissariat, il n'a pas prononcé un mot.

Il accomplit des gestes machinaux. Monter en voiture. Démarrer. Ceinture de sécurité. Conduire en silence, le tremblement du muscle de sa mâchoire, ses mains crispées au possible autour du volant, le va-et-vient de ses yeux entre les rétroviseurs et la route. Se garer. Couper le contact.

À notre arrivée, la maison est plongée dans l'obscurité, et le silence seulement percé par notre respiration. Nous restons face à face un long moment.

Sans parler.

Sans bouger.

Nous acceptons juste ce qui est arrivé sans échanger un seul mot.

Nous absorbons l'instant et tout son poids.

Ma présence ici. Dans sa maison. Encline à lui faire de nouveau confiance.

Nous parvenons tout juste à discerner nos yeux dans la pénombre. Pourtant, je vois à quel point la nuit l'a épuisé émotionnellement et qu'il se met à nu devant moi.

Sans préambule ni prétexte, il fait le premier pas, me prend dans ses bras. Et soudain, nous nous agrippons l'un à l'autre, comme saisis du besoin de se rapprocher davantage.

– Grant, je...

– Chut, fait-il juste avant d'écraser ses lèvres sur les miennes. S'il te plaît. (Il effleure mes lèvres.) J'ai juste besoin de toi. Tout de suite. Ici. Tout de toi.

Ses lèvres se pressent sur les miennes. Quelque chose a changé entre nous, nous modifiant intrinsèquement sans véritablement nous transformer.

C'est juste lui. Et moi.

Sans passé.

Sans avenir.

Juste l'instant présent.

Je me noie dans son baiser. Dans la sensation de sa peau et la saveur de sa langue. Dans le besoin tacite et le désir incontrôlé.

Nous n'allons pas dans la chambre. Nous enlevons nos vêtements par petits gestes, comme si nous redoutions de gâcher la magnitude du moment, après quoi nous nous allongeons sur le tapis.

Nous réagissons par des soupirs et des gémissements.

Nous vivons nos émotions.

Nous nous délectons de la connexion.

Nous faisons l'amour pour la première fois.

66

EMERSON

Je le contemple.

Le soleil s'élève à peine au-dessus de l'horizon, mais je n'arrive pas à dormir.

Je n'ai pas fermé l'œil de la nuit.

Mon esprit refuse de se déconnecter. J'essaie d'assimiler les événements des dernières vingt-quatre heures.

Je revois Keely et son air horrifié, et je me demande si elle a dormi cette nuit. Si elle a fait des cauchemars. Si l'obscurité la terrifie. Si quelqu'un ira prendre de ses nouvelles aujourd'hui. Dans dix jours ? Ou dans six mois ?

J'essaie d'accepter que ma première raison de revenir à Sunnyville est perdue. Partant de là, je me demande quoi faire à présent. Peut-être me laisser porter par le vent, où qu'il m'emporte.

Mais il y a Grant.

Je tâche de voir clair dans mes sentiments envers l'homme qui ronfle doucement à côté de moi. Je brûle d'envie de le toucher, de m'assurer que le cocktail d'émotions que je ressens est bien réel. Sinon, je ne veux pas les bousiller avec la réalité. Elles sont effrayantes, euphorisantes, et je ne pense pas avoir la carrure nécessaire pour les gérer.

Je m'émerveille de ce que j'ai ressenti quand nous faisions l'amour. Me sentir proche de lui comme jamais sans avoir à prononcer un seul mot. Passer du sol au lit, où il m'a prise entre ses bras et ne m'a plus lâchée. Le fait qu'il ait fallu une bonne heure pour que sa respiration s'apaise pendant que je me questionnais sur les pensées qui lui occupaient l'esprit.

La pendule m'indique que je dois me rendre au travail, mon premier cours démarre dans un peu plus de deux heures, mais quand je soulève les couvertures, il m'attrape et m'enlace en cuillère.

– Non, non, murmure-t-il, sa chaleur corporelle me réchauffant à plus d'un titre.

Ainsi imprégnée de lui, je repense aussitôt à son besoin brut et authentique de la veille au soir. Les mains sur les siennes, autour de ma taille, j'occupe le silence.

– Allons-nous parler d'hier soir ?

Il appuie son front contre l'arrière de ma tête.

– Qu'y a-t-il à dire ?

– Eh bien...

– J'ai fait ce que je devais faire, et ça n'a pas suffi.

– C'est énorme, ce que tu as fait, je proteste, les larmes aux yeux. Tu lui as donné de l'espoir, alors que pour elle, l'espoir est une denrée rare. Tu lui as montré qu'il existe des hommes disposés à la protéger plutôt qu'à l'agresser. Peut-être qu'elle est retournée chez elle hier soir parce que la loi l'impose, mais tu as fait en sorte que personne ne l'ignore plus.

– Je ne l'ai pas sortie de là, se lamente-t-il.

– Mais si. Tu lui as montré qu'elle n'est pas insignifiante. (J'entrecroise nos doigts et porte sa main à mes lèvres pour embrasser ses phalanges.) Tu ne peux pas sauver toutes les petites filles qui te font penser à moi. C'est très honorable. Et admirable. Ça me remplit le cœur d'une façon que tu n'imagines pas. C'est pour cela que...

Je t'aime.

Je ne peux pas encore l'énoncer à haute voix, la force de ces mots est encore trop ingérable.

– Que quoi ?

– C'est... pour cela que tu dois arrêter de culpabiliser. Tu n'es pas responsable de ce que j'ai subi. Même si tu avais essayé, tu n'aurais pas pu l'empêcher. C'était la faute de mon père. Je l'ai accepté, et je continuerai de vivre avec ce constat pour le restant de mes jours...

Je fais mon possible pour déballer tout ce que j'ai à dire afin qu'il cesse de s'accuser. Pour que nous puissions aller de l'avant.

– Mon père m'a volé tellement de choses, mais j'ai appris depuis longtemps que j'ai le choix entre laisser cela me définir ou en faire un moteur. J'ai choisi que ce serait source de motivation. J'ai décrété que la peur ne dicterait pas ma vie et ne me priverait pas de ce que toute femme mérite. Le bonheur. Quelques frissons. Une vie sexuelle épanouie. Suis-je parfaite ? Non. Arrive-t-il qu'un souvenir ressurgisse et m'ébranle quelque temps ? Oui. Mais tout compte fait, je ne peux pas avancer, ou *traquer l'instant,* si mon entourage s'évertue à sonder mon passé pour accommoder ses attentes. C'est injuste envers moi.

– Tu n'as pas besoin de connaître son passé en détail pour aimer son cœur au présent, murmure-t-il...

Ou du moins, c'est ce que je pense car il se parle presque à lui-même avant d'embrasser mon épaule.

Les mots parviennent néanmoins à mes oreilles et me donnent bon espoir qu'il a entendu et compris mon point de vue.

– Je n'ai pas ouvert le dossier, Emerson.

– Je te crois.

Je le crois vraiment.

– Et je n'arrêterai jamais de m'en vouloir de ne pas t'avoir sauvée. J'ai ouï dire qu'on appelle ça le complexe du héros ou je ne sais quoi. (Je sens un sourire étirer ses lèvres pressées sur mon épaule.) Mais je m'en servirai pour porter secours aux autres.

Je me love contre lui. L'esprit enfin tranquillisé, je sombre dans un sommeil dénué de rêves.

Je me réveille en sursaut. D'abord désorientée, je constate que Grant est toujours derrière moi, le bras ramené sur ma taille.

Flûte.

– Je dois aller bosser, dis-je sans toutefois bouger d'un cheveu.

– Fais-toi porter pâle, suggère-t-il d'une voix ensommeillée aussi tentante que l'érection nichée dans le creux de mes reins.

Sa voix n'a jamais paru aussi attrayante à mes oreilles qu'en cet instant.

– Peux pas.

– Tu fais passer le travail avant moi ? plaisante-t-il.

– C'est l'argent qui passe avant toi.

– Très prochainement, l'école t'appartiendra, alors est-ce vraiment important si tu t'absentes une matinée ?

Le pincement au cœur est instantané. Devoir le proclamer, encore plus douloureux.

– Je n'ai pas eu le prêt.

Il se décompose, son expression vire de la stupeur à l'inquiétude.

– Qu'est-ce que ça signifie ?

Je me glisse hors du lit.

– Ça signifie que je dois gagner mon salaire tant que c'est possible parce que je ne sais pas qui rachètera *Blue Skies*, ce qu'ils projettent d'en faire ni quoi que ce soit. Pour autant que je sache, ils pourraient tout raser et construire autre chose à la place.

– Em, je ne sais pas quoi...

– Il n'y a rien à dire. C'est bon. Vraiment. Je trouverai autre chose.

Je me force à sourire même si le cœur n'y est pas. Je commence à m'habiller, fortement consciente que ma vie passe d'un extrême à l'autre. Je n'ai pas vraiment eu le temps de tout assimiler, c'est pourquoi en parler me rend nerveuse.

– Em, si c'est une question d'argent, tu sais que je...

– Merci, mais d'après les bruits de couloir qui se répandaient dans le commissariat, tu as été mis à pied. Je présume que tu n'es pas rémunéré non plus. (Je hausse les épaules et mets mon tee-shirt.) Je suis une grande fille, Grant. Je...

– Peux me débrouiller toute seule, termine-t-il à ma place.

67

GRANT

– Chef Ramos, dis-je, stupéfait en voyant son nom s'afficher sur l'écran de mon portable. En voilà une surprise de taille.

– Aussi inattendue que vos agissements, réplique-t-il.

– Que puis-je faire pour vous ?

Je ne m'excuserai pas pour ce que j'ai fait, même pas auprès de mon supérieur.

– Je sais que vous vous êtes entretenu avec le principal adjoint Castro hier soir, mais je dois vous livrer le sermon officiel des forces de l'ordre. Ce que vous avez fait est mal. Vous êtes allé à l'encontre du protocole. Vous avez fait une scène au lieu d'imposer l'ordre. Bla-bla-bla. C'est compris ?

– Naturellement, dis-je en ravalant un sourire face à son attitude cavalière.

– Bon. Maintenant, je peux dire ce qui me chante. De vous à moi, évidemment.

– Bien entendu, Monsieur.

– Vous avez fait des vagues. À tel point que je dois ordonner une enquête officielle, mais avant qu'elle ne débute, je peux vous dire que les résultats seront peu probants. Étiez-vous dans votre tort ? Certes. Y a-t-il matière à vous inculper ou à plomber irrémédiablement votre dossier ? Non. (Je me lève, pris d'un soudain besoin de remuer.) Votre mise à pied expire dans cinq jours. Dois-je en déduire que vous reprendrez du service le lundi suivant ?

– Pardon ?

Je ne m'attendais pas à ça. Plutôt à des semaines de lentes procédures internes pendant que je resterais chez moi, me tordrais les pouces et mourrais d'ennui.

– Lundi. Oui ou non ?

– Oui. Certainement.

– Bien. Maintenant que j'ai toute votre attention, je tiens à préciser deux ou trois points. Une fois réintégré, vous ne serez pas autorisé à intervenir chez les Davis, appel ou pas appel.

– Comment va-t-elle ? je demande.

– Malone, pourquoi êtes-vous à ce point attaché à cette fillette ?

– Elle me rappelle quelqu'un que j'ai connu autrefois.

Je repense aux récentes paroles d'Emerson, alors qu'elle était étendue contre moi. *Définir ou motiver.* Elle a choisi la motivation.

– Elle et sa mère ont été accueillies dans un foyer pour femmes battues. Elles y suivront une thérapie en attendant que leur famille dans l'Oregon s'organise pour qu'elles emménagent avec elle.

– Et le père ?

– Grant, nous ne pouvons pas gagner sur tous les fronts. Nous devons prendre les victoires quand nous en obtenons, et espérer que le bien l'emportera la prochaine fois.

Donc, si je ne peux approcher de la résidence des Davis, cela signifie qu'il y habite toujours. Qu'il lui est toujours possible de rencontrer une autre femme qu'il maltraitera pareillement. Le cercle infernal.

Mais Keely est en sécurité.

Je ne me suis pas démené pour rien.

– J'ai besoin de votre parole que vous n'approcherez pas du domicile en question ?

– Vous l'avez, Monsieur.

– Parfait. À présent, la promotion. Je suis désolé mais j'ai dû l'accorder à Stetson, dit-il d'une voix chargée de regret. Vous étiez clairement le meilleur candidat pour ce poste, mais je ne peux pas récompenser l'insubordination.

– C'est de ma faute, dis-je.

Ce n'est pas parce que je le sentais venir que la nouvelle est facile à digérer.

– Exactement, approuve-t-il, mais cela ne vous interdit pas de postuler au prochain appel à concours.

– Merci, Monsieur.

– Lundi, Malone.

– Lundi.

Je raccroche et, les mains sur les hanches, je regarde autour de moi en essayant de digérer ce que je viens d'entendre.

Ce sont des bonnes nouvelles.

De super-nouvelles, même.

En particulier considérant ce que je compte accomplir.

Regardant les documents éparpillés sur ma table, je sais que je n'y parviendrai pas seul. Je m'y emploie depuis quelques jours, mais maintenant je dois mettre la gomme.

Je déroule mes contacts sur mon téléphone et compose le numéro.

– Si ce n'est pas l'agent Sexy…

– J'ai besoin d'un coup de main, Desi.

68

EMERSON

– Sérieusement ? Aussi vite ?

Je regarde Travis qui se tient devant mon bureau. La mâchoire m'en tombe.

– Je sais. Je suis désolé. J'ai demandé plus, mais...

– Merci de m'avoir négocié deux mois supplémentaires. C'est nettement mieux qu'à effet immédiat.

Je me force à sourire alors que la vérité me frappe de plein fouet.

Non seulement mon poste sera probablement supprimé, qui sait ce que décidera le nouveau propriétaire étant donné qu'il reste muet, mais je perdrai également mon logement. J'ai deux mois devant moi, et des économies qui s'épuiseront en un clin d'œil.

– Ça va, Em ? s'inquiète Leo, sitôt Travis parti.

Les épaules affaissées, Travis assume la lourde tâche d'évacuer les affaires de l'ancien propriétaire pour faire de la place au nouvel acheteur.

– Autant que possible dans cette situation. (Je soupire.) J'ai juste des difficultés à accepter le fait que tout est fini. Je ne suis jamais restée aussi longtemps au même endroit. Je n'ai jamais réfléchi à l'avenir, et au moment où je m'y résous, l'univers m'incite à renoncer à la vie adulte !

Malgré son petit rire, les traits de son visage expriment son inquiétude.

– Je suis désolé. Je sais que le salopard libidineux n'est pas étranger à cela. Tu aurais dû me laisser le frapper, tu sais.

– Tu sais ce qu'on dit. Avec des si...

Il hausse les sourcils et hoche la tête.

– Nous pourrions monter notre école. Demander à Sully de piloter pour nous. Il nous proposerait un tarif raisonnable pour monter les gens. Nous n'aurions pas besoin de grand-chose. Juste un peu d'équipement et un local où enseigner.

– Je sais. L'idée m'a effleuré mais l'assurance... ça nous tuerait. Nous ne ferions jamais suffisamment de bénéfices pour couvrir toutes les dépenses et, manifestement, je ne suis pas solvable... Alors, ça restera une belle idée. Merci pour ta marque de confiance, Leo.

Je souris malgré ma tristesse.

– Il paraît qu'ils recrutent chez *Fly High*. Leur équipe a fait face à des infractions, ils recherchent un moniteur de vol et un coordinateur de saut.

Il hoche la tête en parlant, mais je sais que nous pensons la même chose : c'est à deux heures de route.

– Nous pourrions nous vendre comme un binôme. Le racheter un jour prochain et l'adapter à nos envies.

– C'est une possibilité, dis-je, mais mon cœur se serre à la pensée de quitter Sunnyville.

De quitter Grant.

– Regarde un peu comme nous prenons de la bouteille. Autrefois, je levais l'ancre au premier signe d'engagement.

– Et je courais après la prochaine destination, le prochain saut exceptionnel. (Riant, il regarde ses mains puis relève les yeux vers moi.) Traquer le pic d'adrénaline est le lot des bohémiens prêts à sauter en échange d'un repas, un peu dans notre genre.

– Parle au passé, étant donné qu'à présent, nous hésitons.

– C'est pas faux, mais l'hésitation ne paie pas les factures.

– Peut-être que l'acquéreur redressera la barre, dis-je pour garder espoir.

– Ou peut-être qu'il l'a racheté pour la propriété et qu'il se fiche pas mal de *Blue Skies* et démolira tout.

– Cela m'a également traversé l'esprit.

– Qu'est-ce que ça coûterait aux Skies de nous informer si nous avons un avenir ici ?

– Ils s'en moquent. Ils ne se soucient plus de *Blue Skies* depuis bien longtemps. L'argent, c'est tout ce qui les intéresse.

Et c'est le plus déprimant.

Parce que ça ne m'est pas égal. J'aurais donné mon sang, ma sueur et mes larmes pour faire tourner ce centre.

Même ce qui est usé et laid mérite d'être aimé.

69

GRANT

Assailli par l'air froid, je franchis le seuil de l'agence *Sunnyville Trust and Loan.* Je m'arrête à peine entré, et regarde autour de moi.

– Bonjour. Que puis-je faire pour vous ? demande la réceptionniste avec une jovialité surfaite.

– Je cherche...

Pile quand j'ouvre la bouche, je le vois. L'enfoiré se tient dans un bureau dans le fond de l'agence, les mains sur les hanches, dos à moi.

– Aucune importance.

– Monsieur, vous ne pouvez pas entrer dans les bureaux ! (Je poursuis malgré ses protestations et traverse le hall.) Monsieur ! Christopher !

Entendant son nom, il se retourne et sa voix s'éteint à l'instant où je pénètre dans son bureau.

– Freddy, je te rappelle sous peu.

Christopher enlève son oreillette Bluetooth d'un mouvement lent et mesuré, les yeux rivés sur moi.

– Je peux vous aider ? demande-t-il, sourcils froncés et avec l'ombre d'un sourire qui dit qu'il sait parfaitement qui je suis.

Fils de pute !

– Certainement.

La sonorité de mon rire est dépourvue de tout humour alors que je me dirige vers lui.

Il recule d'un pas.

Nous poursuivons cette danse jusqu'à ce que son dos se heurte au mur. J'envahis nettement son espace personnel, si bien que je sens le café dans son haleine et entends sa respiration saccadée.

– Combien de clients avez-vous menacés aujourd'hui, *Chris*? À combien de femmes avez-vous dit que si elles refusaient de prendre un verre avec vous, *de coucher avec vous*, leur demande serait annulée ou leur prêt saboté ? Alors, *Chris* ?

Je me tiens aussi près que possible de lui sans le toucher.

– Malone...

– C'est « agent Malone » pour vous. Vous vous sentez important quand vous jouez à Dieu avec les rêves des autres, *Chris* ? Leurs angoisses vous font jubiler ?

– Je ne... sais pas de quoi vous parlez.

– C'est là que vous faites erreur. Vous savez parfaitement de quoi je parle. (Je secoue très lentement la tête, prolongeant le silence pour le laisser mijoter dans son jus.) Le nom d'Emerson Reeves vous dit quelque chose ?

Ses yeux s'écarquillent et il respire d'un coup sec.

– Je ne suis pas autorisé à divulguer des renseignements sur mes clients ou leurs demandes.

– Amusant, ce soudain professionnalisme, alors qu'avec elle vous en manquez cruellement.

Je lève brusquement la main et me gratte le menton, savourant son petit sursaut. Ce minus fait bien de flipper.

– Que voulez-vous ?

– Vous n'adresserez plus la parole à Emerson, plus jamais, ni ne l'approcherez, ne traiterez avec elle ou la contacterez de quelque manière que ce soit. (Grâce à notre nette différence de taille, je peux le toiser d'un air qui appuie mes menaces.) Autrement, vous aurez affaire à moi. Et à *l'intégralité* de mon commissariat.

Ce petit mensonge ne nuira à personne.

Il hoche rapidement la tête, ses yeux cillent et son visage s'empourpre.

– Et si j'apprends que vous compromettez les demandes de prêt d'autres femmes parce qu'elles refusent de céder à vos avances… (Je secoue la tête, laisse échapper un rire long et grave, après quoi sa pomme d'Adam rebondit au passage de sa salive.) Le procureur de Sunnyville est un ami extrêmement proche. Je ne doute pas que cette agence serait condamnée à fermer après tous les frais de justice que vous auriez à engager pour vous défendre contre les dizaines de plaintes qui vous pendent au nez. (Avec un sourire arrogant, je m'écarte et lui donne une tape sur l'épaule.) Me suis-je bien fait comprendre ?

Hochement de tête identique.

– J'aimerais l'entendre.

– Oui.

– Oui, agent Malone, dis-je.

J'attends qu'il répète après moi.

– Oui, agent Malone.

– On fait moins le fier, maintenant, hein ? (Muet, il me fixe, les aisselles de sa chemise noircies par la transpiration.) Très bien, notre petite entrevue est terminée.

Je décoche un ultime sourire, pivote sur moi-même, plutôt content de moi.

À présent, l'heure est venue de rembourser sa bière fraîche à Leo. Ou dix. Grâce à son appel téléphonique dans la matinée, j'ai su où me rendre pour rappeler ce fumier à l'ordre.

70

EMERSON

– C'est déprimant, soupire Desi.

Elle est assise à côté de moi sur la dernière marche de l'escalier de mon appartement. Nous observons la petite grue hisser l'enseigne *Blue Skies* au-dessus du bâtiment.

– J'aimerais pouvoir faire quelque chose.

– Il n'y a rien à faire. (Je bois une gorgée de vin dans ma tasse rouge Solo.) Parfois, quand on court après un rêve, on le capture, d'autres fois, on le manque de peu.

En théorie, ça se tient, mais en pratique, c'est vaseux.

– Vas-tu vraiment me quitter ? demande-t-elle.

Et quitter Grant.

– Que suis-je supposée faire ? Dans un mois, je me retrouverai à la rue et je n'aurai plus de revenus pour assumer un loyer.

– Facile. Emménage chez moi.

– Merci. Tu sais que j'apprécie ta proposition mais ensuite ? Où travaillerai-je ? Je n'ai pas d'autres qualifications qu'en parachutisme. Évidemment, je pourrais essayer mais vivre enchaînée à un bureau... sans les pics d'adrénaline ? Ça me tuerait.

– Laisse venir. Assiste-moi chez *Doggy Style* en attendant de voir ce qu'il adviendra de cet aérodrome. Le nouveau propriétaire recrutera peut-être. Pas forcément un moniteur de saut, mais au moins tu serais là où tu te sens bien.

– Je ne pourrais pas te faire ça.

– Em, la fierté ne met pas du pain sur la table.

– Pas plus que perdre son âme.

– Mon offre tient toujours.

– Merci. C'est généreux de ta part, mais combien de temps tiendrais-je le coup ? C'est comme si j'avais longuement rêvé de ce que je ferais de cet endroit et maintenant que j'ai ce projet, je ne souhaite plus me fixer. *Je ne devrais pas avoir à me fixer.*

– Lui as-tu dit ? s'enquiert Desi, indiquant d'un geste du menton la voiture de Grant qui longe l'autoroute dans notre direction.

– Dit quoi ?

– Que tu l'aimes ? Que tu t'en vas ? Au choix.

À ces mots, mes yeux s'emplissent de larmes.

– Non aux deux, je murmure.

– Je m'en doutais. Et pourquoi ?

Je hausse les épaules, mon tourment intérieur des derniers jours refait surface.

– Il est débordé. Il se plie en quatre pour se dédouaner auprès de son supérieur depuis sa mise à pied.

– La vérité éclate enfin. Tu n'as pas traîné avec moi parce que je suis ton premier choix mais parce qu'il était pris. Je ne tolère pas d'être reléguée en second choix. (Elle rit, et je sais que c'est sa façon bien à elle d'alléger l'ambiance, mais je ne souris pas.) Donc, tu ne lui as pas annoncé que tu partais parce qu'il était débordé ? À mon avis, tu as la frousse.

– Ça m'effraie, dis-je alors que son pick-up se gare sur le parking.

Je sais que nous aurons le temps de discuter parce que, généralement, il termine sa journée de travail à la maison.

– Pourquoi ? Parce qu'une fois que ce sera dit, tu ne pourras plus reculer ? Ou parce qu'une fois que tu lui auras fait part de tes intentions de décamper, il perdra la tête et son romantisme ? Je gage que tu évites de lui dire que tu l'aimes mais que tu n'es pas suffisamment *amoureuse de lui* pour rester juste pour te préserver. (Elle fait la moue et me regarde d'un air dubitatif.) Autoprotection.

– Ce n'est pas comme si je n'allais pas faire de mon mieux pour que ça marche. Je reviendrai le week-end...

– Les jours les plus chargés dans le parachutisme.

– Je calerai mes jours de congé sur les siens pour que nous passions du temps ensemble.

– Facile, en théorie.

– Desi, je l'aime, bon sang. Je veux que ça marche entre nous. Je fais tout mon possible, alors cesse de me culpabiliser, d'accord ?

Elle sourit.

– Je sais que tu l'aimes. Je sais aussi que tu détales à la moindre appréhension. Tu lèves l'ancre et tu vas là où le vent te porte... Mais cette fois, je te mets au pied du mur. Je te tiens pour responsable. Je ne te laisserai pas nous quitter sans connaître la date de ton retour... et tu as intérêt à ce que ce soit dans moins d'une semaine.

– Ce sera seulement temporaire.

Elle se lève.

– Ça vaudrait mieux pour toi, assène-t-elle avant de descendre l'escalier sans se retourner.

Elle s'arrête devant Grant, sur le parking. Elle rit et l'aisance dans leur relation – entre mon amoureux et ma meilleure amie – atteste que j'ai construit quelque chose ici. Une famille. Un endroit où je me sens à ma place. Chaque partie de moi regrette de devoir altérer cela.

Je regarde la grue soulever le vieil écriteau, ses bips déchirent l'air et la pancarte se balance dans le vide. Je déteste cet instant, la portée de ce symbole.

Comme Grant se dirige vers moi, je descends les marches.

– Tu es prête pour sortir ? Je me change rapidement et je serai... qu'est-ce que c'est ? s'enquiert-il sitôt qu'il remarque les conteneurs de stockage au pied de l'escalier.

– Salut.

Je l'attire contre moi et l'embrasse avec un désespoir inattendu qui semble soudain atrocement réel.

Je ne veux pas le perdre.

Je ne veux pas perdre cette sensation.

De plus, je ne veux pas perdre ce que je suis.

– Wouah. Si c'est le genre d'accueil qui m'attend après le travail, je reviendrai tous les soirs.

Il rit contre mes lèvres alors que je le serre contre moi.

Comment lui annoncer la nouvelle ?

Comment le convaincre que je ne reprends pas ma vie de bohème ?

– Em, je les transporterai au prochain voyage en même temps que mes affaires… suggère Leo au détour du hangar, mais ses mots s'évanouissent quand il voit Grant.

– Un voyage… où ça ? s'alarme Grant en découvrant les étiquettes « cuisine, bureau et salle de bains » sur les containers.

Son regard glisse vers Leo puis revient sur moi.

– Que se passe-t-il, Emerson ?

Il secoue la tête, rejetant ce qu'il connaît d'avance.

– Je devais t'en parler ce soir, dis-je d'une petite voix.

Dans ma vision périphérique, Leo se retire en douce et j'aimerais tellement faire comme lui. Si l'expression de Grant est une indication fiable, notre sortie est en passe de se transformer en dispute animée.

– Tu ne t'en iras pas !

Les ouvriers détachant l'enseigne se retournent vers nous, l'incitant à m'attraper par le poignet pour me tirer littéralement en haut des marches, dans un recoin plus discret. Grave erreur. Dans l'appartement, lorsqu'il aperçoit mes affaires entassées dans des cartons partiellement remplis, la tristesse assombrit ses traits.

J'aurais pu faire comme si de rien n'était. J'avais prévu de lui annoncer mon départ à la fin du mois, mais comme il sait que Leo a été engagé à *Fly High*, il tire aisément ses propres conclusions.

Il m'observe, une myriade d'émotions naviguent dans ses yeux marron et chacune d'elles – tristesse, déception, incrédulité – me pétrifie.

– Tu comptais m'en parler, Em ? Ou t'évaporer au milieu de la nuit comme une bohémienne parce que tu es trop effarouchée pour m'affronter ?

– Je te le redis, j'avais prévu d'aborder le sujet ce soir. (Je me rapproche de lui.) Ce n'est pas ce que tu penses, Grant.

– Ah non ? Dis-moi un peu ce que je pense ?

– Je suis une vagabonde. *Blue Skies* était ma chance de me fixer, mais c'est tombé à l'eau. L'acquéreur ne s'est pas manifesté, et à ce que j'en sais, il pourrait raser les locaux. Il a déjà vidé le hangar. C'est affiché au mur, mes jours ici sont comptés.

– Tu ignores tout des projets du nouveau propriétaire. D'accord, il a amorcé les premiers changements, enlevé l'enseigne, ce que tu veux. Mais il te reste un mois dans ce logement. Dans un premier temps, pourquoi ne pas rester ici en attendant de voir ce qui se passe ?

– En théorie, c'est un excellent plan. Mais tout est convaincant en théorie. S'il monte une nouvelle école de parachutisme, ça ne s'organise pas en un tour de main. Les certificats, l'assurance... je ne peux pas patienter six mois pour savoir si j'ai une chance de refaire ma vie ici, je murmure, comme si parler à voix basse le blessait moins.

– Et moi, Emerson ? Et nous ?

Le chagrin qui émane de sa voix m'empêche de réfléchir.

– Nous ferons en sorte que ça marche. C'est temporaire. Avec de la chance, ça restera un centre de parachutisme et je reviendrai. Je trouverai un nouveau rêve à poursuivre, mais dans l'intervalle, ce n'est qu'à deux heures de route. Il y a les jours de congé, le téléphone, FaceTime. Nous y arriverons.

Je l'implore pratiquement de me croire, mais il ne paraît pas convaincu.

– Ce n'est pas la même chose, et tu le sais.

– Certes, mais c'est jouable.

– Et si je te disais que tu ne partiras pas ? Que je ne te laisserai pas disparaître ?

Chaque fibre de mon être bondit à ces mots, sachant déjà qu'il veut que je reste mais ayant besoin de l'entendre. Je ris doucement.

– Alors, je te répondrai que tu me connais suffisamment pour savoir que le meilleur moyen d'obtenir quelque chose de moi est de m'interdire de le faire.

– Est-ce si difficile pour toi d'avoir besoin de quelqu'un ? Est-ce si difficile pour toi d'avoir besoin de moi ?

– Absolument pas.

Cela dit, je suis tellement conditionnée à ne compter sur personne que mon cœur se serre à cause du mensonge enfoui sous la vérité renfermée dans ce petit mot.

– Alors, aie besoin de moi, bon sang. Appuie-toi sur moi. (Je vois sa peine manifeste se charger d'irritation.) Installe-toi chez moi. Vivons ensemble, le temps de trouver une meilleure solution. Tout ce que tu voudras, mais ne décampe pas parce que la fuite, c'est la réponse des trouillards.

C'est la seconde fois en dix minutes qu'on m'accuse de lâcheté.

– Je ne m'enfuis pas, Grant.

– Tu es sûre ?

Ses yeux plongent dans les miens alors que tout en lui accuse la défaite.

– Certaine.

– Bien. Alors ceci ne te dérangera pas, dit-il en avançant.

Avant que j'aie compris ce qui m'arrive, il referme une menotte à mon poignet et lie la seconde au sien.

– Tu vois ? Ce n'est pas plus compliqué que ça. Tu ne t'en vas pas.

Aussi rapidement que mon cœur fond, ma colère grimpe.

– Tu n'es pas sérieux ? À quoi tu joues ?

– Tu pensais vraiment que je te laisserais partir sans me battre ? Je t'ai déjà perdue une fois, Em. Tu es naïve si tu penses que je te laisserai disparaître une seconde fois.

Conquise par ses mots, j'ai envie de me plier à sa requête dans l'instant. Je me remémore le vide que j'ai ressenti quand je l'ai quitté la première fois. Je me sentais profondément seule, et je ne veux plus de ce sentiment.

– Ta solution est de me garder menottée ? je m'écrie, les yeux écarquillés, en proie à l'incrédulité.

Sous la colère bornée qui m'assaille, une infime partie de moi glousse. C'est tellement nous que c'en est ridicule. Mais je ne peux pas rire. Du moins, pas ouvertement.

– C'est juste l'assurance que tu tiennes parole.

– Plus précisément ?

– Que tu ne t'enfuiras pas. Tu vois ? (Il lève nos mains.) Impossible.

Je tire sur mes poignets retenus par la morsure de l'acier froid. Son sourire suffisant et la sensation du métal alimentent mon exaspération.

– Plus tu me résisteras, plus je te retiendrai fermement.

– Laisse-moi partir.

Il ignore donc qu'il a gagné ?

Il se rapproche, son visage collé au mien, et malgré mon emportement, je ne vois que ses lèvres. Je ne pense qu'à la perspective de le perdre.

– Emerson, les relations ne fonctionnent pas de cette façon. Tu ne prends plus tes décisions seule. Tu me parles. Nous en discutons. Des fois, nous ne tombons pas d'accord. Mais en fin de compte, nous décidons *ensemble*. Aussi simple que ça.

– Et tu penses que me kidnapper est la manière idéale de procéder ?

Faisant fi de la douleur encourue, je tire sur ma main mais, cette fois, c'est plus par principe que par colère. Cet air dans ses yeux et la détermination dans ses propos... Comment une fille sensée pourrait-elle tourner le dos à un homme aussi résolu dans son amour pour elle ?

– Non, mais apparemment, c'est l'unique moyen quand il s'agit de te raisonner. (Il arque un sourcil.) Tu imagines te brosser les dents avec ça ? Aller aux toilettes ? Ça s'annonce compliqué.

Avec un petit rire, il se dirige vers le canapé sans me prévenir, m'entraînant de force avec lui. Après quoi, il s'assoit et pose les pieds sur la table basse.

– Je m'y habituerai facilement. Pas toi ?

Il se relève et marche vers la fenêtre donnant sur l'arrière de l'aérodrome, m'obligeant à le suivre. Il se tourne de façon à m'attirer vers lui, puis pivote sur lui-même.

– Tu m'agaces, tu sais ? dis-je, décidée à camper sur mes positions bien que je ne sache plus vraiment ce qui nous oppose. Nous disons la même chose.

– Au contraire. Tu parles de partir et je dis que tu resteras. C'est le jour et la nuit.

– Ce ne serait que temporaire.

– Je ne fais pas dans le transitoire. Tu vois ? dit-il en levant nos mains. J'aime la stabilité.

– Je ne m'enfuis pas, je crache. Je n'ai rien demandé. Je ne voulais pas perdre le prêt ni devoir partir. J'ai besoin de racines pour la première fois depuis une éternité. Je te veux, bon sang. C'est tout ce que je veux, en réalité. Toi et mon école de parachutisme. C'est tout. Alors, cesse de retourner les choses contre moi. Arrête de faire comme s'il ne s'agissait que de moi. *Je t'aime*, et autant cela m'effraie, ne plus t'avoir me terrifie davantage. *Tu as gagné*. Dis-moi ce que tu attends de moi et je resterai.

J'inspire à pleins poumons parce que j'ai épuisé mon oxygène. Quand je le regarde, il est flou à cause des larmes dans mes yeux, mais je m'en moque. Cela... lui et moi... voilà tout ce qui compte.

Les mains menottées, ses doigts s'entrelacent aux miens. Il me contemple, cligne des yeux, fait un petit sourire, le soulagement détend son visage.

– Il était temps, murmure-t-il.

– Quoi ?

Ce brusque revirement me déstabilise.

– Je n'ai pas besoin d'être convaincu de tes sentiments pour moi. Et même, je n'ai même pas besoin de l'entendre. Je le savais déjà. J'avais besoin que tu en prennes conscience.

Que tu l'admettes. Que tu y croies. Tu es d'une honnêteté sans pareille quand on t'accule dans tes retranchements... alors je t'ai un peu aidée.

– Tu m'as manipulée.

– Disons que je t'ai orientée, dit-il, et son sourire s'accroît un peu.

J'aimerais m'indigner qu'il me déchiffre aussi facilement, qu'il me connaisse aussi bien. Puis je réalise que je lui ai dit que je l'aimais. Il voit l'instant précis où l'idée me frappe, et il m'attire contre lui.

– C'est bien que tu aies besoin de moi. Que tu m'aimes. Bon sang, je suis amoureux de toi depuis l'âge de six ans. Tu es exaspérante, énervante, bornée, et le plus grand défi que je n'ai jamais affronté, mais te voir est le meilleur moment de ma journée et, où que tu sois, c'est auprès de toi que je veux passer mes nuits. Perdre le prêt était un obstacle que nous n'avons pas vu venir. Mais tu es une battante, alors nous le surmonterons ensemble. Nous ajusterons la trajectoire et franchirons l'obstacle. Nous discutons, ensuite nous œuvrons ensemble à te créer un nouveau rêve.

Il se penche, presse ses lèvres sur les miennes en un baiser qui dépasse tous les autres, et que je ressens jusqu'au bout de mes orteils.

– Deux heures, c'est trop loin de moi, considérant que nous avons vingt ans à rattraper... alors fais-moi confiance si je te dis que nous trouverons une solution. Crois-moi si je te dis que faire en sorte que ça marche sera peut-être notre plus grand combat mais que la récompense en vaudra largement la peine.

Je suis sans voix. J'ouvre la bouche pour parler, mais je sais que mes mots seront trop faibles. Au lieu de quoi j'appuie mes lèvres sur les siennes.

– Je t'aime.

Que c'est bon de le dire.

De le savoir.

De sentir que c'est revenu en plus fort.

Grant Malone m'aime.

Tandis que nous nous tenons face à face, un klaxon à l'extérieur interrompt l'instant.

– Voir ces cartons m'a sacrément contrarié, admet-il. Nous pouvons les remiser dans l'appartement maintenant ? Et annoncer à Leo que tu ne pars plus ?

Sa requête est tellement puérile après un moment aussi poignant que je lève les yeux au ciel et secoue la tête.

– Si ça te fait plaisir.

Mon rire dérape en cri quand, sans prévenir, Grant me soulève sur son épaule, nos mains liées entravant le mouvement.

– Que fais-tu ? je ris.

– Je te l'ai dit, nous devons rentrer les cartons.

– Tout de suite ? Ce ne serait pas plus facile avec les mains libres ?

Il me donne une fessée.

– Si, mais d'abord, tu dois t'accoutumer à ne pas te carapater.

– Tu pousses le bouchon un peu loin. Après ce que tu m'as dit, n'importe quelle femme serait sotte de s'en aller.

– Content de l'entendre. (Il descend l'escalier en riant.) Quoique, on n'est jamais trop prudent. (Il me repose sur le sol.) Et il faut toujours garder un plan de secours.

– Un plan de secours ? je répète, repoussant mes cheveux de mes yeux avec ma main libre.

Et cela fait, il tend le menton vers un point dans mon dos.

Je me retourne pour voir de quoi il retourne, mais la lumière m'éblouit. Il me faut quelques secondes pour assimiler ce que je vois. Pour comprendre ce que cela signifie.

La nouvelle enseigne au-dessus de l'entrée. Sur fond violet, « Ailes déployées » est peint de manière artistique au-dessus de deux ailes d'avion.

– Grant ?

Je fais quelques pas, ma main libre sur ma poitrine, lèvres entrouvertes, la bouche sèche, et l'esprit s'emballant.

La porte s'ouvre et je vois surgir tous les gens importants de ma vie. Desi. Leo. Grayson. Grady. Les Malone. Sully. Travis. L'un après l'autre, ils s'alignent sous la nouvelle pancarte.

Je cligne plusieurs fois des yeux pour m'assurer que je n'ai pas la berlue.

– Grant ? je réitère en tournant les yeux vers lui.

– Ce n'est pas un zombie peint sur un galet, mais selon moi, il te rendra pareillement heureuse.

– C'est impossible.

– Mon plan de secours.

Son grand sourire et ses yeux animés par l'excitation.

– Qu'as-tu fait ?

– J'ai cumulé les heures supplémentaires au commissariat. Grâce à ces revenus, j'ai pu verser un acompte pour monter une entreprise. Tu sais, histoire d'avoir de quoi me retourner quand je prendrai ma retraite.

– Grant !

Je répète son nom en secouant la tête. Je n'arrive pas à y croire. Je dois sûrement rêver.

– J'ai une confession à te faire, murmure-t-il en m'enlaçant par-derrière, de sorte que nous regardons tous les deux la nouvelle enseigne. Ils sont tous de mèche. Tous, même le pauvre Leo. Je ne travaillais pas tard à cause du commissariat, j'ai fait des pieds et des mains pour persuader les propriétaires de *Blue Skies* que mon offre était plus avantageuse que celle des acheteurs qu'ils avaient retenus. Cela, et payer un peu plus que la somme demandée, leur a fait changer leur fusil d'épaule concernant le meilleur acheteur. Sans oublier toute la paperasse pour le prêt. Desi a été enrôlée pour t'occuper hors de la maison. Leo est au courant depuis quelques jours, et il a joué le jeu pour ne pas gâcher la surprise.

– Alors, il n'y a pas de *Fly High* ?

– Si, mais pas avec vous deux. Je les ai déjà informés que tu ne viendrais pas.

– Grant... je ne sais pas quoi dire.

– Tu n'es pas obligée de dire quoi que ce soit.

– J'ai tellement de choses à dire.

Incapable de tout digérer, je ris.

– Tu as déjà dit l'essentiel.

Il appuie ses lèvres sur l'arrière de ma tête, alors que Leo pousse un cri de joie et que les gloussements de Desi se répercutent sur le tarmac.

– C'est trop, Grant. Je ne peux pas… l'argent…

– Je n'ai pas vraiment besoin d'une nouvelle véranda.

– Mais tu as fait toutes ces heures supplémentaires.

Il hausse modestement les épaules.

– J'ai supposé que si tu possédais ton école, tu serais coincée avec moi. On ne peut pas mener une existence nomade quand on a des racines. Et je veux que tu t'enracines ici. Avec moi. Des racines emmêlées aux miennes qui résistent à tous les vents. D'un genre qui promet des dimanches paresseux et un joli pavillon.

– Je suis abasourdie. Sous le choc. Bouleversée.

– C'est à toi, Em. Ton école. Ton rêve. À toi. Mon rêve a toujours été toi, et je t'ai. Ton rêve était l'école et, à présent, tu l'as. En revanche, il y a une condition.

– Tout ce qu'il faudra, dis-je alors que j'ai toujours besoin de me pincer.

– Le nouveau propriétaire affirme que c'est contraire au règlement de loger quelqu'un dans le hangar.

– Il a dit ça ?

– Mot pour mot. Une vraie tête de mule, ce type, il ne changera pas d'avis… mais il s'avère que je possède un lit deux-places à moitié inoccupé.

– Je ronfle.

– Je sais.

Il rit.

Je me tourne vers lui pour la première fois, sachant que je ne pourrai jamais lui donner autant que ce qu'il m'offre. La sécurité. La stabilité. L'amour. L'amitié. Le sens de l'humour. L'opportunité.

– Je te rembourserai. Je travaillerai plus dur que…

– J'y compte bien, murmure-t-il en me donnant un petit baiser.

– Je signerai une reconnaissance de...

Un autre baiser.

– Ne t'inquiète pas, j'ai une assurance. (Il rit et lève nos mains menottées.) Tu ne m'échapperas pas.

ÉPILOGUE

Dix-huit mois plus tard…

EMERSON

Les lumières de la ville s'embrasent dans la nuit naissante. Assise, je les observe parce que c'est tout ce que je peux faire, étant donné que Grant, assis à côté de moi, s'enfonce dans un silence grave.

– Tu veux en parler ? je propose, sachant que l'affaire sur laquelle il enquête le contrarie.

Il ne l'admettra jamais, mais cela se voit dans ses sautes d'humeur et son mutisme quand il rentre du commissariat.

Il a fallu que je m'adapte à ses fonctions d'inspecteur, à ses nouvelles responsabilités, un changement avec son ancien poste où il intervenait en fonction des appels.

– Je vais très bien.

Quand il a suggéré une balade en voiture et que nous sommes arrivés ici, je n'ai pas été surprise. Son lieu de réflexion. Sa pause galvanisante.

– Quand tu regardes ces lumières, à quoi penses-tu ? demande-t-il, la voix rauque, le regard rivé devant lui.

Le front plissé, je le regarde et essaie de saisir le but de sa question. Nous sommes montés ici des dizaines de fois, et c'est la première fois qu'il me pose cette question.

– Que chaque lumière raconte l'histoire de la personne qui vit derrière.

Il hoche lentement la tête et retombe un instant dans le silence.

– Tu sais ce que je pense ? Que chacune de ces lumières représente le rêve de quelqu'un. Parfois, elles clignotent et s'éteignent progressivement, d'autres fois, elles deviennent plus lumineuses et restent allumées à tout jamais.

La profondeur de ses réflexions me surprend.

– J'aime bien cette idée, dis-je doucement, la tête appuyée sur son épaule.

Grant tend le doigt à l'ouest, où la ligne d'horizon est piquetée de lumières.

– Quel rêve symbolise ce scintillement pour toi ? demande-t-il.

– Il y en a des milliers, je ris. Comment savoir laquelle tu me montres ?

– Choisis celle que tu veux.

Cela fait, je l'étudie un instant avant de répondre.

– Ailes déployées. C'est assurément « Ailes déployées », parce que c'est la plus grosse.

Il confirme d'un hochement de tête.

– Et le miroitement là-bas ?

Il tend le doigt à l'est.

Filant la métaphore, j'en sélectionne une et me concentre.

– C'est le bonheur. Je n'aurais jamais cru le trouver un jour mais je l'ai. Tu m'as aidée à le trouver.

– Et ce scintillement ?

Il indique un point devant nous.

– Tu triches. C'est à mon tour de proposer. (Je choisis un point qu'il n'a pas encore désigné et tends le doigt.) Lequel de tes rêves représente cet éclat ?

Il devient silencieux, comme s'il s'égarait dans ses pensées.

– Toi.

– Quoi ? Grant, c'est tellement touchant.

Je presse mes lèvres sur son épaule, le cœur pétri d'amour pour l'homme à mes côtés.

– Et cette lumière, là-bas ?

– Toi.

Je souris, retournant le commentaire, parce que j'ai vraiment envie de ressentir ça.

– Interdit de me voler mon idée. C'est moi qui remporte le prix du romantisme ce soir, rit-il, puis il dépose un baiser sur ma tête. Choisis un autre rêve.

– Hm. C'est ridicule et peu réaliste... je commence à expliquer.

– C'est un rêve, Emmy. La réalité est illusoire. Il n'y a que des possibilités. Qu'est-ce que c'est ?

– Que personne n'ait jamais à endurer les mêmes épreuves que moi.

Bien que je murmure à peine, je sais qu'il m'a entendue.

– D'accord avec toi.

– Bien. À moi, dis-je pour entretenir la bonne humeur afin de lui remonter le moral et de le déconnecter du travail. Quel rêve représente cette lumière pour toi ?

– Toi.

– Tu ne peux pas fournir deux fois la même réponse.

– Qui a dit ça ?

– Moi.

– Eh bien, étant l'inventeur de ce jeu, je dicte les règles et je décrète qu'il est autorisé de répéter un rêve.

Il fait la moue et hausse les sourcils, comme le petit garçon rebelle qui m'a sauvée jadis.

– Tu n'as jamais été beau joueur, je taquine pendant qu'il sourit simplement.

Mais j'aime son grand sourire, d'autant plus qu'il est trop sérieux ces temps-ci.

– La prochaine, dit-il en scrutant l'horizon à la recherche d'un point. Quel rêve représente cette lumière ?

– Les possibilités sont infinies, je murmure.

– Tu philosophes maintenant ?

– Bah oui. À moi. (Je désigne le sud.) Quel rêve représente cette lumière pour toi ?

– Toi, répète-t-il.

Et alors que je m'apprête à décocher un regard noir, ses lèvres rencontrent les miennes. Elles sont chaudes, confortables, familières et sources de désir. Je ne peux rien demander de plus. Je fonds entre ses bras, ses mains encadrent mon visage et nos langues se livrent à une danse intime. À la fin du baiser, il appuie son front contre le mien et nous nous repaissons un instant de notre silence mutuel.

– J'aimerais montrer une dernière étoile et connaître le rêve qu'il représente pour toi.

– Nous ne pouvons pas plutôt rester comme ça et ignorer les lumières ? je chuchote, adorant la sensation de ses mains sur mon visage et la chaleur de son corps contre le mien.

Je grogne presque quand il retire ses mains et les promène sur mes bras.

– Et cette lueur ? demande-t-il en s'écartant pour me regarder brièvement dans les yeux.

Je vois immédiatement la bague, l'éclat du diamant sous le clair de lune, la brillance du platine, mais je suis incapable de former des mots.

J'éprouve tant de passion, de joie et d'émotions indescriptibles que je ne sais pas comment les gérer. C'est pourquoi je fais la seule chose susceptible de me tranquilliser. J'enfonce les mains dans ses cheveux, mes lèvres sur les siennes, le repousse sur le dos dans l'herbe et me couche sur lui.

– Oui. (Un baiser.) Oui. (Un autre baiser.) Infiniment oui, dis-je alors que j'étouffe son rire sur ses lèvres d'un profond baiser.

– Est-ce un oui ? murmure-t-il, sitôt que je le laisse respirer.

– Oui.

Cette fois, je crie si fort qu'il grimace. Ensuite, il rit quand je l'embrasse encore.

Me redressant à califourchon sur lui, je ne peux rien faire d'autre que le contempler. Ses cheveux décoiffés, son sourire en coin. Ses yeux qui contiennent plus de bonheur que je ne pourrai jamais en demander. Je vois l'amour en eux. La fierté. L'avenir.

Je vois l'éternité.

– Tu sais que j'avais préparé un long discours ?

– Vraiment ? Désolée.

– J'aurais dû tenir compte du facteur cris perçants.

Je lui assène une tape, puis me penche et l'embrasse. Satisfaite, je me rassois.

– Il ne s'agit pas d'un simple facteur cris perçants. C'est plutôt une façon spontanée d'exprimer que c'est le plus beau jour de ma vie.

Son grand sourire s'élargit encore et l'or dans ses yeux s'illumine.

– Le plus beau jour de ta vie, hein ?

– De loin.

J'entrecroise nos doigts, saisie du besoin de multiplier les connexions.

– Et si je te disais que ce n'est qu'un début. Qu'à partir de maintenant, les plus beaux jours se succéderont sans relâche parce que c'est toi, Emmy Reeves. Tu le mérites.

– Grant...

– C'est mon tour, avertit-il, sourcils haussés et un petit sourire étirant ses lèvres.

Il se redresse sur son séant pour que je me love sur ses genoux, les jambes nouées autour de lui. Face à lui, la tentation devient irrésistible. De nouveau, nos lèvres s'effleurent. Une nouvelle chance de me perdre en lui.

– Emerson Reeves, tu sais que je t'aime depuis toujours. Ce que tu ignores, c'est que depuis que tu es revenue dans ma vie, j'ai réalisé que j'étais prêt à m'installer sur tous les plans : sentimental, professionnel, la vie. Tu me qualifies de héros, mais c'est toi qui m'as sauvé. D'une vie sans luttes passionnées et sans réconciliations torrides sur l'oreiller. D'une vie sans éclats de rire, sans amitié et sans amour inconditionnel.

Il embrasse mes lèvres avec une tendresse infinie qui donne envie de soupirer à toutes les parties de mon corps.

– D'une vie sans toi, Em.

La sincérité de ses mots imprègne jusqu'à mon cœur et s'enveloppe autour de mon âme.

– Grant...

Son nom comme un appel. Une promesse. Une réponse.

– Je t'aime, Emmy. Je veux passer ma vie entière à cueillir l'instant avec toi. Je veux l'infinité pour t'aimer. Je veux que tu saches que tu es ma lumière. Mon rêve devenu réalité. Je te veux juste toi. Acceptes-tu de m'épouser ?

Chaque partie de mon corps est captivée par le son de sa voix et les mots qu'il prononce.

Les yeux remplis d'émotion, il patiente, mais je prends le temps de tout assimiler. De l'absorber avant de remettre mon avenir entre ses mains.

– Oui, je chuchote. Oui à l'infinité et aux lumières.

Les jambes serrées autour de lui, je me cramponne de toutes mes forces. Le visage enfoui dans le creux de son épaule, tout ce que je veux c'est le humer.

Inhaler ce moment.

Les larmes embrouillant mes yeux, je m'écarte un peu pour le regarder. Mon roc. Ma lumière. Il est tout pour moi.

Dire que j'étais à deux doigts de m'enfuir loin de tout cela. De lui.

Dire que j'ai failli laisser passer ma chance.

Tête haute. Ailes déployées.

NOTE DE L'AUTEURE

Chère lectrice,

Bien souvent, les auteurs s'inspirent d'événements vécus et les distordent pour les intégrer à leur histoire. Quel meilleur moyen d'écrire sur un sujet – de transmettre l'émotion aux lectrices – que d'avoir fait les mêmes expériences que ses personnages ? Partant de là, l'auteur prend une situation de base et brode en ajoutant des touches de fiction pour compléter l'histoire.

Cuffed répond à ces critères. J'ai changé les noms mais enfant, à l'école, j'ai connu une Emerson.

Et j'étais Grant.

Non, nous n'étions pas les meilleurs amis qui vivent pratiquement l'un chez l'autre, comme Emerson et Grant dans *Cuffed* (c'est la partie fiction que j'ai ajoutée), mais nous étions néanmoins amies. Je n'oublierai jamais le jour où nous marchions autour de l'aire de jeux et qu'Olive (c'est le nom que je lui donne pour vous) m'a dit exactement ce qu'Emerson a dit à Grant. « Quand ma mère part travailler, mon père appuie un pistolet sur ma tête et abuse de mon frère et de moi. » Je revois encore son visage et j'entends encore sa voix. Ensuite, bien sûr, elle a précisé qu'il leur avait dit qu'il les punirait s'ils en parlaient à qui que ce soit.

Une trentaine d'années s'est écoulée, mais le souvenir est resté clair dans mon esprit. Je me rappelle être rentrée chez moi et avoir demandé à ma mère le sens du mot « abuser », et sa réaction de choc, alors que je refusais de lui dire pourquoi je posais la question. (Je résume pour le bien de cette note.) Je me souviens de m'être inquiétée toute la nuit pour mon amie, alors que l'explication de ma mère n'était pas effrayante (elle s'adressait à un enfant), je savais pourtant qu'un pistolet était un objet dangereux. Je me rappelle que le lendemain, à l'école, Olive m'a dit qu'il avait recommencé.

Puis je me rappelle avoir dit à mon institutrice enceinte jusqu'aux dents, pendant que la classe était sortie en récréation, que j'avais besoin de lui parler. En soi, ce n'était pas facile à faire, alors imaginez à quel point j'étais nerveuse pendant que je révélais tout. Elle m'a enlacée, je n'arrivais pas à faire le tour de son ventre avec mes bras.

J'ai reproduit dans le livre ce qui s'est réellement passé ensuite. Dans le haut-parleur, le principal a convoqué Olive dans son bureau et, en sortant de la classe, elle s'est retournée et m'a dit : « Je te hais. Je ne veux plus jamais te voir. »

Plus de trente années sont passées, et je repense souvent à Olive. Je ne l'ai jamais revue après ce jour où elle a quitté la salle et me disant qu'elle me détestait. Elle n'est jamais revenue à l'école. Par des bruits de couloir, nous avons appris qu'elle et son frère avaient été enlevés à leur famille et adoptés, mais nous n'en savons pas plus.

Quand je pense à elle, mon premier espoir est qu'elle ait une vie heureuse. Je me demande s'il lui arrive de repenser à la fille grassouillette dont elle a probablement oublié le nom, mais qui lui avait promis de rien dire et n'a pas tenu sa promesse. Continue-t-elle de m'en vouloir d'avoir déchiré sa famille, bien que cela l'ait mise à l'abri de la maltraitance ? Même si je retrouvais sa trace, je n'oserais pas aller lui parler. Je préférerais savoir qu'elle se porte bien. Qu'elle est heureuse.

Qu'elle ne me tient pas pour responsable.

Ou ne me hait plus.

Ça vous rappelle quelque chose ? J'ai insufflé nombre de mes sentiments à Grant.

Dans un monde idéal, il n'y aurait pas d'Olive, mais malheureusement, il en existe une et c'est déjà trop.

Je dédie ce livre à toutes les Olive du monde.

Où que vous soyez, n'oubliez pas que nous vous soutenons. Dans vos accomplissements. Vos avancées. Vos combats. Vos victoires.

Et à mon Olive, j'espère que tu as trouvé le bonheur.

À PROPOS DE L'AUTEURE

Auteure à succès, K. Bromberg écrit des romans contemporains qui mêlent tendresse, émotion, une forte dose de séduction et une pointe de réalisme. Elle aime mettre en scène des héroïnes fortes et des héros blessés que nous aimons détester et détestons aimer.

Mère de trois enfants, elle écrit entre deux allers-retours à l'école et les entraînements de football, le plus souvent avec son ordinateur portable sous le bras.

Depuis la publication de son premier roman en 2013, Kristy a vendu plus d'un million d'exemplaires dans seize pays et est arrivée en tête des ventes plus de vingt-cinq fois dans le *New York Times, Usa Today* et le *Wall Street Jounal.* Sa trilogie *Driven* (*Driven, Fueled* et *Crashed)* fait actuellement l'objet d'une adaptation par Passionflix, le premier volet étant sorti en 2018.

Elle a récemment publié une dilogie, une romance dans le milieu du sport, *The Player* et *The Catch. Cuffed* est le premier volet de sa nouvelle trilogie, *Everyday Heroes.* Dans ces trois titres, il est question de trois frères dévoués qui volent au secours de la population, de leur vocation et des femmes qui les défient. Les autres standalone de la série sont *Combust* (29 janvier) et *Cockpit* (printemps 2018).

Pour rester en contact avec K. Bromberg :
www.kbromberg.com
Facebook: www.facebook.com/AuthorKBromberg
Instagram: www.instagram.com/kbromberg13
Twitter: www.twitter.com/KBrombergDriven
Goodreads: bit.ly/1koZIkL